한국야담 번역총서 03

천예록
天倪錄

임방 지음
정환국 옮김

보고사
BOGOSA

개정판에 부쳐

　이 책은 2005년 펴낸 『교감역주 천예록(天倪錄)』(성균관대학교출판부)을 수정·보완한 개정판이다. 처음 『천예록』을 번역하고 나서 일부 아쉬운 부분이 없지 않았던 터에 이번에 개고할 기회가 생겼다. 이에 앞서 필자가 책임교열을 맡았던 『정본 한국 야담전집』 10책(2021)이 출간되었다. 총 20종의 조선 후기 야담집을 정본화한 결과물로, 『천예록』도 이 전집 제2책에 실려 있다. 본 연구팀은 이 『천예록』을 정리할 때 이미 나온 『교감역주 천예록』을 저본으로 하고, 그사이 새로 발굴된 이본인 고려대 소장 『천예록』(표제는 '백두산기') 등을 추가하여 새로운 정본을 만들었다. 새 이본의 추가와 함께 한문 원문과 표점을 상당 부분 수정할 수 있었다. 그러다 보니 십수 년 전에 나온 『교감역주 천예록』의 재번역이 불가피해졌다. 지금 이 책은 그 결과물이다.

　이번 개정판의 특징은 크게 두 가지이다. 먼저 번역 부분을 더 면밀하게 보완하였다. 총 62편의 이야기 모두 일부분에서 보이는 오류를 바로잡았으며, 문장도 더 가다듬었다. 또한 주석 부분을 대폭 수정하고 덧붙였다. 특히 설정 인물의 생평, 그리고 고사 등을 보완하였다. 이를 통해 각 편마다 인물의 실제적 행적과 관련 사건 등이 해당 이야기의 원천, 또는 배경이 되는 경우가 허다함을 이번 기회에 확인할 수 있었다. 이 점은 조선 후기 야담 서사를 바라보는 우리의 시선을 재정립시키는 면이 없지 않다고 본다. 특정 인물이 이야기의 주인공이나 서술 주체로 등장했을 때, 그것이 마냥 허구적으로만 그려지지 않는다는 것이다. 이외로 해당 인물의 관력이나 생애, 그리고 그의 인간성이 작품을 끌고 가는 동력이 되고 있었다. 그 정도가 다른 서사류에 비해 강하다는 점을 새삼 환기할 필요가 있다는 것이다. 사실과 허구의 사이, 또는 그 경계의 문제를 다시 생각해 볼 사례이지 않은가 싶다. 아무튼 이런 경향이 최소한 초기 야담집에 해당하는 『천예록』에 만연하다는 점은 분명해 보인다.

그렇다고 이 개정판이 이런 정황을 완전히 정리했다고 보지는 않는다. 여전히 의심스럽거나 논란이 될 만한 지점들이 없지 않다. 그럼에도 이번 개정판을 통해 『천예록』 번역의 수준은 제고되었다고 자부한다. 앞으로 이 책으로 더 많은 고전 서사에 대한 이해와 연구가 진척되기를 기대한다. 그런 과정에서 또 다른 오류와 보완이 이루어진다면 보다 완정(完整)한 번역물이 되지 않을까 싶다. 독자 제현의 관심과 질정을 바란다.

2023년 5월
정 환 국

차례

일러두기

1. 이 책은 수촌(水村) 임방(任埅)이 엮은 『천예록(天倪錄)』을 번역·주석한 것이다.

2. 원문 텍스트는 『정본 한국 야담전집』(제2책)의 표점교감본 『천예록』이다. 따라서 원문을 보거나 활용하고자 하는 경우 이 책을 이용하기 바란다.

3. 이 표점교감본은 모두 다섯 종의 저본과 이본을 사용하였다. 즉 저본은 일본 천리대본(天理大本)으로 하였고, 교감을 위한 이본은 고려대본(표제 '백두산기'), 김영복(金榮福) 소장본, 미국 버클리대 천예록초(天倪錄抄), 천리대 소장 『어우야담(於于野談)』 소재 '천예록초' 등 네 종이다.

4. 번역은 원문의 성격상 직역을 위주로 하였으나 저자의 의도를 충실히 전달하도록 힘쓰는 한편, 현대어로 다듬어서 현대 독자들도 쉽게 읽을 수 있도록 하였다.

5. 주석은 각주로 처리했으며 이야기의 이해를 위해서 인물과 사건, 전고 등에 대한 정보 등을 비교적 상세하게 달고자 했다.

6. 차례의 소제목은 원래 없는 것이나 독자의 이해를 돕고자 역자가 편의상 붙였다.

『천예록』에 대하여

1. 『천예록』 성립의 저변

　『천예록(天倪錄)』은 수촌(水村) 임방(任埅, 1640~1724)이 엮은 조선시대의 신선, 귀신, 요괴, 이인(異人), 그리고 여성 등 다양한 '인(人)'과 '물(物)'의 기이한 사적을 수록한 작품집이다. 천예(天倪)란 '하늘의 끝' 또는 '자연의 분기'라고 풀이되는데, 이는 『장자(莊子) 』에서 유래한 말로 천지자연의 어떤 상태와 현상을 뜻한다. 인간의 이성으로써는 쉽게 이해하기 어려운 기이한 자연 현상이나 인간 세상에서 벌어지는 신기한 사건들을 기록했다는 의미이다. 말하자면 사람 사는 세상과 그 주변에서 일어난, 믿기지 않는 이야기라 하겠다.

　작자 임방은 17세기 중·후반을 거쳐 18세기 초 전반까지 살다 간 문인으로, 팔순이 넘는 수를 누렸다. 그런데 그의 생애는 양대 전란 이후 붕괴된 사회 질서를 재정립하기 위해 교조적인 정치 형태가 일반 대중에게 강요되던 시기와 겹친다. 또한 그 자신도 노론과 남인 두 축이 사활을 걸고 부딪쳤던 격변 속에 있었다. 특히 그는 노론의 사상적 기반이었던 우암 송시열의 문인으로, 17세기 말 18세기 초에는 노론 측의 핵심 인물로 정쟁에 가담하기도 했다. 따라서 그의 벼슬길은 영욕으로 점철됐다. 그는 1671년부터 벼슬길에 올랐으나, 기사환국·경신환국 등 굵직한 환국(換局) 시기에 유배와 사직 및 복직을 거듭하였다. 이후 노론이 일시

집권하면서 공조판서에까지 오르기도 하였다. 그러나 1722년 노론 4대 신이 사사되는 신임사화 때 그도 귀양 갔다가 결국 유배지에서 생을 마감하였다. 실록의 그의 졸기(卒記)엔 "인품이 청아하여 시율을 좋아했다. 지위가 팔좌에 이르렀는데도 가계는 쓸쓸하였다. 나이 80에 귀양 가 있다가 졸하였다."(『영조실록』권6)라고 적혀 있다.

이런 그가 『천예록』이라는 비일상적인 소재의 이야기를 정리한 것인데, 그의 문집 『수촌집(水村集)』이나 다른 어느 자료에도 이 책을 저술한 사정이나 이유, 시기 등은 밝혀져 있지 않다. 물론 당대의 인식론적 관점에서 이런 소설류를 남기는 것이 금기시된 만큼 사정을 드러낼 리 만무했을 터다. 그나마 임방의 글에서 『천예록』과 연관시켜 볼 만한 작품은 「서고자강익주이사(書瞽者姜翊周異事)」(『수촌집』권9)이다. 강익주란 인물의 이인적 풍모가 여실하고 서사적 골격도 어느 정도 갖추어져 있어, 『천예록』의 편면들과 일정 부분 어울린다. 그러나 더 이상의 관련 정보는 찾아지지 않는다.

다만 몇 가지 다른 정황은 간취된다. 우선 임방 자신이 단편서사류를 즐겨 읽었을 것으로 짐작되는 사례가 적지 않다. 『천예록』의 논평 부분에서 언급된 자료가 대개 당대(唐代) 전기류(傳奇類)와 송대(宋代) 필기집(筆記集) 등이다. 구체적인 지점을 논란하는 것으로 봐서 이들 작품을 탐독했거나 최소한 익숙했음은 분명해 보인다. 실제 작품 중에 육조 지괴나 당대 전기와 비슷한 이야기 유형도 적지 않다. 『천예록』의 소재원을 보면, 임방 자신이 겪었던 파란만장한 삶의 현장에서 가져온 것이 많다는 사실이다. 이를테면 해당 이야기의 소재처를 밝히는 경우가 많은데, 여기 그 한 예다. 제38화 '최 첨사의 귀신 체험 이야기'는 1716년 임방이 사위 이원곤(李元坤)의 사건으로 투옥되었을 때 옥사 안에서 해당 이야기의 체험자인 최원서(崔元緒)에게서 직접 들은 것이다. 이해는 『천예록』의 성립 시기의 하한이기도 한데, 감옥 안에서 귀신 이야기를 듣는다는 이

상황이 기시감이 들면서도 절묘하다. 임방의 정치적 부침과 삶에 대한 관조 사이의 괴리와 비일상성을 기조로 하는 『천예록』의 소재와 내용 사이에는 뭔가 연동성이 느껴진다. 결과적으로 임방은 비일상적인 사건이나 사례, 현실과 비현실의 경계를 넘나드는 이야기를 집중적으로 모으고 듣고 정리하였다. 그 자신 유자이면서도 비유가적인 이런 이야기를 통해 자신의 현실이지만 비현실처럼 느껴지는 상황들과 결부시킨 결과가 『천예록』이 아니었을까 싶다.

마지막 외적 환경으로는 17세기 이후 이른바 귀신담의 유행과 변화 국면을 들을만하다. 17세기 전후 전란과 전염병의 창궐로 복수의 죽음과 귀신 체험 등이 취재되기 시작하는데, 이것이 유몽인(柳夢寅)의 「애귀전(愛鬼傳)」처럼 단행 작품으로 남겨졌는가 하면, 정재륜(鄭載崙, 1648~1723)의 『감이록(感異錄)』처럼 필기집으로 정리되기도 하였다. 『천예록』 내에도 '신 학사 귀신 해코지 이야기'(제33화) 같은 경우 택당(澤堂) 이식(李植)의 「최생우귀록(崔生遇鬼錄)」을 전재한 것이다. 또한 전체 62화 중 직간접적으로 귀신/기괴와 관련된 이야기는 절반을 넘는다. 이처럼 이 시기 귀신담류의 성행은 『천예록』 성립의 주요 근간이었다. 그리고 결과적으로 이 책은 당대 귀신담류의 집성이 된 셈이다.

2. 수록된 내용과 그 성격

앞서 『천예록』은 당대 귀신담류의 집성물이라고 했거니와, 그만큼 귀신 관련 소재가 많은 것은 이 책의 가장 큰 특징 가운데 하나이다. 그렇긴 하나 귀신만 있는 건 아니다. 기이한 인간을 비롯해서 신선, 괴물/요괴, 이상한 자연 현상 등 그 소재와 내용은 상당히 다채롭다. 이들 모두 비일상적인 현상이나 사건과 결부되어 총 62편의 단편 양식으로 이루어진 결과물이다. 그런데 흥미로운 점은 배경은 일상에 두고 있다는 것이다. 우선 소재와 내용에서 몇 가지 유형으로 대별하면 다음과 같다.

가장 먼저 주목할 대상은 신선과 귀신·요괴에 관한 것들이다. 인간과 이들과의 만남은 『천예록』 전체의 분위기를 이끌고 있다고 해도 과언이 아니다. 이러한 이야기의 묘미는 단순히 귀신이나 신선의 모습만을 추적하는 데 그치고 있지 않다는 데 있다. 당대 실존 인물들이 주변 생활환경과 얽히고설켜 복잡한 상황들을 만들어 냄으로써 귓것의 정체도 획일적이지 않고 다채롭고 생동감이 넘쳐난다. 이를테면 여행길에서 우연히 신선과 조우하기도 하고, 실제 인물이 신선화되어 거리에서 활보하기도 한다. 귀신도 단순히 두려움의 대상으로만 각인되지 않고 웃음을 제공하거나, 심지어 사람에게 부림을 당하는 지경이라 애처로운 대상으로 표상되기도 한다. 그런가 하면 과거의 인물이나 조상이 귀신화되어 후손을 보호하거나 경계하기도 한다. 일종의 교훈을 담보하는 대상이 된 것이다. 귀신 외에도 이른바 '괴물'이나 '요괴'도 그 성격이 만만치 않다. 정체를 알 수 없는 괴물이 출현하여 사람을 위협하는가 하면, 요괴들은 여우나 늙은 할미 등으로 둔갑하여 괴변을 일으키기도 한다. 거기에 멀쩡하던 사람이 요괴나 이물(異物)로 변하는 변신담 계열도 예사롭지 않다. 이쯤이면 『천예록』은 이런저런 비일상적인 존재들의 경연장이라 하겠다.

다음으로 기인, 이인들의 면모이다. 도사(道士)나 무사, 고승, 그리고 익명의 선비들이 지닌 비상한 재주가 흥미롭게 펼쳐진다. 토정(土亭) 이지함(李之菡) 같은 우리가 익히 알고 있는 인물도 있으나, 대개는 세상에 알려지지 않은 이인들이다. 이런 비상한 인물 중에는 요술을 부려 사회를 어지럽히는 전우치(田禹治)처럼 부정적인 존재도 있다. 이 경우 사회와의 불화나 갈등을 부추긴다는 점에서 문제적이다. 이들의 등장은 임진왜란과 병자호란 등 전란을 거치면서 난세를 살아가는 하나의 방편으로 부각되는 면이 없지 않다. 서사의 새로운 인물형이라 하겠다. 이들은 신통력을 발휘하거나 천재지변이나 난리 속에서도 태연한 모습을 잃지 않음으로써 그 자체로 이인성을 부각시키기도 하지만, 삿된 무리를 일거에 격퇴시켜 인정(人情)을 통쾌하게 하는가 하면 귀신을 부리는 퇴마사 같은 역할도 한다. 이런 유형은 당대 민중이 난세를 극복하고자 하는 시대정 신이 투영된 결과물이라 할 수 있겠다.

마지막으로 선비와 관료 및 여성이 등장하는 출세담과 연애담이다. 이 유형의 이야기들은 비일상적인 요소가 줄어든 대신 생활 속에서의 기이한 인연과 음우, 기화(奇貨)가 판을 친다. 주지하듯이 사대부가 입신 출세하는 길은 과거급제였다. 그런데 이 급제의 문이 좁아져 가는 조선 후기로 접어들면서 과거는 양반 계급의 욕망의 최상층을 지배했다. 특히 세력이 없거나 몰락한 처지의 양반에게는 더욱 절실한 것이었다. 그것이 이야기로 구현되기에 이른 것인데, 『천예록』이 이런 경향을 처음 전면적 으로 보여준다는 점에서 주목할 만하다. 이 소재는 이후 야담집에서는 일종의 단골 메뉴가 되기 때문이다.

연애·애정담은 이런 과거를 욕망하거나 입신한 양반층과 주로 하층 의 여성의 인연을 다룬 것이다. 이 가운데 백미는 기녀와 양반 사이의 아름다운 사랑 이야기를 다룬 '옥소선(玉簫仙) 이야기'와 '일타홍(一朶紅) 이야기'이다. 이 두 편은 편폭도 길거니와 신분을 극복하고 결연하는 과 정이 그림처럼 그려져 있다. 초기 야담의 문학성을 제고할 뿐만 아니라 후대 야담집에도 연이어 전재, 변개됨으로써 하나의 이야기 계보를 획득 하기에 이른다.

이런 순정한 애정담이 있는가 하면, 남녀의 만남을 소재로 하되 애정 을 미끼로 전혀 엉뚱한 데로 서사의 향방이 틀어지는 작품도 있다. 기녀 를 업신여겼다가 알몸이 되어 창피를 당하는 관리, 사나운 아내에게 볼 기를 맞고 수염이 잘리는 남편, 무당에게 홀린 고을 원님, 어처구니없이 아름다운 여인을 놓쳐 비웃음을 산 학구(學究) 등 망신과 조롱을 당하는 남성 주인공들이 대거 등장한다. 기실 여기에는 양가적인 저의가 들어있다. 이들을 유교 이데올로기에 매여 변통을 모르는 존재라며 비판하는 시선과 함께 이른바 '여우인 여자를 조심하라'는 메시지도 담겨 있는 셈이다. 여기 여성들의 모습은 비록 저 신선이나 귀신, 이인과는 별개의 대상이지만 그녀들이 벌이는 '짓'과 남녀의 조우를 기이한 차원에서 받아들이고 있었음을 짐작케 한다. 한편으로는 텍스트 주체인 사대부 남성이 여성들의 심상과 욕망을 제대로 인식하지 못한 소치로도 볼 만하다. 어쨌든 『천예록』에서 여성은 기이한 존재로 표상된다. 이 점 보다 비판적인 관점에서 따져 볼 사안이다.

3. 비일상성의 구현 방식

『천예록』을 읽다 보면 거의 빠지지 않고 등장하는 용어들이 있다. '홀연(忽然)', '대경(大驚)', '의아(疑訝)', '우연(偶然)', '일일(一日, 어느 날)' 등이다. 약간의 차이가 있기는 하지만, 이런 단어들이 작품 대부분에 포석처럼 깔려 있다. 이들 용어는 일상의 인간이 비일상의 대상과 조우했을 때의 상황을 강조하는 조사이다. 현실적인 상황이나 논리로 설명하기 어려운 이런 이야기들은 일상에서 마주칠 수밖에 없는 '우연'과 아주 밀접한 관련을 맺고 있다. 이런 우연은 예고 없이 찾아오기 때문에 곤혹스럽기 일쑤이다. 한편 이 우연은 낯선 세계에 대한 머뭇거림의 표현이기도 하다. 그래서 여기 수록된 이야기들에는 당연히 일종의 거리 두기의 심리가 깔려 있다. 작자는 '평왈(評曰)'을 통해서 누차 언급하고 있듯이, 이런 비일상적인 이야기의 허탄함을 경계하고 있다. 그런데도 비일상적인 일들은 인간 역사에서 끊임없이 회자되는 소재였다. 인간 생활과 떼려야 뗄 수 없는, 설명하려 해도 명쾌하게 설명이 되지 않는 현상들, 말하자면 꼭 꿈에서나 경험할 만한 것들에 대한 호기심과 낯섦, 그에 따른 적당한 거리 두기가 『천예록』의 전반적인 성격인 셈이다.

『천예록』의 성격이 이렇긴 하지만, 전체가 모두 이런 낯섦만으로 채색된 것은 아니다. 비일상적인 소재는 다루기에 따라서 대단히 무거운 주제가 되기도 한다. 상식적인 기준에서 보면 일어나서는 안 되는 것이기 때문에 더욱 그렇다. 그러나 그것이 소름이 돋거나 걷잡을 수 없는 방향으로만 흐르지 않고, 중간 중간 어이없는 이완의 기회가 주어진다면 우리는 그런 읽을거리에 호기심을 가지고 빠져들게 마련이다. 『천예록』은 이런 기교가 능숙하게 구사된 편인데, '황당함'과 '웃음'을 작동시키는 기제 또한 만만치 않다. 이런 기제들이 요소요소에서 작동됨으로써 비일상성은 일상성과 완전히 분리된 별세계가 아니라 일상에 발을 딛고 있는 인간들이 경험하는, 거부할 수 없는 영역으로 남게 된다.

현실과 비현실, 일상과 비일상 사이의 경계 문제와 결부하여 또 하나 주목할 점이 있다. 즉 꿈의 형식을 빌려 풀어가는 이야기가 적지 않다는 것이다. 꿈에서 목격한 사실이 현실에서 그대로 재현되거나, 꿈의 계시를 통해서 사건을 처리하거나, 아예 비일상적인 일을 꿈에서 경험하기도 한다. 꿈이라는 장치는 일상과 비일상의 경계를 넘나드는 주요 통로로 활용되는바, 꿈을 통한 서사구조의 형식화는 『천예록』 구성의 주요한 특징으로 봐도 무방할 것이다. 이런 장치들은 이 책이 흥미 있는 읽을거리라는 점을 거듭 뒷받침하고 있다.

『천예록』의 이런 흥미성은 이야기 자체의 완결성에서도 거듭 확보된다. 이 책의 개별 작품을 읽어나가다 보면 의외로 산만한 소재들이 특별한 순서 없이 배치되어 있다는 걸 느끼게 된다. 더구나 그 유형이 거의 대동소이하다는 점을 감지하기 시작하면 지루하다는 인상까지 든다. 그런데 이 점은 『천예록』이 서사문학사에서 구현한 중요한 측면이다. 하나의 예를 들어둔다.

한양의 선비인 김생(金生)은 이름이 아무개이다. 한 절친했던 벗이 죽은 지 벌써 몇 해가 지났다. 한번은 김생이 일이 있어 영남지방으로 내려가게 되었다. 새재[鳥嶺] 길을 넘다가 느닷없이 이 죽은 친구를 만났다.(제32화)

한 편의 도입 부분으로, 주인공이 소개되면서 겪게 될 일의 실마리가 소개되고 있다. 무슨 육하원칙처럼 이야기가 진행된다. 서두의 이런 형태는 62편 모든 이야기에 거의 똑같이 구현되고 있다. 이것이 『천예록』의 이야기 서술구조이다. 지금 보면 이런 이야기 형식이 진부해 보일지 모르나, 독자의 입장에서 보면 이야기마다 일정한 리듬을 갖고 접할 수 있게 된다. 이전 단편 서사 양식으로 이와 같은 완정한 형태를 구축한 예는 없었다. 따라서 이런 서사구도는 야담사, 나아가 한국 단편서사문학사에서 새로운 전환의 면모로 주목해야 한다.

4. 『천예록』의 사회문학사적 의미

다시 말하지만 『천예록』은 한국 서사문학사에서 상당히 중요한 의미를 지니고 있다. 여기서는 크게 세 가지 측면에서 논급하고자 한다. 먼저 동 시기 동아시아적 위상이다. 『천예록』에 수록된 이야기들은 대부분 주로 편자 임방이 당대에 일어난 일들을 엮은 것이지만, 고려시대와 조선 전기를 시대적 배경으로 한 작품들도 적지 않다. 따라서 이 이야기들은 그때까지 알게 모르게 구전(口傳)되고 있던 비일상적인 시간들의 축적물인 셈이다. 마침 비슷한 시기에 중국에서는 포송령(蒲松齡, 1640~1715)이 『요재지이(聊齋志異)』를 엮은 바 있다. 이 작품 역시 대체로 명대(明代)를 배경으로 하고 있지만, 중국에서 구전되던 신괴물을 집대성한 역작이다. 그때까지 우리는 전기소설(傳奇小說)을 비롯한 대부분의 서사 작품이 중국과 긴밀한 관련을 맺고 있었다. 동아시아가 한자문화권이라는 구도와 중국 중심의 세계관이 작동하던 패러다임 속에 있었다는 점을 전제했을 때, 우리 고전문학사는 중국의 전파와 우리의 수용이라는 구도에서 자유롭지 못한 편이다. 이야기 문학 분야에서도 이런 구도는 거의 동일했다. 그러다 보니 비슷한 소재를 활용하고 있는 『요재지이』와 『천예록』은 상호 영향 관계가 설정될 법하다. 그러나 공교롭게도 포송령과 임방은 같은 해 출생하여 동 시기를 살았다. 따라서 상호 영향 관계를 따지기는 어렵다. 오히려 비슷한 시기에 비일상적인 소재의 구전물에 대한 정리작업이 중국과 한국에서 각각 이루어졌다고 봐야 한다. 실제 두 작품집에 나타나는 서사 방식이나 신이(神異)에 대한 인식은 상당히 변별적이다. 요컨대 『천예록』은 내부에서의 의미뿐만 아니라 동 시기 동아시아 신이의 세계관과 서사 양태를 파악하는 데 요긴한 결과물이다.

한편 『천예록』에 대한 지금까지의 평가는 17세기 『어우야담』을 비롯한 초기 단계의 야담 서사와는 성격이 전혀 다르며, 현실적인 소재로 인정세태를 생생하게 재현한 18세기 중엽 이후 야담 문학에는 미치지 못한다는 것이다. 즉 전후 야담사에서 평지 돌출적인 작품집이란 인상이 강하다. 심지어 비현실적 요소가 많아 야담사에서 퇴행한 작품집으로까지 보기도 한다. 이런 평가는 모두 신선이나 귀신 등 비일상적인 대상을 다룬 데다가 인정세태의 곡진한 면모가 부족하다고 판단했기 때문이다. 서사에서 환상과 미메시스를 동전의 양면과 같다고 했을 때, 『천예록』은 확실히 환상적인 면모가 강한 것은 사실이다. 그런데 환상과 미메시스는 서사의 본질이기도 하다. 그렇다면 이 두 면모가 절묘하게 결합된 양태라면 어떨까. 야담문학사에서 이 책이야말로 이를 잘 구현한 결과물이 아닐까. 오히려 환상적인 소재를 통해 당대 현실의 다양한 사유와 욕망에 다가간 저작으로 볼 필요가 있다. 더구나 조선 사회에서 금기하는 비일상적인 요소를 전면에 배치한 점도 대단히 시사적이다. 기존에 이런 서사류는 주로 전기소설 따위에 한정되어 있었다. 그러나 이보다 더 단편의 양식으로 구현해 냈다는 점에서 한국 단편서사의 새로운 장을 열었다는 평가가 가능하다.

한국 야담 문학은 조선 후기 사회와 문화 및 저층의 인정세태를 묘파한 것으로, 또 동아시아에서 독자적인 양태로 각광받고 있다. 그럼에도 단형서사 양식으로써의 관심과 접근은 부족한 편이다. 조선 후기 서사문학계는 야담으로 대표되는 한문단형서사와 현대의 드라마 역할을 했던 국문장편소설로 이원화되어 있었다. 양자는 표기문자를 비롯해 편폭, 허구성 등에서 양극단을 달리는 것처럼 그 거리가 상당하다. 그러나 이럼으로써 우리 서사문학계는 훨씬 풍부해졌다. 이 이원 구도의 출발점에 『천예록』이 있었다. 그리고 한문단형서사인 야담문학은 18세기 중엽 이후 대단히 현실적인 소재들이 각축을 벌이게 된다. 오히려 환상과 미메시스의 균형이 깨진 인상이다. 그렇다고 비일상성의 문제에서 완전히 자유로워진 것도 아니었다. 거기에 『천예록』의 일부 작품은 후대 야담집에 계속 전재되면서 하나의 계보를 형성하기도 하였다. 또 18세기 후반 임방의 손자인 임매(任邁, 1711~1779)는 『잡기고담(雜記古談)』을 내놓는다. 조부의 영향인지 동 시기 다른 야담집에 비해 이야기 형태가 잘 정돈되어 있다. 이래저래 『천예록』은 조선 후기 서사문학사에서 빼놓을 수 없는 저작이다.

마지막으로 거론하고 싶은 점은 이 책이 17세기의 시대정신을 엿볼 만한 자료를 대거 수록하고 있다는 것이다. 개별 작품 중에는 '전란'이 소재로 등장하거나 배경이 되는 경우가 많다. 당연히 그 전란은 임병양란이다. 전란을 겪으면서 부닥뜨린 현장을 통과한 흔적이 도처에 산재한다. 또한 전란과 연계되는 사안이기는 하지만, 전염병의 창궐과 그에 대한 두려움도 곳곳에 배경이나 분위기로 상정돼 있다. 그것은 역귀(疫鬼) 같은 존재로 등장한다. 당대의 이른바 비일상적인 국면도 이런 전란과 전염병 같은, 일개인으로선 도저히 감내할 수 없는 환란에서 초래된 것이다. 그러니 주인공이 맞닥뜨린 놀라움과 기괴함, 그리고 낯섦 등의 반응은 바로 당대 사회의 집단적 트라우마의 환기이자 반영이다. 말하자면 전란과 전염병 시대를 반영하고 있는바, 팬데믹 시대에 접어든 현재 우리에게도 더없이 시사적이다.

더불어 17, 18세기 전후 일상생활에서 일어나는 신변잡사가 여러 인물을 통해 구현되고 있는 점도 주목해 볼 만하다. 여기에는 그야말로 다양한 인정물태가 재현되어 있다. 특히 여성이 등장하여 비상한 상황을 직조한 경우라든지, 궁노(宮奴)들이 위세를 믿고 행패를 부리는 장면, 그리고 관운장과 무당 등이 등장하는 예는 당시의 민심의 향배와도 밀접한 관련을 맺고 있다. 그런데 이런 일상의 현상들이 좀 으스스한 분위기로 채색되어 있는 것이다. 이는 시대와 환경이 바뀌었을 뿐 지금 우리의 생활 주변에서도 일어날 법한 별의별 신이한 체험들과 별반 다르지 않다. IT 시대를 살고 있는 우리지만 여전히 현실과 비현실의 경계 속에 있으며, 그 너머의 환상세계는 미지의 영역이지 않은가. 결과적으로『천예록』은 비록 18세기 초엽에 엮어진 환상담이지만 조선시대 어떤 서사물보다 현재에 통용될 수 있는 저작이 아닐까 싶다.

신선 세계

제1화

지리산에서 길을 잃었다가 신선을 만나다

중종(中宗) 때 한양 도읍에 어떤 거지가 있었다. 그는 못생기고 우악스러운데다 몹시 지저분했다. 나이는 마흔쯤으로 아직껏 상투를 틀지 않았다. 동냥자루 하나를 어깨에 걸치고 저잣거리를 돌아다니며 구걸하였다. 낮이면 도성 안 여기저기를 헤집고 다녀 그의 발길이 닿지 않은 곳이 없었다. 그리고 밤이 되면 남의 집 문 옆에서 잠을 청했다. 그가 있는 곳은 대개 종각[鍾樓] 근처 거리였다. 자연히 품팔이꾼이나 무뢰배들과 날마다 마주쳤다. 그러다 보니 이들은 서로 친숙한 사이가 되어 함께 어울렸다. 한편 그는 자신의 성을 장씨(蔣氏)라 하였기에 사람들은 그를 '장 도령(蔣都令)'이라고 불렀다. 나라 풍속에 도령이란 사대부 집안 출신으로 아직 혼인하지 않은 자를 두고 부르는 말이다.

이때 마침 도사 전우치(田禹治)[1]가 괴상한 도술을 부려 자못 세상을 우

---

1 전우치(田禹治): 생몰년 미상으로, 개성 출신이며 중종·명종 때의 인물 정도로만 알려져 있다. 사화(史禍) 시기에 몇몇 문인들과 교유한 흔적이 보이며, 그의 죽음에 대해서도 이설이 많다. 학맥은 역시 개성 출신인 화담(花潭) 서경덕(徐敬德)과 연결되어 있으며, 그에게 수학했다는 설도 있다. 환술과 기예에 능해 그에 관한 이야기로 긍부정이 교차하는 경우가 많은데, 역질을 도술로 예방했다거나 사술(邪術)로 백성을 현혹시켰다는 등이 그런 예다. 잘 알려져 있듯이 이런 면모가 소설 「전우치전」에도 이어져 조선시대 '이상한 영웅'의 한 유형을 창출하기도 했다. 아무튼 조선시대 술가 계보에서 빠질 수 없는 존재이다.

롱하고 있었다. 그런데 그런 그도 큰길가에서 장 도령을 만나면 굴러내리듯 말에서 뛰어내려, 잰걸음으로 다가가 절을 올리고 감히 쳐다보질 못하였다. 장 도령은 고개를 끄떡이지도 않고,

"자네 요즘 재미가 좋다고 하던데 그런가?"

라고 물었다. 전우치는 두 손을 공손히 모으고 대답하기를,

"예, 예."

라고 하면서 몹시 두려워하는 기색이 역력했다. 간혹 이렇게 절하며 굽신거려도 장 도령은 무시하고 뒤도 안 돌아보고 지나가 버리기도 하였다. 지켜보던 이가 괴이쩍어 전우치에게 물어보자 답이 이랬다.

"지금 우리나라에 도령으로 세 신선이 있는데 장 도령이 제일 높은 신선이시고, 그다음이 정렴(鄭磏)[2]이며, 또 그다음은 윤세평(尹世平)[3]이라네. 세상 사람들은 아무도 모르고 나만 이 사실을 알고 있으니 어찌 공경하면서도 두려워하지 않을 수 있겠는가?"

그래도 사람 중에는 이를 의심하였다. 그가 요망스럽고 허탄한 인물이라고 하여 이 말을 전적으로 믿지 않았기 때문이다.

한편 도성 안에 음직(蔭職)으로 벼슬아치가 된 이가 있었다. 그의 집이 길가에 맞닿아 있어 장 도령이 길에서 구걸하는 장면을 자주 목격하곤 하였다. 하루는 이 벼슬아치가 장 도령을 불러 형편을 물었다. 그랬더니,

'본래 호남의 양반 집안 출신이었으나 부모가 모두 염병에 걸려 죽었고, 형제는 물론 아는 친척도 거의 없는 혈혈단신의 의지할 데 없는 몸이라 유리걸식하게 되었다. 이리저리 떠돌다가 한양으로 흘러들어 오게

---

2 정렴(鄭磏): 명종 연간의 인물로 조선시대 도맥(道脈)에서 중요한 위치를 차지한다. 제3화에 다시 나온다.

3 윤세평(尹世平): '윤군평(尹君平)'으로 알려져 있으며, 중종 때의 인물로 전우치와 함께 술가 계보에서 중요하게 거론된다. 제4화에 다시 나온다. 참고로 조선 전중기 선도 및 술가의 계보는 김시습-정희량(鄭希良)-윤군평-곽치허(郭致虛)-정렴(鄭磏)-한무외(韓無畏) 등으로 이어지는 것으로 보고 있다.

됐다. 백 가지 중 한 가지도 잘하는 일이 없어 낫 놓고 기역 자도 모르는 꼴이다.'

라고 대답하였다. 음관은 그가 사대부가 출신이라는 말을 듣고 더욱 안 쓰럽고 가엾다는 생각이 들었다. 그래서 술과 음식을 내주고 쌀과 조 등속도 마련해 주었다. 이때부터 집에 먹을 것이 생기면 꼭 사람을 시켜 장 도령을 불러와 제공하는 등 한층 더 잘 돌봐주었다.

그러던 어느 날, 음관이 출타했다가 우연히 사람들이 번갈아 둘러메고 흥인문(興仁門)[4] 쪽으로 나가는 시신 한 구와 마주쳤다. 미처 편면(便面)[5]으로 가리지 않은 상태였기에 말 위에서 순간 내려다보니 장 도령이 틀림없었다. 마음이 너무 아픈 나머지 음관은 집으로 돌아와서도 탄식을 금치 못하였다.

"세상에 박명한 자가 한량이 있겠냐마는 어찌 장 도령 같은 자가 또 있겠는가? 손가락을 꼽아 따져 보니 장 도령이 종각에 와서 구걸한 지도 15년이 되었구나. 끝내 이렇게 남에게 둘러메 버려지는 시신이 되고 말았으니, 참으로 가엾은지고!"

그 뒤 수십 년이 흘렀다. 음관은 볼 일이 생겨 호남 지역으로 내려가고 있었다. 그런데 지리산 아래를 지나다가 순간 길을 잃고 말았다. 점점 산속으로 들어가는데 날은 어두워지고 있었다. 그야말로 진퇴양난이었다. 그러다가 꼴 베는 아이들이 다니는 듯한 샛길을 하나를 발견하였다. 분명 가까운 곳에 인가가 있겠다 싶어 꼬불꼬불한 그 길을 따라 걸어갔

---

4 흥인문(興仁門): 즉 동대문이다. 그런데 '광희문(光熙門)'으로 나와 있는 이본도 있는 바 이곳이 더 적절해 보인다. 사소문(四小門) 중의 하나인 광희문은 동대문에서 가까우며 동소문에 해당한다. 한편 청계천이 흘러나가는 곳이라 하여 '수구문(水口門)'이라고 하였으며, 도성 안의 시신을 이 문을 통해 도성 밖으로 운구했기에 속칭 '시구문(屍口門)'이라고도 했다.

5 편면(便面): 얼굴을 가리거나 햇빛을 막을 때 사용하는 가리개로, 부채의 일종이다. 이것으로 가리면 얼굴이 편해진다고 하여 붙여진 이름이다.

다. 처음에는 그냥 길이 깊겠거니 싶었으나 점점 산과 물은 맑고 깨끗하며 초목은 싱그럽고 아름답게 느껴졌다. 들어가면 갈수록 더 신기하다 싶더니 수십 리를 더 가자 아연 황홀한 별천지가 나타났다. 그곳은 더 이상 인간 세상의 지경이 아니었다.

저 멀리 푸른 도포를 입은 사람이 청노새를 타고 일산을 펼쳐 든 시종들을 거느린 채 오는데 나는 듯이 빨랐다. 고관(高官)의 행렬인 줄 알겠으나, 이 깊은 산중에 웬 대관 행차인가 싶어 음관은 적이 의구심이 들었다. 우선 말을 끌고 숲속으로 몸을 피하려고 했다. 그러나 미처 몸을 숨기기도 전에 저쪽 일행이 졸지에 앞에 당도하였다. 그 사람은 말에 탄 채 읍을 하며 물었다.

"공께서는 그간 평안하셨습니까?"

음관은 당황한 나머지 머뭇거리며 답을 하지 못했다. 그러자 그가 웃으며 말하였다.

"저는 이곳에 살고 있사온데 공께서 왕림해 주시다니요."

그러고는 곧장 노새를 돌려 앞서갔다. 역시 나는 듯 빨라 일순간 사라져 보이지 않았다. 음관은 그 뒤를 따라가 얼마 뒤 어느 곳에 도착할 수 있었다. 큰 궁전들이 몇 리에 걸쳐 빽빽이 들어차 있고, 누대는 아스라한 게 금빛과 푸른빛이 어리비치고 있었다. 정문에선 의관을 갖춘 자가 기다리고 있다가 음관이 도착한 걸 보고는 예를 갖춰 맞아들였다. 전각 서너 곳을 지나 한 궁전에 이르렀다. 그가 음관을 인도하여 궁전에 오르자, 매우 장엄한 의관을 한 멋진 장부가 자리하고 있었다. 옆에는 시녀 수십 명이 좌우로 늘어섰는데 얼굴이 다 절세의 미인들이었다. 시중드는 어린 동자도 십여 명이었다. 사령(使令)과 종사관들까지 호위하며 늘어서 있는 모습은 여느 왕과 다름이 없었다.

음관은 두려워하며 종종걸음으로 나아가 배알하면서도 감히 위를 올려다보지 못하였다. 이에 멋진 장부는 답례로 읍하고 웃으며 말하였다.

"그대는 나를 알아보지 못하겠소? 잘 보시오!"

그제야 음관은 겨우 얼굴을 들어 쳐다보았다. 그는 바로 청노새를 타고 일산을 펼친 채 길에서 맞아주었던 사람이었다. 하지만 일찍이 면식이 있던 사이는 아니었다. 음관은 엎드린 채 대답하였다.

"앞서 뵈었을 때도 영문을 몰랐사온데 지금 하문하오나 어떻게 대답해야 할지 모르겠나이다."

이 멋진 장부가 말했다.

"내가 바로 장 도령이오. 당신은 어찌 나를 모른단 말이오?"

음관은 이제야 머리를 들고 얼굴과 눈 등을 자세히 훑어보았다. 과연 장 도령이었다. 지금은 기품이 맑고 빼어나며 풍채가 넘치고 화사한 게 예전의 추악하고 남루했던 모습은 전혀 찾아볼 수 없었다. 깜짝 놀란 음관은 어찌 된 영문인지 도무지 감을 잡을 수 없었다. 장 도령은 당장 연회를 열어 그를 대접하라고 영을 내렸다. 진기한 안주와 찬, 영롱한 그릇들은 죄다 인간 세상에는 없는 것이었다. 젊은 여인 십여 명이 줄지어 곡을 연주하니, 악기며 노래와 춤도 모두 인간 세상에서 보고 들었던 게 아니었다. 여러 여인의 곱고 아름다운 모습은 그야말로 요희(瑤姬)요 옥녀(玉女)[6]였다.

이윽고 장 도령이 음관에게 말했다.

"우리나라에는 4대 명산이 있고, 그곳에는 각각 선관(仙官)이 주재하오. 나는 바로 이 지리산을 주재하고 있소. 예전엔 약간의 잘못을 저질러 잠시 인간 세상으로 귀양을 내려와 있었던 거요. 내려와 있는 동안 나를 정성으로 대접해 준 그대의 후의를 내 잊지 않았소. 그대가 나의 주검을

---

6 요희(瑤姬)요 옥녀(玉女): 모두 아름다운 선녀를 말한다. 요희는 '요희(姚姬)'라고도 하며, 이른바 운우지몽(雲雨之夢) 고사에 나오는 무산(巫山)의 신녀이다. 옥녀도 전설에 등장하는 선녀로, 도가서사류에 자주 등장한다. 한편 옥녀는 인간 세상의 미인을 지칭하는 일반명사이기도 하다.

보고 측은해하며 애도하던 마음까지도 내 알고 있소. 나는 죽은 게 아니라 바로 유배의 기한이 찼기 때문에 시해(尸解)[7]하여 선계로 돌아온 것이오. 오늘 그대가 이 산을 지나간다는 사실을 알고 예전의 은혜를 갚고자 한번 초청하여 자리를 마련한 것이라오. 그대도 다소나마 나와의 묵은 인연이 있었기에 여기까지 오게 된 게 아니겠소?"

이렇게 술자리 연회를 다 즐기고 나서 자리를 마쳤다. 그날 밤 음관은 한 별전(別殿)에서 묵었다. 그곳의 창과 문, 그리고 처마며 살창은 모두 산호나 수정 등의 진기한 보석으로 만들어져 영롱하고 투명하여 마치 대낮처럼 환하게 밝았다. 음관은 뼛골이 시원하고 정신이 맑아져서 잠을 이룰 수 없었다. 다음날 장 도령은 다시 잔치를 열어 음관을 전별하였다. 술이 얼큰해지자 장 도령이 이런 말을 하는 것이었다.

"이곳은 그대가 오래 머물러 있을 데가 아니니 이제 돌아가는 게 좋겠소. 선계와 인간 세상의 길은 전혀 다른지라 훗날 다시 만나기는 어려울 거요. 바라건대 존체 잘 보전하기를 빌어 마지않소."

즉시 시종을 시켜 돌아가는 길을 안내해 주도록 하였다. 음관은 절을 하고 물러 나왔다. 그곳 문을 나와 얼마 가지 않아서 곧장 큰길로 접어들었다. 이 길은 처음 산에 들어올 때의 그 샛길이 아니었다. 그래서 음관은 누차 댓가지와 나뭇가지를 꽂아 지나온 곳을 표시해 두었다. 처음 만났던 곳에 당도하자, 길을 안내하던 자는 작별하고 되돌아갔다.

이듬해 음관은 다시 이곳을 찾았다. 그러나 겹겹의 언덕과 첩첩한 산등성이엔 초목만이 베를 짜듯 빼곡할 뿐 끝내 그 소로를 찾을 수 없었다.

---

7   시해(尸解): 육신을 버리고 혼백만 빠져나가 신선이 되는 도가의 법술을 말한다. 도가에서는 신선이 되는 법으로 두 가지를 드는데, 하나는 단약을 복용하거나 벽곡·복기(服氣) 등의 수련을 통해 불로장생의 법을 터득하는 것이고, 다른 하나가 시해이다. 다만 시해는 인간의 죽음과 관련돼 있어서 죽음 이후의 과정이란 점에서 차이가 있다. 실제 조선시대 도맥에 있는 인물 중에는 윤군평의 경우처럼 실제 시해했다고 전해지는 경우가 많으며, 신선담 계열의 중요 소재이기도 하다.

그 후로 음관은 점점 젊어지고 머리털도 희어지지 않았다. 그렇게 나이가 90여 살에 이르도록 아무런 병 없이 살다가 죽었다. 음관이 죽기 전한번은 이런 말을 남겼다.

"장 도령이 세상에 있을 때의 일을 더듬어 보면 별반 이상한 행동은 없었어. 다만 조금도 변하거나 늙지 않은 모습에 남루하고 때 묻은 옷 하나만 걸친 채 15년을 변함없이 하루처럼 지낸 것 말고는 말이야. 그러고 보면 그가 평범한 사람이 아니었는데 범속한 사람의 눈으로 알아볼 수 없었던 게지."

제2화
관동 가는 길에서 비를 맞다가 선계로 들어가다

인조(仁祖) 때 가평군(加平郡)에 향교[8]에서 공부하는 한 유생이 있었다. 그는 아직 장가들지 않은 젊은이로, 문장과 역사를 제법 꿰고 있었다. 마침 일이 생겨 관동(關東)을 가게 되었다. 걸음이 느린 망아지[款段馬]를 타고 어린 종 하나를 대동한 채 길을 나섰다. 어느 산 아래에 이르렀을 때 길에서 비를 만나 반나절 동안 흠뻑 젖었다. 그 와중에 어린 종은 갑자기 망아지 앞에서 쓰러져 죽고 말았다.

유생은 그야말로 경악하였다. 몸소 시신을 끌어다 길가 산모퉁이에 안치하고 홀로 얼굴을 가리고 울음을 삼켰다. 다시 망아지를 타고 길을 떠났다. 그런데 몇 리를 갔을까 이번에는 자신이 탄 망아지가 땅에 고꾸라져 죽는 게 아닌가. 힘겨운 여정에 이미 종을 잃은 데다가 말마저 죽어

---

8 향교: 즉 가평향교이다. 1398년에 창건된 유서 깊은 향교로, 가평 지역의 교육과 교화를 담당하였다. 조선시대 가평군 관아 근처에 있었으며, 현재 경기도 가평군 가평읍에 남아 있다.

버렸으니 앞길이 캄캄할밖에. 거기에 비마저 그치지 않는 것이었다. 혈혈단신으로 걸어서 가다가는 아무래도 관동 땅에 도착할 수 없는 상황이었다. 이젠 흐르는 눈물로도 부족하여 마침내 대성통곡을 하였다.

그런데 그때 느닷없이 한 노인이 지팡이를 짚고 나타났다. 눈썹이 희끗희끗하고 새하얀 머리를 한 생김새가 퍽 비범해 보였다. 유생이 통곡하는 걸 보고 다가와 왜 그러는지 물었다.

"어린 종과 망아지가 다 죽고, 비를 맞으며 걸어가도 머물러 쉴 곳조차 없어요."

노인은 딱하다며 한참을 가여워하더니 지팡이로 한 곳을 가리켰다.

"저 솔숲과 대숲 너머로 시냇물이 흐른다네. 그 시내를 따라 올라가면 상류에 사람들이 살고 있지. 그곳에서 쉬어갈 수 있을 걸세."

유생은 가르쳐 준 데를 따라 1리쯤 떨어진 곳을 쳐다보니 과연 소나무와 대나무가 울창하게 우거져 숲을 이루고 있었다. 그는 곧장 답례하고 그곳으로 향했다. 채 몇 걸음도 안 가서 뒤를 돌아보니, 노인은 벌써 사라지고 없었다. 유생은 적이 놀라고 의심이 들었지만 노인이 가르쳐 준 곳까지 가 보았다. 그곳엔 굵직한 소나무와 쭉 뻗은 대나무가 안팎으로 빽빽하게 둘러싸여 숲을 이루고 있었다. 그 너머로는 과연 큰 시내가 흘렀다. 시냇물 바닥엔 하얀 돌이 편편하게 깔려 있었다. 자세히 보니 바로 앞에서 저 멀리까지 모두 하나의 반석이었다. 물빛은 옥과 같아 마치 흰 비단을 펼쳐놓은 것 같았다. 그는 마침내 바지를 걷고 물을 거슬러 올라갔다. 물은 깊고 얕은 구분이 거의 없이 겨우 발을 적실 정도였다. 1리 정도를 더 올라가자 화려한 누각 세 칸이 눈에 들어왔다. 우뚝하니 시내를 향하고 있는데, 단청이 훤히 내비치고 난간은 아스라이 솟아 있었다.

유생은 젖은 옷자락을 끌며 가시나무 지팡이를 든 채 누각 아래에서 잠시 쉬었다. 누각 안을 보니 몇 자쯤 되는 흰 돌이 한가운데에 놓여 있었다. 옥처럼 깨끗하고 매끄러운데다가 숫돌처럼 편편했다. 자세히 훑어보니 정말 티 하나 없이 말끔하였다. 이렇듯 세 칸 안에는 다 돌이 하나씩 있었다. 누각 위에는 달랑 돌로 만든 궤안(几案) 하나만 자리 했고, 그 위에는 『주역(周易)』 한 권이 놓여 있었다. 궤안 앞에는 돌화로가 놓여 있어 한 가닥 푸른빛의 향 연기가 모락모락 피어올랐다. 그밖에 다른 것은 없었다. 이곳에 들어오고 보니 날은 온화하고 경치가 멋들어져 비바람이 분 적이라고는 없는 듯했다. 경내는 맑고 고요하여 속세의 근심이 절로 사그라들었다.

유생이 의아해하고 있는 사이 별안간 신발 끄는 소리가 누각 뒤편에서부터 들려왔다. 깜짝 놀라 주변을 돌아보니 어떤 노인이 나타났다. 그는 거북이 체형에 학의 자태[9]로 기품이 맑고 고상해 보였다. 육수청사포(六銖靑紗袍)[10]를 입고 구절녹옥장(九節綠玉杖)[11]을 짚고 있는 모습과 태도는 기이하면서도 거룩하여 범속한 풍모와는 아예 달랐다. 유생은 그가 바로 주인어른임을 직감하고 종종걸음으로 나아가 절을 올렸다. 노인은 반색하며 맞받아 읍을 하였다.

"내가 이 집 주인 늙은이요. 당신을 기다린 지 오래되었소이다."

---

9 거북이 체형에 학의 자태: 원문은 '구형학상(龜形鶴狀)'으로, 주로 고상하고 장수하는 노인의 상을 묘사할 때 쓴다. 특히 고상한 자태나 흰 머릿결을 지칭하는 학골(鶴骨), 학발(鶴髮) 등의 용어는 장수하는 노인을 일컫는다. 잘 알려져 있듯이 거북과 학은 장수를 상징한다.

10 육수청사포(六銖靑紗袍): 푸른빛이 도는 비단으로 만든 얇고 가벼운 고급 도포이다. '육수(六銖)'의 수(銖)는 무게, 또는 수량의 단위로 한 냥(兩)의 24분의 1에 해당하며, 이는 기장 96알, 조 144알의 무게에 해당한다. 따라서 육수는 1냥의 4분의 1로 얇고 가볍다는 뜻이다.

11 구절녹옥장(九節綠玉杖): 아홉 개의 마디가 있는 대나무로 만든 지팡이다. 여기서 '녹옥(綠玉)'은 대나무의 미칭이다. 『본초강목(本草綱目)』에서 대나무는 심록(深綠), 즉 짙푸른 색이 좋으며, 담색(淡色)이 그 다음이라고 하였다. 또한 좋은 대나무 지팡이를 '녹옥군(綠玉君)'이라고 불렀으며, 이후 한시 등 문학 작품에서 대나무를 표현할 때 많이 쓰였다.

그러면서 앞장서서 길을 인도하였다. 산천의 풍광이 들어가면 갈수록 기이하였고 하늘은 활짝 열려 바람과 햇빛은 맑게 빛났다. 그런데 그 잠깐 사이에 또 노인은 어디론가 사라져 버렸다. 얼마 뒤 한 거처에 당도하게 되었다. 주궁(珠宮)과 패궐(貝闕)[12]이 좌우로 날개 펼친 듯 구름에 잇닿은 채 몇 리에 걸쳐 이어져 있었다. 유생은 언젠가 과거를 보러 서울에 올라갔을 때 도성의 궁궐을 본 적이 있었다. 지금 이곳 궁전과 도관(道觀)의 장려함을 보고 나서 전에 보았던 왕궁을 떠올려보니 그것은 작은 집채에 불과한 것이었다.

문 앞에 도착하자, 의관을 갖춘 자가 앞장서서 유생을 데리고 안으로 들어갔다. 서너 개의 전각을 지나서야 왕이 거처하는 궁전에 도착하였다. 유생은 이끌려 섬돌 위로 오르자, 전각 위에는 어떤 노인이 궤안에 기대어 앉아 있었다. 유생이 전각에 올라가 절을 올리고 알현하였다. 원래 시골 출신의 미천한 존재인데다 일찍이 귀인을 만난 적도 없던 터라 황공하여 감히 얼굴을 들지 못하였다. 노인은 흔쾌히 맞으며 자리에 앉으라고 하였다.

"이곳은 인간 세상이 아니고 바로 신선 세계일세. 그대가 찾아올 줄 이미 알았기에 이렇게 환영하는 걸세."

유생은 그제야 슬며시 쳐다보았다. 바로 앞서 누각 뒤편에서 신발을 끌며 나타났던 그 주인집 노인이었다. 노인은 주위를 돌아보며 영을 내렸다.

"이 사람은 필시 굶주렸을 테니 먹을 것을 내다 주도록 하여라. 허나 갑작스레 신선의 찬을 주어서는 안 되느니라. 인간 세상의 음식을 내주

---

12 주궁(珠宮)과 패궐(貝闕): 모두 화려한 궁궐을 미화한 것이다. 주패(珠貝)는 구슬과 패옥으로 장식한 궁궐로, 원래는 수신(水神)의 궁궐인 용궁을 이렇게 표현한 데서 유래하였다. 굴원(屈原)의 초사 「구가(九歌)」에서 "魚鱗屋兮龍堂, 紫貝闕兮朱宮."이라 하였다. 여기 '주(朱)'는 주(珠)와 통용된다.

어라."

이윽고 어린 시종이 한 쟁반 가득 음식을 받들어 올렸다. 과연 죄다 세상에 있는 음식으로, 보기 드문 진귀한 것들이 풍성하게 차려 있었다. 다시 어린 시종은 돌그릇을 받들어 주인에게 올렸다. 그릇 안에 담긴 건 녹색이며 응고된 것이었다. 무엇인지 알 수는 없었으나 아마도 석수(石髓)·옥장(玉醬)[13]의 유가 아닌가 싶었다. 선옹은 이 그릇을 받아 들고 단번에 다 마셨다.

유생은 추위에 떨고 주린 나머지 진수성찬을 받게 되자 정신없이 먹고 마셔 제법 배가 불렀다. 이에 선옹은 시종에게 상을 물리라 하고 바로 유생에게 물었다.

"내게 시집갈 때가 된 여식이 있네. 혼처를 구했으나 아직 얻지 못하고 있다네. 자네가 이렇게 찾아왔으니 이야말로 묵은 인연이 있어서일 테야. 자네를 이곳에 붙잡아 두고 내 사위로 삼고자 하네."

유생은 영문을 알 수 없어 엎드려 있을 뿐 감히 답을 하지 못했다. 선옹은 주위 시종을 돌아보며 일렀다.

"아이들을 불러오너라."

금세 여자아이 둘이 안에서 나와 선옹 곁에 모시고 앉았다. 열두세 살 정도로, 발그레한 뺨에 희고 고운 얼굴에 미골(眉骨)이 깔끔하고 수려하여 정말이지 한 쌍의 백옥동자라 할 만하였다. 선옹은 두 아이를 가리키며 유생에게 말하였다.

"얘들이 바로 내 여식이라네."

그러면서 두 아이에게 일렀다.

"내 이 젊은이를 사위로 삼고자 하느니라. 낭군 될 사람이 이미 여기

---

13 석수(石髓)·옥장(玉醬): 석수는 '옥수(玉髓)'라고도 하며 종유석(鐘乳石)을 달리 부르는 명칭이며, 옥장은 옥로(玉露), 또는 경액(瓊液) 따위로, 모두 신선 세계의 식음료로 알려져 있다.

앉아 계시니 마땅히 아무 날을 정해 혼례를 치러야 하겠다. 허니 너희들은 길일을 택하여 나에게 고하거라."

두 아이는 부친의 영에 따라 손가락을 꼽아 날을 계산하더니 같은 소리로 대답하였다.

"내일모레가 가장 길일이옵니다."

이에 선옹이 유생에게 말하였다.

"길일이 이미 정해졌으니 자네는 우선 빈관(賓館)에 머무르며 대기하도록 하게."

그 즉시 주위의 시종을 시켜 아무개를 불러오라고 하였다. 잠시 뒤한 선관(仙官)이 잰걸음으로 밖에서 들어와 분부를 받들었다. 그는 가벼운 도포에 느슨한 허리띠를 한 풍채가 깔끔하고 헌걸찬 그런 고운 장부였다. 선옹이 바로 일렀다.

"너는 이분을 모시고 나가 바깥에서 며칠간 접대하고 있다가 길일을 맞추도록 하여라."

그는 명을 받들어 유생을 데리고 나갔다. 유생도 절을 올리고 물러나그의 뒤를 따랐다. 대문에 이르니 붉은 옻칠을 한 가마가 밖에서 대기하고 있었다. 선관은 유생에게 가마에 오르라고 청하였다. 이윽고 여덟 사람이 가마를 메고 길을 떠났다. 몇 리를 가서야 모처에 도착할 수 있었다. 그곳엔 전각 하나가 시내를 마주하고 있었다. 주변이 더없이 깨끗한게 한 점 티끌도 묻지 않은 곳이었다. 맑고 깨끗한 꽃과 대나무, 그리고영롱한 누대와 정자가 자리하고 있었다. 선관은 유생을 모셔다 그곳에묵으라고 하면서 옥함(玉函)에서 옷 한 벌을 꺼내 목욕한 다음 갈아입도록 하였다. 유생은 그제야 달아빠지고 비에 젖어 축축한 옷을 벗고 내어준 옷으로 갈아입었다. 진기함과 곱기가 이루 형언할 수 없었다. 그 외에도 자리의 화려함과 음식의 좋은 맛 또한 말로 다 하기 어려웠다.

선관은 유생과 함께 지냈다. 이틀을 같이 묵고 난 뒤 예정된 길일이 되자, 다시 옷이 들어 있는 옥함이 선관의 거처에서 제공되었다. 유생더러 몸을 씻고 이 옷으로 갈아입으라고 했다. 이 관복은 앞서 입었던 것보다 훨씬 더 화려하고 호사스러웠다. 옷을 바꿔 입고 나자 붉은 옻칠의 가마에 다시 유생을 태워 선옹의 궁전으로 향하였다. 가는 행렬에는 선관 수십 명이 앞과 뒤에서 호위하였다. 궁문 앞에 당도하기 무섭게 가마를 돕던 자가 유생을 인도하여 궁전에 올라 정해진 자리로 안내했다.

전안례(奠雁禮)[14]에 따라 유생은 절을 올렸다. 예가 끝나자 유생을 데리고 들어갔다. 먼발치에서 찰랑찰랑 패옥 소리가 들리고 향기로운 바람이 불다 그치곤 하였다. 안으로 들어가니 좌우로 늘어선 여인 수십 명이 보였다. 아름다운 얼굴과 화려한 복장은 정말이지 요희와 옥녀의 무리라 할 만하였다.

유생은 이들 가운데 한 여자가 필시 주인옹의 딸이겠거니 생각하였다. 그런데 잠시 뒤 아리따운 여인을 안에서 모셔 나왔다. 비췻빛 영롱한 구슬이 온 전각을 환히 밝혔다. 그녀가 유생 앞에 서서 얼굴을 가리고 있던 옥 부채를 내리자 수려한 용모와 어여쁜 자태가 사람의 눈을 빼앗아 버렸다. 좌우에 줄지어 있던 고운 여인들과 견주어 보면, 이는 봉황에 있어서 참새도 못 되는 격이었다. 유생은 그 빛에 어질어질 아찔하여 감히 쳐다보지 못하였다.

수모(首母)[15]가 유생을 데려가 신례를 치렀다. 맞절하는 것이나 동뢰(同牢)·합근례(合卺禮)[16] 등의 절차는 인간 세상과 똑같았다. 예식이 끝나자

---

14 전안례(奠雁禮): 전통 예식에서 신랑이 나무기러기[木雁]를 가지고 신붓집에 가서 혼주에게 바치는 과정이다. 대체로 신랑은 잔칫상 앞에 꿇어앉아 나무기러기를 위에 올려놓은 다음 네 번 절을 올리게 된다. 기러기는 예로부터 절개와 신의를 상징한다고 알려져 있다.

15 수모(首母): 원문의 '찬자(贊者)'를 이렇게 번역하였다. 수모는 혼례 때에 신부의 단장을 도와주고 제반 예식의 거행 때 옆에서 거들어 주는 이로, '수모(手母)'라고도 한다.

16 동뢰(同牢)·합근례(合卺禮): 전안례 이후에 치러지는 혼례 절차로, 동뢰는 '동뢰연(同

유생을 신랑이 묵는 방으로 안내했다. 화려하게 수놓은 가리개와 금병풍이며, 비단 이불과 옥 자리 등은 아무리 봐도 인간 세상의 물건이 아니었다.

혼례를 치른 다음 날이었다. 장모가 유생을 맞이해 상견례를 가졌다. 장모의 나이는 서른여남은 살쯤 돼 보였다. 그 자태는 마치 먼지 한 점 없이 깨끗한 부용꽃이 물속에서 나온 듯하였다. 이어서 선옹이 유생을 위한 잔치를 열었다. 안팎으로 수없이 많은 손님이 운집하였다. 화려한 잔과 그릇, 그리고 성대한 음악은 세상에선 보고 듣지 못하던 것이었다. 술이 반쯤 돌자 한 떼의 고운 여인들이 나풀거리는 치마를 끌고 너른 소매를 날리면서 자리 앞에서 춤을 추었다. 서로 화답하며 부르는 노랫소리가 지나가는 구름을 가로막았다. 이름하여 예상우의곡(霓裳羽衣曲)[17]이었다. 이 자리는 날이 저물어 모두 취한 뒤에야 끝이 났다.

유생은 쑥대 문에 새끼로 지도리를 맨 집[18] 출신이라 식견이 고루하여 우물 안의 개구리와 마찬가지였다. 그런 그가 뜻하지 않게 선옹을 만나고 또 이렇게 갑작스레 성대한 예식에서 진설된 음식을 대하고 보니 임금이라도 된 듯하였다. 황홀하기도 하고 의구심과 두려운 마음도 들어 취한 듯 멍하니 어찌할 줄 몰랐다. 밤이 되어 신부가 들어올 때면 놀랍고

牢宴)'이라 하며, 신랑 신부가 맞절하고 나서 음식을 함께 먹는 의식이다. 또 합근례는 신랑 신부가 동뢰연 이후 술잔을 들어 마시는 절차이다. 통상 혼례에서 가장 중요한 의식으로 되어 있다.

17 예상우의곡(霓裳羽衣曲): 중국 당나라 때 현종(玄宗)이 꿈속에서 선녀들이 춤추는 것을 보고 지었다는 악곡이다. 본래는 중국 서북방 이민족 지대인 서량(西涼)에서 전래된 악곡으로, 신선 세계의 환상적인 분위기를 자아내는 노래로 알려져 있다. 이후 애정 고사나 풍류 문학에 단골 소재로 활용되곤 하였다.

18 쑥대 문에 새끼로 지도리를 맨 집: 원문은 '봉호승추(蓬戶繩樞)'이다. 봉호와 승추는 모두 가난한 집이나 형편을 의미한다. 봉호는 쑥대로 엮어 만든 문으로, 『장자』·「양왕(讓王)」편의 "原憲居魯, 環堵之室, 茨以生草, 蓬戶不完, 桑以爲樞."라는 문구에서 유래했다. 승추는 지도리 맬 재료가 없어 새끼로 맸다는 뜻으로, 가난한 선비를 승추지사(繩樞之士)라 하기도 한다.

두려워 감히 가까이하지 못하고 옷을 입은 채로 이부자리에 엎드려 양손을 이마에 얹은 채로 잠들곤 하였다. 이렇게 십여 일이 지나서야 송구하고 두려운 마음이 조금 가셨고, 점점 나아져 마침내 부부의 도를 행할 수 있었다. 해를 넘겨서는 장난도 치며 한껏 즐거움에 빠져들었다. 견줄 데가 없을 정도였다.

그러던 어느 날, 아내가 유생에게 물었다.

"당신은 아버지께서 유람하는 곳을 보고 싶지 않으세요?"

유생이 한번 보고 싶다고 하자, 아내는 유생을 데리고 후원으로 향했다. 붉은 벼랑과 푸른 절벽 사이로 맑은 샘물이 흰 물보라를 일으키며 떨어지고 있었다. 들어가면 들어갈수록 승경(勝景)이라 곳곳이 기이하고 절묘하였다. 아름다운 꽃과 진기한 풀이 여기저기에서 햇빛에 어른거리고, 이따금 진기한 새와 짐승이 날거나 모여들었다. 유생은 처음 이곳에 들어왔으면서도 흠뻑 빠져 돌아가기를 잊을 정도였다. 주변을 다 구경하고 나자 아내는 다시 유생을 데리고 후원 뒤쪽의 한 봉우리로 올라갔다. 봉우리는 그다지 높거나 험하지는 않았으나 꼬불꼬불 돌아서 올라가야 했다. 꼭대기에 오르니 저절로 만들어진 듯한 두세 층의 높은 단(壇)이 있었다. 그곳에 올라 앞을 조망하자니 끝없이 이어진 너른 바다가 펼쳐져 있었다. 바다엔 섬 세 개가 파도 위로 보일락말락 하고 십주(十洲)가 눈앞에 펼쳐졌다. 아내는 유생을 위해서 손으로 하나하나 가리켜 보이며 설명해 주었다.

"저곳이 바로 봉래(蓬萊)이고, 저곳은 방장(方丈)이고요, 그리고 저곳은 영주(瀛洲)[19]랍니다."

---

19 영주(瀛洲): 여기 영주를 비롯한 봉래와 방장은 동해(東海)에 있다는 이른바 삼신산(三神山)이다. 이 삼신산의 유래는 진한(秦漢) 시기에 나오기 시작하여 동아시아에 유행하게 되었는데, 이는 중국 중심의 세계관에서 동해 방면의 바다 세계를 어떻게 상상했는지를 잘 보여준다. 진시황이 불사약을 찾게 하여 서불(徐市)이 동해 삼신산을

그리고 현포(玄圃)·창주(滄洲)·광상(廣桑)·낭원(閬苑)·곤구(崑丘)[20] 등의
선경이 저마다 멀리 바라보이는 바닷속에 드러나 있었다. 금궐(金闕)과
은대(銀臺)는 하늘 가운데 아스라하고 상서로운 구름과 안개는 하늘 밖에
서 햇살에 온화한 빛을 자아냈다. 거기에는 봉황을 탄 자, 난새를 탄 자,
학을 잡고 탄 자, 용을 탄 자, 기린을 모는 자들이며, 구름에 앉아서 뛰어
오르는 자, 바람을 몰아 나는 자, 허공을 걷는 자, 파도 위를 걷는 자들이
보였다. 위로 올랐다가 내려가기도 하고, 아래에서 위로 올라가기도 하
며, 혹은 동쪽에서 서쪽으로 혹은 남쪽에서 북쪽으로 삼삼오오 짝을 지
어 날아서 오고 갔다. 생황 통소의 선계 음악 소리도 은은하게 들려왔다.
유생은 아직 다 구경을 못 했으나 날이 저물어 되돌아와야 했다.

유생이 이곳에 머무른 지 어느덧 다시 반년이 더 흘러갔다. 하루는
선옹이 유생에게 이런 말을 했다.

"내 여식이 혼례를 치른 지 이미 오래되었거늘 아직 태기가 있다는
걸 듣지 못했네. 아마도 자네가 속세의 몸을 바꾸지 못해서 그런가 보네."

그러더니 옥으로 만든 호리병 하나를 내오게 하였다. 선옹은 이 호리
병을 기울여 두세 알 환약을 꺼내 유생에게 주면서 일렀다.

"이 약을 먹으면 환골탈태할 수 있을 거네."

약을 받아먹은 유생은 그때부터 몸은 날렵하고 건장해졌으며 마음은
맑고 허정(虛靜)해 짐을 느꼈다. 아내는 과연 태임을 하게 되었고, 마침내

찾은 전설은 유명하다.(『사기』·「진시황기(秦始皇紀)」. "齊人徐市等上書言, 海中有三神
山, 名曰蓬萊·方丈·瀛洲, 僊人居之.") 한편 바로 앞에 나오는 십주(十洲)도 신선 세계
를 상징하는데, 조주(祖洲)·영주(瀛洲)·현주(玄洲)·염주(炎洲)·장주(長洲)·원주(元
洲)·유주(流洲)·생주(生洲)·봉린주(鳳麟洲)·취굴주(聚窟洲) 등이다. 요컨대 십주가
육지 선계라면 삼신산은 바다 선계라 하겠다. 흥미롭게도 이 이야기에는 관동의 산속
에 선경을 묘사하면서 동해 쪽의 바다 선계까지 이 권역 안에 집어넣었다.

20 현포(玄圃)·창주(滄洲)·광상(廣桑)·낭원(閬苑)·곤구(崑丘): 여기 열거한 곳 또한 신
선 세계로 알려진 이름들이다. 여기서도 현포와 낭원, 곤구는 중국 내륙의 곤륜산을
상정한 육지 선계이며, 창주와 광상은 해역의 신선 세상이다.

연달아 사내아이 둘을 낳았다.

이렇게 이곳에 눌러앉은 지 이러구러 벌써 3년이 흘러갔다. 어느 날, 별일 없이 아내와 앉아 있던 유생은 느닷없이 눈물을 줄줄 흘리는 것이었다. 아내는 이상하여 그 이유를 물었더니 유생의 답이 이랬다.

"나는 시골의 미천한 유생으로 이렇게 선옹의 사위가 되었으니 그 즐거움이야 지극하다 할 것이오. 다만 시골집에는 노모가 계신 데도 뵙지 못한 지 어느덧 삼 년이 되었소. 뵙고픈 마음이 사무쳐 이렇게 눈물이 나는구려."

아내는 위로하였다.

"어머님이 그리워서 그러셨군요? 가고 싶으면 가시면 되지 울기까지 하시다니요?"

이어 아버지에게 청원하였다.

"낭군께서 시어머님을 찾아뵙고자 해요."

선옹은 유생을 불러 돌아가라고 해주었다. 유생은 속으로, '수레와 말에 따르는 시종들도 많아 필시 마을을 떠들썩 놀라게 하겠어.'라고 예상했다. 그러나 잠시 뒤 아내가 내준 것은 보자기에 싼 옷 한 벌뿐 더 준 것은 없었다. 유생이 장인과 장모에게 하직 인사를 올리자, 선옹은 이런 당부를 하였다.

"자네는 돌아가 어머니를 잘 뵙도록 하게. 오래지 않아 내 자네를 다시 부름세."

그러고는 곤륜노(崑崙奴)²¹를 대동시켜 전송했다. 유생은 하직하고 문

---

21 곤륜노(崑崙奴): 재바르면서 충직한 종을 일컫는다. 원래 당대(唐代)에 아랍 상인들에 의해 교역된 동남아시아와 아프리카 흑인 노예를 지칭했다. 일부 자료에서는 현재의 인도차이나반도 지역에서 중국으로 들어온 동남아인을 특정하기도 한다. 또한 당나라 전기소설(傳奇小說)인 「곤륜노전(崑崙奴傳)」의 주인공 마륵(磨勒)을 지칭한다. 그는 기지를 발휘하여 주인 최생(崔生)이 그리워하던 여인을 데려와 결연시켜 주었다. 이 때문에 후대에 충직하고 지혜로운 종을 상징하게 되었다.

을 나섰다. 밖에는 다 해진 안장을 얹은 비쩍 마른 말 한 필에 어린 동자가 재갈을 잡고서 대기하고 있었다. 자세히 보니 자신이 처음 길을 떠날 때 길에서 죽었던 바로 그 하인과 말이었다. 유생은 아연실색하며 동자에게 물었다.

"어떻게 네가 여기에 있단 말이냐?"

"샌님을 모시고 가던 도중에 갑자기 어떤 사람이 소인을 여기로 끌고 왔는데, 그 연유를 몰랐습죠. 여기에 온 후로 일없이 한가하게 지내고 있고요. 지금 벌써 삼 년이 됐습죠."

유생은 놀랍고 의아하기 짝이 없었다. 마침내 옷 보자기를 안장에 걸고서 말을 타고 길을 떠났다. 곤륜노도 뒤를 따라왔다. 유생이 처음 이곳에 들어올 때는 산수의 그윽한 절경 수십 리를 지나서야 비로소 선옹의 거처에 다다를 수 있었다. 그런데 지금 돌아가는 길은 문을 나선 지 불과 몇 걸음밖에 안 되었는데도 산수의 경치는 온데간데없고 황야의 안개와 들풀만이 끝없이 펼쳐져 있을 뿐이었다. 돌아보니 이 선경은 완전히 꿈에 본 경치에 지나지 않았다. 유생은 뒤미처 슬픈 마음이 일어 자기도 모르게 눈물을 흘리며 슬피 울었다. 그러자 곤륜노가 간청하였다.

"나리께서는 삼 년 동안 선계에 계셨는데도 아직도 마음의 청정을 못 찾으셨단 말입니까? 칠정(七情)을 잊어야 하거늘 그 슬픔이 어디에서 생겼단 말입니까?"

유생은 눈물을 닦으며 겸연쩍어하면서 미안하다고 하였다. 그리고 나서 채 1리도 못 갔을 때 이미 큰길에서 멀어져 있었다. 곤륜노는 그곳에서 되돌아가며 인사하였다.

"나리께서는 이미 귀로에 들어섰으니 여기서 인사드릴까 합니다."

그리하여 유생은 마침내 집으로 돌아왔다. 집 안에서는 막 무당을 불러다 신내림을 하느라 북소리가 요란하였다. 집안 식구들은 유생이 온 걸 보고는 놀라 나자빠졌다. 처음에는 귀신인 줄 알았다가 한참 뒤에야 그가 사람인 줄 알아보았다. 어머니가 지금까지 돌아오지 않은 까닭을 물었다. 유생은 평소 어머니 성품이 엄하셨기에 근거 없이 거짓말한다고 화를 낼 게 두려웠다. 그래서 있었던 사실을 숨기고 다른 이야기로 둘러 대었다. 집에서는 필시 유생이 죽었을 것이라고 간주하고 진작에 초혼 (招魂)하여 허장(虛葬)을 쓰고, 삼년상까지 치른 터였다. 이날은 마침 무당을 불러다 신에게 제를 올리는 중이었다.

유생이 귀가한 뒤 가지고 온 옷 보자기를 풀어보니, 사시사철의 옷 한 벌씩이 들어 있었다. 그가 돌아온 지도 1년이 지났다. 어머니는 그가 홀아비인 신세가 안쓰러워한 시골 선비의 딸을 데리고 왔다. 유생은 평소 둔한 성격인데다 엄격하신 어머니가 어려워 감히 거부하지 못하고 마침내 그 여자를 아내로 맞이하였다. 그러나 금슬의 즐거움이 있지 않아 결국 서로 사이가 좋지 않게 되었다.

한편 유생에게는 죽마고우로 우정이 형제간의 정보다 끈끈한 친구가 있었다. 유생이 돌아온 뒤로 그 친구는 유생과 함께 묵으며 긴 밤 내내 이야기를 나누곤 하였다. 그러다 보니 친구는 3년 동안 집에 돌아오지 않은 연유를 캐묻게 되었다. 그제야 유생은 선가(仙家)에서 부인을 얻었 던 일을 고백하며 그 전말을 대략 위와 같이 이야기해 주었다. 친구는 몹시 놀랐다. 그런데 유생을 다시 훑어봐도 예전 모습과 별반 달라진 것이 없었다. 다만 옷이 무명 비단도 솜도, 그렇다고 채색 비단도 생초도 아닌데도 이상하게 가볍고 따뜻했다. 또 유생은 봄엔 봄옷 한 벌로 나고 여름엔 또한 여름옷 한 벌로 나며, 가을도 겨울도 그런 식이었다. 그런데 도 빨래 한번 한 적 없었고 때가 묻는 일도 없었다. 더구나 올 하나 터지 거나 빠지는 일이 없이 항상 새 옷 같았다. 친구는 이것이 더욱 신기할 뿐이었다.

몇 년 뒤, 유생은 기회를 보아 어머니에게 선계에 갔다 온 사실을 말씀 드렸다. 어머니도 몹시 신기한 일이라고 하였다. 유생이 집에 돌아온 지도 다시 3년이 지난 어느 날 뜬금없이 선옹의 심부름꾼이 집을 찾아왔다. 두 아이를 데리고 와서는 선옹과 선계 아내의 편지까지 전달하였다. 편지 내용은 대략 이러했다.

내년에 인간 세상에 큰 난리가 일어나서 조만간 자네 사는 지역의 사람들은 어육(魚肉)이 되고 말겠기에 심부름꾼을 보내니, 자네는 이 심부름꾼을 따라 집안 식구들을 모두 데리고 들어오라……

유생은 편지의 취지를 친구에게 알리고 두 아이까지 데려와 보여주었다. 친구가 두 아이를 보니 둘 다 모습이 깨끗하고 시원하여 맑은 구슬과 아름다운 나무²² 같았다. 이어 유생은 어머니에게 이 사실을 고하고 함께 가자고 청했다. 어머니도 흔쾌히 그러자고 하여 마침내 집과 밭을 모두 팔았다. 친척과 이웃 사람들을 불러 모아 놓고 온종일 잔치를 베풀고 이별하였다.

이때는 을해년(1635)이었다. 이후로는 소식이 뚝 끊기고 말았다. 이듬해 병자년(1636) 대란(즉 병자호란)이 발발하였다. 과연 유생이 살던 마을은 쑥대밭이 되어 사람들이 거의 다 죽임을 당했다. 가평(加平) 사람들은 노소를 막론하고 모두 이 일을 이야기한다. 유생의 친구에게서 직접 전해 들은 어떤 길손이 내게 이와 같이 이야기해 주었다.

평한다.
나는 동방의 산수가 천하에 으뜸이라 반드시 신선이 살 것으로 생각한다. 지금 장 도령의 일로 이를 징험해 보면 믿지 않을 수 있겠는가?

---

22 맑은 구슬과 아름다운 나무: 원문은 '명주옥수(明珠玉樹)'로, 총명하고 빼어나 앞날이 기대되는 아이나 자식을 일컬을 때 많이 쓴다. 명주는 총명하고 지혜로움을, 옥수는 빼어난 자태를 의미한다.

이 음관이 신선을 만난 일은 어느 정도 그럴 만한 묵은 인연이 있어서 그렇게 된 것이라고 하겠다. 그러나 가평의 유생이 선계에 들어가 부인을 얻은 일은 진실로 세상에 다시없는 기우(奇遇)가 아닐 수 없다. 어찌 적강(謫降)한 자가 아니겠는가? 기이하다, 참으로 기이하다!

도사들의 면모

제3화

정렴이 멀리 있는 하인의 얼굴을 내다보다

북창(北窓) 선생 정렴(鄭磏)[1]은 우리나라의 신선이다. 태어나면서부터 영특하고 기발하여 모든 책을 한 번만 보고도 다 외웠다. 천문 지리와 의약 점술, 음률과 산수 등 온갖 방술과 기예를 배우지 않고도 통달하여 저마다 오묘한 이치를 터득하였다. 그리고 유불도(儒佛道) 삼교의 근본 뜻까지 꿰뚫었던바, 그의 주장은 대부분 다른 사람들이 미처 논파하지 못한 것들이었다. 새와 짐승들의 소리에도 능통하였다.

젊었을 때 사신 가는 부친을 따라 중원(中原) 땅을 밟은 적이 있었다. 마침 조공을 바치러 온 남쪽의 서너 나라의 이민족 사절단도 와 있어서 북창은 옥하관(玉河館)[2]에서 그들과 자리를 같이했다. 그런데 저들의 말

---

1 북창(北窓) 선생 정렴(鄭磏): 1505~1549. 자는 사결(土潔), 북창은 그의 호, 본관은 온양이다. 1537년 진사시에 합격하였으며, 여기 언급처럼 여러 잡술에 능통하였다. 특히 내의원제조를 지낸 부친 정순붕(鄭順鵬)의 뒤를 이어 의약에 조예가 깊어 왕의 병을 담당하는 등 유의(儒醫)로 활동했다. 『정북창방(鄭北窓方)』은 그의 의술과 의약을 집성한 책인데, 현재는 전해지지 않는다. 한편 도술이나 예언 등과 관련하여 토정(土亭) 이지함(李之菡)과 함께 야사에 자주 등장한다.

2 옥하관(玉河館): 중국 북경에 있던 관사로, 사행 오는 일원들이 머물던 숙소이다. 옥하(玉河, 북경 서북쪽 玉泉山에서 내려오는 물길)의 서안에 있었기 때문에 붙여진 명칭이다. 조선시대 우리 측 사신단도 이곳에 머물렀기에 연행록과 연행시 편에 거의 빠지지 않고 '옥하관 유숙'을 소재로 한 시들을 남겼다.

을 한 번만 듣고도 북창은 그들 언어를 구사할 수 있었다. 저들과 마치 술잔을 주고받듯 술술 대화를 나누었던 것이다. 이 광경을 곁에서 지켜보던 중국인과 우리나라 사람들만 놀란 게 아니라, 말을 주고받던 당사국 사람들조차도 화들짝 놀라지 않을 수 없었다. 이런 사실은 그의 『북창집(北窓集)』 서문[3]에 상세히 기록되어 있다.

이처럼 평소 그의 행적은 기이한 게 무척 많았으나, 우리나라에는 호사가가 없어서 지금 세상에 전해지는 일화는 거의 남아 있지 않다. 아래의 한 가지 괴이한 일만은 믿을 만한 전언으로 의심치 않기에 모쪼록 여기에 기록해 둔다.

북창이 하루는 다른 곳에 사는 고모를 찾아가 뵈었다. 고모는 북창보고 앉으라고 하고는 그와 조곤조곤 이야기를 나누었다. 그러고 나서 북창에게 이런 말을 했다.

"내가 종들한테서 곡물을 거두려고 종놈 하나를 영남으로 보냈단다. 한데 이놈이 돌아올 때가 됐는데도 통 오질 않는구나. 아마 도적 아니면 물난리 불난리 같은 예기치 않은 화를 당하지 않았나 싶구나. 걱정돼 죽겠구나……."

북창은 곧바로,

"그러시면 제가 고모님을 위해 그 종이 어디쯤 있는지 훑어보고 말씀드리지요."

라고 했더니 고모는,

---

3 『북창집(北窓集)』 서문: 『북창집』은 1636년 간행되었으며, 서문은 장유(張維, 1587~1638)가 썼다. 해당 서문의 관련 내용을 적시하면 다음과 같다. "北窓生而靈異, 博通三教, 其修攝似道, 解悟類禪, 而倫常行誼, 一本吾儒. 以至方技衆藝, 各臻奧妙, 然皆非學而得也. 少時, 隨親覲上國, 過鴨水, 見華人便作華人語, 入燕遇外國使, 便作外國語." 다만 현전하는 『북창집』은 시 40여 수만이 실려 있는 결과물이라서 임방이 당시에 봤던 『북창집』과 동일한 것이었는지는 불분명하다.

"장난하자는 거냐? 그게 무슨 말이냐?"

라며 웃으며 넘겼다. 그런데 북창은 앉은자리에서 영남지방을 향해 바라보더니, 한참 뒤 고모에게 알렸다.

"이놈이 이제 막 조령(鳥嶺)을 넘었으니 걱정 안 하셔도 되겠네요. 다만 이놈이 어떤 양반에게 두들겨 맞았군요. 하지만 그건 저 스스로 부른 화라 불쌍해할 필요도 없겠네요."

고모는 우스워 죽겠다며 그렇다면 왜 그렇게 되었느냐고 물었다.

"아무 양반이 조령의 고갯마루 길가에서 점심을 먹으려고 하는데, 이놈이 말을 타고 그 앞을 곧장 지나치면서도 내리지 않았지 뭐예요. 그래 이 양반이 화가 나서 자기 종을 시켜 말에서 끄집어 내리게 해서는 짚신으로 이놈의 뺨을 네댓 번 때렸지 뭡니까."

고모는 장난으로 한 소리겠거니 하면서도 정색하고 이야기를 한 데다 말투에도 장난기가 섞여 있지 않아 자못 의아한 생각이 들었다.

북창이 떠나고 나서 고모는 그 날짜와 시간을 벽에 기록해 두었다. 뒤에 그 종이 집에 도착하였다. 고모는 그가 조령을 넘을 때의 날짜를 물어 벽에 기록한 것과 대조해 보니 조금도 차이가 없었다. 그래서 다시 물었다.

"조령을 넘을 때 양반에게 험한 일을 당한 적이 있었느냐?"

종은 놀랍고 괴상하다 싶어 두들겨 맞은 곡절을 낱낱이 아뢰었다. 그랬더니 북창이 말한 내용과 딱 맞아떨어졌다.

제4화

윤세평이 멀리서 누이의 죽음을 알고 통곡하다

윤세평(尹世平)[4]은 무과 출신으로 벼슬을 지냈다.[5] 세상에 전해지기를,

일찍이 중국에 사신 가던 길에 이인(異人)을 만나 도술을 전수받았다고 한다. 그러나 그 능력을 감추고 남에게 내보이지 않았다. 늘 혼자 한방에서 지내며 아내와 자식이라도 감히 엿보지 못하게 엄히 단속하였다. 그러니 사람들은 그가 무엇을 하는지 도무지 알 수 없었다. 다만 한 가지, 겨울밤이면 항상 차가운 쇳조각을 양쪽 겨드랑이에 끼었다가 한참 뒤에 다시 그 쇳조각을 바꿔 끼우는 일만은 목격되었다. 그럴 때면 아내와 자식들은 그가 끼고 있던 철 조각이 뜨거워져 마치 불에 달군 쇠처럼 변하는 걸 볼 수 있었다.

마침 그때 방사(方士) 전우치(田禹治)가 요술을 부려 한양에서 사람을 납치하곤 하였다. 남의 집에 몰래 들어가 미모의 부인을 보면 본 남편으로 변신하여 범하는 것이었다. 사람들이 이를 분통해 마지않았다. 윤세평은 이 소식을 듣고 그를 제압하려 하자, 전우치는 이를 눈치채고 매번 숨어서 자기 모습을 드러내지 않았다. 그러면서 늘 사람들에게,

"나야 환술 부리는 데 불과하지만, 저이야 진짜 신선이지."

라고 말하였다.

---

4 윤세평(尹世平): 즉 윤군평(尹君平)이다. 생몰년 미상으로 대개 16세기 전반에 활동했던 것으로 보인다. 그에 관한 관련 기록으로 가장 이른 시기의 저작은 이제신(李濟臣, 1536~1583)의 『청강쇄어(淸江瑣語)』인데, 여기에 의하면 그는 중종 때 무재(武宰)인 해양군(海陽君) 희평(熙平)의 형으로, 죽을 때 공중에서 음악 소리가 들렸다는 전언을 소개하는 한편 '정붕(鄭鵬)·정수곤(鄭壽崑)과 함께 신선이 되어 갔다'는 세상의 말을 전재하기도 하였다. 아울러 아들 림(霖)이 찬 쇳조각을 겨드랑이에 끼어 달군 일과 한겨울에도 냉수 목욕을 했다는 일화까지 들어있다. 또 이수광(李睟光, 1563~1628)은 『지봉유설(芝峯類說)』에서 그를 서울 출신으로 사행단을 수행하여 연경을 다녀왔으며, 그곳에서 이인을 만나 도술이 높아졌다고 하였다. 죽었을 때 시해(尸解)했다는 것도 특기하였다. 이후 『해동전도록(海東傳道錄)』이나 『해동이적(海東異蹟)』에서 우리나라 선도 계보에서 빼놓을 수 없는 인물로 다루었다. 이 이야기도 이런 맥락과 닿아 있으나, 이름이 '윤세평'으로 바뀌었다.

5 무과 출신으로 벼슬을 지냈다: 원문의 '무재상(武宰相)'을 이렇게 번역하였다. 그가 정식 무과 급제를 했는지 하는 여부는 불분명하나, 확실한 것은 그가 정승에 반열에 오른 적은 없었기에 이런 정도로 이해하였다.

그러던 어느 날, 전우치가 그의 아내에게 일렀다.

"오늘 윤세평이 우리 집을 찾아올 게야. 나를 죽이기 위해서라네. 내 변신하여 피해 있을 테니 만약 그가 와서 나를 찾거든 그저 나갔다고만 하고 절대 허튼소리 하지 말게."

어느새 뜰에 빈 옹기 하나를 엎어놓고는 몸을 한 번 흔들자 작은 벌레로 변하였다. 이 벌레는 엎어놓은 옹기 바닥으로 기어들어 갔다. 해질녘 홀연 한 여인이 문 앞에 나타났다. 자태와 용모가 세상에 없는 미인이었다. 그녀는 전 진사(田進士)가 계시냐고 물었다. 식구가 출타했다가 아직 돌아오지 않았다고 하자, 여인은 웃으며 말하였다.

"진사님과 나는 정분을 맺은 지 오래됐어요. 오늘 제가 약속대로 찾아왔으니 잘 전해주었으면 해요."

아내가 안에서 엿보고 있다가 벼락같이 화를 냈다.

"이 인간이 외간 여자를 만나면서 나만 알지 못하게 했구나. 그럼 아까 했던 말도 나를 속인 게로군!"

당장에 절굿공이로 옹기를 내리쳐서 박살을 내버렸다. 옹기 바닥에 숨어있던 작은 벌레가 여지없이 드러났다. 여인은 어느새 큰 벌로 변해서는 이 벌레를 마구 쏘아댔다. 벌레는 전우치의 본 모습으로 돌아와 죽고 말았다. 벌은 금세 공중으로 날아올라 어디론가 사라져버렸다.

또 한번은 윤세평이 집에 있을 때였다. 하루는 그가 느닷없이 통곡을 하는 것이었다. 온 집안사람들이 놀라 왜 그러냐고 이유를 물었더니 답이 이랬다.

"호남의 아무 고을에 살고 있던 내 누이가 지금 막 세상을 떠났구나. 그러니 통곡할밖에."

그러면서 식솔들에게 속히 초상 치를 용품을 마련하라고 하면서,

"촌구석의 어려운 형편의 초상이라 내가 마련하여 보내지 않으면 염을

할 수도 없을 거야."

라고 하였다. 장례용품이 다 마련되자, 편지를 써서 종에게 주면서 일렀다.

"대문 밖에 패랭이를 쓴 자가 와 있을 테니 당장 불러들여라."

그자가 들어오고 보니 과연 곤륜노였다. 뜰 앞에 엎드려 절을 올리니, 윤세평이 분부하였다.

"내 누이가 아무개 집에서 돌아가셔서 호남 아무 고을에서 출상할 것이니라. 내 거기로 편지를 부치려고 하니 네가 이 편지를 전하거라. 오늘 밤 안으로 회답을 받아볼 수 있어야 하느니라. 일이 아주 다급하단다. 만약 때를 어기면 내 너를 엄히 다스릴 것이야."

그자가 대답하였다.

"어찌 감히 조금이라도 늦추겠사옵니까? 마땅히 명대로 하겠나이다."

봉한 편지와 싼 물품을 건네주자 그자가 막 문을 나섰다. 그리고 어느 순간 보이지 않았다. 그리고 이날 해가 채 저물기도 전에 그자가 다시 대문에 당도하여 답서를 올렸다. 편지의 내용은 이러했다.

실제 이날 아무 때에 상이 났으나 장례용품이 턱없이 부족해 장례를 치르지 못하고 있었답니다. 하온데 이즈음 편지가 당도하고 치상의 용품까지 갖추어 보내주시다니요. 마치 직접 보고 처리한 듯하니 귀신 같다 할 것입니다.

곤륜노는 답서를 올린 후 하직하고 문을 나서더니 또 갑자기 사라져 버렸다. 초상집에서 한양까지는 열흘 남짓 걸리는 거리이다. 그런데 정오에 편지를 부쳐 저물녘이 되기 전에 회답이 왔으니, 그 사이가 불과 몇 시간밖에 안 됐다는 얘기다.

평한다.

정렴과 윤세평 두 분의 일은 믿을 만하다. 신선술을 지니지 않았다면 어찌 천 리를 지척의 거리인 양 볼 수 있었단 말인가? 옛날 난파(欒巴)가 술을 뿜어 촉(蜀) 땅의 불을 끄고, 옥자(玉子)가 눈을 들어 천 리를 봤다[6]고 하는데, 지금 위의 일을 보면 그것만이 기이한 일이 아닌가 보다. 중국에 조회하러 갔다가 오랑캐 나라의 언어를 통달하거나, 벌로 변해 벌레가 된 사람을 쏜 일은 옛날에도 들어보지 못한 것이다. 누가 우리나라에 신선이 없다고 하겠는가? 기이하고도 기이한 일이다!

---

6 난파(欒巴)가 술을 …… 천 리를 봤다: 난파(欒巴)와 옥자(玉子)는 모두 신선으로 알려진 인물이다. 난파는 한나라 때 촉군(蜀郡) 사람으로, 조정에서 부르자 술에 잔뜩 취하여 입궐해서는 임금 앞에서 자기 고향 쪽을 보고 마셨던 술을 내뿜었다. 주위에서 그 무례함을 탓하자, 그는 마침 고향 땅에 불이 나자 이를 끄느라고 그랬다고 하였다. 사실을 확인해 보니 과연 그러하였다. 옥자는 주(周)나라 때의 신선 위진(韋震)이다. 그는 공동산(崆峒山)에 들어가 단련하여 대낮에 승천하였다고 전해진다. 그가 한번은 제자를 시켜 천 리 밖의 물건을 볼 수 있게 한 일이 있었다. 여기 원문의 '난파손주(欒巴噀酒)'는 『몽구(蒙求)』의 표제명이기도 하다.

영험한 고승

제5화

속리산 토굴에서 앉은 채로 열반에 들다

희언(熙彦)¹은 명천(明川) 땅에 사는 양민이었다. 열두 살에 칠보산(七寶山) 운주사(雲住寺)²로 출가하여 열세 살에 머리를 깎았다. 그곳에서 근 20년 동안 수행하였다. 매우 근실한 성품으로 손수 짚신을 삼느라 밤낮을 쉬지 않았다. 먹을 때 빼고는 신 삼은 일을 계속하여 잠시도 쉰 적이 없었다. 서른한 살에 비로소 직접 삼은 짚신으로 가는 베 56필을 구입했고, 다시 세 번에 걸쳐 한양과 평안도에 내다 팔아 가는 베 한 동(同)³을 마련하였다. 이것을 짊어지고 돌아오는 길에 안변(安邊)·원산(元山) 땅을

---

1 희언(熙彦): 1561~1647. 조선 중기 때 승려로, 성은 이씨(李氏)이며, 호는 고한(孤閑)이다. 그는 여기 언급대로 명천 출신으로, 실제로는 17세에 칠보산 운주사에 들어가 탁발하고 18년간 불경을 공부하였다. 이후 한양, 광주(廣州), 가야산 등지에서 활동하며 여러 일화를 남겼다. 그리고 말년에는 여기 이야기처럼 벽암선사(碧岩禪師) 각성(覺性)과 함께 속리산에 은거하며 후학을 양성하다가 입적하였다. 현재 속리산 법주사에 그의 부도가 있다.

2 칠보산(七寶山) 운주사(雲住寺): 칠보산은 함경남도 명천군(明川郡)에 있는 산이다. 백두산 화산대의 활동으로 형성된 칠보산지는 기암괴석과 산세가 수려하여 북변에서 가장 아름다운 산으로 알려져 있다. 이 칠보산의 사찰로 개심사(開心寺)와 이 운주사가 유명하다. 운주사는 창건 연대가 정확하지 않은데, 이곳에서 희언선사가 영험한 사적을 보인 것은 세상에 많이 알려져 있다. 다른 기록에는 희언선사가 운주사에서 그림을 그리다가 득도했다고 전한다.

3 동(同): 묶음의 수량 단위로, 피륙의 경우 50필, 볏짚 따위는 100단이 1동이다. 여기서는 베 50필이 된다.

지나가게 되었다. 길가에 짐을 풀고 쉬다가 별안간 자신의 짐을 내팽개치고 곧장 개골산(皆骨山, 금강산)으로 달려 들어갔다. 바로 단곡(斷穀)[4]을 하였으니 돈오의 경지에 든 것이다.

득도한 뒤에는 중생과 뒤섞여 지내면서도 자신의 비범함[5]을 드러내지 않았다. 그래서 사람들은 그가 기이한 인물인 줄 모르고 그저 범박한 무리 가운데 벽곡하는 자 정도로만 여겼다. 벽암선사(碧岩禪師) 각성(覺性)[6]만은 대번에 그가 비범한 인물임을 알아봤다.

"천하의 고승이다!"

라며 그와 벗하자, 이때부터 그의 이름이 알려지기 시작했다. 희언은 고고(孤高)와 각고(刻苦)[7]를 위주로 하여 도를 실천하였다. 참선하여 입정(入定)하게 되면 밤낮으로 가부좌를 틀고 앉아 눕지도 잠을 자지도 않았다. 여름이든 겨울이든 가사 하나만으로 지내고 갈아입는 법이 없었다. 열반에 이르러서는 바지도 없이 고작 한 폭의 베로 아래를 가렸을 뿐이었다. 평소엔 한마디 말도 하지 않다가 세간 사람이나 주위 스님이 찾아오면,

---

4 단곡(斷穀): '벽곡(辟穀)'이라고도 하며, 곡기를 끊어 신선이 되는 수련 과정을 말한다. 도가에서 신선이 되는 수련법의 한 가지로 이미 앞에서 언급한 바 있다.

5 비범함: 원문은 '애이(崖異)'로, 사람의 성격이나 언행이 특이한 경우를 일컫는 용어이다. 주로 성질이 괴팍한 경우에 많이 쓰나, 여기서는 이렇게 번역하였다.

6 벽암선사(碧岩禪師) 각성(覺性): 1575~1660. 선승(禪僧)이며 승병장이기도 하다. 자는 징원(澄圓), 성은 김씨이다. 10세에 출가하여 설묵(雪默)의 제자로 수행을 시작하였다. 임란 때 참전하였으며, 병자호란 때는 항마군(降魔軍)을 조직하여 항쟁하기도 하였다. 지리산 등지에서 수행하며 많은 시게(詩偈)를 남겨 학승으로서도 뛰어났다. 광해군은 그의 학덕에 감복하여 판선교도총섭(判禪敎都摠攝)이라는 직함을 하사했으며, 당시 사람들은 그를 '소불(小佛)'이라 칭송하였다. 1646년 가을 속리산 법주사에 동문인 희언선사와 은거하다가 '열반에 든 뒤에 비를 세우지 말라'는 유언을 남기고 입적하였다. 일설에는 희언선사가 지리산 화엄사로 거처를 옮기자, 그도 화엄사로 가서 제자들과 함께 수행하다가 입적했다고도 한다.

7 고고(孤高)와 각고(刻苦): 행실이나 수련의 과정을 이렇게 표현하였다. 홀로 고결한 품위를 견지함을 고고하다고 하며, 자신을 끊임없이 부려 부지런히 힘쓰게 함을 각고라 한다.

다만 합장하고 '성불하소서!'라고 할 뿐이었다. 그 뜻은 대개 사람들에게 득도하여 부처가 되라는 말이었다. 그는 애초에 글을 배운 적이 없었다. 그러나 득도한 뒤에 각성이 그와 이야기해 보니 불경의 말을 많이 알고 있었다고 한다.

광해군 때 수륙재(水陸齋)[8]를 산속에서 거행하게 되었다. 그의 도가 높다고 들은 임금은 비단에 수를 놓은 가사를 하사하였다. 사자가 그의 앞에 임금이 하사한 가사를 내려놓았으나 눈을 감은 채 쳐다보지도 않다가 한참 뒤 가사를 밀치고 어디론가 떠나버렸다.

일찍이 그는 지리산의 산사에 들어가 수십 년을 꼿꼿하게 앉아 입정하였다. 그때 산사의 중들은 주린 그를 안타깝게 여겨 공양을 올렸으나 끝내 들지를 않았다. 그래서 중들이 몰래 솥 바닥의 누룽지에 물을 조금 타서 선사 곁에 놓아두고 누가 했는지 모르게 하였다. 그제야 선사는 이것을 먹고 밤이 되면 그릇을 돌려주고 갔다. 그럴 때면 어김없이 누룽지를 가져다준 중의 선방 앞에 놓아두었다. 사람들은 그가 남의 마음을 꿰뚫고 있다고 생각하였다.

늘그막엔 속리산 법주사(法住寺)[9]로 와서 토굴을 짓고 거처하였다. 밤낮으로 꼿꼿하게 앉아 있다가 30여 년 만에 마침내 입적하였다. 열반

---

8   수륙재(水陸齋): 수중고혼(水中孤魂)이나 육상을 헤매는 영혼이나 아귀를 달래고 위로하기 위해 불법을 강설하고 음식을 베푸는 의례이다. 원래 남북조시대 양(梁)나라 무제(武帝)가 떠도는 넋을 구원하고자 승려를 불러 천도한 것이 그 시원으로, 우리나라의 경우 고려 때에 성행하였다. 조선시대에도 이어져 한양 주변에서는 은평구 진관사(津寬寺)가 나라의 수륙재를 거행하였다. 특히 조선시대에는 민간의 의식과 결합한 형태로 바뀌었으며, 요즘에도 강이나 바다에서 배를 띄워 행하고 있다.

9   법주사(法住寺): 충청북도 보은군 내속리면에 소재한 사찰로, 553년 의신(義信)조사가 창건하였다. 절의 명칭은 의신조사가 서역에서 불경을 가지고 귀국하여 이 절에 머문 설화에서 유래하였다. 8세기 이후 미륵신앙의 중심 도량이 되었으며, 조선시대에 들어와 태조와 세조가 이곳에서 법회를 열었다고 전한다. 1625년 중건된 대웅전과 쌍사자석등, 석련지, 마애여래의상 등이 국보 및 보물로 지정되어 있으며, 2018년에 유네스코 세계문화유산으로 등재되었다.

때에도 가부좌한 채였다. 여든이 넘은 나이였다. 다비식(茶毗式)이 있던 날 밤, 산에서는 큰바람이 불었다고 한다.

　나 임방(任埅)은 속리산 법주사에 갔다가 희언(熙彦)·수일(守一)[10]·각성(覺性)의 화상을 볼 수 있었다.

　"세 선사 중 누가 제일 고승이오?"

라고 물었더니 그곳 승도가,

　"희언선사님이 최고지요."

라고 하였다. 그의 행적에 대해서도 묻자, 길주(吉州) 출신의 신현(信玄)이란 자가 알려주었다. 그는 선사와 동향인 데다,[11] 또 이 절에 머물면서 선사가 득도하고 열반한 과정을 직접 보았기에 위와 같이 그의 생애를 대략 알려준 것이다.

제6화

금강산 가는 도중 병사가 꿈에 감응하다

　수일선사(守一禪師)는 영남지방 승려로, 울산(蔚山)의 모 사찰에서 수도하였다. 그는 도술을 지녀 기적 같은 일이 많았다. 그래서 그곳 중들은 그를 매우 존경하면서도 두려워하였다. 한편 선사에게는 따로 따르는 제자가 없어 무척 어려운 형편이었다. 같은 절의 중 수백이 번갈아 이바지해 주어야 했다. 매번 공양 때가 되면 으레 이바지할 중을 찾아가 그 앞에 자리하고 앉았다. 이게 마치 누군가가 알려주어서 온 것처럼 한

10　수일(守一): 다음 제6화에 주인공으로 나오는 수일선사이다. 그에 관한 정보는 따로 보이지 않는다.

11　선사와 동향인 데다: 여기 길주와 희언의 고향인 명천은 접경이다. 요컨대 함경북도 동남부에 두 고을은 좌우로 붙어 있다. 그래서 동향이라고 한 것이다.

번도 어긋나는 경우가 없었다. 사람들은 이것으로 그가 남의 마음을 꿰뚫고 있다는 걸 알게 되었다.

낮에는 눈을 감은 채 명상에 들기 일쑤였고, 밤에는 절 뒤편 낮은 산기슭으로 올라가 조용히 좌선한 채 잠을 자지 않았다. 밤이 아직 깊지 않을 적엔 때때로 절의 중들이 찾아와 대화를 나누고 돌아가곤 하였다. 그러던 어느 날 밤, 선사는 중들에게 당부하였다.

"오늘 밤 자네들은 나를 찾지 말게!"

한밤중이 넘어 절의 젊은 승려 네댓이 모여 선사가 있는 곳으로 가 보았다. 먼발치서 바라보니 선사가 어떤 중과 마주 앉아 얘기를 나누고 있었다. 그 소리가 은은하게 들려왔다. 이들이 앞다투어 그곳으로 다가가자, 선사와 마주 앉아 있던 중이 금세 큰 호랑이로 변하더니 다가오는 승려들을 보고는 포효하며 쫓아왔다. 으르렁 소리는 산을 흔들었다. 이들은 혼비백산하여 내달려 돌아오는데 엎어지고 넘어지는가 하면 심지어 똥까지 싼 자도 있었다. 선사는 웃으며 호랑이를 만류하였다.

"자네 인제 그만두게. 그만두어!"

그러자 호랑이는 곧 되돌아와 선사 앞에 앉았다. 도망쳤던 승려들도 다시 몰래 와서 살펴보니, 마주 앉은 것은 호랑이가 아니고 한 승려였다. 이들은 어찌 된 영문인지 알 수 없었다.

또 어느 날의 일이다. 선사는 금강산을 다니러 가는 길에 아무 지역을 경유하게 되었다. 길가 바위 위에 앉아 잠시 쉬던 참이었다. 당시 어느 정승에겐 종들이 아무 고을에 살고 있었다. 그런데 이들은 무지막지하여 주인의 영을 따르지 않았다. 정승은 해당 도의 병사(兵使)에게 종들이 사는 고을에 분부하여 놈들의 처자와 친속을 죄다 하옥시켜 한양으로 압송하라는 서찰을 보내 놓았다. 병사는 진무서리[12] 한 명을 시켜 이 비밀

---

12 진무서리: '진무리(鎭撫吏)'라 한다. 조선시대 병영(兵營)이나 수영(水營), 진영(鎭營)

관문(關文)[13]을 가지고 해당 고을에 가서 사건을 처리하라고 일렀다. 모든 조처를 정승의 명령대로 한 것이다. 진무서리가 이 고을에 도착했을 때는 마침 저녁 무렵이었고, 수령은 이미 관아를 파하고 잠자리에 든 뒤였다. 그곳 아전이 서리에게 이 사정을 알렸다.

"우리 사또께서는 이미 잠이 깊이 들었소. 내일 아침 일찍 문서를 드리려도 늦지 않을 거요."

아전들은 함께 진무서리를 초청하여 악기를 타고 노래를 부르며 술자리 모임을 가졌다. 서리에게 술을 먹여 진창 취하게 하고서 이 비밀 관문을 훔쳐봤다. 정승이 말한 종놈들이란 바로 아전들의 친속이 아니면 이웃 간이었던 것이다. 이리하여 일은 마침내 다 새어나가 새벽이 되기도 전에 정승의 종들은 모두 도망을 쳐버렸다. 다음날 수령은 그 문서를 보고 이들을 잡아 오라고 했으나 집들은 이미 텅 빈 상태였다. 결국 저들이 벌써 도망치고 없다는 사실을 보고하자, 병사는 문건이 누설됐다고 미루어 짐작하고 대로하였다. 급히 역졸(驛卒)을 보내 진무서리를 체포해 오라고 하였다. 서리를 체포해 오던 일행이 마침 수일선사가 앉아 있는 바위 아래에 당도하여 말을 매 놓고 점심을 먹으려던 참이었다. 진무서리는 선사를 보고는 배고플까 봐 우선 밥을 물에 말아 한 그릇을 주었다. 선사는 사양하지 않고 받아먹었다. 동시에 서리는 긴 한숨을 내 쉬었다.

"난 죽을 게 빤하오! 저 선사가 부처라도 된다면 나를 살릴 수 있을 텐데."

이 말에 선사가 연유를 묻자, 서리는 상세하게 말해 주었다. 한참 묵묵히 있던 선사가 이윽고 물었다.

등에 딸린 아전으로, 여기 사례처럼 주로 해당 관서나 지역에 사건이 일어나면 관련 제반 일들을 처리했다.

13 관문(關文): 조선시대 상급 관청에서 하급 관청에 보내는 공문서를 일컬으며, 우리식으로는 '관자(關子)'라고 했다. 따로 관청에서 발급하는 허가서를 가리키기도 한다.

"당신은 언제 병사를 만나 뵈려 하오?"

오늘 낮에 뵙게 될 것이라고 대답하였다.

"오늘은 불길하니 꼭 내일 정오에나 찾아뵙는 게 좋겠소."

다시 그 이유를 물었으나 선사는 더는 말하지 않았다. 결국 둘은 작별하고 서로 반대 방향으로 길을 나섰다. 진무서리는 선사가 말해 준 대로 일정을 일부러 늦춰 다음 날 정오가 되어서야 관아에 들어가 사정을 아뢰었다. 병사는 부장들과 한가하게 앉아 있다가 서리를 안으로 잡아들이라 하더니 노발대발하여 죄를 저지른 정황을 다그쳤다. 이어 곤장을 내리치려다가 갑자기 병사는 자문자답을 하였다.

"이놈을 족치는 게 괜찮은 건가? 아닌가?"

한참 동안 결정을 못 하였다. 편비장(偏裨將)[14] 중에 병사와 가까이 지내는 자가 앞으로 나와 아뢰었다.

"사또께서는 저놈의 죄를 판결하는데 어찌 여우가 의심하듯 하십니까?"

"한 가지 괴상한 일이 있어서 이러는 것이니라."

부장이 내용을 여쭈었더니 병사는 이런 말을 했다.

"내가 어젯밤 꿈에서 선친을 뵈었는데 한 별난 승려와 함께 나타나 '진무서리 아무개에 대해서 너는 신중하여 곤장을 때려서는 안 된다.'라고 하시지 뭔가. 나는 '감히 가르침을 어기겠습니까!'라고 대답하고는 꿈에서 깼다네. 그러다가 새벽에 또 꿈을 꾸었는데, 그때도 선친께서 그 승려와 함께 다시 나타나 '네가 행여 꿈속의 일이라 터무니없다고 하여 그자를 잘못 때리게 될까 봐 이렇게 또 온 것이니라. 너는 절대 곤장을 들지 말거라!' 하며 두 번 세 번 신신당부하고 가시지 않겠나. 깨고 나서도 그 장면이 너무도 생생했지. 그래서 내가 이렇게 주저하고 있는 걸세."

---

14 편비장(偏裨將): 곧 편장(偏將)과 비장(裨將)이다. 둘 다 대장을 보좌하는 장수로 편장은 전군에 대하여 일부 군대를 통솔하는 부장(副將)에 해당하며, 비장은 감사나 병수사를 따라다니며 보좌하는 무관이란 차이가 있다. 여기서는 부장 정도로 보면 될 듯하다.

그러면서 병사는 서리에게 다그쳐 물었다.

"네가 불사(佛事)를 행한 적이 있느냐?"

그는 그런 일이 없다고 대답하였다. 다시 물었다.

"혹시 중에게 보시한 일은 없느냐?"

"평소에 보시한 일이 없사옵니다. 다만 어제 길에서 우연히 한 행각승(行脚僧)을 만나 밥 한 그릇을 주었을 뿐이옵니다."

병사가 그 행각승의 생김새를 물었더니 과연 꿈속에서 보았던, 선친과 함께 온 그 중이었다. 병사가 다시 밥을 줬을 때의 사정을 하나하나 물었다. 서리는 선사와 주고받은 말을 그대로 전하였다. 병사는 정말 놀랍고 기이한 일이라 하여 마침내 그를 풀어주었다고 한다.

선사의 생김새는 풍채가 큰 데다 헌걸차, 한 번만 보아도 대번 비상한 사람임을 알 수 있었다. 풍수가인 김응두(金應斗)[15]가 젊었을 적에 직접 그를 만났다며 나에게 이와 같이 말해 주었다.

평한다.

나는 병자년(1696) 중양절에 속리산 산사(즉 법주사)에 들른 적이 있었다. 그곳에 희언·수일·각성 세 선사의 영정이 있어, 절의 승려에게 부탁하여 영정을 볼 수 있었다. 그 중 희언선사는 예스러운 표치와 홀로 우뚝한 경지가 느껴져 마치 층층 절벽에 노송이 서리를 머금은 채 여윈 모습으로 서 있는 것 같았다. 진실로 흰 눈썹의 노승으로 집착이란 전혀 없는 모습 그대로였다. 각성선사는 영리하고 단아하여 마치 물속의 연꽃이

---

15 김응두(金應斗): 임방이 살던 시기에 풍수가로 알려진 인물이겠으나 미상이다. 참고로 야담 등 단편 서사에서 풍수가와 풍수담이 등장하는 시점은 흥미로운데, 『천예록』에는 김응두 같은 풍수가가 상정되기는 하지만 아직 풍수담이 등장하지는 않는다. 이른바 '발복에의 욕망', 즉 잘살고 싶은 욕망의 재현인 풍수담은 노명흠(盧命欽, 1713~1775)의 『동패락송(東稗洛誦)』부터 등장하기 시작한다. 대략 18세기 중엽부터 풍수담은 보편화되는 것으로 판단된다.

때 한 점 없이 곧게 뻗은 모습이었다. 그리고 수일선사는 고상하고 탁월한 재주가 있어 보여 마치 준마가 굴레를 벗고 송골매가 가을 하늘을 한껏 나는 것 같았다. 눈빛이 번쩍번쩍한 게 사람에게 투사되는 듯했다. 전신(傳神)[16]이 이와 같은데 하물며 그 참모습이야 오죽할까? 연사(蓮社, 즉 절)에서 함께 거처하면서 호계(虎溪)를 함께 거닐며,[17] 마니주(摩尼珠)로 갈수(渴水)를 비추게[18] 하지 못함을 한스러워할 뿐이다.

---

16 전신(傳神): 원래 문장이나 그림 등으로 인물의 진수를 묘사해 내는 것을 말하는데, 여기서는 바로 화상(畫像)을 지칭한다.

17 호계(虎溪)를 함께 거닐며: 이른바 '호계삼소(虎溪三笑)'의 고사이다. 진(晉)나라 때 혜원법사(慧遠法師)가 여산(廬山)의 동림사(東林寺)에 있으면서 수도하느라 그 앞에 있는 호계를 건넌 일이 없었다. 어느 날 벗인 시인이자 유자인 도연명(陶淵明)과 도인 육수정(陸修靜)을 전송하는 길에 자신도 모르게 호계를 건넜다가 호랑이의 울음소리를 듣고 수도하는 계율을 깨뜨린 사실을 알게 되었다. 이에 세 사람은 서로 돌아보며 크게 웃었다 한다. 즉 작자 자신이 희언선사와 수일선사를 직접 찾아가 우정을 나누었으면 하는 바람을 이렇게 표현한 것이다.

18 마니주(摩尼珠)로 갈수(渴水)를 비추게: 마니주는 불교의 보배로운 구슬이다. 이 고사는 두보(杜甫)의 「증촉승여구사형(贈蜀僧閭丘師兄)」이라는 시에 근거하는데, "마니주가 여기 있으니, 탁수의 근원까지 비추리[惟有摩尼珠, 可照濁水源]."라는 구절이 있다. 이 역시 두보와 여구사형(閭丘師兄)의 관계처럼 선사와 함께하고 싶다는 뜻이다. 여기 '갈수(渴水)'는 '탁수(濁水)'의 오기로 판단된다.

저승 세계

제7화

염라왕이 부탁하여 새 도포를 구하다

황해도 연안부(延安府)[1]에 한 처사가 살고 있었다. 그의 이름은 잊었다. 어느 날 병을 앓아 베개에 의지한 채 끙끙 앓고 있었다. 때는 훤한 대낮으로, 느닷없이 귀졸(鬼卒) 두셋이 들이닥쳤다.

"염라부에서 너를 잡아 오라 하였다!"

이와 동시에 이들은 쇠 족쇄로 처사의 목을 죄어 끌고 나갔다. 수십 리를 가자 이윽고 한 곳에 도착하였다. 그곳은 하늘을 찌를 듯이 높은 성채였다. 귀졸은 처사를 끌고 성문 안으로 들어갔다. 다시 안으로 몇 리쯤을 더 가자, 아스라이 빈 하늘에 걸려 있는 커다란 궁전이 드러났다. 궁문에 다다랐을 즈음 귀졸은 양쪽에서 처사를 낀 채 끌고 들어가 궁정에 엎드리게 하였다. 궁전 위를 올려다보니 왕 같은 이가 어탁(御卓) 위에 앉아 있었다. 좌우로 여러 벼슬아치가 줄지어 섰고, 수백이 넘는 아전배와 군사가 그 앞에서 사령을 전하느라 분주하였다. 가지런히 정돈된 의장에 호령 또한 엄숙하였다.

---

1 연안부(延安府): 황해도 남동부에 있는 연안군이다. 동쪽은 배천군, 북쪽은 평천군과 접경이다. 고려시대에는 염주(鹽州)·온주(溫州) 등으로 불리다가 한때 해주(海州)에 편입되기도 했다. 조선시대에 지리적으로 중요한 지역이라 하여 도호부가 설치, 이후 연안도호부라 했다. 1914년 행정구역 재편 때 배천군과 통합하여 연백군이 되었다.

처사는 등에 식은땀이 흘러내렸다. 감히 위를 쳐다볼 수도 없었다. 얼마 뒤 한 관리가 궁전 앞에 서서 영을 전갈하였다.

"너는 어디에 살며 성명은 뭐라 하느냐? 나이는 지금 얼마며 하는 일은 또 무엇이더냐? 모두 자세히 진술하되 행여 숨기려고 해선 안 될 것이야!"

처사는 몸을 덜덜 떨며 아뢰었다.

"저는 성이 뭐고 이름은 아무개이옵니다. 나이는 몇 살이고, 대대로 황해도 연안부에서 살고 있사옵니다. 타고난 성품이 어리석고 무녀 다른 일은 하지 못하옵고, 평소 자비로운 마음으로 염불하면 지옥에 떨어지는 죄는 면할 수 있다는 말을 들은 터라 날마다 염불하며 공양드리는 일만 하고 있을 뿐이옵니다."

관리는 이 말을 듣고 즉시 들어가 전상에 고하였다. 한참이 지나 관리가 다시 영을 전하여 처사더러 섬돌 아래로 가서 엎드리라고 한 다음 일렀다.

"너는 잡아 올 대상이 아니었느니라. 이름이 같은 관계로 잘못 온 것이니 다시 나가도록 하여라."

처사는 합장한 채 일어나 절을 올렸다. 다시 어탁에서 전갈이 왔다.

"내 집이 한양의 아무 방(坊)에 있느니라. 흔히 '아무개 댁'이라 부르는 곳이다. 지금 너를 돌려보내는 길에 한마디 말로 부탁하노라. 내가 이곳에 들어온 지도 많은 세월이 흘렀구나. 입고 있는 이 도포가 거의 다 해지고 솔기가 터졌단다. 우리 집 식구에게 알려 새로 한 벌을 지어 보내도록 해준다면 참 다행이겠다. 네가 세상에 나가거든 꼭 내 집을 찾아가 이 사정을 자세하게 전해주거라. 소홀함이 있어서는 안 되느니라."

이에 처사가 대답하였다.

"지금 친히 하교를 받들었으니 감히 마음에 새겨 전갈하지 않을 수 있겠습니까? 다만 유명의 길이 다른지라 염라 세계의 이야기를 세상 사람들은 모두 터무니없다고들 하옵니다. 소인이 비록 영을 전한다고 해도 믿지 않아 응하지 않으면 어찌하옵니까? 반드시 신물(信物)이 있으면 그것으로 증명을 삼았으면 하나이다."

관리가 다시 전갈하였다.

"네 말이 정말 맞고 맞도다! 내가 세상에 있었을 때 당상관으로 재직하면서 허리에 차던 옥관자(玉貫子) 한쪽이 있었단다. 가 쪽이 약간 흠이 나 있는 것이니라. 이게 책 상자 안에 『시경(詩經)』 제3권과 함께 들어있을 게다. 이는 나만 알고 집안사람들은 알지 못하느니라. 네가 만약 이 말을 전하여 증명하면 반드시 믿을 것이니라."

"그건 그렇게 하면 되겠나이다. 한데 새로 도포를 짓는다고 하더라도 이곳으로 어떻게 보낸단 말입니까?"

관리가 재차 전갈하였다.

"제사를 지내고 도포를 불태우면 되느니라."

이윽고 처사는 하직하고 돌아가려 하자, 두 귀졸에게 명하여 보내주도록 하였다. 나가면서 처사가 귀졸에게 물었다.

"어탁에 앉아 계신 분은 누구시오?"

"바로 염라왕이시오. 성은 박(朴)이고, 이름은 우(遇)이시오."

길을 나서서 큰 강에 이르렀을 때 귀졸이 양쪽에서 그를 붙잡고 강으로 밀어 넣었다. 처사는 너무 놀라 깨어보니 자신은 죽은 지 이미 3일이 된 몸이었다.

병이 낫자마자 당장 한양으로 올라가 알려준 집을 찾아가 물으니, 과연 박우(朴遇)의 집이었다. 그의 두 아들은 과거에 급제하여 이름난 관리가 되어 있었다. 처사가 대문에서 뵙고자 했으나 문지기는 통문을 해주지 않았다. 붉은 대문은 아득하기만 하고 사람들의 발길은 뚝 끊기고 말았다. 처사는 혼자 대문에 이어진 담에 기대어 서 있는데 해는 벌써 넘어가고 있었다. 그러던 중에 갑자기 나이가 지긋한 종을 만나게 되었다. 처사는 그에게 주인을 꼭 뵈어야 한다고 간청하였다. 그랬더니 그는 즉시 들어가 이 사실을 아뢰었다. 잠시 뒤 이 종이 나와서는 처사를 데리고 들어갔다. 두 아들은 대청마루 위에 앉아 있다가 그에게 섬돌 아래에 자리를 내어주고 물었다.

"그대는 누구이며, 무슨 할 말이 있는가?"

이에 처사가 대답하였다.

"아무는 평안도 연안에 사는 처사이외다. 저번 아무 달 아무 날에 죽게 되어 염라국에 들어갔다가 직접 선대감(先大監)을 뵈었소. 대감께서 이리이리 하라는 영이 있어 감히 이렇게 전갈하는 것이오."

두 아들이 채 반도 듣지 않고 버럭 화를 내며 욕지거리를 해댔다.

"어떤 늙은 괴물이기에 감히 우리 집으로 찾아와 이런 요망하고 터무니없는 이야기를 늘어놓는단 말인가? 어서 속히 끌어내거라!"

처사도 큰 소리로 외쳤다.

"여기 따로 증명할 게 한 가지 있소이다. 만약 부합하지 않는다면 그때 끌어내도 늦지 않을 거요."

그러자 아들 중 한 사람이 다그쳤다.

"그래, 증명할 일이란 게 무엇이냐?"

처사는 바로 옥관자 관련 건을 알려주었다. 이건 아주 구체적이고 분명했다. 두 사람은 그제야 의문이 들기 시작했다. 급기야 책 상자를 꺼내 보니 과연 『시경』 제3권에서 옥관자 한 조각이 나왔다. 조금도 어긋나지 않는 사실이었다. 집에서는 박우가 죽은 후 이 옥관자를 잃어버리고 아직 찾지 못하고 있던 차였다.

이제 처사의 말이 터무니없는 게 아닌 줄 알고 온 집안이 마치 처음 초상이 났을 때처럼 곡을 하였다. 대감의 부인은 집안 식구 전부를 불러놓고 이에 대한 자세한 내용을 물었다. 그러고는 집에서 새 도포를 지어 날을 정해 영전에 제를 올리고 태워 보냈다. 향을 사른 지 3일째 되는 날, 집안의 자식들과 처사 모두는 꿈에서 새 도포를 보내준 데 대해 고마워하는 박우를 만날 수 있었다. 그 집에서는 처사를 한동안 붙들어 두고 음식과 의복을 매우 풍성하고 극진하게 대접하였다. 그리고 이후로도 서로 왕래가 끊이지 않았다.

박우는 바로 정승을 지낸 박점(朴漸)[2]의 증조부이다. 조정에서 벼슬할 적에 청렴하고 정직하여 자못 사람들의 신망을 얻었다. 일찍이 해주목사(海州牧使)로 있을 때 황해감사와 서로 옥신각신하였으나, 강직하고 과단성 있는 일 처리로 알려졌다.

내가 수양(首陽)[3]에 있을 적에 고을 사람인 진사 최유첨(崔有瞻)이 나에게 들려준 이야기이다.

제8화

보살불이 저승의 감옥을 구경시켜 주다

홍내범(洪乃範)[4]은 평양 출신의 문관이다. 만력(萬曆)[5] 계묘년(1603)에

---

2 박점(朴漸): 1532~?. 자는 경진(景進), 호는 복암(復庵), 본관은 고령이다. 1569년 과거에 급제하여 이조좌랑, 직제학, 황해감사, 도승지 등을 역임하였다. 1591년 당쟁에 휘말려 서인이 몰락할 때 관직을 삭탈 당했다. 참고로 그의 증조는 박시손(朴始孫)이며, 고조는 박심(朴諶), 부친은 박세정(朴世貞)인바, 박우가 증조부가 되는지는 미상이다.

3 수양(首陽): 즉 해주(海州)의 옛 이름이다. 해주 북쪽에 수양산(首陽山)이 있다.

4 홍내범(洪乃範): 생력은 잘 드러나지 않으나, 실록에 몇 차례 보인다. 즉 1620년에 금교(金郊, 황해도 금천군)의 찰방으로 있을 때 봉직에 충실했다며 포상하라는 품의가 올라와 가자되는가 하면, 1633년에는 평양감사가 그를 지역의 훌륭한 인물이라고 하여 장수 자리에 추천하는 사례도 보인다. 따라서 여기서의 그에 관한 관력 등도 어느 정도 사실과 부합하는 것으로 판단된다.

5 만력(萬曆): 명나라 신종(神宗)의 연호로, 기간은 1573~1620년에 해당한다. 명나라의 국운을 기울게 한 군주이나 임진왜란 때 조선 원조에 적극적이어서 숭정제와 더불어 조선 후기 숭명(崇明) 정책의 아이콘이 되었다.

과거에 합격하고 정축년(1637)에 당상관에 올랐다. 인조 계미년(1643)에 그의 나이는 여든둘이었다. 그의 아들 생원 홍선(洪僎)이 소를 올려 노직(老職)에 제수해 줄 것을 청원하였다. 그러나 도승지 한형길(韓亨吉)[6]이 이를 기각해 버렸다.

갑신년(1644) 봄에 소현세자(昭顯世子)가 심양(瀋陽)에서 돌아와[7] 평양에 머물고 있었다. 홍선은 세자에게 글을 올려 간청하였고, 소현세자는 이 글을 인조 임금에게 올려 마침내 '가선(嘉善)'[8]의 품계에 올랐다.

어느 날 홍내범이 이런 말을 하였다.

"내 올해는 필시 죽을 것이다."

얼마 지나지 않아 과연 죽었다. 이에 앞서 홍내범은 갑오(1594) 연간에 장질부사(장티푸스)를 앓아 위독해지더니 10여 일 만에 죽은 적이 있었다. 염을 하여 관에 안치한 다음 사람들은 모두 곁을 피해 밖으로 나갔다. 그의 아내만 곁에서 곡을 하고 있었다. 그런데 갑자기 시신이 저절로 움직이더니 바닥으로 굴러떨어지는 것이었다. 아내는 너무 놀라 기절하고 말았다. 집안사람들이 멀찍이서 이를 목격하고 구하러 왔다. 이들은 시신이 움직이는 걸 보고 염을 풀어봤더니 홍내범은 살아 있었다. 살아

---

6 한형길(韓亨吉): 1582~1644. 자는 태이(泰而), 호는 유촌(柳村), 본관은 청주이다. 1620년 과거에 급제하여 장령, 병조참의, 도승지 등을 역임하였다. 1642년 소현세자를 배종하여 심양에 다녀오는 등 역할이 적지 않았으나, 배종 중에 직분을 망각한 일로 탄핵받아 서울에 압송되기도 했다.

7 소현세자(昭顯世子)가 심양(瀋陽)에서 돌아와: 실제 인조의 맏아들이었던 소현세자(1612~1645)는 병자호란 직후 자진하여 동생 봉림대군(鳳林大君)과 함께 인질로 심양에 끌려갔다가 1642년과 1644년 두 차례 조선을 다녀갔다. 여기서는 두 번째 귀국했을 시점이다.

8 가선(嘉善): 즉 가선대부(嘉善大夫)로, 종2품 문무관의 품계이다. 종친이나 의빈(儀賓)에게 제수하는 예가 많아 현직이라기보다는 명예직으로, 특히 연로한 이들에게 많이 내려졌다. 비슷한 예로 정3품 당상관에 해당하는 '통정대부(通政大夫)'가 있다. 참고로 아래에서 금보살이 '관직이 동지(同知)에 오른다.'고 했는데, 동지도 동지중추부사라 하여 명예직으로, '가선대부동지중추부사'라는 직이 함께 내려지는 경우가 많았다.

난 그가 들려준 이야기이다.

꿈속에서 어딘가를 가게 되었다. 그곳은 어떤 관아로 매우 장중하였다. 관리와 관졸들이 쭉 줄지어 앉아 있었다. 소의 머리에 짐승의 얼굴을 한 야차(夜叉)와 나찰(羅刹)⁹ 무리가 뜰아래에 삼엄하게 서 있다가 뛰쳐나와 나를 붙잡아다가 뜰 앞에 꿇리었다. 검은 옷을 입은 관리가 궁전 위에서 전지를 내렸다.

"세상에는 삼교가 있으니, 석가모니 있는 곳도 그 하나이니라. 지옥과 천당은 바로 사람들의 선행과 악행을 징치하는 곳이니라. 너는 항상 부처를 욕했고 게다가 천당과 지옥도 믿지 않고 있다지. 편협한 자기 식견을 고집하며 큰 소리로 떠들면서 방자하게 굴었다. 이제 지옥에 처넣어 만겁을 겪어도 밖으로 나오지 못하게 할 것이니라."

말이 끝나자 손에 강철 작살을 든 귀졸(鬼卒) 두셋이 나의 머리채를 잡아끌고 가려 했다. 나는 큰 소리로 외쳤다.

"그 사정은 애매하옵니다!"

그러자 금빛 얼굴의 보살이 웃으며 말하였다.

"그래 잘못됐구나! 이자는 여든세 살까지 누리고 벼슬은 동지(同知)에 오른 후 죽게 되어 있거늘 어찌하여 왔단 말이냐? 내가 잡아 오라

---

9 야차(夜叉)와 나찰(羅刹): 모두 불교가 중국에 전래되면서 불신들의 적대자로 함께 들어온 악귀들이다. 우리 귀에 익숙한 아수라(阿修羅)라는 것도 이들과 한 패다. 야차는 범어 Yaksa[藥叉]의 음역으로, '열차(閱叉)' 또는 '야걸차(夜乞叉)'라고도 한다. 민첩하고 용감한 귀신이라는 의미이며, 불문을 지키는 수호신 사천왕(四天王) 중 비사문천(毘沙門天)이 이 야차의 왕으로 알려져 있기도 하다. 외모는 송곳니에 피부가 푸르고 표범 가죽으로 된 하의를 입고 있다. 나찰은 원래 인도 토착 민족의 하나였는데, 아리안족이 인도에 들어와 이민족을 흉측하게 도륙하여 흉악한 귀신의 이름이 되었다고 한다. 나찰귀신은 남녀가 모두 있다. 남자 귀신은 검은 몸뚱이에 붉은 머리와 푸른색 눈을 가졌고, 여자 귀신은 아름다운 여인으로 변신하여 남자를 유혹해서 잡아먹는다고 한다. 뒤에 야차와 나찰은 소설 속에 귀졸(鬼卒)로 자주 등장한다.

고 한 자는 전주(全州)의 홍 아무개이니라. 그렇긴 하나 이왕 여기에 들어왔으니 이곳을 한번 둘러보게 하여 세상 사람들에게 믿게 하는 것도 나쁘지 않겠구나.”

이에 귀졸들은 명을 받들어 나를 데리고 나갔다. 제일 먼저 도착한 지옥은 ‘감치불목지옥(勘治不睦之獄 : 화목치 않은 이를 다스리는 감옥)’이라는 편액이 붙어 있었다. 거기엔 벽돌로 만든 긴 구유 통에 탄불이 가득 쌓여 불이 활활 타오르고 있었다. 죄인을 불러서 통 주변에 꿇어앉게 하더니 불 속에서 달군 쇠꼬챙이를 꺼내 저들의 눈을 찔러댔다. 연달아 십여 명이 이런 화를 당하여 말린 물고기 걸어놓은 듯 거꾸로 매달렸다. 귀졸의 설명이다.

“이자들은 세상에 있을 때 형제와 벗에게 공손하기는커녕 진월(秦越)의 사이[10]처럼 대하였다. 천륜을 무시하고 오직 재물만을 탐내었기로 이런 업보를 받는 것이다.”

그다음은 ‘감치조언지옥(勘治造言之獄 : 말을 날조한 자를 다스리는 감옥)’으로, 몇 길쯤 되는 쇠기둥이 있고 그 아래에 커다란 돌이 놓여 있었다. 죄인을 불러 기둥 아래 꿇어앉히고는 예리한 칼로 혀를 뚫어 쇠 끈에 꿴 다음 기둥에 매달아 땅에서 한 자 남짓 떨어뜨렸다. 그리고 다시 커다란 돌로 다리를 매달았다. 혀가 한 자 남짓 뽑히고 눈알이 모두 튀어나와 그 고통을 견디지 못하였다.

“이자들은 세상에 있을 때 긴 혀를 간교하게 놀려 거짓 이야기들을 꾸며내 골육지친이 이별하고 벗들도 서로 사이가 벌어지게 하였다. 이 때문에 이런 벌을 받는 것이다.”

그리고 다음은 ‘감치기세지옥(勘治欺世之獄 : 세상을 속인 자를 다스리

---

10 진월(秦越)의 사이: 사이가 매우 멀거나 안 좋다는 뜻이다. 춘추시대 진(秦)나라와 월(越)나라는 중국의 서쪽과 동남쪽으로 서로 멀리 떨어져 있어 풍속 등이 차이가 많은 데서 유래하였다.

는 감옥'이었다. 나졸 수십 명이 바닥에 있고, 생김새가 흉악하기 그지
없는 야차 여럿이 철끈으로 꼼짝 못 하게 묶자, 굶주린 귀신 여덟아홉
이 다가와 칼을 뽑더니 벌거벗은 자의 가슴과 배 사이에서 살점을 베
어내 쇠솥 안에 넣고 삶아서 씹어 먹었다. 살점을 다 먹은 아귀들은
나머지 뼈까지 도려내 먹은 뒤에야 그만두었다. 얼마 후 업풍(業風)[11]
이 한번 불자 이들의 몸체는 예전처럼 되살아났다. 그러자 이번에는
쇠 뱀[鐵蛇]과 구리 개[銅犬]가 이들의 피와 골수를 빨아먹었다. 고통으
로 절규하는 소리가 땅을 뒤흔들었다.

"이자들은 세상에 있을 때 청요직(淸要職)에 몸을 담고 있었지만, 겉
으로만 청렴한 척하면서 몰래 뇌물을 받아먹었다. 또 수령의 자리에
있으면서 백성들의 고혈을 빨아먹으면서도 겉으로는 선한 일을 했다
며 기림을 받고자 하기도 하였다. 그런가 하면 행세는 학자인 양 입으
로는 주공(周公)과 공자(孔子)를 이야기하면서 세상을 속이고 이름을
훔치는 행위를 하기도 하였다. 그래서 이런 벌을 받는 것이다."

그러더니 귀졸은 자기들끼리 이야기하였다.

"이것저것 다 둘러볼 필요 없이 곧장 저곳으로 데리고 가서 구경을
그만 끝내세."

마침내 동남쪽으로 수백 걸음을 가니 큰 객관이 나타났다. '회진관
(會眞觀)'[12]이란 편액이 붙어 있었다. 상서로운 구름이 뿌옇게 덮여 있
고 연무가 가늘게 흩뿌리고 있었다. 거기엔 가사를 입은 중 수백이
거처했다. 백옥의 불자(拂子)를 들거나, 푸른 연꽃을 잡고 있거나 가부

---

11 업풍(業風): 불가에서 지옥에서 부는 바람을 뜻한다. 업보라는 의미에서 선업이나 악
업을 바람에 비유하여 이렇게 표현하기도 한다. 한편 일반적으로는 '갈대 바람'을
지칭하기도 한다.

12 회진관(會眞觀): 원래 '회진(會眞)'은 신선을 만난다는 뜻이며, 관(觀)은 도관(道觀)을
의미하는바 도가의 수도처이다. 그런데 이곳에 승려가 거처하고 있다는 설정은 도가
와 불교가 결합한 형태로 이해된다.

좌를 틀고 있거나, 『금강경(金剛經)』·『열반경(涅槃經)』[13] 등을 외고 있 거나 하였다. 이들을 모두 보살대사(菩薩大師)라 하였다.

귀졸이 다시 알려 주었다.

"이들은 모두 인간 세상에 있을 때 법도와 행실을 잘 지켜 한마음으 로 부처를 믿었으므로 팔고십뇌(八苦十惱)[14]를 벗어나 극락세계에 올랐 다. 이른바 천당이라고 하는 곳이 바로 여기다."

구경을 마치고 다시 관부로 되돌아왔다. 금빛 얼굴의 보살이 물었다.

"세상 사람들은 대부분 부처를 믿지 않고, 또 천당과 지옥이 있다는 것을 알지 못한다지? 그래 지금 어떠한가?"

나는 머리를 조아리고 사례하였다. 그러자 검은 옷의 관리가 앞에 서 있어 전갈하도록 하였다.

"지금 이자를 내보내도록 하여라."

곧 귀졸더러 전송해 주도록 하였다. 이 순간 놀랍고 두려워하다가 깨어났다. 이미 3일이 지난 상태였다.

홍내범은 속으로 항상 뿌듯하게 여겨 매번 이를 남에게 자랑하곤 하 였다. 그 뒤 수를 누리고 자품이 올라갔으니 보살이 말했던 것과 딱 맞아

---

13 『금강경(金剛經)』·『열반경(涅槃經)』: 『금강경』은 원명이 '금강반야바라밀경(金剛般 若波羅蜜經)'으로, 정신적인 깨달음을 중시하는 경전이다. 특히 선종에서 가장 중요하 게 여기는 경전이기도 하다. 『열반경』은 원명이 '대반열반경(大般涅槃經)'으로, 주로 부처의 입멸(入滅) 전후의 역사적 사실을 중심으로 열반 과정과 설법을 기록한 경전 이다. 모든 중생이 부처가 될 수 있다는 불성론(佛性論)을 내용의 근간으로 하고 있다.

14 팔고십뇌(八苦十惱): 불가에서 말하는 인생에서 겪는 온갖 고통과 떨쳐버려야 할 번민 을 말한다. 팔고는 생고(生苦)·노고(老苦)·병고(病苦)·사고(死苦)·애별리고(愛別離苦)· 원증회고(怨憎會苦)·구부득고(求不得苦)·오음성고(五陰盛苦)이며, 십뇌는 안락하게 삶 을 영위하기 위해 수행 중에 떨쳐버려야 할 열 가지 대상으로, 호사를 부리는 것[豪勢], 외도하는 것[邪人法], 흉악하게 노는 것[凶戱], 도살을 일삼는 것[旃陀羅], 사소한 이끗 을 구하는 것[二乘], 남자 행실 못 하는 것[不男], 남의 집에 맘대로 들어가는 것[危害], 남의 조롱을 받는 것[譏嫌], 가축을 기르는 것[畜養] 등이다.

떨어졌다.

아! 홍내범의 일은 부처가 사람을 속이는 이야기와 비슷하다. 군자는 진실로 괴이한 것을 말하거나 이상한 일을 찬술해서는 안 된다. 그러나 송(宋)나라 이주(李舟)도, '천당이 없으면 그만이지만 있다면 군자라야 그곳에 오를 것이며, 지옥이 없으면 그만이지만 있다면 소인배가 거기에 떨어질 것이다.'[15]라고 하였다. 이로 미루어 보면 홍내범이 말한 일은 비록 세상을 어지럽히는 일에 가깝지만, 또한 세상에 경종이 될 만도 하다. 그러므로 나는 이 말들을 적어 한퇴지(韓退之)가 '그 하나는 취하고 그 둘은 따지지 않은[取其一, 不責其二]'[16] 뜻에 붙이고자 한다.

평한다.

세상에 전하기를, 인조 때에 경상도관찰사 김치(金緻)[17]가 죽어서 염라

---

15 송(宋)나라 이주(李舟)도 …… 떨어질 것이다: 이주는 『태평광기(太平廣記)』(권10)에 나오는 인물로, 당나라 때 건주자사(虔州刺史)를 지낸 것으로 나와 있는바, 여기서 송나라라고 한 것은 오류로 판단된다. 아마도 『태평광기』가 송나라 때 엮어졌기 때문에 이런 착오가 생긴 게 아닌가 싶다. 여기 말은 그가 누이에게 보낸 편지의 내용에서 나온다. 참고로 『태평광기』의 해당 부분의 원문을 옮겨 놓는다. "唐虔州刺史李舟與妹書曰: '釋迦生中國, 設敎如周孔; 周孔生西方, 設敎如釋迦. 天堂無則已, 有則君子登; 地獄無則已, 有則小人入, 識者以爲知言.'"

16 한퇴지(韓退之)가 …… 따지지 않은: 한퇴지는 한유(韓愈, 768~824)로, 퇴지는 그의 자이다. 창려선생(昌黎先生)으로 불렸으며, 당송팔대가(唐宋八大家)의 한 사람이다. 특히 유종원(柳宗元)과 함께 고문(古文) 운동을 선도하여 당대의 문풍을 일신하였다. 여기 이 어구는 그의 글 「원훼(原毀)」에 들어 있다. 이 작품은 위정자로서 자신을 질책할 줄 알아야 한다는 메시지를 담고 있다. 여기서는 불교가 세상에 경종이 되는 부분은 취할 만하고, 혹세무민의 부분은 취하지 않는다는 의미로 끌어다 쓴 것이다. 참고로 「원훼」는 『당송팔가문초(唐宋八家文抄)』에도 뽑혀 실려 있다.

17 김치(金緻): 1577~1625. 자는 사정(士精), 호는 남봉(南峰)·심곡(深谷), 본관은 안동이다. 1597년 과거에 급제하여 대사간, 부제학을 거쳐 1625년 경상도관찰사를 지냈다. 한때 이이첨(李爾瞻)의 심복이라 하여 지탄받기도 했으나, 광해군의 폭정이 심해지자 관직에서 물러나 두문불출하였다. 특히 그는 점술을 연구하여 『심곡비결(深谷秘訣)』을 남겼던바, 이러한 이유로 그가 죽어서 염라왕이 되었다는 이야기가 조선 후기 야담집에 실려 전한다. 『청구야담』 권7 제18화 '난곡 김치 이야기'가 대표적이다.

왕이 되었다고 한다. 지금 이 연안 처사의 말을 들어보면 역시 이와 같다. 그러나 어찌 김치가 박우(朴遇)를 대신했겠으며, 염라왕은 어찌 그리 자주 바뀐단 말인가? 부처의 설에 근거해 본다면 천당은 하늘 위에 있어야 하고 지옥은 땅속에 있어야 하는데, 홍내범은 지옥을 보고 천당으로 가는 데 불과 수백 걸음이었다고 한다. 어찌 그리 가깝단 말인가? 나는 이 두 이야기 모두 '황당(荒唐)하다'고 단정할 수밖에 없다.

재해 예견

제9화

토정이 어촌에서 해일의 화를 모면하다

　토정(土亭) 이 선생(李先生)[1]이 장사치로 있었을 때의 일이다. 동해 바닷가로 장사를 나왔다가 밤이 되어 한 바닷가 어촌에서 묵게 되었다. 그 집에는 행색이 거사 같은 다른 길손도 와서 묵었다. 주인과 함께 셋은 마주 앉아 잠을 이루지 못했다. 그날 밤 하늘빛은 맑고 상쾌했으며 바다의 파도는 잔잔하여 바람 한 점 불지 않았다. 거사는 바다와 하늘을 한참 쳐다보다가 돌연 깜짝 놀라는 것이었다.

　"큰 변괴가 곧 닥치겠는걸!"

　두 사람은 괴이쩍어 왜 그런지를 물었더니 답이 이랬다.

　"지금부터 몇 시간 뒤면 바다에서 해일의 변고가 있을 거요. 이 마을은 만경창파 속으로 사라지게 될 거고. 서둘러 숨거나 대피하지 않는다면 사람들은 모두 물고기 신세가 되겠소!"

1　토정(土亭) 이 선생(李先生): 즉 이지함(李之菡, 1517~1578). 자는 형백(馨伯)이며 토정은 그의 호, 본관은 한산이다. 일찍 부친을 여의고 서경덕의 문하에 들어가 천문·지리와 의학·점술 등을 달통하게 되었다. 1573년 포천현감으로 부임하여 임진강의 범람을 예견하여 그곳 백성들을 구제하였으며, 1578년 아산현감으로 있을 때는 걸인청(乞人廳)을 만들어 주변의 걸인과 노약자를 구호하였다. 그러나 그는 대부분의 생애를 마포 강변 흙담집에서 청빈하게 지냈다. 토정이란 호도 여기서 나왔다. 비결서로 『토정비결(土亭秘訣)』을 남겼으며, 전국의 명당과 길지를 점지한 『농아집(聾啞集)』을 저술하였다.

토정이 이 말을 듣고 자신도 하늘의 상을 살펴보았으나 도무지 읽어낼 수 없었다. 주인을 보니 그도 미덥지 못한지 대피할 생각이 없어 보였다. 그러자 거사는 통사정하였다.

"주인장께서 내 말이 터무니없다고 여기겠지만, 그래도 우선 뒷산 꼭대기로 잠시 대피해 보시오. 몇 시간 뒤에도 내 말이 증명되지 않으면 그때 집으로 돌아오더라도 손해날 게 뭐 있겠소? 정 내 말이 의심이 가면 재물과 가재도구는 옮기지 말고 주인장 식구들만이라도 모두 높은 곳으로 대피하여 빠져 죽는 일만은 면하게 하시구려."

토정은 그 이유를 납득할 수 없었으나 그의 말은 범상치 않았다. 주인도 마지못해 따르기로 했다. 노인을 모시고 어린아이를 데리고 간단한 짐만 챙겨 거사를 따라 집 뒷산으로 올라갔다. 거사는 이들더러 꼭 정상에까지 올라가라고 하였다. 그러나 토정만은 꼭대기까지 올라가지 않고 산허리에 앉아 물었다.

"여기 정도면 해일을 피할 수 있겠소?"

"다른 사람이라면 이 정도로는 피할 수 없지만, 당신이라면 잠시 놀라 미동 정도는 하겠지만 피하는 데는 문제없을 거요."

새벽닭이 울 때가 되자, 바다에서 과연 해일의 파도가 하늘을 덮으며 몰려왔다. 물은 토정이 가부좌하고 있는 두 다리 아래까지 들이쳤다. 해변의 온갖 것들은 물속에 잠기고 말았다. 여명이 밝아오자 해일은 멈췄다.

토정은 거사에게 절을 올리고 제자가 되어 배우기를 원하였으나 거사는 애써 거절하였다.

"우연히 알았을 뿐 그 외에는 아는 것이 없소이다."

그러면서 끝내 자신이 쌓은 비법은 말해 주려 하지 않았다. 토정이 그의 거처를 물었으나 멀지 않은 곳에 있다고 하면서 손가락으로 그곳을 가리키고는 떠나버렸다. 다음날 토정이 그곳을 찾아가 보았지만 집은 이미 텅 비어 있었다.

제10화

산골 백성이 바닷가 산에서 물난리를 피하다

만력(萬曆) 33년 선조 을사년(1605) 7월의 물난리²는 조선 개국 이래 큰 재앙의 하나였다. 직전에 이런 일이 있었다. 관동 땅에 한 산골 백성이 살았다. 그가 산속에서 나무를 하고 있었는데 느닷없이 쇠갑옷을 입은 신장(神將)이 나타났다. 백마를 타고 구슬이 박힌 창을 비켜 들고 허공을 내달아 오는 것이었다. 차림새와 의표가 휘황찬란하여 바라만 보아도 천상의 인물임을 알 수 있었다. 그리고 어떤 승려가 지팡이를 짚고서 뒤를 따라왔다. 그의 모습 또한 범상치 않았다.

신장은 말을 멈추더니 승려와 얘기를 나누었다. 산골 백성은 수풀 속에 몸을 숨기고 숨죽인 채 그들의 이야기를 듣게 되었다. 신장은 발끈 화를 내며 창으로 사방을 가리키면서 말하였다.

"내 여기에서 저기까지 있는 산을 무너뜨리고 땅을 꺼지게 해서 모두 깊은 못으로 만들고 말리라. 더는 살아남은 사람은 없게 할 것이야."

승려는 뒤를 따르며 애걸하였다.

"만약 그렇게 하신다면 장차 인간에게 큰 재앙이 될 것입니다. 저를 봐서라도 노여움을 푸소서 제발!"

한참을 이렇게 간절히 빌자, 신장은 다시 창으로 어딘가를 가리켰다.

"그렇다면 여기서 저기까지는 반드시 무너뜨리고 말겠다. 네 뜻은 어떠하냐?"

승려는 다시 애걸해 마지않았다. 그러자 신장이 다시 제안하였다.

---

2 을사년(1605) 7월의 물난리: 이른바 을사년의 대홍수를 말한다. 1711년 신묘년에 일어난 대홍수와 함께 조선시대 가장 심각한 피해를 입었던 수해 가운데 하나였다. 여기 상정대로 이해 7월에 전국에 걸쳐 홍수가 막심하여 많은 토지와 건물이 유실되었으며, 인명 피해는 추산할 수 없을 정도였다고 한다. 그 피해는 임란 때보다 심했다고 알려져 있다. 여기 이야기와 앞의 제9화는 이때의 수해를 배경으로 하고 있다.

"그러면 너를 봐서 그 반을 줄여 주겠노라. 하지만 여기서 저기까진 내 반드시 무너뜨려 못으로 만들고야 말 테다. 더는 절대 덜어줄 수 없다."

승려는 또다시 애걸하였고, 신장은 딱 잘라 거절하며 들어주지 않았다. 결국 승려도 이를 받아들여야 했다. 대화가 끝나자 이들은 허공을 가르며 어디론가 사라졌다. 주고받은 말이 제법 많았지만 거리가 약간 떨어져 있던 관계로 자세히는 들을 수 없었고 대략의 얘기가 이와 같았다.

산골 백성은 아연실색하여 정신없이 집으로 달려와 처자식을 데리고 먼 곳으로 서둘러 도망쳤다. 이날부터 큰비가 내려 장마가 이어지더니 오대산(五臺山)이 무너져 내렸다. 이 백성이 살던 곳은 과연 무너져 못으로 변하였고, 수십 리에 걸쳐 여러 마을이 물에 잠겼다. 이 백성만 벗어날 수 있었다.

평한다.

일찍이 듣자니 우리나라에는 비상한 인물이 많으나 생선이나 상품을 파는 저자에 몸을 숨기고 있다는 것이다. 토정 선생이 만난 거사도 하늘의 수를 보고 해일이 일어날 줄 미리 알았다. 참으로 비상한 인물이지 않은가? 그가 품고 있던 비상함을 물어서 그 법술을 전수받지 못한 것이 한스러울 뿐이다. 을사년 홍수는 수백 년 이래로 없었던 대재앙이었다. 그런데 이 재앙이 신인의 진노를 사서 일어났다고 하니, 도대체 무슨 일로 격노했단 말인가? 산골 백성이 우연히 그를 만나 재앙을 벗어났다고 하는 것도 기이한 일이 아닐 수 없다.

혼령의 음우

제11화

과거 보러 오다가 백골의 음덕을 입다

세상에 이런 이야기가 전해진다.

옛날 고려 때 알성과(謁聖科)[1]를 보였을 적이다. 응시자 아무개가 먼 지방에서 이 과거를 보러 올라왔다. 저물녘에 산과 들을 지나는데 느닷없이 덩굴과 칡넝쿨 아래에서 재채기하는 소리가 들렸다. 사람은 보이지 않았다. 해괴하고 궁금해진 아무개는 말에서 내려 칡넝쿨 덤불 아래로 들어가 귀를 기울여 들어보았다. 그랬더니 재채기 소리는 칡뿌리 밑에서 들려오는 것이었다. 종을 시켜 그곳을 파게 했더니 죽은 사람의 머리뼈가 나왔다. 먼지와 흙이 머리뼈 구멍을 틀어막고 있는 데다 칡뿌리가 콧구멍을 통해 자라나고 있었다. 재채기는 혼백이 이를 견디지 못해 내는 소리였다.

아무개는 안됐다 싶어 머리뼈를 파서 꺼내 깨끗이 닦은 다음, 종이로 두툼하게 싸서 높고 마른 땅에 다시 묻어 주었다. 그러고는 정결한 밥

---

[1] 알성과(謁聖科): 과거제의 하나로, 임금이 성균관에 직접 거둥하여 보이는 시험이다. 구체적으로는 임금이 문묘(文廟)에 배향하고 이를 기념하기 위해 보인 시험이었다. 일정한 기간 외에 필요에 따라 보기도 했는데, 이를 알성별시(謁聖別試)라고 한다. 다만 고려시대에는 정기 과거인 명경과와 제술과 외에 임금이 직접 시험을 보이는 것으로 복시(覆試)가 있었다. 말하자면 알성과라는 종류는 따로 없었던 것이다. 시대는 고려시대로 설정했으면서 조선시대 과거제인 알성과를 내세운 사례라 하겠다.

한 그릇을 그 앞에 올리고 글을 지어 조문하고 떠나갔다. 그런 그날 밤 아무개는 꿈을 꾸었다. 백발이 성성한 한 유생이 자기에게 다가와 절을 하며 감사하다고 말했다.

"나는 전생에 죄를 지어 비명횡사한 몸이오. 자손은 영락하고 해골마저 흩어져 진토가 되었고, 오직 머리뼈만 남아 거친 들판의 넝쿨 속에 내버려졌소. 칡뿌리가 코를 뚫어 아직 사라지지 않은 혼백은 밤낮으로 이를 견디지 못하고 있었소. 다행히 군자를 만나게 되었구려. 당신은 타고난 어진 마음씨로 하소연 못 하는 내가 안타까워 보답도 바라지 않고 깨끗한 땅에 묻어 주고 분향까지 해주었소. 이 은혜는 산보다 크고 사랑은 낳고 길러준 것보다 넓구려. 비록 유명의 길이 달라 큰 덕을 갚을 길이 없으나 한결같은 마음이야 그대로이니, 감히 모든 걸 바치고자 하지 않겠소?"

그러면서 아무개에게 이런 말을 해주었다.

"이번 과거에는 분명 오언율시가 출제될 터인데, 제목은 '하운다기봉(夏雲多奇峯)'[2]이며, '봉(峯)' 자를 압운으로 낼 것이오. 내 당신을 위해서 미리 지은 게 있으니, 그대가 만일 이것을 받아서 제출한다면 장원급제도 할 수 있을 거요."

내어준 시의 내용은 이러하다.

밝은 해 중천에 떠오르고	白日到天中
뜬구름 절로 봉우리를 이루었네.	浮雲自作峰
중은 보고 절이 있나 하지만	僧看疑有寺
학은 소나무 없음을 한스러워하네.	鶴見恨無松

2　하운다기봉(夏雲多奇峯):「귀거래사」로 유명한 육조시대 도잠(陶潛, 365~427)의 「사시(四時)」의 둘째 구이다. 전체 원문은 다음과 같다. "春水滿四澤, 夏雲多奇峰. 秋月揚明輝, 冬嶺秀孤松."

번개는 꼴 베는 아이 도끼에 번쩍번쩍	電影樵童斧
우레는 은사의 종을 울리누나.	雷聲隱士鍾
누가 산은 움직이지 않는다고 했던가	誰云山不動
석양 바람에 날아가는 것을.	飛去夕陽風

시를 다 지은 유생은 머리를 숙여 사례한 다음 떠나갔다.

꿈에서 깬 아무개는 신기하다는 생각이 들었다. 곧장 서울로 올라와 기예를 다퉜는데, 출제된 제목과 운(韻)이 꿈에서 유생이 말해 준 것과 완전히 맞아떨어졌다. 그는 귀신이 준 시를 써서 제출하여 과연 장원을 차지하였다.

제12화

산사에 들었다가 노인의 음우를 입다

선세휘(宣世徽)[3]는 영남의 아무 고을 사람이다. 소싯적 산사에 들어가 『전등신화(剪燈新話)』[4]를 읽다가 밤이 깊어 나른해지자 궤안에 기댄 채

---

3 선세휘(宣世徽): ?~1623. 그의 행적은 자세하지 않다. 다만 1617년에 성균관 생원으로 폐비의 당위성을 신랄한 어조로 주장하여 적지 않은 파란을 일으켰던 적이 있다(『광해군일기』 권121). 그리고 실록의 1621년 기록에는 그가 전라도 장흥(長興) 출신이라고 하였다. 그러므로 여기 영남 아무 고을 출신이라는 것과는 차이가 있다. 한편 『전등신화』를 읽어 문장의 묘리를 깨쳤고, 이것으로 광해군 시절에 문명이 있었다는 내용은 따로 확인되지 않는다.

4 『전등신화(剪燈新話)』: 원말명초의 작가 구우(瞿佑)가 편집한 전기소설집(傳奇小說集)으로, 부록 1편을 포함해 모두 21편이다. 원말명초 격동의 시기에 인민들이 겪은 전란의 충격이 환상적인 수법으로 그려져, 당송시대의 전기소설과는 또 다른 경지를 보여준다. 『금오신화』가 이 작품의 영향을 받았다는 사실은 이미 잘 알려져 있으며, 『천예록』에도 소재와 모티프가 이와 유사한 사례가 더러 발견된다. 또한 16세기 중엽 한리학관 임기(林芑)가 주석을 단 『전등신화구해(剪燈新話句解)』는 일본에 『전등신

선잠이 들었다. 꿈에 한 노인이 나타났다. 귀밑머리와 눈썹이 희고 의관도 아주 거룩해 보였다. 그는 급히 세휘를 깨웠다.

"너는 이곳에 있지 말고 속히 피하거라, 속히 피해!"

세휘는 깜짝 놀라 일어났다. 괴이쩍고 의아한 생각이 절로 들었으나 꿈속의 일이 너무 선명했기에 즉시 다른 방으로 옮겼다. 얼마 뒤 과연 바위가 무너져 내려 조금 전까지 묵고 있던 방을 덮쳐 뭉개버렸다. 여기에 묵던 중들은 대부분 죽었으나 세휘만은 화를 면할 수 있었다. 다음 날 밤 꿈에도 노인이 다시 나타나 증시(贈詩) 두 구를 써서 주었다.

초 땅의 나그네 삼협의 입구로 들어서고   楚客遠投三峽口

촉 땅의 새는 오경에 울며 돌아오네.   蜀禽啼到五更時

세휘는 이 시의 뜻을 이해할 수 없어 속으로 더욱 이상한 생각만 들었다.

한편 그는 구우(瞿佑)의 글만을 읽어 그의 문장의 묘리를 터득하였다. 이것으로 광해군 시절엔 상당한 문명(文名)을 얻기도 하였다. 그래서 권문세가에 드나들며 과장(科場)에서 시험지를 대신 써주는 일로 이재영(李再榮)[5]과 이름을 나란히 하였다. 이윽고 그도 과거에 급제하여 지방의 수령을 지냈으나, 백성의 재물을 빼앗고 부정을 저지른 정황이 많았다.

화』가 알려지는 계기가 되었으며, 17세기 이후 조선 사회에서 가장 많이 판각되고 읽힌 소설집이다. 특히 이 책의 이야기 전고는 과거 시험에 나오기도 하여 중요한 학습서로 읽혔다. 여기 선세휘도 산사에서 이 책을 읽는다는 것은 그가 과거 공부를 하고 있었음을 짐작케 한다.

5   이재영(李再榮): 생몰년은 미상이다. 그는 노비 학금(鶴今)의 아들로서 과거에 급제한 인물로 유명하다. 1599년 이른바 허통(許通)에 의해 시험을 보았을 때 그가 장원을 차지했다. 급제하고 나자 허통을 허용해서는 안 되며, 그를 삭과(削科)시키라는 상소가 끊이지 않았다. 그러나 그는 한리학관(漢吏學官)으로서 사은표문(謝恩表文)을 짓는 등 문명을 떨쳤으며, 연천군수 등을 역임하였다. 허균과는 둘도 없이 친한 사이로, 『성소부부고(惺所覆瓿藁)』에 그에 대한 허균의 우정이 잘 드러나 있다. 다만 그가 남의 과거문을 대신 써주는 거벽(巨擘)으로 활약했는지는 미상이다.

계해반정(癸亥反正)⁶이 있고 나서 결국 이 일로 추국을 당하고 체포되어 감옥에 갇히게 되었다. 그리고 다음 날로 죄가 결정되어 곧 죽을 목숨이 었다. 그런데 그날 밤 오경이 되었을 때 그가 갇힌 감옥 옆의 나무에서 두견새 우는 소리가 들려왔다. 그때 세휘는 갑자기 꿈속에서 노인이 준 시가 생각이 났다. 그는 함께 붙잡혀 들어간 죄수들에게,

"나는 아마도 살 수 있을 것 같네."

라고 하면서 산사에서 꾸었던 꿈 이야기를 들려주었다. 모두 혀를 차며 신기한 일이라고 하였다. 세휘는 곧 뒤구를 완성하였다.

이제야 화복은 미리 정해져 있음을 알겠나니　　乃知禍福皆前定
그해 꿈속의 시에서 이를 깨달았네.　　　　　　憶得當年夢裏詩

다음날 죄를 위에 보고하고 숙의한 끝에 세휘의 사형 언도를 풀어 삼수(三水)⁷로 유배를 보냈다. 시에서 말한 '삼협(三峽)'도 딱 맞아떨어진 셈이다.

평한다.

6　계해반정(癸亥反正): 곧 인조반정이다. 1623년 이귀(李貴)·김류(金瑬) 등의 서인이 광해군을 폐위시키고 인조를 옹립한 사건이다. 정인홍(鄭仁弘)·이이첨(李爾瞻) 등 대북(大北) 일파의 전횡과 인목대비(仁穆大妃)를 유폐시키는 등 광해군의 패륜 행위가 거듭되자, 1623년 김류를 대장으로 하여 반란을 일으켰다. 광해군은 이때 폐위되어 강화도 교동(喬桐)으로 유배 갔다가 다시 제주도로 이배(移配)되어 그곳에서 죽었다.

7　삼수(三水): 함경남도 북서쪽 끝에 있는 삼수군이다. 북쪽은 압록강과 만주를 접경으로 한 한반도 최북단 가운데 하나이다. 압록강, 장진강(長津江), 허천강(虛川江) 등 세 강의 물길이 흐른다 해서 붙여진 지명이다. 고려시대에는 갑주(甲州)라고도 불렀는데, 이 갑주를 조선시대에 갑산(甲山)으로 고치고 군으로 승격시켰던바, 삼수는 갑산군에 포함되어 있다가 조선 후기에 삼수군으로 독립하였다. 지세가 험하면서도 외진 데라 '삼수갑산' 하면 가장 최악의 유배지 등으로 회자되었으며, 관련 설화나 속담도 많이 생겨났다.

나는 전에 서사가(徐四佳)의 『동인시화(東人詩話)』[8]를 읽은 적이 있다. 거기에 '중은 이를 보고 절이 있나 하지만, 학은 소나무 없음을 한스러워하네[僧看疑有寺, 鶴見恨無松]'라는 한 연(聯)을 전중문(錢仲文)[9]의 「상령고슬(湘靈鼓瑟)」시의 아래에 기록하고 평하기를, "비록 추계(椎髻)의 말 같은 구기를 띠지만 이 역시 경구(驚句)이다."[10]라고 하였다. 대개 이도 또한 음우의 신조가 있다는 의미에서 이렇게 보았을 터다. 그러나 내가 보기에 이 시구는 고작 시골구석의 어린아이가 울며 보채는 말 정도인데 어찌 이것을 경구라 할 수 있겠는가? 또한 '중(中)'과 '풍(風)' 두 운자도 맞지 않을뿐더러 '은사종(隱土鍾)'은 더욱더 그 근거가 없다. 혹 전해지기를 '사(寺)'는 곧 '찰(利)' 자이므로, 은사종은 곧 '악사종(岳寺鍾)'이라고도 한다. 그러나 찰(利)과 사(寺)는 어의가 중첩되어 시가 더욱 아름답지 못하며, 비속하고 거칠어 웃음을 살 뿐이다. 어찌 애초에 문운(文運)의 시초

---

8   서사가(徐四佳)의 『동인시화(東人詩話)』: 서사가는 서거정(徐巨正, 1420~1488)이다. 그는 조선 초기에 오랫동안 문형(文衡)으로 있으면서 『동문선(東文選)』을 편찬하는 등 문헌 정립에 초석을 닦았다. 『동인시화』는 그가 편찬한 시화집(詩話集)으로, 우리나라 전문 시화집으로 첫 번째에 해당한다. 한편 서거정은 이외에도 일화집인 『필원잡기(筆苑雜記)』와 소화집인 『태평한화골계전(太平閑話滑稽傳)』을 지어 조선 초기 필기(筆記)의 전통을 여실하게 보여준다.

9   전중문(錢仲文): 당(唐)나라 오흥(吳興) 출신의 문인 전기(錢起, 710~782)로, 중문은 그의 자이다. 그의 시는 참신하면서도 기발하여 당시 사람들이 그의 시 한 수를 외지 못하면 수치로 여겼을 정도라고 한다. 여기 「상령고슬(湘靈鼓瑟)」 시는 그가 과거를 보러 가던 어느 날 밤에 어디선가 노랫소리가 들렸는데, 정작 노래 부르는 사람은 보이지 않고 강가의 푸른 봉우리만이 있기에 그 감회를 적은 것이다. 그의 시 중에서 특히 절창으로 평가받는다. 참고로 시 전문을 소개하면 다음과 같다. "善鼓雲和瑟, 常聞帝子靈. 馮夷空自舞, 楚客不堪聽. 苦調悽金石, 清音入杳冥. 蒼梧來怨暮, 白芷動芳馨. 流水傳湘浦, 悲風過洞庭. 曲終人不見, 江上數峰青."

10 비록 추계(椎髻)의 …… 역시 경구(驚句)이다: 추계의 말은 곧 '추계조어(椎髻鳥語)'라 하여 추계, 즉 몽둥이처럼 높이 세운 상투를 튼 중국 남방지역 사람들의 머리 형식을 말한다. 다시 말해 그들의 언어는 촌스럽다는 뜻이다. 한편 이 대목은 실제 『동인시화』에 나오는 내용으로, 「상령고슬」 낙구(落句)를 인용하고 나서 어떤 유생이 지은 위의 구절을 두고 평한 것이다. 이 부분의 원문은 다음과 같다. "高麗試題, 出'夏雲多奇峯', 有生一聯云: '僧看疑有寺, 鶴見恨無松.' 雖帶髻稚語, 亦是驚句."

가 막혀 그 시가 여기에 그치고 말았던가? 또 백골의 음보는 해골을 다시 묻어주었기 때문이라 하지만, 노인의 음우는 무슨 보답이란 말인가? 선세휘가 노인에게 음덕을 베푼 일이 있는데도 세상에서는 이것을 알지 못했기 때문인가? 비록 그렇다고 하지만 '초 땅의 나그네[楚客]', '촉 땅의 새[蜀禽]' 등의 몇 가지 말은 '승간(僧看)', '학견(鶴見)'과 비교하면 훨씬 나은 편이다.

귀신을 거느림

제13화

한준겸의 시골 친척이 만 명의 귀신을 점검하다

서평(西平) 한준겸(韓俊謙)[1]에게는 호남 땅에 사는 먼 친족 한 사람이 있었다. 이 친척은 됨됨이가 무지하고 경망스러운데다 집은 가난하기 짝이 없었다. 수시로 한 공(韓公)을 찾아왔으나 한 공은 그가 추위에 헐벗고 굶주린 걸 불쌍하게 여겨 입은 옷을 벗어주고 음식도 내주었다. 한번 올 때마다 달포 남짓을 붙잡아 두었다가 비로소 돌려보내곤 하였다. 능력이 없다고 하여 책하거나 꾸짖지도 않았다.

그러던 어느 날, 그가 한 공을 찾아왔다가 홀연 돌아가겠다고 하였다. 때는 정월 초하루가 며칠 남은 날이었다. 한 공은 그를 붙잡았다.

"자네 말 위에서 배를 주린 채 송구(送舊)하기보다는 차라리 내 집에 있으면서 탕병(湯餅)[2]이라도 배불리 먹으며 편한 자리에 누워 영신(迎新)

---

1   서평(西平) 한준겸(韓俊謙): 1557~1627. 자는 익지(益之), 호는 유천(柳川), 본관은 청주이다. 1586년 과거에 급제하여 금천현감(衿川縣監), 대사성, 한성부판윤, 함경도·평안도관찰사 등을 역임하였다. 1623년 인조반정으로 그의 딸이 인열왕후(仁烈王后)로 책봉되어 서원부원군(西原府院君)에 봉해졌다. 여기 '서평(西平)'이라 한 것은 서원(西原)의 오기가 아닌가 싶다. 광해군에서 인조로 이어지는 정치 파란기에 부침을 거듭하였다. 예학과 국가의 전장고사(典章故事)에 밝았으며, 『광해군일기』 편찬에도 참여하였다. 저서로 『유천유고(柳川遺稿)』가 있다.

2   탕병(湯餅): 원래 밀가루나 메밀가루를 반죽하여 얇게 밀어서 가늘게 썰거나 국수틀로 가늘게 뺀, 요즘으로 치면 칼국수 따위를 말한다. 다만 여기서는 떡국 정도로 보면

하는 게 낫지 않겠는가?"

그는 재삼 돌아가겠다고 하였으나 한 공은 한사코 만류하였다. 형편이 딱했던 친척은 감히 더 이상 사양하지 못하고 그대로 머물게 되었다. 그런 그가 그믐날 밤이 되자 한 공에게 이런 요청을 하였다.

"저에겐 남다른 비법이 있지요. 항상 수만이나 되는 귀신들을 거느리는데 매년 정월 초하루엔 저들의 이름을 불러 점검한답니다. 이렇게 하지 않으면 귀신들은 구애됨이 없어 사람들에게 많은 화를 입히지요. 이는 결코 작은 일이 아니랍니다. 제가 돌아가겠다고 한 것도 이 때문이지요. 어른께서 저를 이렇게 잡아두셨으니 저는 아무래도 어른 댁에서 귀신을 점고해야 하겠네요. 그러니 놀라지는 마세요."

한 공은 퍽 놀랍고 기이하다는 생각이 들어 그렇게 하라고 해주었다. 그는 다시,

"이는 중대한 일이라서 정청(正廳)³에서 시행하고자 해요."

라고 하였다. 한 공은 이마저 허락해 주었다. 그날 밤 청사를 깨끗이 치우게 하고 그는 남면(南面)한 채 단정하게 앉았다. 한 공이 밖에서 엿보니, 얼마 뒤 수를 헤아릴 수 없는 잡귀가 대문 앞을 가득 메우며 들어왔다. 기이한 형체와 괴기한 복장은 뭐라고 형용할 수 없었다. 그의 앞에 쭉 둘러서서 절을 하는데 뜰은 물론 섬돌까지 가득 메웠다. 그는 책자 하나를 꺼내더니 직접 장부를 들고서 이름을 부르기 시작했다. 귀졸(鬼卒) 몇이 섬돌 앞에 서서 호명하여 점검해 나가는데, 꼭 관아에서 관리들을 검열하는 모양새였다.

될 듯하다.

3 정청(正廳): 원래 '정전(正殿)'이라 하여 임금이 행차하여 정사를 듣는 궁전으로, 경복궁의 근정전(勤政殿), 창덕궁의 인정전(仁政殿) 따위를 지칭한다. 그런데 여기서는 한준겸의 집 대청마루를 가리킨다. 지하 세계인 명부(冥府)에서 귀신을 검열한다는 의미에서 이 용어를 상징적으로 가져다 쓴 것이다. 바로 이어지는 '남면(南面)'이라는 용어도 원래 임금이 신하를 접견한다는 뜻이다.

점검은 이경(二更) 즈음에 시작하여 오경(五更)이 되어서야 비로소 끝이 났다. 그 수가 수만이라고 했던 말이 틀린 소리가 아니었다. 그런데 제일 마지막에 귀신 하나가 이름을 다 부른 뒤에야 도착하였다. 또 다른 귀신 하나는 담장을 넘어서 들어왔다. 그는 귀졸더러 저들을 끌고 오라고 하여 때리며 심문하자, 늦게 도착한 귀신이 아뢰었다.

"정말로 식도(食道)가 어려운 때[4]를 맞아 최근 영남의 선비 아무개 집에서 천연두를 퍼뜨렸사옵니다. 멀리서 점고에 출석하느라 이렇게 늦었습니다. 허나 이 죄는 변명의 여지가 없사옵니다."

담을 넘은 자도 변명하였다.

"오래도록 기근이 들었기에 경기 지방의 아무개 집에 전염병을 퍼뜨리고 있다가 명부를 점검한다는 사실을 늦게 알고 정신없이 온 것이옵니다. 그러고도 늦을까 싶어 그만 담장을 넘는 죄를 저지르고 말았나이다."

그는 버럭 소리치며 꾸짖었다.

"이자들은 나의 금령을 어겼을 뿐만 아니라 잔혹한 병을 많이 옮겼으니 그 죄 이미 막중하도다. 하물며 이곳은 재상의 댁인데 너희들이 감히 담장을 넘어 들어왔으니 죄가 더욱 무겁지 않으냐. 늦게 도착한 자에겐 곤장 백 대를 칠 것이며, 담장을 넘은 놈은 수백 대를 쳐 칼을 씌우고 족쇄를 채워 감옥에 가두도록 하여라!"

이어 뭇 귀신들을 모이게 하여 인간에게 화를 일으키지 말라고 영을 내렸다. 몇 번이나 이를 확인해 둔 다음에야 비로소 점검을 끝내고 귀신들을 돌려보냈다. 귀신들은 빙 둘러 절을 올리고는 문을 빼곡히 메우며 앞다퉈 나갔다. 시끄러운 소리가 한참이 지나서야 그쳤다. 그는 빈 청사에 꼿꼿이 앉아 있기만 할 뿐 수심에 잠긴 채 아무것도 보지 않았다.

---

4 식도(食道)가 어려운 때: 사는 형편이 어려운 시기라는 뜻이다. 여기서 식도는 목구멍 정도의 의미이다. 일반적으로 천연두와 전염병은 기근이 들었을 때 많이 창궐하기 때문에 이렇게 쓴 것으로 판단된다.

이윽고 닭이 울고 하늘은 밝아지려 하였다.

이를 지켜본 한 공은 황홀할 뿐 상황을 이해할 수 없었다. 그래서 귀신을 부리게 된 연유를 그에게 물었다. 그의 대답은 이러했다.

제가 젊은 시절 산사에서 책을 읽던 때랍니다. 그 절에 한 노승이 계셨는데, 우악스럽고 기괴하게 생긴 데다 매우 노쇠하여 죽음이 임박한 상태였지요. 사람들도 모두 그를 업신여기며 욕을 하였으나 저만은 그의 늙은 모습이 안타까워 때때로 남은 밥을 주며 제법 잘 대접해 주었답니다. 그러던 어느 밝은 달밤에 노승은 저를 이렇게 속이더군요.

"절 뒤편에 한 골짜기가 있는데 경치가 절경이라오. 나랑 함께 가보지 않겠소?"

저는 그 말을 믿고 따라갔지요. 절을 나와 산기슭을 넘어 인적이 없는 곳에 다다르자, 노인은 품속에서 책자 하나를 꺼내더니 저에게 주면서 이르더군요.

"나는 이런 재주를 가졌으나 이제는 늙어서 죽을 날이 얼마 남지 않았네. 남에게 이걸 전수해 주려 한 지 오래라 나라 안을 두루 찾아다녔으나 마땅한 이를 만나지 못했다네. 지금 그대를 보니 적임자를 찾은 것 같네. 이 비법을 그대에게 전해주려 하네."

책자를 펴보니 귀신의 부록(符籙)[5]으로, 귀신을 다스리는 법도 나와 있었지요. 노승은 당장 한 부를 베껴 불을 사르니 수만의 귀신들이 잠깐 사이에 모여들지 않겠어요. 이들을 본 저는 놀라 몸이 떨렸답니다. 노승은 저와 나란히 앉아서 하나하나 이름을 점검하고 나서 귀신들에게 이르더군요.

"난 이제 늙었도다! 이미 너희들을 이 젊은이에게 부탁하였으니 지

---

5   부록(符籙): 비방(秘方)을 적은 책으로, 원래는 도가의 비법을 전수한 책을 말한다.

금부터는 이분을 따르도록 하여라."

저는 그 책자를 받아서 귀신들을 호령하여 약속을 다시 정한 다음
흩어지게 했답니다. 그리고 저는 노승과 함께 절로 돌아와서 잠을 청
했다가 새벽에 일어나 노승을 찾아뵈니 이미 떠나고 없더군요. 그 뒤
로 저는 귀신을 부리는 일을 수십 년 동안 해왔답니다. 이를 세상에서
아는 이가 없었는데 이제야 비로소 어른께 알려지게 되었군요.

한 공은 무척 신기하다며 물었다.
"나도 이 술법을 전수받을 수 있겠는가?"
"어른의 정력으로 보아 충분히 할 수 있습니다만 이 재주는 재야에
있는 궁한 형편의 선비나 하는 짓이지 어른 같은 재상이 할 일은 못 됩니다."
다음날 마침내 이별하고 떠나더니 그 후로는 다시 찾아오는 일이 없
었다. 한 공은 사람을 보내 거처를 알아보게 하였다. 첩첩산중에 띠로
엮은 게딱지만 한 암자가 있고 사방 천지에 이웃도 없이 외로이 홀로
살고 있었다. 오라고 불러도 끝내 오지 않았다. 그 뒤 다시 사람을 보내
방문했으나 이미 그 거처를 옮겨 버려 끝내 종적을 알 수가 없었다.
한 공의 자손이 직접 한 공에게서 듣고 사람들에게 전해준 이야기이다.

제14화
임실의 선비가 두 귀졸을 거느리다

때는 효종(孝宗) 갑오·을미 연간(1654~1655)이었다. 임실군(任實郡)에
사는 선비 아무개는, '귀신을 부리며 항상 부리는 귀졸이 둘이다.'라고
직접 말하곤 하였다. 그런 그가 하루는 어떤 사람과 장기를 두면서 진
사람이 매를 맞기로 약조하였다. 그런데 상대방이 지고도 약속을 어기고

매를 안 맞겠다고 버텼다. 선비는

"만약 매를 맞지 않으면 뒤에 그보다 더한 곤경을 치를 텐데!"
라고 경고했으나, 그자는 끝내 맞으려 하지 않았다. 선비는 할 수 없이 공중을 향해 누군가를 불러 분부하는 시늉을 했다. 그자는 당장 마당으로 내려와 볼기를 내밀었다. 공중에선 채찍을 휘두르는 소리가 들려왔고, 대여섯 번 정도의 몽둥이질에 볼기가 점점 퍼렇게 부어올랐다. 그자는 고통을 견디지 못해 살려달라고 애원하였다. 선비는 그제야 웃으며 풀어주었다.

한번은 임실 관아에서 어떤 사람과 자리를 함께한 일이 있었다. 관청의 후원에는 대나무 숲이 있고 그 밖으로는 촌가가 이어져 있었다. 촌가에서 무슨 액막이굿을 하는지 둥둥 북소리가 울렸다. 선비가 갑자기 후원으로 달려가더니 노기등등한 채 숲을 향해 큰소리로 꾸짖고 눈을 부릅뜨고 팔을 휘두르며 몰아내는 시늉을 하였다. 그런 한참 뒤에야 돌아왔다. 사람들이 이상하여 연유를 물었더니 이런 대답을 하였다.

"한 떼의 잡귀들이 굿하는 곳에서 이쪽 대숲으로 우르르 몰려드는 게 아니겠소. 만약 이들을 쫓아내지 않으면 장차 이 숲에 붙어 있다가 인가에 해를 입힐 태세였소. 그래서 내가 화를 내며 이들을 쫓아낸 것이오."

또 한번은 어떤 선비와 동행하던 길에 느닷없이 공중을 향해 나무라는 것이었다.

"너는 무엇 때문에 감히 이 죄 없는 사람을 잡아가려 하는가? 만약 풀어주지 않는다면 내 너를 죄로 다스릴 것이야."

그 말소리에는 화난 기색이 역력했다. 같이 가던 선비가 왜 그러냐고 물었으나 제대로 얘기해 주려 하지 않았다. 저녁이 되어 한 촌가에 투숙하려고 했더니 집안에 누가 병을 앓고 있다며 거절하고 들여보내 주지 않았다. 그러자 아무개 선비는 종을 시켜 따지게 하고 대들며 들어갔다. 그런 사이 주인의 부인과 딸들은 창문 틈으로 힐끔힐끔 엿보고 있었다.

곧이어 저들끼리 몰래 하는 말과 놀라며 탄성을 지르는 소리가 나지막이 들려왔다. 날이 다 저물었을 때 주인 늙은이는 술과 안주를 마련해 와서 사례하는 것이었다.

"소인에게는 딸아이가 있사온데 이 애가 갑자기 위독한 병에 걸려 오늘 죽었습죠. 그런데 얼마 뒤 다시 살아나서는 '귀신에게 붙잡혀 끌려가는데 길에서 어떤 분이 그 귀신에게 저를 놔두고 가라고 꾸짖는 거예요. 그랬더니 귀신은 두려움에 벌벌 떨며 그 자리에서 저를 놔두고 가버렸어요. 그래서 살아 돌아올 수 있었어요.'라고 하지 뭡니까? 그 아이가 창틈으로 어른을 엿보고는 '저분이 귀신을 몰아준 그분이예요.'라고 하더군요. 놀랍고 기이함을 금치 못하겠나이다. 존공께서는 신선인가요, 부처인가요? 다시 살려준 이 은혜에 감히 소찬을 준비하여 사례하는 것이옵니다."

선비는 웃더니 음식을 들며,

"너의 말이 허무맹랑하구나. 내 어찌 이런 일을 할 수 있단 말이냐?"라고 말할 뿐이었다. 그 후 그는 7, 8년 뒤에 병으로 죽었다고 한다.

평한다.

귀신을 부린다는 이야기는 옛날에도 들어보지 못한 것이다. 이 말세에 와서 비로소 이런 일이 있다고 하니 어찌 해괴하지 않은가? 서평군의 친족은 수만의 귀신을 거느리면서도 엄히 단속하고 다스려 저들이 인간 세상에 화를 끼치지 못하게 하였다. 그리고 임실 사는 선비는 두 귀졸만을 거느리고서도 묵묵히 금하고 꾸짖어 사악한 재앙의 빌미를 틀어막았다. 이들은 비록 연(燕)나라, 제(齊)나라의 선비[6]에 불과하지만, 은혜를 펴

---

6   연(燕)나라, 제(齊)나라의 선비: 신선의 자취를 추구한 이들을 지칭하는 말이다. 연나라와 제나라는 중국 전국시대(戰國時代)에 우리의 서해와 마주한 바닷가 주변에 있던 나라로, 예로부터 그곳에서 동해(우리의 경우 서해)에 삼신산이 있다고 하여 신선술을 익히는 사람들이 많았다고 한다. 사마천의 『사기(史記)』에도 "바닷가 연나라와

서 해를 막았으니 전우치보단 훨씬 낫지 않은가.

제나라에는 팔을 걷어붙이면서 스스로 비방으로 신선이 되리라고들 하지 않은 이가 없다[海上燕齊之間, 莫不搤腕而自言有禁方能神僊矣].”(「封禪書」)라는 기록이 보인다.

태연한 이인

제15화

섬사람들 모두가 죽는데도 편히 집에 누워 있다

강화(江華)에 한 무사가 있었다. 그는 본부 소속 장교로, 그저 평범하여 특별한 일을 벌일 위인은 아니었다. 하루는 그의 아내가 강샘으로 화를 버럭 내며 투정을 부리다가 방 안으로 들어가 바느질하고 있었다. 때는 한겨울이었다. 무사는 아내의 화를 풀어주려고 농지거리하며 아내에게 말을 건넸다.

"내 나비를 만들어낼 터이니 당신도 볼 참이요?"

아내는 더욱더 화가 치밀어 망발한다며 성을 내며 전혀 볼 생각이 없다고 하였다. 무사는 아내의 버드나무로 만든 반짇고리 안에서 여러 색깔의 비단 조각과 무명천을 집어다가 잘게 잘랐다. 자른 조각들을 손 안에 쥔 채 입으로 중얼거리며 주문을 외더니 공중으로 흩뿌렸다. 그러자 나비들이 방 안을 가득 메우며 어지럽게 날아 오색이 찬란하였다. 나비의 색깔은 각각 자른 천 조각들의 본색이 살아난 것이었다. 팔랑팔랑 날며 춤을 추니 눈이 어질어질하며 감당하기 어려웠다. 아내는 저도 모르게 입이 쫙 벌어졌다. 금세 웃음을 터뜨리며 화를 풀었다. 이윽고 무사가 편 손을 공중으로 향하자, 나비들이 어느새 손안으로 날아들었다. 손을 쥐었다 다시 펴자 자른 비단 조각으로 변해 있었다.

이 일은 그의 아내만 목격한 것이기에 다른 사람들은 이런 사실을 알 수 없었다. 그 전후로도 이런 기이한 마술이 있었다는 건 들을 수 없었다.

정축년(1637)에 강도(江都)¹가 함락되어 사람들이 소리치고 통곡하며 여기저기로 도망을 쳤다. 이 무사만은 편안히 집 안에 누워 지내면서 처자식에게 아침저녁으로 밥을 지어 올리게 하였다. 그는 난리를 피해 도망하는 이웃들을 보고도 태연하게 웃으며,

"오랑캐가 어찌 이 마을에 들어오겠느냐?"

라고 하였다. 과연 섬 전체가 불붙고 노략질당해 이를 모면한 사람이 없었다. 그러나 무사의 마을만은 화가 미치지 않았다.

제16화
기마병이 유린하는 와중에도 길에 앉아 있다

정묘년(1627)과 병자년(1636)의 호란(胡亂) 때였다. 도성의 한 백성이 적군을 피해 달아나는 사람들을 따라가고 있었다. 피란 중에 하루는 느닷없이 뒤쪽에서 돌진해 오는 오랑캐 본진과 맞닥뜨리게 되었다. 만 명이 넘는 기마병이 산과 들을 가득 메우며 엄습해 온 것이다. 피할 만한 곳은 어디에도 없었다. 너무 갑작스럽고 경황이 없어 어찌할 줄 몰랐다. 다만 길가를 바라보니 소나무 아래에 한 선비가 말에서 내려 쉬고 있었다. 하인 하나가 채찍을 쥐고 그 앞에 서 있고, 몇 폭의 흰 보로 길가

---

1 강도(江都): 현재 강화도의 다른 이름이다. 고려시대부터 전란 때마다 임금 및 궁속이 이곳으로 몽진을 하였기 때문에 2차 도읍지 역할을 하였다. 예로부터 바다로 둘러 있어 천혜의 입지 조건을 갖췄다 하여 '금성탕지(金城湯池)'로 불렸다. 특히 정묘·병자호란 때도 인조를 비롯한 왕가붙이와 관리들이 난을 피해 이곳으로 피신했다가 끝내 함락되는 비운을 맞기도 했다.

쪽에 장막을 쳐 놓았다. 마치 길의 먼지를 막는 모양새였다.

이 백성은 선비가 앉아 있는 나무 아래로 달려가 급히 사람을 불렀다.

"곧 죽을 것 같은데 어떻게 하면 살 수 있으리까?"

선비는 웃기만 할 뿐이었다.

"사람이 어찌 다 죽으란 법만 있겠느냐? 또 너는 왜 이리 호들갑을 떨며 다급해 하는 게냐? 우선 내 곁에 앉아서 지켜만 보면 될 것이니라."

백성이 선비를 보니 마음이 아주 편안하고 여유가 있는 게 두려운 기색이라곤 전혀 찾아볼 수 없었다. 백성도 스스로 생각해보아도 달리 살 방도도 없었다. 결국 그의 말대로 곁에 앉아서 지켜보기로 하였다. 오랑캐 기마병은 사람을 닥치는 대로 죽이기도 하고 포로로 끌어가기도 하였다. 이 화를 모면하는 자는 아무도 없었다. 그런데 저들은 선비가 앉아 있는 곳만은 보지 못한 듯 모든 부대가 다 통과하면서도 그냥 앞 부대를 따라 지나칠 뿐이었다. 저녁이 되어서야 저들의 대오는 시야에서 사라졌다. 선비와 이 백성은 온종일 오랑캐의 군진 속에 앉아 있으면서도 아무 일도 없다는 듯이 넘겼다.

백성은 그제야 선비가 특별한 재주를 가진 줄 알아차렸다. 절을 올리고 존명과 사는 곳을 여쭈었으나, 선비는 끝내 말하려 하지 않고 말을 타고 내달려 가버렸다. 준마의 속도가 너무 빨라 도저히 뒤쫓을 수도 없었다.

이 백성은 훗날 우연히 그때 당시 포로로 붙잡혀 갔다가 도망하여 돌아온 이와 이야기를 나누게 되었다. 그의 말이, '오랑캐 군대를 따라 아무 날 아무 곳을 지나갔다.'고 하였다. 바로 이 백성과 선비가 앉아 있었던 곳이었다. 백성은 그에게 그곳만 적에게 화를 당하지 않은 까닭을 꼬치꼬치 물었다. 그랬더니 답이 이랬다.

"적의 본진이 그곳에 이르렀을 때, 보이는 것은 높이 솟은 화려한 성 가퀴와 험준한 천혜의 해자가 있을 뿐이었소. 그 요새는 도저히 인력으로 쌓을 수 있는 게 아니었소. 그래서 적군은 다만 그 아래를 지나갔을 뿐이었소.”

그곳은 바로 선비가 흰 보자기를 쳐둔 곳이었다.

평한다.

세상에서 말하기를 ‘지금 세상에는 이인(異人)이 없으므로 잡술은 모두 거짓말이다.’라고 하는데, 이는 잘못이다. 병자·정묘년은 요즈음 시대가 아닌가! 집에 누워서 난리를 피하고 길에 앉아서 병마를 피했으니 이는 잡술이 아닌가? 위 두 사람은 비법을 지녔으면서도 밖으로 드러내지 않고 있다가 마침내 난리를 만나서는 자신을 보호하였으니 이 또한 현명하지 않은가? 그대로 둘 수밖에!

기녀와의 사랑

제17화

눈을 쓸다가 옥소선을 엿보다

성종(成宗) 때 어떤 이름난 재상이 평안도관찰사로 있었다. 평안도는
예로부터 경치가 아름답기로 유명하여, 강가와 산의 누대에서 구경하는
경치나 화려한 옷에 풍악을 울리는 성대함은 팔도에서 으뜸이었다. 풍류
를 즐기는 호사객이나 벼슬하는 재자(才子)가 종종 한 번의 웃음[一笑]¹을
위해 3년을 머무르기도 하였다.

여기 기적(妓籍)에 올라 있는 여자아이 중에 이름이 자란(紫鸞)이요 '옥소
선(玉簫仙)'이라 불리는 기녀가 있었다. 나이는 이제 막 열두 살²로, 타고난
자태가 어여쁜 게 세상에 둘도 없는 미인이었다. 노래와 춤 그리고 음악에
정통하고 빼어났음은 물론 재주와 학식까지 영특하고 시도 잘 지었다.
이미 평안도 일대에서 기녀로는 '최고'라고 명성을 날리고 있었다.

관찰사에게는 아들이 하나 있었으니, 그의 나이 역시 열두 살로 눈과
눈썹이 그림 같았다. 어려서부터 경사(經史)에 통달하고 시상이 빨라 바

---

1 한 번의 웃음[一笑]: 보통 '일소찬(一笑粲)'이라 한다. 환한 웃음이란 뜻으로, 주로 미
   인의 웃음을 의미한다. 따로 미인의 한 번 웃음이 천금의 값어치가 있다는 뜻의 '일소
   천금(一笑千金)'이 있다. 곧 평양 같은 도회지에서의 화류계 풍류를 상징한다.
2 열두 살: 원문은 '武峽'으로, 이는 중국 양자강의 삼협(三峽) 중 하나로 무산(巫山)에
   연결되어 있다. 이 무협이 열두 봉우리로 되어 있어 일명 '무산십이봉(巫山十二峰)'이
   라 한다. 그래서 열두 살을 의미한다.

로바로 지을 수 있는 시재(詩才)까지 갖춰 붓을 들기만 하면 한 편을 완성하였다. 그래서 세상에서는 그를 신동이라 하였다. 다른 자식 없이 달랑이 아이 하나인데다 재주까지 발군이라 관찰사는 보통 애지중지한 게 아니었다.

관찰사가 마침 아들의 생일을 맞이하여 추향당(秋香堂)³에서 손님들과 술자리를 벌여 놓고 기악(妓樂)을 성대하게 베풀었다. 술이 거나해지고 왁자지껄 웃음소리가 커지자 관찰사는 아들에게 일어나 춤을 추라고 하였다. 아울러 행수기녀를 불러 동기(童妓) 가운데 한 아이를 골라 아들의 짝이 되어 추도록 했다. 자리의 재미와 흥을 더할 참이었다. 기녀들이며 감영의 위아래 모두가 자란이 어여쁜 자태에 기예도 뛰어나므로 도련님의 상대가 될 만하다고 하였다. 게다가 나이도 마침 같았다. 마침내 그녀더러 응대케 했다. 한 쌍의 절묘한 춤사위는 여린 버들처럼 부드럽게 하늘거리며, 가볍게 나는 제비처럼 살랑거렸다. 자리에서 이를 지켜보던 사람들은 그 모습에 경탄하며 '기발하고 절묘하다'며 칭찬하지 않은 이가 없었다. 관찰사도 크게 기뻐하며 자란을 불러다 술상 앞에 앉게 하더니 요리를 들게 하였다. 거기에 비단 등속을 상으로 듬뿍 내려주었다. 그러고는 앞으로 쭉 아들 옆에서 시중드는 기녀가 되어 차를 올리거나 먹을 가는 일을 하도록 해주었다.

이때부터 자란은 항상 그의 주위를 떠나지 않았고 함께 장난치며 놀기도 하였다. 몇 년이 지나 둘 다 나이가 들고 마침내 사랑하는 사이가 되어 서로에게 깊이 빠져들었다. 둘의 얽힌 사랑의 실타래는 정생(鄭生)에게 있어서 이와(李娃)나 장랑(張郞)에 있어서 앵앵(鶯鶯)⁴의 사이보다 훨

---

3 추향당(秋香堂): 이본 중에는 '추향정(秋香亭)'으로 나와 있기도 하다. 평안도관찰사는 다른 말로 평양감사라고도 하는데, 평안도 감영이 평양에 있기 때문이다. 지금 이 추향당은 평양 감영의 연회 장소여야 한다. 평양성 안에 추향당이 있었음을 짐작케 한다.

씬 더하였다.

　관찰사는 임기가 만료되었는데도 조정에서는 그가 평안도를 잘 다스렸다 하여 다시 그 직임을 맡겼다. 이렇게 하여 모두 6년을 재직한 후에 비로소 임기를 마쳤다. 돌아가는 날이 임박하자 관찰사와 그의 부인은 아들이 자란과 이별하는 걸 힘들어할 게 빤한지라 무척 걱정이었다. 이 애를 버려두고 가자니 아들이 그리움에 병이라도 걸리지 않을까 싶고, 함께 데리고 가자니 아들이 아직 장가를 들지 않은 터라 앞날에 방해가 될까 걱정이었다. 이러기도 저러기도 곤란하여 판단을 내리지 못하였다. 마지못해,

　"이건 녀석에게 물어보고 결정해야겠소."
라며 아들을 불러서 물었다.

　"남녀가 서로 좋아하면 아비라 해도 자식더러 하지 말라고 가르칠 순 없는 법, 나라고 막을 수 있겠느냐. 너와 자란이가 좋아하는 정이 이미 돈독해져 헤어지기도 어려울 것 같구나. 그렇다고 아직 장가도 안 든 네가 지금 그 애를 데리고 산다면 혼인하는 데 방해가 될까 염려스럽구나. 다만 남자가 첩을 두는 건 세상에 흔히 있는 일이란다. 네가 만약 그 애를 사랑하여 도저히 잊을 수 없다면, 이 사소한 일이 앞날에 방해가 되더라도 어찌 하겠느냐. 별 수 없지 않겠느냐? 마땅히 네 뜻에 따라 결정할 터이니 너는 숨기지 말고 다 얘기하거라."

　그러자 아들은 즉시 대답하였다.

4　정생(鄭生)에게 있어서 이와(李娃)나 장랑(張郎)에 있어서 앵앵(鶯鶯): 모두 당대(唐代) 전기소설(傳奇小說)에 나오는 주인공들이다. 정생과 이와는 「이와전(李娃傳)」의 남녀 주인공이며, 장랑과 앵앵은 「앵앵전(鶯鶯傳)」의 남녀 주인공이다. 두 작품은 당대 애정전기의 대표작인데, 남녀 관계와 미학에서 차이가 난다. 「이와전」은 기녀 이와가 정생의 재물을 탕진시키는 일종의 속물적 관계였다가 나중에 진정한 사랑의 관계로 발전하는 데 비해, 「앵앵전」은 장생이 과거 길에서 우연히 앵앵과 만나 절대적인 관계를 맺으나 끝내는 이별을 맞는다. 따라서 「이와전」은 해피엔딩인 반면, 「앵앵전」은 비극미가 주조를 이룬다.

"아버님께서는 어찌 불초자가 별것 아닌 기생 계집 하나와 헤어지기 아쉬워 상사병으로 몸이라도 상할까 걱정하시옵니까? 제가 비록 한때 화사한 데 눈이 씌어 한눈을 팔았지만, 이제 저 애를 버리고 돌아가기는 마치 해진 짚신을 버리는 일과 같사옵니다. 어찌 연연해하며 잊지 못하겠습니까? 바라옵건대 아버님께서는 그런 걱정은 내려놓으소서."

관찰사와 부인은 몹시 기뻐하였다.

"우리 아이가 진짜 대장부로구나!"

이렇게 해서 둘은 이별하게 되었다. 자란은 눈물을 삼키면서 오열하며 차마 쳐다보지 못했다. 그러나 생은 조금도 아쉽거나 연연해하는 기색이 없었다. 이를 지켜본 감영 안의 관속과 비장들은 그의 남다른 의연함에 탄복하지 않은 이가 없었다. 왜냐하면 그와 자란이 함께 생활한 지가 5, 6년이고 그동안 하루도 서로 떨어져 본 일이 없었던 터라, 세상에 둘도 없는 이별의 마당에 이렇게 쾌활하게 말을 하고 쉽게 떠날 줄은 몰랐기 때문이다.

한편 관찰사는 감사직을 마치고 대사헌(大司憲)이 되어 조정으로 복귀하였고, 생도 부모님을 따라 서울로 돌아왔다. 그런데 점점 자신이 자란을 그리워하고 있다는 사실을 깨닫게 되었다. 그러나 감히 말이나 얼굴로 드러낼 수 없었다. 이런 즈음 감시(監試)[5]를 본다는 방이 났다. 부친은 생보고 친구 두셋과 함께 산사로 들어가 과업(科業)을 준비하라고 하였다. 산사에 있던 어느 날 밤, 친구들은 모두 잠자리에 들었을 때다. 생도 잠자리에 들었지만 잠을 이룰 수 없었다. 홀로 일어나 뜰 앞을 서성였다.

때는 한겨울이고 눈 내린 밤 달빛이 환한데다가 깊은 산속 고요한 밤이라 온갖 소리마저 잦아들었다. 생은 달을 바라보며 자란을 그리워하

---

5 감시(監試): 즉 생원과 진사를 뽑는 과거로 소과(小科)라고도 한다. 고려시대에는 이를 국자감시(國子監試)라고 했으며, 조선시대에는 사마시(司馬試)라고 했다. 이 시험에 통과하면 성균관 유생이 되었다.

다가 구슬픈 마음이 절로 일었다. 얼굴 한번 봤으면 하는 마음을 누를 수 없어 실성해 미쳐버릴 것만 같았다. 그러나 밤은 아직 반이나 남아 있었다. 급기야 그는 서 있던 절 마당에서 곧장 평양을 향해 길을 떠났다. 털모자에 다 해진 명주옷을 입고 가죽신을 신은 채 걸어서 길을 떠난 것이다. 그러니 채 10여 리도 못 가서 발이 부어 더는 걸어갈 수가 없었다.

어느 촌가에 들어가 가죽신을 짚신으로 바꿔 신고, 쓰고 있던 털모자를 버리고 옆이 찢어져 다 해진 패랭이를 얻어 머리를 감쌌다. 여행길에 걸식하기도 하였으나 주린 경우가 대부분이었다. 또 여관에 기숙하기는 했지만 밤새도록 추위에 얼기 일쑤였다. 부귀한 집안의 자제로 기름진 밥을 먹으며 비단옷을 입고 자란 터라 문밖으로는 몇 걸음도 나가본 적 없던 그였다. 그런데 이렇게 갑자기 천 리 길을 걸어서 가다 보니 비틀거리다 엎어지기도 하고 기어가기까지 했지만 더는 앞으로 갈 수가 없었다. 게다가 굶주리고 추위에 떨며 고생이란 고생은 다 겪어, 옷은 찢어져 너덜너덜해지고 얼굴은 검고 수척해진 게 거의 귀신의 몰골이었다.

이렇게 갖은 험한 고비를 넘기며 조금씩 걸어서 한 달 남짓 만에 마침내 평양 땅에 도착할 수 있었다. 곧장 자란의 집으로 찾아갔더니 그녀는 보이지 않고 그 어미만 있었다. 어멈은 생을 보고도 알아보지 못했다. 생은 그 앞으로 다가가 사정을 얘기했다.

"나는 전 사또의 아들이라네. 자네 딸을 잊지 못해 이렇게 천 리 길을 걸어서 왔네. 딸은 어딜 갔기에 안 보이는가?"

어미는 그의 말을 듣고도 기뻐하는 기색이 없었다.

"우리 딸은 새로 오신 사또의 자제께 총애를 입어 밤낮없이 산정(山亭)에서 함께 머물고 있지요. 그 도련님이 밖으로 나가는 것을 잠시도 허락지 않아 우리 애가 집에 오지 못한 지도 벌써 몇 개월이 돼 가네요. 도련님께서 이렇게 먼 길을 오셨으나 만날 길이 막연하니 참 딱하게도 됐구려."

그러면서 먼 곳만 바라볼 뿐 맞이할 의사가 없었다. 생은 이런 생각이 들었다.

'자란이를 보고 싶어 이렇게 왔건만 자란은 만나볼 수도 없고 그 어미는 또 이렇게 반기기는커녕 면박만 해대는구나. 어디 가서 쉴 곳도 없으니 진퇴양난이로구나!'

딱히 갈 곳을 모르고 방황할 즈음, 문득 아버지가 이곳 감영에 있을 때 본부의 구실아치 아무개가 떠올랐다. 그자는 전에 중범죄를 저질러 장차 죽을 목숨으로 인정상으로도 도저히 용서할 수 없는 상황이었다. 그런데 생만은 그를 불쌍히 여겨 혼정신성(昏定晨省)하는 틈틈이 부친에게 그를 살려달라고 하였다. 결국 아들의 말을 받아들여 관찰사가 그를 살려준 일이 있었다. 생은 다시 생각했다.

'이 구실아치가 내게 죽다 살아난 은혜를 입은 만큼 내가 찾아가면 그가 며칠간 대접하는 거야 없을 수 없겠지?'

이리하여 자란의 집에서 나와 물어물어 그의 집을 찾아갔다. 처음엔 이 구실아치도 그를 몰라봤다. 생이 자신의 이름을 말하고 사정을 알려주자 구실아치가 깜짝 놀라며 맞아들여 모셨다. 대청을 청소하여 그곳에 묵도록 하고 밥과 찬도 풍성하게 장만하여 올렸다. 그곳에서 며칠을 묵으며 생과 구실아치는 자란을 만나볼 계책을 짰다. 구실아치는 한참 뒤 이런 제안을 하였다.

"조용히 만나보기는 아무래도 길이 없겠어요. 한 번 얼굴만이라도 보고 싶다면 소인이 한 가지 꾀를 알려드릴까 합니다. 도련님께서 과연 이 방법을 따를는지요?"

생은 무슨 계책인지 따져 묻자, 구실아치의 계획은 이런 것이었다.

"지금은 눈이 내린 뒤라 감영에서는 제설하는 부역이 있을 것입니다. 이 일은 으레 성안 백성들에게 분담시켜 왔고 소인이 그 임무를 맡고 있지요. 이번에 도련님께서 부역하는 인부들 사이에 섞여 들어가 산정에서 비를 들고 눈을 쓸고 계시다 보면, 산정에 있을 자란의 얼굴을 볼 수 있을 것입니다. 이것 말고는 별다른 방도가 더 없고요."

생은 이 계획을 따르기로 하였다. 다음날 이른 아침 여러 인부와 함께 산정으로 들어가 앞뜰에서 비를 들고 눈을 쓸기 시작했다. 관찰사의 자제는 그때 마침 창을 열고 문턱에 기대어 앉아 있었다. 자란은 방에 있는지 보이지 않았다. 다른 인부들은 다들 건장하여 눈을 쓰는 게 퍽 힘이 넘쳤으나 생만은 비를 다루는 게 서툴러 남들에게 한참 못 미쳤다. 자제는 그런 그를 보고 웃음을 터뜨리며 자란을 불러 우스운 꼴을 보게 했다. 자란은 방 안에서 자제의 부름을 받고 밖으로 나와 앞 난간에 섰다. 생은 털로 짠 모자를 걷어 올리며 앞으로 지나가면서 자란을 쳐다보았다. 자란도 한참을 물끄러미 쳐다보다가 곧장 방으로 들어가서는 문을 닫아버렸다. 그 뒤로는 다시 나오지 않았다. 무참해진 생은 아쉽고 서글퍼하다가 구실아치의 집으로 돌아올 수밖에 없었다.

사실 자란은 평소 총명하고 지혜로운 사람이라 한번 보고도 그가 도련님이란 걸 알 수 있었다. 그녀는 아무 말 없이 앉아서 눈물만 떨구었다. 관찰사의 자제는 이상하여 왜 우느냐고 물었으나 자란은 처음엔 입을 굳게 다물고 말을 하지 않았다. 두세 번 애타게 묻자 그때 비로소 말문을 열었다.

"첩은 천한 몸인데도 외람되게 낭군께서 아끼고 좋아해 주셔서 밤에는 같이 비단 이불을 덮고 낮에는 진수성찬을 함께하고 있답니다. 잠시도 제가 집으로 돌아가지 못하게 하신 지 지금 이미 몇 달이 되었네요. 첩에게 이런 영화는 더 없는 것이라 어찌 한 터럭만큼이라도 원망하는 마음을 두겠습니까? 다만 첩의 집이 가난한 데다 늙은 어미만 계신답니다. 매번 아버지 기일이 되면, 첩이 집에 있을 때야 구걸하든 빌리든 간에 몇 그릇의 제수라도 마련하여 제사를 지낼 수 있었지요. 하온데 지금 이곳에 꼼짝없이 붙들려 있는 처지에서 내일 아버지 기일을 맞았네요. 노모만 홀로 계시는데 필시 한 그릇의 젯밥도 마련하지 못했을 겁니다.

갑자기 이런 생각이 들기에 절로 슬퍼져서 이렇게 눈물이 나는군요. 어찌 다른 까닭이 있겠어요?"

자제는 그녀에게 푹 빠진 지 오래된 터라 자란의 말을 듣고는 믿어 의심치 않았다. 측은해하면서 그녀를 위로하였다.

"정말 그런 일이 있었으면 왜 일찍 말하지 않았느냐?"

즉시 제수를 한껏 마련해서 자란에게 주면서 집에 가서 제사를 지내고 오라고 하였다. 자란은 넘어질 듯 집으로 내달려 와서는 어머니를 보고 냅다 물었다.

"전 사또 나리의 아무 도련님이 오셨다는 것을 알고 있어요. 틀림없이 우리 집에 계실 줄 알았는데 지금 여기에 안 계시다니요. 어디로 가신 거예요?"

"아무 도련님이 정말 너를 만나겠다고 걸어서 찾아왔었단다. 아무 날에 우리 집에 왔다만 네가 이 관아에 들어가 있어 만날 기약이 없다고 말해 주었더니 스스로 발길을 돌리더구나. 그 양반이 지금 어디로 갔는지는 나도 모르겠구나."

이 말을 들은 자란은 소리를 내어 울면서 모친을 탓하였다.

"이건 사람의 도리로 할 짓이 아닌데 어머니는 차마 이걸 하셨다니요? 나와 도련님은 동갑내기로 열두 살 때 수연(壽宴)에서 함께 춤추던 날, 감영에서는 모두 나보고 도련님의 춤 상대가 된다고 추켜세웠지요. 비록 남을 통한 것[由是]이기는 하나 이는 실로 하늘이 맺어준 짝이랍니다. 이것이 제가 도련님을 저버릴 수 없는 첫째 이유예요. 그로부터 하루도 그 옆을 떠난 적 없었고, 다 커서는 은밀한 정을 나누게 되었지요. 서로를 사랑하는 정과 서로의 마음을 얻은 즐거움이야 예나 지금이나 어디에도 견줄 데가 없을 거예요. 도련님께서 비록 나를 잊는다 해도 난 죽을지언정 이를 잊기는 어렵지요. 이것이 내가 도련님을 저버릴 수 없는 두 번째 이유예요. 전 사또께서 나를 영식의 배필로 생각하시어 미천하다고 해서 멀리한 적 없으셨지요. 위로하며 어루만져준 깊은 마음과 후하게 내려준 은덕은 세상에 없는 것이었지요. 이것이 또한 내가 저버릴 수 없는 세 번째 이유예요. 평양 땅은 큰 도회지인지라 고관과 귀족들이 베를 짜듯 많이 왕래하기에 저도 뵌 분들이 많아요. 그러나 국량과 기품이 빼어나고 글재주가 기민하고 화려하기로는 도련님 같은 분을 여태껏 본 적이 없어요. 그래서 저는 평소에 새삼덩굴과 담쟁이덩굴이 서로 의지하고 따르듯[6] 믿고 의지하려는 마음을 두고 있었어요. 이것이 그를 저버릴 수 없는 네 번째 이유이고요. 낭군께서 저를 버릴지라도 전 저버릴 수가 없는 몸이지요. 지금은 제가 낭군을 뵐 낯이 없게 되었지만, 목숨을 끊어 절개를 지키지 못한 것은 위세에 눌려 그랬을 뿐이에요. 지금 다시 새로운 도련님에게 아양을 떠는 처지인데 무엇 때문에 행실 없는 천한 계집 하나 때문에 천 리를 멀다 하지 않고 걸어서 왔겠어요? 이것이 제가 저버릴 수 없는 다섯 번째 이유예요.

비단 이것만이 아니지요. 도련님은 귀인인데도 이 천한 기생 하나 보겠다고 엎어지고 헤매는 낭패를 보면서 찾아왔잖아요. 제가 해야 할 도리가 있거늘 차마 야멸차게 대했단 말이지요? 제가 집에 없었다고 하지만 어머니는 전날의 아껴준 정과 내려준 은혜는 전혀 생각지 않고 밥 한 그릇이라도 대접하며 머물게 하지 않았단 말예요? 이는 정녕 사람의 도리로 차마 할 짓이 아닌데도 우리 어머니는 하셨네요. 이러니 제가 어찌 분통이 터지지 않겠어요?"

이렇게 소리치며 울다가 이윽고 마음을 진정시키고 나니 이런 생각이

---

6 새삼덩굴과 담쟁이덩굴이 서로 의지하고 따르듯: 원문은 '사라탁종(絲蘿托從)'으로, 토사(兔絲)와 여라(女蘿)가 서로 의지함을 뜻한다. 토사는 '실새삼'이라고도 하며 한해살이 덩굴인 새삼덩굴이다. 또 여라는 담쟁이덩굴이다. 모두 서로 엉기거나 다른 나무에 서식하는 식물인바, 부부가 서로 의지함을 상징한다. "당신과 신혼을 맞이하니, 토사가 여라에 의지하듯 하려네[與君爲新婚, 兔絲附女蘿]"라는 고시(古詩)가 유명하다.

들었다.

'이 성 안에는 낭군이 거처할 만한 곳이라곤 없지. 필시 아무개 구실아치 집에 있을 거야!'

그녀는 바로 일어나 구실아치 집으로 달려갔다. 가 보니 과연 그곳에 낭군이 있었다. 둘은 서로 손을 잡고 눈물을 흘릴 뿐, 말 한마디도 주고받지 못했다. 이윽고 자란은 자기 집으로 가자고 하여 푸짐한 술상을 차려 올렸다. 밤이 되자 자란이 생에게 말하였다.

"내일이면 다시 볼 수 없을 텐데 이를 어떡하지요?"

두 사람은 몰래 의논하여 마침내 함께 도망칠 계획을 세웠다. 자란은 옷상자에서 수놓은 비단 옷가지를 꺼내 속의 솜은 다 제거하고, 또 약간의 금가락지와 비녀 등 가벼운 패물도 꺼내 보자기 두 개에 나누어 싸놓았다. 밤이 깊어지자 모친이 깊이 잠든 틈을 타 둘은 싸놓은 짐을 함께 짊어지고 몰래 달아났다. 둘은 여기저기 거친 끝에 양덕(陽德)·맹산(孟山)[7]의 깊은 산속으로 들어가 한 촌가 백성의 집에서 더부살이를 하게 되었다. 처음에는 남의 집 품팔이를 하였다. 생은 허드렛일에 서툴러 할 수 없었으나, 자란은 자수와 바느질 솜씨가 좋아 겨우 입에 풀칠은 할 수 있었다. 얼마 지나 이들은 마을 안에 두어 칸짜리 띳집을 마련하였다.

자란이 워낙 밤낮으로 쉬지 않고 길쌈과 바느질에 부지런한 데다, 필요할 때마다 가져온 비단 옷가지와 가락지 등 패물을 팔아 생을 이바지하였기에 먹고 입은 게 떨어지는 일은 없었다. 그녀는 또 이웃들에게도 처신을 잘하여 저들의 환심을 얻었다. 사방 이웃들은 막 흘러 들어와 어렵게 사는 딱한 처지를 보고 안쓰러워하지 않은 이가 없었다. 이들의 지원과 도움으로 마침내 편안하게 살 수 있게 된 것이다.

---

7 양덕(陽德)·맹산(孟山): 평안도 동쪽에 위치한 양덕군과 맹산군이다. 두 고을은 연접해 있으며, 함경도·황해도와도 접경으로 평양에서는 동북쪽 방향이다. 대부분이 산악지대여서 주식이 밀이나 옥수수, 감자 등이었으며 잎담배의 산지로도 유명했다.

한편, 애초 생과 산사에서 공부하던 벗들은 아침에 일어났을 때 그가 보이지 않자 깜짝 놀랐다. 즉시 그곳 중들과 함께 사방의 산을 샅샅이 뒤졌지만 끝내 찾을 수 없었다. 급기야 그의 집에 이 사실을 알리니 집안은 발칵 뒤집혔다. 종들을 모두 풀어 근처 사찰 등 수십 리 일대를 샅샅이 찾았으나 며칠이 지나도 종적이 묘연할 뿐이었다. 다들, '요망한 여우한테 홀려 죽지 않았다면 필시 사나운 범에게 물려 밥이 되고 말았을 것이다.'고 하였다. 이에 발상하고 초혼(招魂)한 다음 허묘(虛墓)까지 썼다.

그런 한편, 현 감사의 자제는 자란을 잃고 나자 평양 서윤(庶尹)을 시켜서 그 어미와 친족을 잡아 가두고서 그녀를 찾았다. 하지만 달이 넘도록 찾지 못하자 그만 포기하고 말았다.

자란은 생과 살 거처가 마련되자 그에게 이런 말을 꺼냈다.

"당신은 정승 집안의 외동으로 기생 하나에 홀려 부모도 저버리고 궁벽한 산골로 도망을 쳤네요. 집에서는 살았는지 죽었는지 아실 리 없으니 불효가 막심하고요. 행동거지를 단속하고 주변을 깨끗이 하여 죄를 씻어야지요. 그러려면 지금처럼 여기서 늙을 수는 없는 일이고, 그렇다고 빤빤한 얼굴로 집에 돌아갈 수도 없잖아요. 당신은 이제 어떻게 하실 요량인가요?"

생은 눈물을 줄줄 흘렸다.

"나도 걱정하던 참이네. 다만 어떻게 해야 할지 방도가 떠오르지 않을 뿐이라네."

"한 가지 방법이 있긴 하지요. 이것으로 부족하나마 옛날의 허물을 덮고 새로 좋은 효과를 다듬어낼 수 있답니다. 위로는 어버이를 다시 모실 수 있고 아래로는 세상에 다시 설 수도 있지요. 해볼 의향이 있으세요?"

생은 다그쳤다.

"그래 무슨 계책인가?"

"오직 과거에 합격하여 이름을 일로에 날리는 것뿐이에요. 제 말을 다 듣지 않아도 당신은 알아들었을걸요."

생은 매우 기뻐하며 말하였다.

"낭자가 나를 위해 세운 방도가 극진하다 하겠구려. 다만 어디서 책을 얻어 읽는단 말인가?"

"그건 걱정하지 마세요! 제가 당신을 위해서 힘써 볼게요."

이때부터 자란은 주변 이웃에 이야기하여 값을 따지지 않고 책을 사겠다고 했다. 그러나 궁벽한 산촌이라 한참이 지나도록 책을 구입할 수 없었다. 그러던 어느 날, 한 행상이 마을을 지나가면서 책 한 권을 가지고 팔고자 하였다. 마을 사람이 이 책을 벽에 바르는 벽지로 쓰려고 사려 했다. 그러자 자란이 그것을 얻어다가 생에게 보여주었다. 그 책은 바로 우리나라 근래의 표전(表箋)과 과제(科題)[8]가 깨알 같은 글씨로 적힌 것이었다. 책 크기는 됫박[升]만 하고 대략 수천 수(首)나 되었다. 생은 이 책을 보고 기뻐서 어쩔 줄 모르며,

"이 책 한 권이면 충분하겠어!"

라고 하였다. 자란은 즉시 이 책을 사서 생에게 주었다. 생은 책을 얻고부터 쉬지 않고 암송하였다. 밤이면 한 등잔불 아래 생은 한쪽에서 책을 읽고 자란은 한쪽에서 실을 자았다. 이렇게 빛을 나눠 쓰며 과업을 계속하였다. 생이 조금이라도 해이해지면 자란은 버럭 화를 내며 책망하면서 과거 공부를 독려하였다. 이러구러 3년이 지나갔다. 생은 평소 글재주가 뛰어났던 터라 문장력이 순간 쑥쑥 올라갔다. 과체(科體)와 시상(詩想)이 가슴에 꽉 차자 붓을 들었다 하면 바로 한 편이 완성되었다. 웅장하면서

---

8 표전(表箋)과 과제(科題): 표전은 임금에게 올리던 표문(表文)과 나라의 길흉사를 진단한 전문(箋文)을 함께 부르는 용어이며, 과제는 과거에 났던 시제(試題)가 적힌 글이다. 이 책은 과거 시험에 관한 일종의 모범답안지를 모아놓은 것으로 흔히 이런 종류를 과책(科册)이라고 한다.

도 아름다운 문장은 세상에 없는 것이어서 과거만 보면 당장 붙을 참이었다.

이때 마침 나라에서 알성과를 치른다는 소식이 들렸다. 자란은 건량을 준비하고 여행 채비를 단단히 하여 생보고 과거에 응시하라고 하였다. 생은 걸어서 한양으로 올라와 성균관 과장으로 들어갔다. 어가가 친히 납시어 표제를 내었다. 생은 답지에 일필휘지하는데 생각이 샘이 솟는 듯하여 금세 다 써서 제출하고 나왔다. 방이 나오고 임금이 어좌(御座) 앞에서 뜯어보라 명하였다. 장원은 생이었다. 당시 생의 아버지는 이조판서로서 어탑 앞에 입시하고 있었다. 임금이 이조판서를 불러서 물었다.

"지금 장원을 차지한 이가 경의 자식인 것 같구려. 다만 자기 부친의 직함을 '대사헌'이라고 썼으니 이 무슨 까닭인고?"

그러면서 시지(試紙)를 이조판서에게 보여주라고 하였다. 생의 아버지는 살펴보더니 자리에서 물러나 눈물을 흘리면서 아뢰었다.

"이 애가 신의 자식이 맞사옵니다. 3년 전에 친구들과 함께 산사에서 글을 읽다가 하룻밤 사이에 갑자기 종적을 감추어 끝내 찾을 수 없었나이다. 필시 맹수에 물려 죽었거니 하고 절 뒤편에다 허장을 쓰고 지금은 이미 탈상까지 마쳤나이다. 소신에게는 다른 자식은 없고 이 아이 하나뿐으로 재주와 타고난 품성이 제법 준수하였사옵니다. 허나 천만뜻밖에 자식을 잃고 나니 슬픈 심정은 지금까지도 여전하였사옵니다. 지금 이 시지를 보니 과연 제 아이의 필적이 맞사옵니다. 아이를 잃었을 때 신의 직함이 외람되게도 대사헌이었기에 그렇게 쓴 것으로 사료되옵니다. 하지만 이 아이가 3년 동안 어디서 살다가 이번 시험에 응시했는지는 실로 모르겠나이다."

임금은 이 말을 듣고 참 신기한 일이라고 하여 곧바로 생을 불러들여 인견(引見)하였다. 생은 홍패(紅牌)가 내려지기도 전⁹이라 유생의 복장 그대로 입대하였다. 이날 모시고 있던 사람들 누구나 씻은 듯이 얼굴색을 바꾸지 않은 이가 없었다. 임금은 직접 산사에서 무슨 연유로 내려왔고 3년 동안 어디에서 머물렀는지 등을 하문하였다. 이에 생은 자리를 피하여 머리를 숙이고서 아뢰었다.

"신은 면목이 없사옵니다. 부모를 저버리고 도망을 쳤으니 인륜의 죄를 지었사옵니다. 바라옵건대 소신에게 중한 벌을 내리옵소서."

"임금과 부모 앞에선 숨기는 일이 있어서는 안 되느니라. 비록 과실이 있으나 짐은 너를 죄주지 않을 것이니라. 너는 모든 사실을 낱낱이 아뢰거라."

이에 생은 전후로 있었던 일들과 자신의 자취를 하나하나 아뢰었다. 주위 사람들은 귀를 쫑긋하며 듣지 않을 수 없었다. 임금도 누누이 기이한 일이라며 놀라워했다. 마침내 이조판서에게 하교하였다.

"경의 아들이 지금 과오를 뉘우치고 과업에 힘써 이름을 신적(臣籍)에 올리고 조정에 서게 되었다. 남자가 젊었을 때 잠시 여색에 빠지는 일은 크게 우려할 바는 아니니, 이제 지난날의 죄는 다 용서하고 이를 계기로 훗날 큰 사람이 되도록 독려하도록 하라. 자란과 함께 산속으로 숨어 들어간 일도 기이하고 또한 그녀가 방도를 마련하여 과오를 보충하고자 생에게 책을 사주어 과업에 힘쓰도록 했으니 그 뜻이 갸륵하거니와 관기라고 해서 천하게 여겨선 안 될 것이다. 이 아이가 따로 처를 얻을 것 없이 자란을 정실로 삼도록 하라. 여기서 낳은 자식은 청현직(淸顯職)에 오르는 데 구애됨이 없도록 할 것이니라."

이어서 창방(唱榜)[10]을 실시하라고 하였다. 생의 아버지는 임금 앞에서

9　홍패(紅牌)가 내려지기도 전: 원문의 '방방지전(放榜之前)'을 이렇게 번역하였다. 방방(放榜)은 과거 급제자의 명단을 발표하면서 대과나 소과에 급제한 자에게 증패를 수여하던 절차를 말한다. 즉 소과 급제자에게는 백패(白牌)를, 대과 급제자에게는 홍패(紅牌)를 내려줬다. 홍패는 붉은 종이에 쓴 교지(敎旨)로, 요즈음으로 치면 합격 증서에 해당한다.

10　창방(唱榜): 과거에 급제한 이를 적은 방목(榜目)에서 대상자 이름을 부르는 절차이다.

잃었던 아들을 찾게 된 것이다. 머리엔 계화(桂花)를 꽂고 말을 타고서
풍악을 울리며 집으로 돌아왔다. 집안 전체는 슬픔과 기쁨이 교차하며
놀라움으로 떠들썩하였다. 생의 부모는 임금이 명한 대로 가마를 준비하여
자란을 맞이해 와서는 성대한 연회를 마련하고 생의 정실로 맞아들였다.

그 뒤 생은 벼슬이 정승의 반열에 올랐고, 이들 부부는 해로하였다.
자식 둘을 두었는데 둘 다 과거에 급제하여 영화를 누렸다. 생의 집에서
자란을 맹산 땅에서 데려오던 날, 장원급제한 생은 곧장 출륙(出六)[11]하여
병조좌랑에 제수되었다. 해서 자란은 좌랑의 아내로서 가마를 타고 상경
하게 되었다. 그래서 지금도 맹산 사람들은 그녀가 살던 마을을 '좌랑촌
(佐郎村)'이라 부른다고 한다.

제18화

귀족 자제가 일타홍과 거듭 만나다

일송(一松) 심 상공(沈相公)[12]은 얼굴이 옥설(玉雪)처럼 하얗고 풍채가 시

공식적으로 과거에 합격했음을 알린다는 뜻이다. 이 창방이 끝나면 으레껏 이를 축하
하는 자리를 열었던바, 이를 창방연(唱榜宴)이라 한다.

11 출륙(出六): 7품직에 있던 관원이 그 임기가 만료되고 나서 성적이 좋은 경우에 6품으
로 승급하여 다른 직으로 옮기는 것을 말한다. 예로부터 이 과정이 승진에 중요한
고비가 되었다. 참고로 병조좌랑은 품계로 정6품에 해당한다.

12 일송(一松) 심 상공(沈相公): 즉 심희수(沈喜壽, 1548~1622)이다. 자는 백구(伯懼), 일
송은 그의 호, 본관은 청송이다. 인순왕후(仁順王后)의 사촌 동생으로, 1572년 과거에
급제하고 여기 상정대로 촉망되는 수재라 하여 이듬해 호당(湖堂)에 뽑혀 사가독서
(賜暇讀書)를 하였다. 전란 시기에는 선위사, 접반사 등으로 활약하였다. 특히 중국어
를 잘했던 그는 명나라 경략(經略) 송응창(宋應昌)을 접반하였다. 이후 대사헌, 이조판
서, 대제학, 좌의정 등을 역임하였다. 광해군 시절에는 여러 부당한 전횡을 항변했으
며, 특히 허균(許筠)과 권력을 다투다가 축출되기도 하였다. 저서로 『일송집(一松集)』
이 전한다. 참고로 이 이야기는 이후 여러 야담집에 실려 서사 계보를 획득하게 된다.

원스럽고 훤칠하였다. 여덟 살에 벌써 글을 잘 지어 문사가 빼어나고 이채로웠다. 그러다 보니 아잇적부터 사람들은 다 그를 선동(仙童)이라고 지목하였다. 젊은 나이에 문과에 급제, 청현의 관직을 두루 역임하고 드디어는 입각하여 정승에 제수되었다. 연로해서는 세상에서 명상이라 일컬어졌다. 그는 나이 칠십이 넘어서도 정승의 자리에 있었다. 하루는 비국(備局)[13]에 나가 관저에서 집무를 보고 나서 퇴근 때가 되자 주변 벼슬아치들에게 당부하였다.

"내가 관아에 나오는 것도 오늘이 마지막이오. 공들은 부디 존체 보중하길 바라외다."

여러 관리는 입을 모아,

"상공께선 강건하시어 아무런 병이 없으시거늘 어찌 이런 말씀을 하십니까?"

라고 하자, 공은 웃으며 말하였다.

"생사엔 운명이 있다오. 내게도 피할 수 없는 정해진 수한이 있는 줄 왜 모르겠소? 또 이를 어찌 한스러워하겠소? 다만 공들은 힘써 조정을 잘 보좌하여 성은에 보답하길 바라오."

이렇게 격려하고 퇴근하니 다들 어리둥절하였다. 집으로 돌아온 공은 다음날 바로 가벼운 병에 걸렸다. 병조(兵曹)의 한 좌랑(佐郎)은 공의 직속 낭관으로, 평소 가까이하며 아끼던 이였다. 그가 문병차 찾아왔다. 공은 병석에서 그를 맞았는데 마침 주위가 아주 조용했다. 공이 입을 열었다.

"암만해도 오늘 내가 죽을 것 같네. 자네는 전도가 양양한 사람이니

---

13 비국(備局): 즉 비변사(備邊司)이다. 원래 성종 때 왜구와 여진족의 침입을 방비하기 위해 설치한 변방 수비 기구였으나, 임진왜란 시기에는 국난을 타개하고 수습하기 위하여 전쟁 수행을 위한 최고기관으로 활용되기에 이르렀다. 17세기 이후에는 그 기능이 확대, 강화되어 병조와는 별개로 군사는 물론 정치·사회·문화 전반의 사무를 집행하였다. 273책의 『비변사등록』은 이런 비변사의 업무를 일기 형식으로 기록한 결과물이다.

스스로 몸을 잘 지키시게."

낭관은 상공의 얼굴에 살짝 눈물을 흘린 자국을 보고 여쭈었다.

"대감께선 기운이 아주 강건하신 분이니 지금 가벼운 병환을 앓고 계시나 걱정할 정도는 아닌 듯하옵니다. 하온데 돌아가신다고 말씀하시지 않나 슬쩍 눈물 흘린 흔적까지 뵙게 되니, 소인 도통 알 수가 없사옵니다. 감히 그 연유를 여쭈옵니다."

공이 빙긋 웃었다.

"내 누구한테도 말한 적이 없네만 자네가 오늘 이렇게 물으니 무얼 숨기겠는가? 내 이제 자세히 말해 줄 테니 이 늙은이의 소싯적 일을 비웃지나 말았으면 하네."

그의 이야기는 이러했다.

내 나이 열다섯 살, 그땐 정말 잘생긴 준수한 사내였다. 서울 어느 동네의 아무개 대갓집에서 마침 문희연(聞喜宴)[14]을 열게 되었다. 유명한 광대와 기생이며 악단까지 불러다 성대하게 잔치를 벌였다. 나는 아이들 십여 명과 함께 이 잔치에 구경차 갔다. 비단옷으로 단장한 기녀들 속에서 한 소녀가 눈에 띄었다. 나이는 열여섯 살쯤으로, 타고난 바탕과 외모가 이들 가운데 발군이라 바라보면 하늘에서 선녀가 내려온 것 같았다. 옆 사람에게 물어보니 '쟤가 일타홍(一朶紅)이야!'라고 일러주었다. 구경을 마치고 돌아온 뒤에도 보고 싶은 생각이 절로 나 잊히지 않았다. 그로부터 10여 일이 지났다. 사부 집에서 글을 배우고 책을 끼고 돌아오는 길이었다. 큰길에서 우연히 한 미인을 만났다. 화려한 옷에 곱게 단장하고서 고급 안장을 올린 준마를 타고 오고 있었다. 그런데 내 앞으로 다가

---

14 문희연(聞喜宴): 과거에 합격했을 때 벌이는 잔치로, '창방연(唱榜宴)'이라고도 한다. 과거 합격자는 어사화를 꽂고 사흘 동안 거리를 돌며 어른들에게 인사를 다니기도 하는데 이를 삼일유가(三日遊街)라 한다. 이때 기녀와 광대들을 불러 잔치를 벌인다.

와서는 곧장 말에서 내리더니 내 손을 잡는 것이 아닌가.

"도련님은 심희수 씨가 아니신가요?"

깜짝 놀라 바라보니 다름 아닌 일타홍이었다.

"내가 심희수인 건 맞다만 너는 어떻게 나를 아느냐?"

당시 나는 나이도 어린데다 장가도 들기 전이라 길거리에 쳐다보는 사람만 많아도 곧잘 부끄러운 마음이 일곤 했다. 그런데 일타홍은 나를 보더니 얼굴에 희색이 돌며 말고삐를 잡은 자를 돌아보며 일렀다.

"지금 일이 생겨 연회는 내일 참석해야겠다. 넌 먼저 말을 끌고 돌아 가서 내 말을 전해주는 게 좋겠다."

그러더니 내 손을 덥석 잡고 길가 어느 집으로 들어가는 것이었다. 자리에 앉더니 나에게 이렇게 물었다.

"도련님은 아무 날 아무개 댁 문희연에 구경 가지 않았나요?"

"그랬었지."

"저는 그날 도련님 얼굴을 보고는 하늘에서 신선이 내려왔나 싶었죠. 옆 사람에게 물어보니 마침 알아보는 사람이 있어, '심씨 댁 도령이야. 이름은 희수이고 재주와 명망이 세상을 덮고 있지'라고 하더군요. 저는 그때부터 꼭 한번 만나 보기를 소원했지만 아무래도 마땅한 길이 없어 생각만 날로 깊어졌지요. 오늘 용케도 도련님을 만났으니 이는 실로 하늘이 내려 준 행운이 아닌가 해요."

나는 씽긋 웃으며 말했다.

"내 마음도 자네와 같았네."

일타홍은,

"여기는 얘기할 만한 곳이 못 돼요. 우리 이모 댁이 아무 동네에 있으니 거기로 가면 조용할 거예요."

라며 곧바로 나와 함께 걸어서 이모 집으로 갔다. 그 집은 퍽 한적하고 조촐하면서도 정갈하였다. 이모는 일타홍을 더없이 아껴 자기 딸이나 다름없이 대했다. 이때부터 우리 둘은 서로에게 푹 빠져 밤이나 낮이나 문을 꼭 닫고 밖을 나가지 않았다. 일타홍은 아직 다른 사람을 경험하지 않은 여자로 처음 나와 만난 것이었다. 함께 지낸 지 10여 일이 지났을 무렵, 그녀가 뜬금없이 나에게 말하였다.

"이런 식은 오래도록 함께할 방도가 못되겠어요. 잠시 도련님과 헤어져 훗날을 기약해야겠어요."

내가 왜 그러냐고 묻자, 이렇게 대답하는 것이었다.

"소첩은 죽을 때까지 도련님을 섬기겠다고 이미 결심했답니다. 다만 도련님은 위로 부모님이 계시고 아직 정실을 맞이한 것도 아니니 당장 첩을 두는 걸 허락하시겠어요? 첩이 볼 때 도련님은 그릇과 재능으로 보아 분명 일찍 과거에 급제하고 지위가 정승의 반열에 오를 거예요. 하니 소첩은 오늘로 도련님과 이별하고 떠날 거예요. 도련님을 위해 몸을 정결히 하여 정절을 지키며 도련님이 과거급제하는 날만을 기다리려고요. 그랬다가 삼일유가(三日遊街)하는 무렵에 다시 도련님과 해후하렵니다. 이것으로 철석같은 약조로 삼자고요. 도련님은 과거에 뽑히기 전까지는 다시 첩 생각일랑 하지도 마셔요. 더구나 소첩이 믿음을 저버리고 다른 사람을 따라가면 어쩌나 하는 걱정은 마셔요. 소첩은 스스로 몸을 지킬 방도가 있답니다. 도련님이 과거에 급제하는 그날이 바로 소첩을 다시 만나는 때가 될 거예요."

이내 잡았던 손을 놓고 가뿐히 떠나갔다. 이별을 안타까워하거나 암담해 하는 기색은 조금도 없었다. 어디로 가느냐고 물어도 끝내 말하지 않았다. 나는 멍하니 무언가 잃어버린 듯 낙담한 채 본가로 돌아왔다. 나를 잃어버리고 나서 온 집안이 걱정하며 허둥댄 지 여러 날이었다. 내가 집에 돌아오자 부모님은 놀랍고 반가워하였다. 어디 갔다가 이제 왔느냐고 물었으나, 나는 사실대로 말씀드리지 않고 다른 일로 둘러댔다. 일타홍을 생각하고 그리워하는 정은 헤어진 처음부터 잊힐 리가 없었다. 급기야 침식을 폐하는 지경에 이르렀다.

한참이 지나서야 조금씩 진정이 되었다. 마침내 과거 준비에 온 정력을 다 쏟아 밤낮을 쉬지 않고 부지런히 공부하였다. 오직 일타홍을 다시 만나겠다는 일념에서였다. 몇 년 뒤 부모님은 나에게 장가를 들라고 하였다. 이리하여 감히 거부하지 못해 처를 두긴 하였지만, 끝내 금슬의 즐거움은 없었다. 내가 본래 글재주가 일찍 트였던 데다가 남들보다 열 배는 더 부지런히 힘을 쏟았다. 과연 일타홍과 작별한 지 5년 만에 급제하게 되었다. 소년등과라면 누군들 기뻐하지 않겠는가마는 내겐 다른 사람보다 기뻐할 일이 따로 또 있었으니, 드디어 일타홍과 재회하자던 기약을 지킬 수 있었기 때문이다.

유가하는 첫날, 나는 그녀를 만날 수 있을 줄 알았으나 만나지 못하고 둘째 날도 역시 만나지 못했다. 셋째 날이 되었고 유가도 이미 마쳤는데 끝내 그녀는 그림자도 보이지 않았다. 나는 너무 마음이 허전하여 과거 급제한 영광에도 아무런 흥이 일지 않았다. 날이 저물 무렵 아버지는 내게 이렇게 명하셨다.

"내 어릴 적 친구 아무개가 창의동(彰義洞)[15]에 살고 있단다. 너는 사흘 안에 꼭 가서 뵈어야 하니라."

나는 마지못해 찾아뵙고 돌아오는데 해는 벌써 서산으로 지고 있었다. 오는 길에 어느 큰 집 대문 앞을 지나게 되었다. 그런데 그 안에서 신래(新來, 급제자)를 불렀다. 그곳은 바로 노정승 아무개 공 댁이었다. 이 대감과는 내왕이 없던 사이였으나 어른이고 연로한 분이라 나는 즉시 말에서 내려 종종걸음으로 들어갔다. 대감은 나에게 자리를 몇 차례 양보한 끝

---

15 창의동(彰義洞): 현재의 종로구 통의동, 효자동 일대로 한양 도성의 북소문인 창의문(彰義門)이 있어서 붙여진 동명이다. 잘 알려져 있듯이 조선 개국 이래 경복궁의 영추문(迎秋門) 밖, 즉 서촌(西村) 일대는 조정 신료들이 대거 거주하였다. 그 북편의 창의동 일대도 이런 신료들의 거주지 전통이 있던 동네이다.

에 바로 윗자리에 앉도록 하였다. 마주 앉아 이야기를 나누는데 태도가 자못 은근하였다. 그러더니 술상을 내어 대접까지 하는 것이었다. 대감이 술잔을 들며 말하였다.

"자네, 인연 있는 사람을 만나 볼 텐가?"

나는 무슨 영문인지 몰라 머뭇거리며 대답하였다.

"인연 있는 사람이라뇨?"

대감이 웃으며 말하였다.

"자네와 연분이 있는 사람이 지금 우리 집에 있다네."

그러더니 시비를 시켜 나오라고 하였다. 바로 일타홍이었다. 나는 그녀를 보고 순간 놀랐고 또 순간 기뻤다.

"자네가 어찌 여기에 있단 말인가?"

일타홍은 웃으며 답하였다.

"지금이 바로 서방님이 유가하는 사흘 안쪽이잖아요. 제가 어찌 이별할 때 했던 기약을 모르리까?"

이에 대감이 나서서 그간의 사정을 말해줬다.

"이 아이는 천하의 빼어난 여자일세. 지조는 가상하고 일의 자취도 퍽 기이하니, 내 자네를 위해 그간의 일을 다 말해 줌세. 내 나이 팔십이 되도록 부부가 해로하였으나 평생 슬하에 자녀는 두지 못했다네. 그러던 어느 날이었지. 이 아이가 갑자기 찾아와서는 날 보고 이러는 걸세. '대감 문하에 몸을 의지하여 가까이서 시중들며 제일 아래 계집종이라도 되고자 합니다.'라고 말이지. 나는 괴이쩍어 그 연유를 물어봤지. 하는 말이 '쇤네는 상전을 피해 도망친 자가 아니니 걱정하지 마옵소서.' 그러더군. 나는 거절하고 받아들이지 않았네. 한데 이 아이는 한사코 간청하면서 가지 않고 그대로 있지 뭔가. 그래 내 시험 삼아 그러라고 하면서 하는 행동을 쭉 지켜봤지. 시비를 자처하여 낮이면 차와 식사를 내오고, 밤이면 이부자리를 보살피는 등 쇄소응대(灑掃應對)에 갖은 정성을 다하더군. 우리 부부 둘 다 늙고 병든 사람인데도 곁을 떠나지 않고 부축하거나 섭생을 돕는 건 물론, 등도 긁어 주고 무릎도 주물러 주면서 지극 정성을 다해 우리 내외를 편안하게 해줬다네. 게다가 바느질 솜씨도 뛰어나 자청해서 옷을 지어서는 춥고 따뜻한 때를 척척 맞춰 주었네. 우리 부부 모두 이 아이를 예뻐하였지만 특히 안사람이 더 아껴서 친딸처럼 대했다네. 낮에는 안에서 기거하고 밤이면 곁에서 함께 잤지. 내가 조용한 틈에 어디서 왔고 그동안 뭘 했는지를 물었더니 이렇게 말하더군.

'본래는 양갓집 딸이었으나 부모님을 일찍 여의고 어린 나이에 의지할 데 없어 어느 마을 노파에게 거두어져 자라다가 기생이 되었습니다. 나이가 어려 아직 쪽머리를 올리지 않았기에 몸을 더럽히는 지경에 이르지 않았지요. 다행히 어떤 낭군을 만나 백년가약을 맺기로 맹세하였답니다. 다만 낭군이 나이가 어리고 장가도 들지 않았기에 과거에 급제한 후 다시 만나자고 기약하였지요. 제가 그대로 기생어미 집에 있다가는 몸이 자유롭지도 못하고 절개도 지키기 어렵겠다 싶었지요. 감히 귀문에 의탁하여 몇 년간 종적을 감추고 지낼 계획을 세운 것이랍니다. 낭군이 과거에 뽑히기만 하면 저는 바로 하직하고 떠날 생각이고요.'

내가 '네 낭군이 누구냐?'고 물었더니, 바로 자네 이름을 대더군. 나는 쇠약하고 늙어빠져 죽을 때가 다 된 지라 여자를 가까이할 생각이 아예 끊어진 상태였네. 아이가 나의 시첩이기를 자청했어도 이 때문에 제 몸을 온전히 지킬 수 있었다네. 이제 벌써 4, 5년이 되었네. 매번 과거의 방이 나올 때마다 살피고는 자네의 성명이 보이지 않으면 그때마다, '우리 낭군은 수년 안에 급제할 테니 당장 낙방했다고 해서 한스러워할 게 뭐야.'라고 하면서, 헤어져 있다고 슬퍼하거나 원망하는 기색을 보인 적이 없었네. 자네가 과거에 뽑힌 걸 내가 방안(榜眼)¹⁶을 보고서 이 아이에

---

16 방안(榜眼): 즉 방목(榜目)이다. 조선시대 과거나 시험에 합격한 사람의 성명을 적은

게 곧장 말해 주었네. 한데 놀라거나 기뻐하는 내색도 안 하고 '그럴 줄 오래전부터 알았는데 뭐 그리 특별한 일이라고요?'라 하더군. 또 '저는 낭군과 이별할 적에 유가하는 사흘 안에 다시 만나기로 약속했어요. 이 기약을 어길 수 없답니다.'라고 하며 누대로 올라가 유가 행렬을 살피더군. 하지만 우리 동네가 깊고 외따로 떨어져 있다 보니, 둘째 날이 되도록 지나가는 행렬을 볼 수 없었다네. 오늘도 또 올라가 내려다보더니 '오늘은 꼭 지나갈 거예요.'라고 하였지. 과연 자네가 우리 집 문 앞을 지나가더군. 이 아이가 바로 달려와서 불러들여달라고 하지 않겠나. 내가 고금의 전기(傳奇)[17]에서 이름난 여인들의 정감이나 우연한 기회로 남녀가 만나는 남다른 일들을 많이 봤네만 이처럼 절묘하고 기이한 경우는 보지 못했네. 하늘도 지극한 정성에 감동하여 지난 언약을 이루어 주셨네. 그러니 오늘의 이 만남에 이 늙은이도 기대를 저버려서는 안되겠지. 그래서 말인데 내가 이 아이와 자네를 위하여 하나의 좋은 일을 이루어 주게 할 참이네. 자네 집으로 돌아가지 말고 하룻밤 여기서 묵게나."

나는 뜻밖에 일타홍을 만난 것도 놀랍고 기쁜데 이런 얘기까지 듣고 나니 마음이 적이 감격스러웠다. 하지만 일부러 둘러대는 말을 했다.

"이 여자는 제가 비록 어린 시절에 가까이했습니다만 이미 대감을 모시는 여자가 된 몸입니다. 지금 와서 어떻게 다시 가까이할 수 있겠습니까?"

대감은 빙긋이 웃으며 이렇게 말했다.

"내 이미 늙었네. 여색을 가까이하지 않은 지도 벌써 오래되었고. 이

명부로, 사마방목(司馬榜目)이 대표적이다. 여기에는 급제한 생원과 진사의 성명, 연령, 본적, 주소 등이 기록되어 있다.

17 전기(傳奇): 기이한 이야기 정도의 의미로 쓰였다. 공교롭게도 서사 양식으로 전기, 또는 전기소설로 이해될 수 있는데, 전기가 서사 양식으로 입론화된 것은 노신(魯迅)의 『중국소설사략(中國小說史略)』에서이다. 그리고 조선 후기에 소설류는 주로 '고담(古談)'이라 하였다. 이런 상황이기는 하나 여기서 전기라고 한 것은 재자가인류의 애정전기를 지칭하는 것으로 보이는바, 이런 유형을 당시에도 이렇게 부르고 있었음을 여기서 확인할 수 있다.

아이에게 시침하라 한 것은 조카아이들이 넘보는 길을 끊고자 한 방도에 서였네. 자네를 위한 수절이 꼿꼿하기가 서릿발 같으니 누가 그 뜻을 빼앗을 수 있겠는가? 자네 더는 의심하지 말게."

그러면서 내가 타고 온 말과 시종 및 마부들을 돌려보냈다. 이어 사람을 보내 나의 부친께 자제를 하룻밤 유숙해 보내겠다는 취지를 전갈하도록 했다. 또 시비에게 분부하여 방 하나를 정갈하게 치우고 채색 병풍에 화문석, 비단 이불 등속으로 꾸며 화려하기 이를 데 없게 했다. 향을 피우고 화촉을 밝혀 결혼할 때의 신방처럼 꾸몄다. 나와 일타홍더러 그 방에서 자라고 했음은 물론이다.

이튿날 아침, 나는 대감께 감사의 인사를 올리고 집으로 돌아왔다. 부모님께 일타홍과 만난 사정을 처음부터 끝까지 다 아뢰었다. 부모님은 즉시 데려오게 하였다. 이리하여 우리는 한 집에서 살게 되었다. 그녀는 점잖은 행실과 재주와 기예 모두 출중하였다. 효성과 공경으로 윗사람을 섬기고 자상함과 은혜로 아랫사람을 대했다. 매사에 정성과 예의를 다하니, 누구도 그녀에게 감복하여 사랑하지 않은 이가 없었다. 바느질 등 여럿 가정 일에 정밀하고 빼어난 데다 거문고나 바둑 등의 기예까지도 절묘하여 남들이 따라올 수 없었다. 내가 그녀를 총애하여 잠자리를 그 방에서만 했더니, 그녀는 늘 정실에게 자식이 없을까 걱정하여 내게 자주 안채로 들어가라고 권하였다. 정실과 소원하지 않도록 한 것이다.

내가 금산(錦山) 고을의 수령으로 나가게 됐을 때 일타홍도 따라왔다. 그곳 관아에서 몇 년을 함께 지냈다. 그런데 평일 밤에는 나를 막았다.

"소첩을 매번 이렇게 가까이하는 건 필시 남자 몸을 상하게 하는 거예요."

이렇게 하여 혼자 자라고 권하기 일쑤였다. 그러던 어느 날, 뜻밖에 시침하기를 자청하는 것이었다. 내가 왜 그러느냐며 연유를 물었더니 이렇게 말하였다.

"첩이 죽을 때가 임박하여 이 세상에 있을 날이 많지 않답니다. 살아서의 즐거움을 다하여 유감을 남기지 않으려고요."

나는 괴상하기도 하고 믿기지도 않았다.

"자네가 어떻게 죽을 날을 미리 안단 말인가?"

라고 물었더니, 일타홍은 씩 웃었다.

"첩이 아는 수가 있지요."

그러고 나서 대엿새쯤 지나자 과연 일타홍은 가벼운 병에 걸렸다. 별로 고통 없이 있다가 며칠 만에 숨을 거두었다. 임종 때 나에게 이런 부탁을 하였다.

"죽고 사는 데는 정해진 운명이 있으니 일찍 죽든 수를 누리든 다 한 가지랍니다. 생전에 당신 같은 군자께 몸을 의탁하여 극진한 사랑을 입었으니 지금 죽는다 한들 더 한스러울 게 뭐 있겠어요? 다만 한 가지 바람이라면 제 유골을 훗날 대감의 산소 옆에 묻어주세요. 구천에서도 모시게 해주신다면 저의 소망은 다 이루어지는 거예요."

이렇게 말을 마치고 숨을 거두었다. 얼굴은 살아 있을 때의 모습 그대로였다. 나는 슬픈 마음이 더 크게 밀려왔다. 손수 염을 하고 입관까지 해주었다. 국법에 죽은 첩을 운구해서 장사 지내는 예는 없기에 다른 일을 핑계로 감사에게 얼마간 말미를 얻었다. 몸소 상여를 끌고 돌아와 고양(高陽)의 선산에 장사를 지냈다. 그녀가 임종 때 했던 말을 따른 것이다. 나는 금강(錦江) 나루에 이르러 시 한 수를 읊었다.

| 한 떨기 이름난 꽃이 유거[18]에 실렸으니 | 一朵名花載柳車 |
| 향혼은 머뭇머뭇 어디로 향해 가는가. | 香魂何處去躊躇 |

---

18 유거: 곧 상여이다. 옛날에는 사람이 죽으면 버드나무를 엮어 수레를 만들어 이를 소가 끌고 장지까지 가는 것이 일반적이었다. 그러다가 우리의 경우 조선 세종의 왕비 소헌왕후(昭憲王后)의 국휼(國恤) 때부터 이 유거를 쓰지 않고 사람이 드는 상여로 바뀌었다고 한다.

금강의 가을비 명정을 적시니 　　　　　　錦江秋雨銘旌濕

아마도 가인의 이별 눈물이겠지. 　　　　　　知是佳人別淚餘

애달픈 정을 이 시구에 드러낸 것이다. 그녀는 죽은 뒤에도 집안의 크고 작은 길흉사가 있을 때마다 으레 먼저 꿈에 나타나 예고해 주었다. 하나도 틀린 적이 없었다.

지금 벌써 몇 년이 지났다. 며칠 전엔 다시 꿈에 나타나서 이런 말을 하였다.

"대감은 정해진 운명이 이제 다 되었네요. 세상을 떠날 날이 머지않았으니, 첩이 며칠 내로 뵈어야겠네요. 지금 깨끗이 치우고 기다리고 있어요."

그게 내가 비국 석상에 앉아 있던 날이었다. 여러 관료한테 고별한 것도 이 때문이었다. 바로 어젯밤에도 또 그녀가 꿈에 나타나서는 내게 내일이면 돌아가실 날이라고 알려주었다. 서로 말을 주고받다 보니 적이 서글퍼서 꿈꾸는 중에도 울었던 모양이다. 아침에 일어나 보니 눈물 자국이 얼굴에 남아 있었다. 내 어찌 죽는 게 애달파서 울었겠는가? 그대와의 정이 일가와 같은데다 마침 물어오기에 모두 다 이야기한 것이다. 그러니 번거롭게 다른 사람에게 옮기지 말았으면 좋겠다.

심 상공은 과연 그날 연관(捐館)[19]을 했다.

평한다.

여성의 지조와 절개는 귀천에 따라 다르지 않으며 창기라고 해서 유독

---

19 연관(捐館): 주로 관료나 높은 사람의 죽음을 의미한다. 죽어서 자신의 거처를 버리고 떠난다는 취지로, '연관사(捐官舍)'라고도 한다. 『사기』·「범수전(范雎傳)」에 '君卒然 捐官舍.' 같은 사례가 그것이다.

특별한 것도 아니다. 옥소선만큼은 비록 한번 몸을 더럽힘을 면치는 못했으나 끝내 절개를 지켰으니 진귀하고 기특하다. 이는 견국부인(汧國夫人)[20]과 비슷한 경우라 하겠다. 일타홍은 처음부터 끝까지 정절을 지키고 앞날을 귀신처럼 헤아렸으니 구래공(寇萊公)의 천도(蒨桃)[21]에 못지않다고 하겠다. 두 여자의 일은 소중한 점이 많기에 여기에 갖추어 기록한다.

---

20 견국부인(汧國夫人): 당대 전기소설인 「이와전(李娃傳)」의 주인공 견국부인 이와(李娃)를 가리킨다. 이와는 원래 기녀의 신분으로 남자주인공 장랑(張郎)을 유혹하여 재물을 모두 뺏기게 하는 등 나락으로 빠뜨렸던 존재였다. 그러나 뒤에 둘은 사랑하게 되어 장랑을 구원하여 마침내 출세시켰고, 그 공으로 견국부인에 봉해졌다.

21 구래공(寇萊公)의 천도(蒨桃): 구래공은 송나라 구준(寇準)이다. 거란의 침입 때 임금과 함께 출정하여 저들을 굴복시켜 맹약을 맺고 돌아와, 그 공으로 내국공(萊國公)에 봉해졌다. 천도는 그의 애첩으로 시에 뛰어났다. 송나라 유부(劉斧)의 『한부명담(翰府名談)』(원문은 실전) 「천도(蒨桃)」 조에 그녀와 구래공과의 결연담이 나와 있다. 이들은 시를 화답하여 결연한 사이로 뒤에 구래공이 뇌주(雷州)로 떠나게 되자, 천도는 눈물을 흘리며 떠나보내면서, '자신은 원래 여선(女仙)으로 공의 시첩이 된 것인데, 이제 이별하게 되었으니 자신은 죽을 것이고 구래공은 염라왕이 될 것이다.'고 하였다. 천도가 죽고 얼마 안 있어 구래공도 죽었는데, 과연 염라왕이 되었다고 한다.

변신

제19화

병을 앓던 고성의 촌로가 물고기로 변신하다

몇 해 전, 한 유명한 벼슬아치가 고성(高城)의 수령으로 있을 때였다. 어떤 품관(品官)[1]이 찾아와 뵈었다. 마침 점심때라 수령은 상에 있던 홍어탕(洪魚湯) 한 그릇을 먹으라고 내어주었다. 그런데 이 품관은 홍어를 보더니 눈살을 찌푸리며 사양하였다.

"오늘 마침 소반을 들고 온 터라 음식을 내려주셨으나 감히 들지 못하겠나이다."

그러면서 적잖이 슬픈 얼굴을 하더니 이윽고 줄줄 눈물을 흘리는 것이었다. 수령이 이상하여 연거푸 이유를 물었더니 품관은 더 이상 숨기지 못하고 연유를 세세히 아뢰었다.

소인에게는 망극한 사정이 있습죠. 세상에 있을 수 없는 일이라 아직껏 남에게 말한 적도 없습니다요. 지금 성주(城主)께서 하문하시니 어찌 감히 숨기겠습니까? 민의 부친은 수를 아주 오래 누리셔서 백세가 다

---

1 품관(品官): 조선시대 품계를 가진 벼슬아치를 통칭하는 말로, 대개 낮은 품계의 산관(散官)을 지칭한다. 그 처지에 따라 다양한 명칭이 있는바, 한량품관(閑良品官), 전함품관(前銜品官), 재외품관(在外品官), 부경품관(赴京品官), 유향품관(留鄕品官) 등이 있다. 여기서는 유향품관 정도가 될 듯하다.

된 분이셨습니다. 그러던 어느 날 열병이 나 온몸이 불처럼 뜨겁더니 점점 숨이 차며 위중해졌답니다. 저희 자식들은 빙 둘러앉아 때가 임박한 줄 알고 눈물을 삼켰답니다. 그런 며칠 뒤 병상의 부친께서 저희에게 말씀하셨습니다.

"내가 열병이 너무 심해 갑갑함을 견딜 수 없구나. 집 앞 큰 냇가로 나가 앉고 싶구나. 흐르는 물을 보고 있으면 병이 씻은 듯 나을 수도 있을 것 같단다. 너희들은 내 뜻을 막지 말고 어서 나를 업고 강가로 나가자꾸나."

저희 자식들은 끝까지 안 된다고 여쭈었으나 부친께서는 화를 내면서 굽히지 않으셨답니다.

"너희들이 내 말을 따르지 않는다면 그건 이 아비를 죽이는 것과 같으니라."

저희는 하는 수 없이 부친을 부축해 등에 업고 냇가로 나와 앉혀드렸지요. 흐르는 물을 본 부친께선 너무 좋아하시며,

"이 맑은 물을 대하고 보니 열이 벌써 내려간 듯하구나."

라고 하셨습니다. 한동안 앉아 계시다가 저희에게 다시 이르더군요.

"혼자 앉아 흐르는 물을 보고 싶구나. 남이 옆에 있는 게 귀찮아. 허니 너희들은 잠시 저 숲속으로 가 있다가 내가 부르거든 다시 오거라."

저희는 안 된다며 애써 여쭈었으나 아버지는 다짜고짜 화를 내며 고집을 꺾지 않으시더군요. 병중에 화를 내면 몸을 더 상하게 될까 봐 그 말씀도 따를 수밖에 없었습니다. 그래서 잠시 다른 곳으로 피해 있다가 얼마 후 멀리서 보니, 부친께서 자리에 보이지 않지 뭡니까. 깜짝 놀라 앉아 계시던 곳으로 다시 가보았지요. 그랬더니 앓으시던 분이 옷을 벗고 물로 들어가 있지 않겠어요. 이미 몸 전체가 홍어로 변하고 있어서, 반은 물고기요 반은 사람의 형체를 하고 있었답니다. 저희는 너무 놀랍고 해괴하여 감히 가까이 다가갈 수도 없었답니다. 몇 식경이 지났을까,

다시 보았을 땐 아예 물고기로 변한 상태였습니다. 큰 홍어 한 마리가 팔딱거리며 강물 속에서 헤엄을 치는데 득의에 찬 모습으로 몹시 기뻐하는 것이었습니다. 자식들을 돌아보고는 헤어지기 섭섭했는지 차마 두고 떠나지 못하는 기색이었지요. 이윽고 물길을 따라 내려가셨습니다. 저희 모두 강가를 따라 내려갔지요. 하지만 큰 바다로 들어가서는 다시 보이지 않았답니다. 부친이 물고기로 변한 자리엔 벗겨진 머리털과 손발톱만이 남아 있을 뿐이었고요.

저희는 결국 발상을 하고 머리털과 손발톱으로 장례를 지냈답니다. 이때부터 저희 집안은 홍어를 먹지 않게 되었습니다. 저희 자식들은 삶은 홍어를 볼 때면 소스라치게 놀라며 마음이 편치 못하답니다. 그래서 저도 모르게 눈물을 흘리게 되었습니다.

이런 이야기였다.

제20화

승평의 친척이 늙어서 멧돼지로 변하다

승평(昇平) 김 상공(金相公)[2]의 집안사람으로 먼 시골에 사는 이가 있었다. 그는 백세가 다 된 노인이었다. 어느 날, 그의 아들이 김 상공의 집을

---

2 승평(昇平) 김 상공(金相公): 즉 김류(金瑬, 1571~1648). 자는 관옥(冠玉), 호는 북저 (北渚), 본관은 순천이다. 1596년 과거에 급제하여 병조·이조판서, 대제학과 삼정승을 두루 역임하였다. 1623년 인조반정 때 거의대장(擧義大將)으로 일등공신이 되어 승평부원군(昇平府院君)에 봉해졌다. 1627년 정묘호란 때는 도체찰사(都體察使)로 인조를 강화도로 호종하였는데, 병자호란 때는 그의 아들 경징(慶徵)이 감찰사로서 강화도 수비의 책임을 맡았다. 그러나 부자가 호란 때 이런 막중한 임무를 맡았으면서도 그 책임을 다하지 못해 지탄받기도 하였다. 저서로 『북저집(北渚集)』이 있다.

찾아와 뵙고자 하였다. 상공이 들라 하여 찾아온 이유를 물었다. 그랬더니 그 아들은,

"제가 말씀드리려는 일은 각별히 비밀을 요합니다. 마침 손님들로 북적대니 밤이 되면 여쭈겠나이다."

라고 하였다. 이윽고 밤이 되어 손님들이 물러가고 조용해졌다. 김 상공은 주위 사람들을 물리치고 그에게 물었다. 그의 말은 이랬다.

"저희 아버지는 춘추가 저렇게 높아도 평소 병 한번 걸린 적이 없었답니다. 그런데 어느 날 저희 자식들에게 이렇게 얘기하시더군요. '내 오늘 낮잠을 자려고 하니 너희들은 문을 닫고 밖으로 나가거라. 경솔하게 문을 열고 들어와선 안 되느니라. 내가 부르거든 그때 문을 열도록 하여라.' 저희는 그 말씀을 따랐지요. 하지만 날이 저물도록 고요할 뿐 저희를 부르는 소리가 없었습니다. 의구심이 들기 시작해 몰래 엿보았지요. 그랬더니 글쎄 아버지는 이미 한 마리 큰 멧돼지로 변해 있지 뭡니까. 다들 소스라치게 놀라 문을 밀치고 들어가 살폈지요. 멧돼지가 요란한 소리를 지르며 벽을 부딪치며 뚫고 나가려고 하기에 저희는 즉시 문을 닫아버렸지요. 친척들을 모아놓고 어찌할지 의논했답니다. 어떤 분은 집 안에 두고 기르자고 하는 분도 있고, 묻어서 장례를 치러주자는 분도 있었지요. 이에 벽촌의 무지렁이인 저희가 감히 달려와 상공께 아뢰오니 깊이 살피시어 변통의 예를 가르쳐 주시면 감사하겠습니다."

승평 상공은 이 얘기를 듣고는 해괴하다며 놀랐다. 한참 골똘히 생각한 끝에 이렇게 일렀다.

"이 일은 만고에 없던 변고이니라. 따라서 나도 합당한 도리가 무엇인지 잘 모르겠지만, 굳이 내 생각을 말하자면 비록 이물로 변했어도 죽기 전에는 땅에 묻어서는 결코 안 되느니라. 그렇다고 이미 사람이 아닌 이상 집 안에 두고 키운다는 것도 역시 안 될 일이다. 하물며 매번 뛰쳐나가려고 한다니! 산과 숲은 바로 그가 사는 굴이자 집일 테니, 큰 산의

인적이 드문 곳으로 떠메어다가 버리는 게 이치에 합당할 듯싶구나."

그 아들은 이 말을 듣고 옳다고 여겨 마침내 승평 상공이 가르쳐준 대로 깊은 산속으로 떠메어다 버렸다. 그대로 발상하여 아버지가 입던 의관을 묻고, 멧돼지로 변한 그날을 기일로 삼았다고 한다.

평한다.

전에 전기(傳奇)를 본 적이 있는데, 설주부(薛主簿)가 잉어로 변하고 이생(李生)이 호랑이로 변한 이야기[3]가 있었다. 나는 이들 모두 근거 없는 일로 치부했었다. 지금 고성의 늙은이와 승평공 친족의 일을 접하고서 깊이 따져 보니 만물이란 변화하지 않는 것이 없음을 알겠다. 참새가 두꺼비로 변하고 꿩이 이무기로 변하며, 쥐가 메추라기로 변하고 개구리가 게로 변한다[4]고 하는데, 사람도 만물의 하나일 뿐이니 어찌 저 혼자만 변하지 않겠는가? 비록 그렇기는 하지만 이는 일상의 이치가 아니다. 아무래도 변괴로 돌릴 수밖에.

---

3 설주부(薛主簿)가 잉어로 변하고 이생(李生)이 호랑이로 변한 이야기: 설주부가 잉어로 변한 일은 당나라 때 설위(薛偉)의 이야기이다. 그는 촉주(蜀州)의 청성현주부(靑城縣主簿)가 되어 부임했다가 병이 들어 열을 견딜 수 없었다. 그래서 하루는 뛰쳐나가 어느 숲을 지나 강가에 이르러 목욕했는데 갑자기 몸에 열이 나면서 잉어로 변하였다. 이 이야기는 『태평광기』(권471)에 실려 있는데, 고성의 촌로가 홍어로 변한 이야기와 매우 닮았다. 그리고 이생이 호랑이로 변한 이야기는 당대(唐代) 전기소설인 「인호전(人虎傳)」을 말한다. 주인공 이징(李徵)은 과거에 낙방하고 실의한 끝에 점점 호랑이로 변하여 인간 세상에 살 수 없게 된다. 나중에 과거급제한 벗이 영남으로 부임하는 길에 그는 산속에서 호랑이로 나타나 벗에게 자신의 신세를 한탄하는 내용이다. 이 이야기는 20세기 초에 나카지마 아쓰시(中島敦)에 의해 「산월기(山月記)」라는 작품으로 각색되어 일본 제국주의에 파문을 일으킨바 있다.

4 참새가 두꺼비로 …… 게로 변한다: 여러 변신담에 등장하는 사례들로, 이런 변신이 집약된 예는 따로 찾아지지 않는다. 대신에 단성식(段成式)의 『유양잡조(酉陽雜俎)』·「물혁(物革)」편과 『태평광기(太平廣記)』권10 동식물 항목에 유사한 변신 사례가 보인다.

혼쭐난 관리

제21화

어사가 쓰개를 쓴 채 잔치에 참석하다

예전에 어느 명관이 순찰어사가 되어 전주(全州)를 순시하게 되었다. 그는 자신의 직함과 자리를 믿고 오만하게 굴기가 견줄 데 없었다. 그래서 방기(房妓)[1]를 들이지 말라 하고 항상 혼자 묵었다. 감사(監司)와 부윤(府尹)[2]은 몰래 모의하여 그를 속여 곤경에 빠뜨리고자 하였다. 우선 관기 중에 재색이 으뜸인 자를 골랐다. 옅은 화장에 소복을 입혀 촌 아낙네로 분장시키고는 그녀더러 자주 들락날락하며 어사의 거처 앞을 얼씬거리라고 하였다. 그리고 미리 통인(通引)[3] 가운데 시중드는 아이를 어사에게

---

1 방기(房妓): 원래 중국에서 온 사신에게 수청 드는 기녀를 일컫는 용어인데, 여기서는 일반 관아에서 수청 드는 기녀를 뜻한다. 중국의 경우 관에 소속된 관기(官妓), 거리에서 자유롭게 활동하던 시기(市妓), 그리고 사대부가에 들어가서 생활하는 사기(私妓) 등 다양했으나, 조선시대 기녀는 대부분 관에 소속된 관기들이었다. 이 가운데 수청기는 따로 있었다.

2 감사(監司)와 부윤(府尹): 감사는 관찰사로 지금의 도지사에 해당하며, 부윤은 시장에 해당한다. 모두 종 2품직 지방관이다. 전라도 감영은 전주에 있었기에 전라감사와 전주부윤이 이곳에 상주한 것이다.

3 통인(通引): 조선시대 지방 관아의 관장에 딸려 잔심부름하는 이속이다. 중앙 관서에서 이 역할을 하는 이속은 청지기[廳直]라 하였다. 한편 부르는 명칭도 지역마다 달랐는데, 통인은 주로 경기도와 영동지역에서 불렸고, 경상도·전라도 등에서는 '공생(貢生)'이라 하였으며, 황해도·함경도 등지에서는 '연직(硯直)'이라고 불렸다. 또한 이 직은 해당 지역의 이서 자제들이 주로 맡았으나, 때에 따라서는 공노비의 자제들이 맡기도 하였다.

붙여 선이 닿게 해두었다.

어사는 과연 그녀를 보고 아찔해졌다.

"저 아이는 누구더냐?"

이렇게 통인에게 묻자, 통인이 바로 대답했다.

"소인의 누이이옵니다. 소인을 만나고자 이곳을 찾아왔나 본데, 촌아낙이라 관가의 체모를 알지 못하고 어사또께서 부임해 있는 곳을 피해야 하는 줄도 모르옵니다. 황공하여 몸 둘 바를 모르겠사옵니다."

"피하지 않았다고 해서 무어 해될 것이 있겠느냐? 한데 무슨 까닭으로 소복을 입고 있단 말이냐?"

"지아비가 죽었는데 아직 탈상하지 못해서이옵니다."

어사는 이때부터 마음을 걷잡을 수 없었다. 어느 날 밤, 몰래 통인을 불러 일렀다.

"내 너의 누이를 한번 만나보려 하니 네가 좀 불러다 주겠느냐?"

통인 아이는 짐짓 놀라고 두려운 척하였다.

"사또 나리의 위엄은 하늘과 같사옵고 저의 누이는 천하온데 어찌 감히 와서 뵐 수 있겠나이까?"

어사는 부드러운 말로 이 아이를 꾀어야 했다.

"너의 누이를 보니 그 모습이 범상치 않더구나. 내 실은 데리고 살고 싶어서 그러니라. 저 애가 개가할 뜻이 있다면 내 첩으로 삼을 것이다. 이 어찌 아름다운 일이 아니겠느냐? 너는 꼭 이 뜻을 누이에게 전하고 몰래 조용히 데려오도록 하라."

통인 아이는 도저히 감당할 수 없는 일이라고 잡아떼었다. 조바심이 난 어사가 몇 번이나 어르고 달랜 끝에 통인은 비로소 허락하였다. 다음 날 밤이 깊어지자, 몰래 누이를 데려와 어사의 거처로 들여보냈다. 기생은 요물인지 누이는 갖은 아양을 다 떨며 어사를 유혹하였다. 마침내 어사는 그녀에게 푹 빠지고 말았다. 이리하여 날이면 날마다 저녁 무렵에 들어왔다가 새벽녘에 나가곤 하였다. 서울로 돌아갈 때는 틀림없이 데려가겠다는 약조까지 받아냈다.

어느 날 밤 기녀가 어사에게 투정을 부렸다.

"나리께서는 정분이 소중하다고 하시더니 그저 헛된 말일 뿐이군요."

어사가 물었다.

"왜 그렇게 말하는 게냐?"

"소첩의 집이 관아에서 지척인데도 나리께선 한 번도 방문할 의향이 없으시니까요. 정분이 중하는 게 정말 이 정도인가요?"

"한번 찾아가고픈 마음이야 없지 않으나 남의 이목을 어찌한단 말이냐?"

"밤을 틈타 미복 차림으로 몰래 왕림하신다면 누가 알아보겠나이까?"

그녀의 이 제안을 어사는 따르기로 하였다. 급기야 그녀와 함께 나막신을 끌고 몰래 그 집으로 갔다. 도착하여 옷을 벗고 잠자리에 들려는 참이었다. 통인 아이는 이 사실을 몰래 감사에게 보고한 뒤라, 감사는 즉시 도사(都事)[4]·부윤과 함께 별당에 연회를 마련해 둔 상태였다. 이날 밤 달빛은 대낮처럼 밝았다. 기악(妓樂)을 화려하게 열고 배우들은 동헌 뜰에서 놀이를 벌였다. 일반 백성들도 마음대로 들어와서 구경하도록 관아 문을 열어놓고 출입을 막지 않았다. 그러자 고을 사람들은 너나 할 것 없이 몰려들었다.

기녀가 어사에게 물었다.

"가서 구경하지 않으실래요?"

"너는 갈 수 있겠다만 난 못 가겠다."

"저만 가면 아무 재미가 없으니 가지 아니함만 못하옵니다. 제발 함께 가시와요."

---

4 도사(都事): 원래 중앙의 충훈부(忠勳府), 의금부 등의 부서에서 서무를 주관하는 직책으로 종5품직이다. 그런데 지방관으로 경력(經歷)과 함께 수령관이라 하여 관찰사를 보좌하는 역할을 지칭하기도 하였다. 여기서는 후자를 말한다.

그녀의 요구에 어사는 마지못해 함께 가려고 일어나 갓과 옷을 찾았으나 찾을 수가 없었다. 기녀가 자리에 누울 때 이미 숨겨 버렸던 것이다.

"여기에 제 어미의 다리[達伊]⁵와 검은색 장옷[長衣]이 있사오니, 나리께선 이것을 입고 나가셔요. 신분을 감추는 방법으로도 이 변장이 교묘하지 않겠어요?"

어사는 이 제의도 따라 늙은 아낙네 차림새로 변복하고 기녀와 함께 밖으로 나갔다. 사람들이 모여 있는 속으로 뒤섞여 들어가 관아의 뜰가 대숲 속에 몸을 숨긴 채 구경하였다. 이들이 막 문으로 들어설 때 관아 사람들은 몰래 엿보고 있다가 은밀히 감사에게 보고하였고 감사는 곧 영을 내렸다.

"구경하는 자들이 너무 많으니 인제 그만 문을 닫고 엄히 금하거라! 이미 들어온 자들은 나가지 못하게 하고, 아직 들어오지 못한 자들은 들이지 말거라."

이어 도사와 부윤 등에게 말하였다.

"오늘밤 잔치에 어사또를 초청하지 않는다면 영 격식이 빠지겠소."

좌중도 모두 이구동성으로,

"그렇소이다!"

라고 하였다. 이에 심부름꾼 관리를 보내 연회에 참석하라고 요청하였다. 그런데 심부름꾼 관리가 갔다가 금세 돌아와서,

"어사또께서 집에 계시지 않아 관사를 다 뒤졌으나 결국 찾지 못하였나이다."

라고 보고하였다. 감사는 놀란 척했다.

"이 무슨 말이더냐?"

---

5   다리[達伊]: 여자들이 머리에 덧대던 딴 머리이다. 이는 머리숱이 많아 보이게 하려는 일종의 가발이었다. 이를 '월자(月子)'라고도 하는데 월자는 머릿속에 추가로 넣는 가짜 머리로 약간은 차이가 있었다. 구름머리라고 하는 '가채'와도 구별된다.

당장 영을 내려 모든 관사를 샅샅이 뒤져서 찾도록 하였다. 그러나 끝내 종적을 알 수 없었다. 이에 부윤이 나섰다.

"어사또께서 미행하느라고 혹시 이 구경꾼 속에 들어와 계시지는 않을까요?"

좌중은 하나같이,

"어찌 그럴 리가 있겠습니까?"

라고 하였다. 부윤은 다시 억지를 부렸다.

"일이란 알 수 없는 거지."

이에 감사는 문지기에게 명하여 괸이 문을 반만 열어두고 뜰에 들어와 있는 사람들을 하나씩 나가게 하면서, 군관에게는 문에서 지켜보도록 하였다. 한참 뒤 뜰은 텅 비어 남은 사람이 아무도 없었다. 감사는 다시 명하여 대숲을 샅샅이 뒤지도록 하였다. 아랫사람들은 영을 받고 달려 들어갔다가 일제히 소리쳤다.

"여기에 두 사람이 숨어서 엎드려 있나이다!"

관리들이 그들을 끄집어내어 살펴보고는 야단스레 소리를 질렀다.

"한 사람은 여인네 장옷을 입고 머리에는 다리를 얹었는데, 이상하게도 수염이 많이 나 있사옵니다. 도대체 누구인지?"

감사는 데려오라 하여 횃불을 밝히고서 자세히 살폈다. 주위에 있던 사람들이 모두,

"이 사람의 생김새가 어사또와 비슷하옵니다."

라고 하자, 감사도 놀라는 척했다.

"어사께서 이런 복장을 하고 계실 리가 있겠느냐?"

그를 데리고 올라가 연회장 자리에 앉히도록 했다. 촛불 아래에서 머리에 쓴 다리를 벗겼더니 과연 어사또였다. 자리에 함께한 손님들과 기녀와 악공, 그리고 뜰을 가득 메운 이방과 군졸 등등 이 광경을 목격한 사람들은 모두 입을 막고 포복절도하고 말았다. 감사가 어사에게 물었다.

"어사께서 어찌 이런 모양을 하고 계시옵니까?"

어사는 얼굴이 잿빛으로 변하며 고개를 떨군 채 말을 하지 못하였다. 감사는 어사를 입고 있는 옷 그대로 모셔 윗자리에 앉게 하였다. 어사가 아끼던 촌아낙네도 불러 그 옆에서 모시고 앉게 했다. 그런데 그녀는 다름 아닌 바로 그 기녀였다. 이에 술상을 올리고 풍악을 울리며 밤새도록 웃고 즐기다가 자리를 마쳤다.

다음날, 어사는 아무에게도 알리지 않은 채 떠났고 결국 이때부터 벼슬길은 막히고 말았다.

제22화

제독관이 궤짝 속에서 알몸으로 나오다

몇 년 전의 일이다. 한 문관이 경주 제독관(提督官)[6]이 되었다. 그는 본부 관아에 나올 때마다 관기들을 보면 여지없이 곰방대로 저들의 머리를 때리며,

"사악한 기운이야!"

라고 하거나,

"요망한 것!"

이라며 욕하였다. 심지어,

"사람이 어찌 이런 물건을 가까이한단 말인가?"

라고까지 하였다. 기녀들은 일제히 분통을 터트렸고, 부윤도 그를 싫어하여 급기야 기녀들에게 한 가지 영을 내렸다.

---

6   제독관(提督官): 조선시대 지방 유생들의 교육에 관한 일을 맡아보던 관직으로, 관아나 향교 등에서 활동하였다. 주로 경상도와 전라도에 파견한 것으로 알려져 있으며, 숙종 연간에 이 직책을 폐지하고 교관(教官)으로 대체하였다.

"너희 중에 기묘한 꾀로 이 제독을 속이는 자가 있으면 중한 상을 내릴 것이니라."

이에 한 젊은 기녀가 이 영에 응하여 하겠다고 나섰다.

그때 제독관은 향교의 재실(齋室)에 묵으며 어린 통인 하나와 거처하고 있었다. 이 기녀는 촌 아낙네의 행색으로 변장하고 향교로 찾아가 문에 기대어 통인 아이를 불렀다. 얼굴을 반만 드러내기도 하고, 전신을 드러내 보이기도 하였다. 막상 통인 아이가 누구냐며 나와 보면 가버리는 것이었다. 하루에 한 번, 어떤 때는 두 번 오기도 하였다. 며칠 동안 이렇게 하자, 제독관이 통인 아이에게 물었다.

"저 여자는 누군데 매번 저렇게 와서 너를 부르는 것이냐?"

"다름 아니라 소인의 누이옵니다. 자형이 행상을 나간 지 1년이나 됐는데도 돌아오지 않아 집에는 아무도 없사옵니다. 해서 매번 저렇게 소인을 불러 대신 자기 집을 봐달라는 것이옵죠."

어느날 저녁 무렵이었다. 통인 아이는 저녁상을 물리고 자리를 떴고, 제독관은 혼자서 빈 재실에 남아 있었다. 기녀가 또 와서는 문에 기댄 채로 아이를 불렀다. 제독관은 마침내 이 여자를 불러들여 자기 앞으로 오라고 했다. 기녀는 부끄러운 척 머뭇거리며 앞으로 다가가 그의 앞에 섰다.

"마침 통인 아이가 없구나. 내 담배를 태우려던 참인데 네가 불을 가져다주겠느냐?"

여자아이는 불을 붙여 올렸다.

"너도 올라와 앉아서 한 대 피우거라."

"소첩이 어찌 감히 그럴 수 있겠사옵니까?"

"마침 보는 사람도 없는데 뭔 문제가 되겠느냐?"

이리하여 여자는 마지못해 올라가 앉아 억지로 한 대를 피웠다. 제독이 마침내 속내를 털어놓았다.

"내 미녀를 많이 보았다만 너 같은 아이는 일찍이 본 적이 없단다. 너를 한번 본 뒤로 먹고 잠자는 걸 모두 잊고 말았구나. 너는 밤을 틈타 몰래 이곳으로 올 수 있겠느냐? 빈 재실에 나 혼자 묵는데 누가 알아보겠느냐?"

여자는 깜짝 놀란 척하였다.

"나리께서는 귀인이시고 소첩은 천한 계집으로 외모도 누추하옵니다. 어찌 천한 여자에게 이 같은 뜻을 두옵니까? 장난치는 게 아니신지요?"

"내 솔직한 심정으로 네게 고백한 것이거늘 어찌 장난친다고 하느냐?"

이내 맹세하는 말까지 하였다. 여자는 그제야,

"나리님의 의향이 정말 그러시다면 소첩은 실로 감격할 뿐이옵니다. 감히 영을 따르지 않을 수 있겠사옵니까?"

라고 하였다. 이 말을 들은 제독관은 기뻐했다.

"내 너를 만난 건 그야말로 뜻밖의 인연이구나."

"다만 한 가지 일이 있사옵니다. 소첩이 듣기로 향교의 재실은 아주 경건한 곳이라지요. 여기서 여자를 데리고 잠자는 것은 예법에서 금한다고 하던데, 이 말이 정말 맞사옵니까?"

제독관은 그녀의 다리를 쓰다듬으며 보챘다.

"너는 시골 처자인데도 어찌 그리 똑똑하냐? 네 말이 정말 맞단다. 무슨 좋은 수라도 있느냐?"

"나리께서 진실로 제게 마음이 있으시다면 소첩이 당연히 계책 하나를 올려야죠. 소첩의 집은 향교 문밖 몇 걸음 치에 있사온데 저만 살고 다른 사람은 없답니다. 나리께서 야밤에 몰래 찾아 주신다면 편한 만남을 가질 수 있을 거예요. 소첩이 내일 저녁에라도 모시는 동생을 통해 벙거지 하나를 보내드릴 테니, 그걸 쓰고 오시면 남들은 결코 알아보지 못할 거예요."

이 제안에 제독은 너무 좋아했다.

"네가 날 위해 이런 꾀를 내다니 어찌 이리도 절묘하단 말이냐? 네 말을 따를 것이니 약속을 어겨서는 안 되느니라."

이렇게 두 번 세 번 간곡하게 언약하고 내보냈다. 그 길로 여자는 향교 문밖 초가 하나를 빌려 비워두고 기다렸다. 저녁이 되자, 통인 아이를 시켜 벙거지 하나를 제독관에게 보냈다. 제독관은 약속대로 밤을 틈타 여자를 찾아왔다. 여자는 그를 모시고 들어와 촛불을 밝히고 약소한 술상을 차려 올렸다. 두세 잔을 주거니 받거니 하다가 서로 우스갯소리를 섞어가며 장난을 쳤다. 이윽고 제독관이 먼저 옷을 벗고 이불 속으로 들어가 눕더니 여자더러 옷을 벗으라고 하였다. 여자는 일부러 시간을 끌며 눕지는 않고 있었다. 그때 갑자기 사립문 밖에서는 시끄럽게 떠들며 소리치는 소리가 들려왔다. 여자는 귀를 쫑긋하여 듣고 나서 소스라치게 놀라는 것이었다.

"저건 소첩의 전 남편인 관노(官奴) 철호(鐵虎)의 소리예요! 소첩이 불행하여 진작 저자를 만나 남편으로 삼았지요. 한데 저놈은 세상에 없는 험한 종자로 살인과 방화를 몇 번이나 저질렀는지 모릅니다. 3년 전에 겨우 헤어지고 다른 남편을 얻은 후론 관계가 아예 끊어졌는데 뜻밖에 오늘 다시 뭐 때문에 찾아왔는지? 목소리를 듣자 하니 잔뜩 술에 취해 있네요. 필시 나리께서 큰 봉변을 당하실 듯한데 이 일을 어찌하지요?"

여자는 곧 대답하면서 나갔다.

"네가 누군데 이 야심한 밤에 쉰 소리로 불러대느냐?"

문밖에서는 으르렁대며 잔뜩 화난 소리가 들려왔다.

"이년이 어째 내 말소리를 모른단 말이냐? 문은 왜 열지 않느냐?"

"너 철호 놈이냐? 너랑 상종 안 한 지가 언젠데 지금 무슨 이유로 찾아왔느냐?"

다시 문밖에서 고함치는 소리가 들렸다.

"네가 나를 버리고 다른 놈한테 갔다지. 내 항상 속으로 분통이 터졌다. 오늘은 너와 할 말이 있어서 이렇게 찾아왔다."

곧 사립문을 밀치고 들어왔다. 여자는 정신없이 곧장 방 안으로 달려
들어왔다.

"나리! 피하셔야 하는데 두어 칸 띳집이라 따로 숨을 만한 곳이 없네
요. 방 안에 빈 궤짝이 하나가 있으니 나리 잠시 이 안에라도 들어가
피하셔요."

그녀는 직접 그 궤짝 덮개를 열고 들어가라 재촉했다. 제독관이 알몸인
채로 궤짝으로 들어갔다. 그녀는 즉시 덮개를 닫고 자물쇠를 채워버렸다.
사내는 술에 취해 들어와서는 여자와 한바탕 크게 다투었다. 여자는,

"헤어진 지 3년이 지났거늘 무슨 일로 다시 와서 이렇게 야단이냐?"
고 하였고 사내는,

"네가 날 버리고 다른 놈한테 갔으니, 전에 내가 사준 옷가지랑 그릇
들을 다 내놓아라. 내 다 뒤져 가져갈 테다."
라고 하였다. 여자는 당장 옷가지를 다 던져주며 말하였다.

"이 구닥다리 돌려주마!"

사내는 궤짝을 가리키며 말하였다.

"저것도 내 물건이니 지금 가져가련다."

"이게 어찌 네 물건이냐? 내가 상목(常木)[7] 두 필을 주고 장만한 것인데."

"상목 한 필은 바로 내가 준 것이야. 허니 여기에 그냥 놔둘 수 없지."

"네깐 인간이 나를 버렸다지만 어찌 상목 한 필로 이 궤짝을 빼앗으려
하느냐? 내 절대로 내줄 수 없어!"

둘은 궤짝 문제로 계속 다투었다.

"네년이 내 궤짝을 돌려주지 않는다면 관에 고발하는 수밖에."

---

7   상목(常木): 품질이 낮은 보통 무명을 말한다. 우리 쪽에서는 무명실로 짠 천을 목(木)
    이라 한다. 보통 이런 무명천을 삼승포(三升布)라 하는데, 이는 예순 올의 날실로 짜서
    올이 굵고 질이 낮은 삼베로 '석새베'라 한다.

이윽고 날이 밝자 사내는 궤짝을 들춰 메고 급히 관문으로 갔다. 여자도 사내를 뒤따라 함께 송사를 판결하는 관아 마당으로 들어갔다. 부윤은 이미 관아에 좌정하고 있었다. 두 남녀가 궤짝에 관한 진술을 마치자, 부윤이 판결하였다.

"궤짝을 사는데 두 사람이 각각 무명 한 필씩을 들였으니 법대로 하자면 공평하게 반으로 나누는 것이니라!"

부윤은 즉시 큰톱으로 잘라 반반씩 나누라고 영을 내렸다. 나졸들이 그 명에 따라 궤짝 위에 큰톱을 놓고 두 사람이 밀고 당기기 시작했다. 톱질하는 소리가 들리자마자 궤짝 속에서 큰 소리로 다급하게 부르는 소리가 들려왔다.

"사람 살려! 사람 살려!"

부윤은 놀란 척하며,

"궤짝 안에서 웬 사람 소리가 난단 말이냐? 속히 열어 보거라!"라고 하였다. 나졸들이 자물쇠를 뜯고 궤짝을 열었더니, 정말로 사람이 벌거벗은 채로 밖으로 뛰쳐나와 마당 가운데 서는 것이었다. 관아의 위아래 할 것 없이 모두 놀라서 이 참혹한 광경에 입을 가렸다. 다들 확인해 보고 하는 말이다.

"이분은 분명 제독관이신데 어째서 이 궤짝 안에 계실까?"

부윤은 윗자리로 모시라 하였다. 제독관은 양손으로 음경을 가린 채 엉거주춤 계단을 올라와 자리에 꿇어앉았다. 고개를 떨군 채 기운이 완전히 꺾여있었다. 부윤은 큰 소리로 웃다가 한참 뒤에야 그에게 옷을 내어주라고 하였다. 기녀들은 일부러 그 여자더러 장옷을 드리라고 하였다. 제독관은 이 장옷만 걸친 채 맨 이마와 맨발로 향교로 달음질쳤다. 그날로 내빼 달아나 버렸다.

지금도 경주에서는 '궤짝 제독[櫃提督]'이라 하여 우스개 이야기로 전해지고 있다.

평한다.

예나 지금이나 남자들이 창기에게 넘어가 몸을 망친 경우가 많았다. 존귀한 어사가 쓰개를 쓰고 연회 석상에 참석하기도 하고, 품위 있는 문관 제독관이 벌거벗은 채로 궤짝에서 나왔다. 둘 다 한때의 웃음거리가 되고 세상의 버림을 받았다. 참으로 개적(介狄)[8]이 아니고서야 어찌 이 지경에 이르렀단 말인가? 요염한 자태의 미인을 만났을 때 이것을 거울삼아 몸을 망치는 일이 없도록 해야 하지 않겠는가?

---

8 개적(介狄): 원래는 '대도원려(大道遠慮)', 즉 큰 도로 원대한 뜻을 품은 이를 의미하나, 따로 '무장한 오랑캐'란 뜻으로도 쓰인다. 여기서는 후자를 가리킨다. 이 용어가 이렇게 상반되는 의미를 가지게 된 것은 『시경』·대아(大雅)「첨앙(瞻卬)」편의 '舍爾介狄, 維予胥忌.'의 해석의 차이에서 나왔다. 즉 여기 개적을 대도원려로 이해하면 '네가 대도원려를 버리고 도리어 나의 어짊을 원망한단 말인가?'로 해석이 되며, 무장한 오랑캐로 이해하면 '저 무장한 오랑캐를 내버려 두고 도리어 이 몸을 원망하다니!' 정도로 해석이 된다.

기회를 놓친 양반

제23화

심 진사가 어처구니없이 여인을 거절하다

　진사 심생(沈生)이란 이가 서울에 살고 있었다. 그의 이름은 알 수 없다. 성격과 행동이 괴이하고 별났으나 제 딴에는 고결하다고 여겼다. 남들은 모두 그를 지목하며 비웃었다. 그가 한번은 일이 생겨 호남으로 내려가게 되었다. 날이 저물어 한 촌가를 찾았다. 동편을 바라보니 솟을대문이 물가에 접해 있고, 홰나무와 버드나무가 어리비치고 있었다. 물어보니 시골 마을의 주인집으로 호남에서 제일가는 갑부라 하였다. 이윽고 머슴 하나가 와서 주인의 말을 전갈하였다.

　"제 하인의 거처는 누추하니 어찌 묵을 수 있겠습니까? 바라건대 수레를 돌려 왕림해 주시면 저의 누추한 집이 생색나겠군요."

　심생은 요청대로 동편으로 향해 가서 그 집 대문으로 들어갔다. 겹겹으로 둘린 서너 곳의 건물을 지나가는데 저마다 크고 화려했다. 우뚝한 행랑에 도착하니 붉게 단청한 난간이 쭉쭉 뻗은 대나무 사이로 널찍이 드러나 있었다. 그 아래 큰 연못에는 연꽃이 활짝 피어 맑은 향이 정원에 가득했다. 자갈 깔린 시내에서는 냇물이 졸졸 흘러 대숲 사이를 구불구불 휘감아 연못으로 들어갔다. 연못에는 다 자란 붉은 잉어 흰 붕어들이 수시로 마름 떨기 안에서 뛰어오르곤 하였다. 연못 가운데에는 석가산 (石假山)[1]이 있고, 그 위로 한 그루 봉미초(鳳尾草)[2] 줄기와 가지가 사방으로 늘어졌는데 잎이 **빽빽**하여 해를 가렸다. 마치 일산을 펼쳐놓은 것 같았다. 뜰 모퉁이에는 금동백(金冬柏)과 벽오동(碧梧桐) 두 그루가 마주 보고 서 있고, 행랑 앞에는 괴석(怪石) 하나가 서 있는데 그 모양이 퍽 기이하면서도 멋이 있었다. 행랑으로 올라가니 벽에는 서화가 여기저기 걸려 있었다. 모두 명필이고 명화였다. 크고 넓게 트인 집채와 맑고 깨끗한 대나무와 돌, 그리고 방석의 화려함은 지금까지 보지 못했던 것이었다. 마치 선경에 들어온 느낌이 들었다.

주인옹은 심생을 보고는 환하게 웃으며 맞이하였다.

"사해의 안은 모두가 형제이지요. 옛날 분들도, '수레의 일산을 마주 대하니 오래된 친구 같다'³고 하였으니, 하필 옛날에만 서로 벗을 알아봤겠소?"

그러면서 이름과 사는 곳, 집안과 친족에 대해 대강 물어보고 나서 주변 시종에게 명하여 술을 내오도록 하였다. 금세 화려한 차림의 꽃단장한 시비 두셋이 상을 차려 올렸다. 산해진미에 식전방장(食前方丈)이었다. 이어 푸른 옥술잔에 자하주(紫霞酒)⁴를 따라 서로 권하였다. 또 흰 분

---

1 석가산(石假山): 호수나 연못 안에 바위나 흙을 쌓아 만든 인공 섬이나 산이다. 다음에 나오는 괴석(怪石)과 함께 정원을 가꾸는 핵심적인 인공물로, 흔히 집 안의 화려함을 상징하였다. 이 전통은 중국에서 시작된 것으로, 우리 정원 문화에 언제부터 활용되었는지는 불분명하나 최소한 조선시대에는 일반화되었던 것으로 보인다. 가장 이른 시기 관련 글로는 김수온(金守溫, 1410~1481)의 「석가산기(石假山記)」(『속동문선』권13)가 있다.

2 봉미초(鳳尾草): '봉미초(鳳尾蕉)'가 원래의 뜻으로, 소철나무의 한 종류이다. 잘 알려져 있듯이 소철나무는 잎과 줄기가 쫙 퍼지면서 자라기에 관상용으로 많이 심는다.

3 수레의 일산을 마주 대하니 오래된 친구 같다: 원문은 '경개약구(傾蓋若舊)'로, 경개여고(傾蓋如故)로 많이 쓴다. 예로부터 전해 내려오는 사자성어로, 지나가다가 서로 수레를 멈춰 일산을 내리고 마주하는 게 마치 오래된 친구를 만난 것 같이 친근하다는 뜻이다.

4 자하주(紫霞酒): 신선이 마신다는 술로, 술에 대한 미칭이기도 하다. 자하는 자하동(紫霞洞)으로 신선이 사는 곳으로 알려져 있다. 주로 붉은 기운이 도는 홍주 계열을 특정하기도 한다.

칠에 눈썹을 검게 그린 여인들이 비단 치맛자락을 끌며 악기를 안고 술자리로 올라왔다. 모두 네다섯 쌍으로 하나같이 곱고 어여뻤다. 꾀꼬리 같은 노랫소리가 나자마자 거문고며 피리가 동시에 연주되었다. 두어 번 술잔이 돌자 주인옹은 잔을 잡고 말하였다.

"내 그대와 평소 친분이 두터웠던 적이 없으면서도 이렇게 맞이하게 된 것은 나에게 절박한 사정이 있어서요. 진정으로 그대에게 부탁할 일이 있소. 이는 그대에게도 해롭지 않을 거요. 한번 들어주시겠소?"

심생이 사례하였다.

"저와 어르신과는 한 번도 교분을 나누었거나 만난 적이 없는데도 이렇게 관대하고 곡진하게 맞아주시다니요. 어르신께서 부탁하려는 게 어떤 일인지 모르오나 저의 힘이 닿는다면 감히 받들어 힘쓰지 않겠습니까?"

이에 주인옹은 사정을 말하였다.

"이 늙은이 집안 형편이 풍족하긴 하나 오복(五福)을 다 갖추기는 어려운가 보오. 처와 첩 모두 자식을 갖지 못하다가 뒤늦게 천한 첩을 통해서 여자아이 하나를 겨우 얻었다오. 이제 막 열여섯 살이 되었는데, 이 늙은이 이 아이를 몹시 아낀다오. 한데 아이 어미는 한양의 선비 아무개의 계집종이라오. 내 천금을 주고 모녀를 속량시키려 했지만 선비는 고집을 부리며 허락하지 않지 뭐요. 근자에 들으니 내 딸을 데려다 자기 집에서 시비로 부려 먹으려고 이미 사령을 보냈다는 거요. 그 사령이 곧 도착할 참이오. 분통이 터져 죽을 지경이오만 참으로 이를 막을 수가 없구려. 내 이 아이를 보호할 방법이 딱 한 길밖에 없다오. 딸애를 다른 선비의 첩으로 맺어준다면, 그 주인이 아무리 괴팍하고 멋대로라 해도 어찌 함부로 손을 쓸 수 있겠소? 일이 이처럼 급하게 되었소. 내 딸아이가 비록 천한 소생이나 재주와 용모는 실로 보통이 아니오. 내 정말 요조숙녀의 자질을 갖춘 아이를 시골구석의 무지렁이에게 맡기고 싶지 않구려. 지금 보니 그대는 경화(京華)의 자제로 재주 있는 젊은이 같소. 만약 내 딸아이가 그대를 받들 수 있게 된다면 내 죽어도 여한이 없겠소. 그대의 생각은 어떠하오? 받아들일 수 있겠소?"

심생은 이 말을 듣고 돌연 얼굴빛을 바꾸더니 한참 만에야 입을 뗐다.

"지금 어르신의 말씀을 들으니 좋은 일이라 하겠습니다. 첩을 구하려던 사람이 이 상황에 맞닥뜨렸으면 실로 얻기 힘든 기회일 테지요. 다만 저는 평생토록 첩을 두지 않으려던 터라 감히 어르신의 명을 따르지 못하겠네요."

주인옹은 알겠다고 하면서 얘기를 이어갔다.

"그대 뜻을 알겠소. 필시 내가 못생긴 딸아이를 데리고 눈앞의 근심거리나 풀자고 억지로 권하여 사위 삼자는 줄 아는가 보오. 그래서 쉽게 허락하지 못하는 거고. 내 딸아이가 못생긴 게 아니거늘 내보이는 데 망설일 게 무어 있겠소?"

바로 주위에 일러 딸을 불러서 나와 뵈라고 하였다. 딸이 나타나기에 앞서 한 가닥 그윽한 향이 바람에 실려 엄습해 왔다. 이윽고 앞에서 두 여종이 인도하는 가운데 젊은 여자가 뒤따라 나왔다. 그녀의 옷차림은 영롱하고도 산뜻하여 뭐라 표현할 수 없었다. 아름다운 얼굴과 빼어난 자태는 물속에서 피어난 부용꽃처럼 화사하고 고왔고, 노을 위의 밝은 해처럼 환하게 번쩍였다. 월계(越溪)에서 빨래하던 여인[5]이나 송옥(宋玉)의 동쪽 이웃의 여자[6]라도 이보다는 빼어나진 못했을 것이다.

---

5 월계(越溪)에서 빨래하던 여인: 춘추시대 월(越)나라의 미인 서시(西施)이다. 그녀가 월왕 구천(勾踐)에게 간택된 일화는 두 가지가 전해지는데, 회계산(會稽山)에서 나무를 하다가 눈에 띄었다는 설과 여기처럼 시냇가에서 빨래하다가 발탁되었다는 설이 있다. 그녀가 빨래하던 곳을 '완사계(浣紗溪)'라 하는바, 과거 월 땅이었던 절강성 소흥(紹興)에 남아 있다. 잘 알려져 있듯이 서시는 원래 비천한 집안 출신이었으나 숨겨진 미모로 범려(范蠡)에 의해 발탁되어 오왕 부차(夫差)의 후궁이 되었다가 두 나라의 이간질에 희생된 비극적인 여인이었다.

6 송옥(宋玉)의 동쪽 이웃의 여자: 초(楚)나라 시인 송옥의 「등도자호색부(登徒子好色賦)」에 등장하는 미인을 말한다. 등도자가 초왕에게 송옥이 호색한이라고 헐뜯자 왕은

"내 여식이 그리 못나지는 않으니 그대 생각은 어떠하오?"

라고 주인옹이 묻자, 심생이 응대하였다.

"저는 세상에 국색이 있다는 말을 들었어도 직접 본 적은 없었습니다. 지금 댁의 따님을 보니 이제야 세상에 진짜 국색이 있는 줄 알겠습니다. '경국(傾國)', '경성(傾城)'이라는 말이 진실로 헛말이 아니었군요. 저도 모르게 혼신이 놀라고 어지러울 뿐입니다."

"그렇다면 내 요청을 받아들이겠소?"

"댁의 따님은 정말 미인입니다만 제 못난 뜻은 이미 어르신께서 알고 계실 터, 지금이라고 감히 말을 바꿀 수는 없습니다."

"그대 마음에 품은 뜻은 내 헤아려 짐작이 가오. 짐작건대 그대는 어진 아내와 금실이 좋은데 괜히 첩 하나를 거느렸다가 혹시 집안의 법도가 정숙하지 못하게 될까 봐 염려해서 일 테지. 그렇지 않으면 부인께서 정도 이상으로 강샘할까 봐 그러는 게 아니겠소?"

"저의 아내는 볼품없고 성품도 우매하여 그런 염려는 없습니다."

"그렇다면 또 한 가지, 집안이 청빈하여 첩을 둘 처지가 못 돼 그게 걱정이오? 살림과 시종, 옷과 음식은 내가 풍족하게 제공하리다. 하루 쓰는 비용이 백금이 든다고 해도 괜찮다오. 그런 건 염려 붙들어 놓으시게. 만약 서울로 데리고 가기가 어렵다면 우선 우리 집에 있게 하고 그대가 남쪽에 왕래하는 길에 가끔 들러본다 해도 안 될 게 뭐 있겠는가? 내 지금 늙어 이 아이 하나뿐이라 곁에 그대로 두고 싶은 것이 원이라오. 데리고 가든 여기 두든 다 그대 뜻대로 하구려. 그래도 시원하게 결정을 못 내리겠소?"

송옥을 불러 다그쳤다. 이에 송옥은 자신은 호색한이 아니라고 하면서 항변하기를, "천하의 미인으로 초나라 미인만 한 여자가 없고, 초나라 안에서는 저희 마을만 한 데가 없으며, 저희 마을에서도 저희 집 동쪽의 여자만 한 이가 없습니다[天下之佳人莫若楚國, 楚國之麗者莫若臣里, 臣里之美者莫若東家之子]."(『文選』 권19)라고 했다고 한다.

"어르신 말씀을 들으니 하나하나가 다 좋습니다만 다만 그렇게 되면 제 뜻이 어그러지게 됩니다. 간곡한 가르침을 받았으나 감히 따르지 못하겠습니다."

"나에게 혈육이라곤 이 아이 하나뿐이어서 장차 내 가업을 모두 딸애에게 전해주려고 하오. 집 앞에 펼쳐진 기름진 들이 모두 내 밭이고, 거기서 한 해 소출도 수백 가마라오. 그리고 울타리 아래 즐비한 마을이 모두 내 종들의 집이고, 그 수가 수백 채에 이른다오. 물론 다른 고을의 종은 여기에 집어넣지도 않았소. 창고에 쌓인 곡식이 수천 섬이고 비단과 재물은 셀 수도 없을 지경이라오. 만약 이 애를 얻게 되면 이 재산이 그대 것이 될 테니 이 또한 겸하여 좋은 일이 아니겠소?"

"어르신 말씀은 사람이라면 침을 질질 흘리면서 좇지 않고는 못 배기게 합니다. 저도 한스러워할 뿐이고요."

주인옹은 개탄을 금치 못하였다.

"자네는 바보 같은 고집을 그렇게 부리는가? 정 그렇다면 내 딸애더러 하룻밤만이라도 시침케 하여 심 아무개의 첩이란 이름이라도 남기게 해주게. 그 뒤로는 자네가 다시 돌아보지 않는다고 해도 그건 그 애의 운명이라고 생각하고 나도 한스러워하지 않겠네. 이것마저도 안 되겠는가?"

"네 저는 따를 수 없습니다."

"사내가 목석이 아니고서야 모두 여자를 좋아하는 마음이 있는 법일세. 자네는 객지에서 이렇게 아름다운 여자를 만났고, 그 애비는 혹여 애에게 관심을 안 둘까 봐 염려하는 마당이네. 이야말로 하늘이 그 편의를 봐주는 것이거늘 끝내 마음을 돌리지 않는다니. 이게 어찌 인정이라 하겠는가?"

"이는 분명 인정이 아닙니다. 그런데도 명을 따를 수 없는 이 마음은 무슨 마음이란 말입니까? 저도 저를 잘 모르겠습니다."

"그러면 그대는 학문을 하여 도를 지키느라 음악이나 여색을 마음에서 끊은 것인가?"

"그렇지는 않습니다."

"그렇다면 도대체 무슨 주관이 있고 무슨 의미가 있어서인가?"

"별 주견도 없고, 별다른 뜻도 없습니다."

주인은 마침내 발끈하여 화가 잔뜩 난 얼굴로 버럭 고함을 질러 사내 종을 불렀다. 이에 건장한 하인 몇이 부르는 소리에 뛰어나왔다. 주인은 심생의 머리채를 잡아 문밖으로 끌어내라고 하였다.

"내 이놈을 사람이라 생각해 함께 얘기한 것인데 이런 짐승보다 못한 자일 줄이야. 참으로 애통하구나!"

그러면서 앞마을에 일러,

"우리 집 하인들은 이놈을 자기 집에 묵지 못하게 하여라."

라고 전갈하게 했다. 끌려 나온 심생은 저녁밥도 먹지 못한 채로 어둠 속을 걸어서 어느 마을에 묵으려 했으나 주인옹의 명으로 가는 곳마다 거부하였다. 칠흑같이 어두운 밤, 하늘에선 비까지 퍼부었다. 사람과 말이 굶주리고 헐벗어 갈 때마다 엎어지고 넘어졌다. 새벽이 될 즈음 겨우 어느 계딱지만 한 움막을 얻어 투숙할 수 있었다.

이 이야기가 서울로 전해졌고 사람들은 모두 그를 비웃으며 '괴물(怪物)'이라고 지목하였다. 그는 결국 세상에 받아들여지지 못하고 촌구석에 파묻혀 끝내 스스로 떨쳐 일어나지 못했다.

제24화

김 수재가 말을 못 해 여인을 놓치다

예전 정읍현(井邑縣)에 김씨 성의 수령이 있었다. 그의 아들은 아직 젊었으나 타고난 바탕이 못난 이였다. 그가 정읍에서 한양으로 올라가는 도중에 어느 촌가에서 묵게 되었다. 그곳은 다름 아닌 그곳 향교의 유생 집이었다. 객실은 주인 방과 벽을 사이에 두고 등불이 창으로 비쳤다. 김생은 손가락에 침을 묻혀 몰래 창문에 구멍을 내어 안을 엿보았다. 그랬더니 한 젊은 여자가 빈방에 앉아 등잔불을 비춰가며 바느질을 하고 있었다. 절세의 미인으로 보고 있자니 마치 선녀가 내려온 듯 황홀하였다.

그녀는 바로 집주인의 딸이었다. 김생은 한 번만 보고도 마음이 마구 흔들려 걷잡을 수가 없었다. 급기야 창문을 밀치고 달려들어 그녀를 범하려 하였다. 하지만 그녀가 결사적으로 저항하는 바람에 한밤 내내 실랑이를 벌였다. 이윽고 여자가 운을 뗐다.

"제 비록 천한 몸이나 예의범절을 조금은 알고 있어요. 지금 예가 아닌데도 범하려 하니 저는 죽으면 죽었지 절대 따를 수 없어요. 그렇지만 당신과 승강이하느라 살을 서로 비비게 되었으니, 이는 실로 정분을 맺은 거나 다름없게 됐네요. 이제 다른 데로 시집갈 수도 없게 되었어요. 시골 유생의 딸로 사대부가의 첩 되는 것도 도리에 맞을 듯하네요. 그런데 어째서 당신은 제 아버지께 저를 첩으로 삼겠다고 청원하지 않는 겁니까? 저의 아버지는 받아들여 주실 거예요. 혹여 허락하지 않는다 해도 제가 자청하여 주선할 방법이 있을 거고요. 제 부모님이 허락한 뒤에 예를 갖추어 첩으로 맞아들인다면 저는 종신토록 당신을 섬기겠어요. 당신은 그리하지 않고 왜 이런 경거망동을 한답니까?"

이에 김생이 받았다.

"네 말이 맞다. 허나 우선 네가 내 청을 받아들인 뒤에 부친께 청혼하는 것도 괜찮지 않겠느냐?"

"부모가 허락하기 전까지는 구멍을 뚫어 서로 만나는 일[7]은 차마 할

---

7   구멍을 뚫어 서로 만나는 일: 원문은 '찬혈극상종(鑽穴隙相從)'으로, 찬혈상규(鑽穴相窺)로 많이 쓴다. 따로 비슷한 의미로 유장상종(踰墻相從)이 있는바, 이를 합쳐 '찬혈유장(鑽穴踰墻)'이라 한다. 즉 구멍을 뚫어 서로 엿보고, 담장을 넘어 만나는 행위를

수 없어요. 당신이 계속 예를 갖추어 맞이하려 하지 않고 이렇게 힘으로 겁탈하려 한다면 저는 목의 피를 당신 앞에 뿌릴 밖에요."

김생은 그녀의 뜻을 돌리기 어렵다고 보고 이내 답하였다.

"내 내일 분명히 자네 부친에게 청하겠네."

결국 그는 밖으로 나가서 묵었다. 새벽이 되도록 잠을 이루지 못하다가 아침이 되자마자 그녀의 아버지를 찾아갔다. 한마디 말로 청하려고 했지만 얼굴과 목덜미가 먼저 벌게지며 끝내 입을 열지 못하였다. 그는 마침내 그길로 상경길에 올라 한양으로 올라오고 말았다.

김생은 이때부터 마음이 헛헛하여 미칠 것 같았다. 며칠 뒤 다시 한양에서 정읍으로 내려가게 되었다. 가는 도중에 유생의 집을 찾아 아직 해가 이른데도 들어가 묵었다. 한밤중이 되자, 다시 여자의 방으로 슬며시 들어가 범하려고 하였다. 여자는 전처럼 악착같이 거부하며 따르지 않았다.

"당신은 어째서 저번에 제 아버지께 요청하지 않고 또 이렇게 무례한 짓을 하려 합니까?"

"저번엔 이야기하려다가 갑자기 부끄러워지는 바람에 입을 열지 못했네. 내일은 꼭 청할 터, 자네는 왜 내 말을 먼저 따르지 않는가?"

여자는 여전히 정색하며 거절하였다. 야밤까지 실랑이를 벌이다가 김생은 또다시 밖으로 나올 수밖에 없었다. 다음 날 아침, 김생은 그녀의 아버지를 만나보았으나 역시 부끄러워 얼굴이 붉어지며 입도 뻥긋 못하

가리킨다. 남녀가 정상적인 교제를 통해서 만나지 않고 구멍을 통하거나 남의 담장을 넘어가 만나는 야합을 상징한다. 이는 『맹자』·「등문공(滕文公)」 하편에 "장부가 태어나면 아내를 얻기를 바라고, 여자가 태어나면 가정을 갖기를 바라는 것은 부모의 마음이라면 다 있는 법이다. 그러나 부모의 영과 매파의 전언을 기다리지 않고 구멍을 뚫어 서로 엿보고, 담장을 넘어 서로 따른다면 부모와 나라 사람들이 모두 천시하게 된다[丈夫生而願爲之有室, 女子生而願爲之有家, 父母之心, 人皆有之. 不待父母之命·媒妁之言, 鑽穴隙相窺, 踰墻相從, 則父母國人, 皆賤之]."에서 유래하였다.

고 정읍으로 돌아가고 말았다. 그리고 며칠 뒤 그는 핑계를 대고 아버지에게 부탁하여 다시 상경길에 올랐다. 여지없이 유생의 집을 찾아가 밤에 또다시 여자의 거처로 숨어 들어갔다. 이젠 여자가 김생에게 경고하였다.

"아버지는 이렇게 외간 남자와 만나고 있는 줄 모르시고 지금 어떤 사람에게 나를 시집보내기로 정했어요. 당신이 지금 말하지 않으면 나는 이 자리에서 목숨을 결딴내 내 뜻을 밝힐 거예요."

김생은 깜짝 놀랐다.

"그런가? 그렇다면 내일 반드시 말하겠네."

그리고 한참 있다가 물었다.

"자네는 부친께 왜 직접 말하지 못하는가?"

여인은 한숨을 내 쉬었다.

"당신은 첩으로 맞이하겠다는 말 한마디도 꺼내지 못하면서 감히 강탈하려는 짓만 감행하는 것은 왜죠? 당신은 사내면서 감히 말하지 못하는데, 여자인 내가 어찌 감히 아버지께 이런 말을 꺼낸단 말이에요? 아! 내가 죽을 밖에요."

김생은 이번엔 반드시 그리하겠다는 취지로 살뜰하게 약조하고 나왔다. 다음 날 아침, 그녀의 아버지를 만나보았으나 또다시 얼굴이 붉어지면서 끝내 말을 꺼내지 못하고 한양으로 올라가 버렸다. 며칠 뒤 다시 정읍으로 내려가면서 그 집에 들러 밤에 여자를 만났다. 여자는 당연히 또 거절하였다.

"일이 이제 급하게 됐어요. 저는 곧 죽을 거예요! 지금 놓치고 청하지 않으면 더 이상 돌이킬 수 없다니까요."

그러나 김생은 다음날에도 말을 꺼내지 못하고 정읍으로 내려가 버렸다. 또 며칠 뒤 김생은 행장을 꾸려 한양으로 가려고 하자, 그의 아버지가 화를 내며 꾸짖었다.

"이놈이 관아에는 붙어 있지 않고 그렇다고 서울 집에 머물러 있는 것도 아니면서 천 리 먼 여정을 오가느라 매번 길 위에만 있구나. 미쳤거나 실성한 게 아니더냐?"

그러면서 나가는 걸 못 하게 했다. 이리하여 김생은 십여 일을 붙들려 있어야 했다. 김생은 그사이 침식을 다 폐하여 말이 헛나오고, 문을 들고 나는데 물이 흐르듯 향하는 대로 내맡길 뿐 마음을 잡지 못하였다. 부친이 그 모습을 보고 더 이상 붙잡아 둘 수 없다 싶어 마침내 상경하라고 허락해 주었다. 이리하여 김생은 다시 유생의 집을 찾아 유생을 만났다. 그런데 유생은 왠 상복을 입고 나왔다. 놀란 김생이 무슨 일이냐며 묻자, 유생은 참혹한 표정으로 이러는 것이었다.

"내게 딸아이 하나가 있는데 시집갈 나이가 되어 혼례를 며칠 앞두고 있었소. 한데 글쎄 이 애가 느닷없이 목을 매 죽었지 뭐요. 목메는 슬픔 무슨 말을 하겠소?"

김생은 이 말을 듣더니 유생을 붙잡고 저도 모르게 목을 놓아 통곡하였다. 유생은 그가 통곡하는 게 이상하여 물었다.

"내 딸아이가 죽었는데 당신이 왜 통곡을 하시오?"

김생은 대성통곡을 하고 나더니 한참 있다가 눈물을 거두고 처음부터 끝까지 그 사정을 들려줬다. 유생은 버럭 화를 내며,

"그렇다면 내 딸아이를 죽인 자는 당신이구먼. 당신이 한마디 말만 꺼냈어도 내 딸애가 죽지 않았을 거야. 이렇게 이미 죽은 후에야 말을 할 것이었으면 왜 죽기 전에는 말하지 않았는가 말이다. 당신은 내 원수야! 내 이 분을 풀지 않을 수 없지."

라고 하고는 팔을 휘두르며 치려고 하였다. 김생은 낭패를 보고 나와서 말을 타고 급히 달아나 겨우 화를 피할 수 있었다.

평한다.

내 일찍이 벗들 서넛과 담소를 나누다가 심 진사와 김생의 이야기를 하게 되었다. 저들 중 누가 나은 지를 따졌는데, 대부분 심 진사가 낫다고 하였다. 그런데 좌중의 한 친구는 혼자 손사래를 치며 큰 소리로, "김생이 비록 덜 떨어지기는 했지만 외려 여색을 좋아한지라 이는 보통 사람의 인정이라네. 그런데 심 진사는 물건 중의 괴짜로 거의 사람이라 할 수 없네. 누가 낫고 누가 못하다는 말을 어찌 함께 따지겠는가?"라고 하였다. 우리 모두 크게 웃었다. 그러고도 계속 집이 떠나갈 듯 이야기꽃을 피웠다.

무서운 아내

제25화

성 진사가 사나운 아내에게 볼기를 맞다

광해군 시절에 진사 성하창(成夏昌)[1]이란 이가 있었다. 그는 대대로 벼슬한 귀족 집안 출신으로 어릴 때부터 재주와 명망이 있었다. 그러나 평소 성격은 여리고 졸렬한 편이었다. 장가를 들어 얻은 아내도 좋은 집안 출신인데다 빼어난 재색을 갖추고 있었다. 거기에 가사도 잘 챙겨 남편의 옷가지며 올리는 음식이 더없이 화려하고 풍성했다. 다만 문제는 그녀의 성격이 사나웠다는 점이었다. 남편이 조금이라도 자기 뜻에 거슬리면 버럭 화를 내며 따지고 욕을 퍼붓는가 하면 때리기까지 하였다.

성생은 이런 아내가 너무 두려워 감히 대항해 보지도 못하였다. 결국 아내에게 완전히 제압당해 그녀의 손바닥에서 놀아났다. 서라 하면 서고 앉으라 하면 앉는 신세로, 움직이고 가만있는 것 어느 하나 자유로운

---

1   성하창(成夏昌): 1578~?. 자는 공형(孔亨), 본관은 창녕이다. 그의 생력은 자세하지 않고 인조 때 진사가 된 사실이 사료에 보일 뿐이다. 또 영조 시기에 후손이 그의 집안을 소개하면서 그가 음관으로 벼슬을 했다고 하는 언급도 보인다. 그러나 정확히 어떤 벼슬을 했는지는 확인되지 않는다. 참고로 『광해군일기』 1622년 기록에는 부친 성진선(成晉善, 1557~?)이 강원도관찰사에 임명된 사실과 그에 대한 사평이 들어있는데, 여기에는 아들 하창이 노망이 든 부친에게 눈물로 호소하며 달랜 일화를 소개하였다. 아울러 이를 두고 사화 시기에 아버지 정순붕의 처사를 두고 고언(苦言)했던 북창 정렴과 비교한 언급까지 보인다. 아무튼 그의 집안은 한성부판윤 등을 지낸 고조 성몽정(成夢井, 1471~1517) 등을 위시하여 명문이었음은 사실이다.

게 없었다. 그러니 집안의 종들은 너나 할 것 없이 부인의 호령만 듣게 되어, 안주인만 있는 줄 알지 바깥주인이 있는 줄은 모를 정도였다. 집안의 위엄과 권위가 모두 아내에게로 돌아가, 마치 당(唐)나라 고종(高宗)에게 무후(武后)가 있는 것²과 같았다.

성생은 이런 아내의 마음을 거스르지 않으려고 항상 전전긍긍하였다. 조금이라도 그녀의 뜻을 거슬렀다가는 큰 봉변을 당했다. 옷이 다 찢기고 욕지거리와 몽둥이세례를 당하고 급기야 다락에 감금되어 문틈으로 밥을 받아먹어야 했다. 간혹 며칠 동안 감금되었다가 아내의 화가 누그러지고 나서야 풀려 나올 수 있었다. 이런 일이 다반사가 되고 보니, 성생은 너무 분하고 원통했으나 그렇다고 어떻게 해볼 도리도 없었다.

하루는 성생이 몰래 도망쳐 성안의 한 친척 집으로 숨어 들어가 헐떡이던 숨을 겨우 진정시켰다. 그런데 다음 날 아침, 문밖에서 시끄럽게 떠드는 소리가 들렸다. 그의 아내가 가마를 타고 쫓아온 것이다. 성생은 놀랍고 두려워 어찌할 줄 몰랐다. 집 안으로 들어온 아내는 하인들을 시켜 장독을 쳐서 깨뜨리고 그릇들도 여기저기 흩어버렸다. 그리고 소리쳤다.

"저 인간이 당신 집으로 도망을 왔거늘, 왜 얼른 와서 나에게 알려주지 않았나요?"

그 집에서는 간곡한 말로 애걸하고 나서야 소란은 멈췄다. 남편을 데리고 집으로 돌아간 아내는 도망친 죄가 크다며 이번에는 특별히 관아에서 신문할 때 하는 양으로 볼기에 장(杖) 30대를 치게 하였다. 그런 다음

---

2 당(唐)나라 고종(高宗)에게 무후(武后)가 있는 것: 무후는 '측천무후(則天武后)'이고, 고종은 당나라 3대 황제인 이치(李治, 628~683)이다. 무후는 고종의 황후로, 고종의 재위 때부터 권력을 행사하기 시작하여 그가 죽자 아들 중종(中宗)과 예종(睿宗)을 폐하고 자신이 직접 제위에 올랐다. 바로 중국 최초의 여성 황제인 측천무후이다. 원래 그녀는 태종(太宗)의 후궁으로 뒤에 고종을 꾀어 본 황후를 내쫓고 자신이 황후가 되었으며, 고종을 뒤에서 조종하여 정권을 좌지우지했다. 이 때문에 후세에 고종을 꼭두각시 황제라고 비꼬았다.

다락에 가두고는 며칠이 지나서야 풀어주었다. 이때부터 친척 집에서는 감히 성생을 받아들이는 일이 없었다.

성생은 어느 날 문득 한 가지 생각이 떠올랐다.

'호남 먼 고을에 우리 집 노비가 살고 있지? 그곳으로 도망하여 숨는다면 아마도 무사할 수 있을 거야!'

그는 마침내 말 한 필에 몸을 실은 채 집을 빠져나와 달아났다. 천릿길을 며칠간 달려 하인이 사는 곳에 당도하자, 하인들이 그를 맞이하여 잘 받들었다. 성생은 마치 호랑이 굴에서 빠져나온 것 같았다. 먹고 자는 것도 좀 편안해졌다.

그러나 그렇게 지낸 지도 며칠 되지 않아 문밖에서 시끄럽게 떠드는 소리가 들려왔다. 알아보니 역시 그의 아내가 가마를 타고 당도했다는 것이다. 성생은 실성할 정도로 놀랐으나 이제 숨을 만한 곳도 따로 없었다. 아내는 그곳 하인들을 모조리 잡아들여 무거운 벌을 내리고 말하였다.

"저 인간이 도망해 왔으면 너희들은 속히 누구라도 보내 나에게 냉큼 사실을 알려야 하지 않았느냐?"

이어서 남편더러 죄인이라며 갓을 벗으라[3] 명하고 뒷말에 태워 한양으로 돌아왔다. 도착하자마자 엄하게 신문하고 장을 친 다음 다락에 가두었다. 이번에는 두어 달이 지나서야 풀어주었다. 성생의 친척과 친구들은 이런 그를 위해서 대책을 논의하였다. 그 결과,

"국법으로 이혼을 시키는 것밖에는 다른 방법이 없다. 허나 이는 죄를 지은 사람이 아니면 강제로 이혼시켜 떨어지게 할 수 없는 일이다. 그녀

---

3 갓을 벗으라: 원문은 '면관(免冠)'으로, 흔히 사죄의 표시로 하는 행위였다. 주로 죄인이 하는 행동으로, 옛날 전국시대 제(齊)나라의 장수였던 전단(田單)이 "갓을 벗고 맨발인 채로 어깨를 드러내 보이며 다가와서는 다시 물러나 죽을죄를 청하였다[田單免冠徒跣肉袒而進, 退而請死罪]."(『사기』・「田單列傳」)에서 유래하였다. 여기 '도선(徒跣)'과 '육단(肉袒)'의 행위도 모두 사죄할 때 취하는 행동이다.

를 죽이는 수 말고는 다른 방도가 없다. 그러나 죽일 수는 없지 않은가.”
라는 의견이었다. 성생도,

“뾰족한 수가 없다.”
라고 하여 모두 걱정하는 한숨만 내쉬며 흩어졌다.

그렇게 몇 년이 흘렀다. 그의 아내가 갑자기 병에 걸려 죽고 말았다.
성생의 벗들은 모두 기뻐했다.

“성 아무개가 이젠 살겠구나!”
이들은 함께 모여 축하해 주러 갔다. 그때 성생은 부인의 상을 마쳤으
나 아직 상복을 벗지 않은 상황이었다. 그는 벗들이 몰려오자 조문을
온 줄로 알고 그들 앞에서 곡을 하였다. 그러자 그중 한 친구가 손으로
성생의 뺨을 때리며 버럭 소리치며 야단쳤다.

“우리가 너를 축하해 주려고 왔지 조문하려고 온 줄 아느냐? 곡은 뭣
하려 하는가?”
성생은 씩 한번 웃고는 그쳤다.

제26화
우 병사가 투기하는 부인에게 수염이 잘리다

우상중(禹尙中)[4]은 공주(公州) 출신의 무사였다. 그의 용맹스러움과 담력
은 당할 자가 없었다. 무과에 급제하여 인조 초엽에 벼슬살이하느라 한양에

---

4   우상중(禹尙中): 생몰년 미상으로, 본관은 단양이다. 그의 생애 중 알려진 것은 1627년
    정묘호란 때 쌍수산성수어대장(雙樹山城守禦大將)으로 활약하였고, 병자호란 때에는
    근왕병(勤王兵)을 이끌고 적들과 결전한 사실 등이다. 특히 피란 중에 어가가 강을
    건너지 못하자, 그가 강을 헤엄쳐 배를 끌고 와 무사히 건넜다는 일화가 실록에 전한다.
    아마도 이런 사적이 뒤섞여 이 이야기가 만들어진 것 같다. 그는 임란 시기의 활약으로
    뒤에 병조판서에 추증되었다. 또 순조 때는 충장(忠壯)이란 시호를 받기도 했다.

올라와 있던 중 갑자년(1624)에 이괄(李适)의 변란[5]이 일어났다. 그는 이때 임금의 어가를 호위하여 노량진 나룻가에 이르렀다. 어귀엔 달랑 배 한 척만이 강 언덕과 몇 길 떨어진 채 정박해 있었다. 호위병이 급히 그 배를 불렀으나 사공은 슬쩍 쳐다볼 뿐 끝내 배를 댈 생각이 없었다. 우상중은 옷을 벗고 물로 뛰어들어 얼음덩이를 헤치며 헤엄쳐 가서 배 위로 뛰어올랐다. 당장 사공의 목을 베고는 상앗대를 걸고 배를 저어 돌아왔다. 임금은 그를 장하게 여겨 그 자리에서 선전관(宣傳官)으로 제수하였다.

그는 이때부터 누차 발탁되어 수사(水使, 수군절도사)까지 되었다. 전라 수사가 되었을 때 도내의 전함 수백 척을 지휘하여 훈련차 통영(統營)[6]으로 집결해야 했다. 이 선단에 기녀들을 태워 풍악을 울리면서 출발하였다. 마침 그의 하인 하나가 수영(水營)에서 본가로 돌아왔다. 우상중의 부인이 이 하인에게 남편이 무슨 짓을 하더냐고 묻자, 하인은 기녀를 태우고 풍악을 울리며 간 사실을 얘기하고 말았다. 부인은 화를 내며 벼르는 것이었다.

"이 인간이! 나랑 떨어진 지 얼마나 됐다고 이따위 짓을 한단 말이지. 한번 따끔한 맛을 보여주지 않았다간 나중엔 손을 못 쓰겠군."

그 즉시 전대에 건량을 담아 어깨에 둘러메고 미투리를 신고 걸어서 혼자 길을 나섰다. 하루에 수백 리를 간 끝에 통영 해변까지 쫓아왔다.

---

5 이괄(李适)의 변란: 이른바 '이괄의 난'이다. 이괄(1587~1624)은 병마절도사 등을 역임하고 인조반정 때 공을 세우기도 했으나, 공신들의 횡포로 무고를 당하게 되자 1624년 1월 군사를 일으켜 도성으로 진격, 입성하였다. 한때 인조가 한양을 버리고 공주로 피란해야 했다. 그러나 그는 얼마 가지 못하고 패하여 죽임을 당하였다. 1589년 정여립(鄭汝立)의 난과 함께 16~17세기 조선왕조의 대표적인 내란으로, 특히 일시적으로나마 도성이 함락됐다는 점에서 그 성격이 남달랐다.

6 통영(統營): 당시 통영에 경상 우수영(右水營)이 있었다. 참고로 경상 좌수영은 현 부산 수영구에 두었으며, 전라 우수영은 해남에, 전라 좌수영은 여수에 두었다. 현재 유적으로 남아 있는 통영의 세병관(洗兵館)과 여수의 진남관(鎭南館)은 남도 수영의 상징적인 건물이다.

그땐 우 병사가 지휘하는 전함이 아직 통영에 도착하지 않은 때였다. 부인은 멀리 있는 남편을 불렀다.

"속히 육지로 배를 대시오!"

우상중은 이 말소리를 듣고 놀라지 않을 수 없었다.

"이건 부인 소리잖은가. 큰 변고가 닥치겠구나!"

조급한데다 정신이 없어 어찌할 줄 모르고 즉시 배를 대라고 영을 내렸다. 부인은 댄 배에 뛰어올라 윗자리에 걸터앉았다. 배 안의 장졸들은 모두 후다닥 달아나고 우상중만 그 앞에 무릎을 꿇었다.

"내가 진작에 당신에게 뭐라 경고하였죠? 한데 지금 감히 기생들을 태우고 풍악을 울렸단 말이죠?"

부인의 호령에 우상중은 사죄하였다.

"내 죄 죽어도 용서될 수 없으리다. 당신이 시키는 대로 하겠소!"

이에 부인은 볼기를 내보이라 하더니 직접 장(杖)을 들고 30대를 내리쳤다. 볼기엔 피가 흘러 흥건했다. 부인은 다시,

"볼기치는 것만으로 앙갚음하기엔 성에 안 차는군."

라고 하면서 이번엔 남편의 수염을 움켜쥐고 칼로 죄다 잘라버렸다. 그런 다음 어느새 배에서 뛰어내려 전처럼 날랜 걸음으로 돌아가 버렸다.

우 병사는 평소 수염이 보기 좋다는 말을 들었고, 그 길이는 배까지 닿을 정도였다. 그러나 이젠 수염 없는 남자가 되고 말았다. 우 병사가 통영에 도착했을 때 통제사로 있던 상국 이완(李浣)[7]이 그를 보고 놀라서

---

7 이완(李浣): 1602~1674. 자는 징지(澄之), 호는 매죽헌(梅竹軒), 본관은 경주이다. 1624년 무과에 급제한 후 병자호란 때는 도원수 김자점(金自點)의 별장으로서 유인책을 써서 전공을 세웠다. 이후 함경도 병마절도사, 훈련대장 등을 역임하였다. 특히 효종(孝宗)의 북벌계획에 깊이 관여하여 신무기의 제조, 성곽의 개수 및 신축 등을 지휘하였다. 그의 북벌에 대한 의지는 대단하여, 이후 야사에 북벌과 관련한 서사물에 자주 등장했다. 박지원(朴趾源)의 「양반전(兩班傳)」에서 북벌론의 허구성을 갈파하면서 그를 비판의 대상으로 등장시킨 예가 대표적이며, 『청구야담』 등에서도 양면적인 인물로 자주 등장한다.

물었다.

"평소 공의 수염이 대단하다고 들었는데, 왜 이렇게 홀랑 잘랐는가?"

"사또께서 물어보시니 어찌 감히 숨기겠습니까? 이젠 세상에 얼굴을 들고 다닐 수가 없게 되었나이다."

그러면서 잘린 사실을 그대로 다 아뢰었다. 알고 보니 이 부인의 용기와 힘은 우 병사보다 몇 곱절 더 강했던 것이다. 얘기를 들은 통제사는 화를 내며,

"장수 된 자가 자기 아내조차도 다스리지 못하면서 어찌 적을 제압하겠는가?"

라며 즉시 조정에 계문(啓聞)을 올려 파직시켜버렸다.

평한다.

속담에 '맘대로 안 되는 게 마누라[難化者婦人]'라는 말이 있다. 옛날 천하의 당태종(唐太宗)의 위엄으로도 방현령(房玄齡) 부인의 질투[8]를 막을 수 없었으니, 지금 졸렬한 성생으로 어찌 사나운 부인을 제압할 수 있으랴? 그 죄를 들어 법을 바로 하지 못한 것이 한스러울 뿐이다. 다만 용맹스런 우 병사도 자기 부인 하나 제압하지 못해 매를 맞고 수염이 잘리는 지경이 되었으니 어째서인가? 우 병사의 부인을 여장군으로 임명하여 적을 막도록 하지 못한 것이 안타깝도다.

---

8 방현령(房玄齡) 부인의 질투: 방현령(578~648)은 임치(臨淄) 사람으로, 당나라 태종을 도와 제도를 정비하는 한편 당나라 초기 정권 확립에 핵심적인 역할을 했던 인물이다. 태종이 즉위하자 두여회(杜如晦)와 함께 정사를 관장하여 '방모두단(房謀杜斷)'으로 일컬어졌다. 특히 인재 발굴과 천거로 당대 정치사에서 황금시대라고 하는 이른바 '정관지치(貞觀之治)'를 구현시키는 데 발판을 만들었던 장본인이기도 하다. 글씨와 글에도 모두 빼어났다. 이렇게 일세를 호령했던 그였지만, 그의 아내 노 씨(盧氏)에게는 꼼짝하지 못했다. 노 씨는 일찍 죽으면서 자기 눈 하나를 도려내면서까지 후처를 두지 말라고 강권했는데, 방현령은 이 때문에 종신토록 독신으로 지냈다고 한다.

후손을 깨우침

제27화

어리석은 후손을 때려 그릇된 점을 지적하다

안동 김씨는 우리나라 큰 성씨로, 고려시대 태사(太師)를 지낸 선평(宣平)[1]이 이 집안의 시조이다. 세상에 전해지기를 안동에 그의 묘가 있었으나 후대 후손이 멀어지면서 묘역을 잃어버렸다고 한다. 청음(淸陰) 김상헌(金尙憲)[2]은 바로 그 후손으로, 항상 이를 사무치도록 한탄하며 반드시 묘를 찾겠다고 별렀다.

마침 청음공이 안동으로 귀양을 가게 되었다. 공은 드디어 숙원을 이루겠다 싶어 성심을 다해 찾기 시작하였다. 깊은 산 묵은 언덕을 샅샅이

---

1 선평(宣平): 고려의 개국공신이며, 여기 언급대로 안동 김씨의 시조이다. 안동의 옛 이름인 고창군(古昌郡)의 성주로, 태조를 도와 견훤을 이곳에서 대파하는 등 고려 건국에 많은 공을 세웠다. 이때 고창군은 안동부로 승격되었다. 벼슬은 종1품직이자 실질적인 문무관 최고직인 대광(大匡, 太匡이라고도 함)을 지냈다. 여기서 태사라고 한 것은 아마도 이 직책을 상정하지 않았나 싶다.

2 청음(淸陰) 김상헌(金尙憲): 1570~1652. 자는 숙도(叔度), 청음은 그의 호, 본관은 안동이다. 병자호란 때 강화도에서 분사(焚死)한 김상용(金尙容)의 동생이다. 1596년 과거에 급제하여 사가독서를 거쳐 대사간, 도승지, 예조판서, 좌의정 등을 역임하였다. 1636년 병자호란이 일어났을 때 그는 예조판서로서 주전론을 폈는데, 인조가 항복하자 안동으로 은거해 버렸다. 본문의 내용도 이 즈음의 이야기로 판단된다. 그 뒤 청나라가 우리에게 출병을 요구하자 이를 반대하다가 압송되어 6년 동안 구금되기도 하였다. 뒤에 효종이 북벌을 추진할 때 그는 이념적 상징으로서 '대로(大老)'로 일컬어졌다. 저서로 『청음집(淸陰集)』이 있다.

뒤졌으나 넘어지고 부러진 비각엔 글씨가 모두 닳고 닳아 남아있지 않았다. 그곳 노인이나 오래된 지인을 찾아 물어보아도, 신에게 영험을 빌어보아도 끝내 찾을 수 없었다.

그러던 어느 날, 본부의 품관(品官) 아무개가 공에게 다음과 같은 사실을 아뢰었다.

"아무 고을 아무 산에 묵은 무덤 하나가 있사온데 봉분이 매우 크고 규모를 봐도 상당히 오래된 것이라 하옵니다. 전해지기로 고려조의 어느 재상의 무덤이라 하니, 아무래도 이 묘가 혹 태사님의 묘가 아닐는지요? 나리께서 지석(誌石)³을 파서 확인해 보시지 않으렵니까?"

공은 그렇겠다 싶어 그 자리에서 제수를 마련하고 제문을 지어 선대 묘를 찾고자 한다는 뜻을 고하였다. 지석을 꺼내 볼 요량으로 묘 앞 지석이 묻힐 만한 곳을 샅샅이 파보았으나 끝내 찾을 수 없었다. 공은 바로 판 곳을 덮으라 하고 돌아왔다. 그런데 그날 밤 품관은 꿈을 꾸게 되었다.

꿈속에서 그는 어떤 곳으로 붙잡혀 갔다. 그곳엔 한 사람이 높은 의자에 있었다. 걸출한 풍채로 봐서 고관의 귀족인 듯했다. 그 위엄에 눌려 감히 위를 쳐다보지도 못했다. 고관은 주변 시종에게 명하여 품관을 끌고 오라 하여 직접 따지며 나무랐다.

"나는 네 선조이니라. 자손이 있긴 했으나 진작에 제사는 끊어지고 말았지. 이거야 세대가 멀어져 오래되었기 때문이니 책할 일도 아니지만 말이다. 허나 너는 이곳에서 태어나고 이곳에서 자랐으면서도 내 묘가 여기에 있는 줄도 몰랐으니 이런 불초가 어디 있단 말이냐? 게다가 무례하게도 네 선묘를 두고 남의 선묘라고 잘못 알려서는 김 상공께서 몸소

---

3 지석(誌石): 묘지석(墓誌石)이라 하며, 죽은 사람의 성명과 생몰년, 행적, 무덤의 위치 등을 기록하여 무덤 앞이나 좌우 주변에 묻은 판석을 말한다. 이것을 돌이 아닌 자기를 쓰기도 했는데, 이를 '도판(陶板)'이라 한다. 무덤의 주인과 위치를 후대에서 확인할 수 있게 하기 위한 용도였다. 무덤 앞에 공개적으로 세우는 비석과는 구별된다.

묘 앞의 지석을 찾느라 이리저리 흙을 파헤치게 했구나. 네놈의 불효한 죄는 실로 벗어나기 어렵게 되었느니라. 네놈 같이 무식한 자손을 두어서 어디다 쓰겠느냐?"

즉시 볼기를 치라고 명하여 때리고 꾸짖기를 반복하였다.

"내 지석이 어찌 묘 앞에 있겠느냐? 네놈은 지석을 묘 뒤 어느 곳에 묻는다는 말도 듣지 못했단 말이냐?"

이렇게 하여 볼기를 50대 정도 맞았다. 그 통증을 도저히 견딜 수가 없었다. 그제야 선조는 품관을 끌어내라고 하였다.

꿈에서 깬 품관은 꿈속의 일이 너무도 선명하였고 매 맞은 볼기에서는 견디기 어려울 정도로 통증이 몰려왔다. 고통으로 졸도했다가 다시 깨어날 정도였다. 통증은 달을 넘겨서야 비로소 나았다. 그는 파헤쳐졌던 묘로 가서 절을 하고 제문을 지어 고한 다음 지석을 찾을 수 있었다. 꿈속에서 들은 것과 딱 맞아떨어졌던 것이다. 지석의 내용을 읽어보니 과연 그의 선조였다. 품관은 그 길로 청음공을 찾아뵙고 위와 같이 알렸다고 한다.

품관의 선조가 청음을 '상공(相公)'이라고 지칭하였는데, 그 뒤 실제 청음은 상공의 지위에 올랐다. 혼령이 정말로 먼저 알았던 것이리라!

제28화

후손을 불러 진짜 묘를 가르쳐 주다

영남에 한 선비가 있었다. 그는 경서를 독실히 읽고 행실과 의리를 힘써 닦았다. 그의 선조의 묘가 아무 고을에 있다고 전해지고 있었으나, 묻힌 곳은 잊힌 지 이미 여러 대가 지나 찾을 수 없었다. 선비는 성심을 다해 선묘를 찾아다녔다. 몇 년 동안을 게을리하는 법이 없이 여기저기 샅샅이 수소문하였다. 또 만나는 사람이면 누구에게나 물어보았다. 그러다가 우연히 팔순 노인을 만나게 되었다. 이 노인은 어릴 때부터 해당 묘를 알고 있다고 하면서 선비를 데려가 한 곳을 가리키며 말하였다.

"저것이 바로 그 묘라오! 예전에는 비각과 표석도 있었소. 마을 사람이 이 묘역에서 경작하는 데도 왜 자손들이 와서 막지 않고 저렇게 버려두고 있는지 모르겠소."

선비는 이런 생각이 들었다.

'노인의 말이 비록 이렇다고 하나 증명할 표석이 없으니 느닷없이 믿을 수는 없지 않은가.'

그래서 제를 지내 묘에 고하고 지석(誌石)을 찾느라 묘의 앞뒤를 모두 파보았다. 그러나 끝내 지석을 찾을 수 없어 파헤친 흙을 도로 덮어놓고 돌아와야 했다. 그날 밤 선비는 꿈을 꾸었다.

꿈에 선조가 사람을 시켜 부르기에 가서 뵈었다. 선조는 풍채가 우뚝하고 헌칠하였으며, 거처는 정돈되고 엄숙했다. 선비에게 말하였다.

"내가 바로 네 선조이니라. 네가 내 묘를 찾는 성의가 경건하고 극진하니 효손이라 할 만하구나. 오늘 낮에 지석을 찾던 그 묏자리가 과연 내가 묻힌 곳이란다. 내 지석은 묘 왼편으로 40보쯤에 있느니라. 가까운 데서만 찾았으니 찾을 수 있었겠느냐? 내 너의 효성이 갸륵하여 이렇게 불러서 가르쳐주는 것이니라."

선비는 몸 둘 바를 모르고 듣고만 있다가 그만 꿈에서 깼다. 꿈속의 말들이 아직도 귓가에 맴돌았다. 정말 놀랍고 이상하다는 마음이 들었다. 그래서 다시 그 묘에 제를 올리고 꿈속에서 일러준 곳을 파니 지석이 나왔다. 마치 부절이 합쳐지듯 딱 맞아떨어졌다. 지석을 읽어보니 과연 그의 선조였다.

평한다.

사람은 죽어서 혼령으로 남는다는 말은 참으로 맞다. 영혼이 백 년 천 년이 지나도 흩어지지 않고 자손들과 대대로 이어져 볼기를 치기도 하고 가르침을 주기도 하였다. 산 사람과 똑같았으니 정말 기이하지 않은 가? 품관의 조상은 불효를 꾸짖고 선비의 선조는 효성을 가상히 여겼으니, 사람의 자손 된 자는 조상을 추모하는 데 마음을 다해야 하지 않겠는가? 또 위의 두 사람이 선조의 묘를 찾을 수 있었던 것은 모두 지석이 있었기 에 가능했다. 그러니 지석을 빠뜨려서는 안 되는 것도 이와 같도다!

제삿날 나타난 혼령

제29화

죽은 아버지가 생신날 배고프다며 제삿밥을 달라하다

박내현(朴乃顯)[1]의 부친은 정승을 지냈으며, 월사(月沙)[2]와 동시대 인물이다. 그의 부친이 세상을 떠난 뒤였다. 박내현의 형이 평안도 어느 고을의 수령으로 있었다. 어느 날 대낮에 동헌에 앉아 있는데, 갑자기 이방하나가 종종걸음으로 들어와 고하였다.

"대감 나리께서 왕림하셨나이다!"

그러면서 관아 문을 활짝 열어놓고 다시 객사의 일꾼을 불러서는 서둘러 보장(步障)[3]과 자리를 펴라고 하는 것이었다. 수령도 절로 마음이황홀해지며 정신없이 허겁지겁 섬돌로 내려와 모셨다. 부친은 의관을정제한 채 대문으로 들어와서는 엄숙한 모습으로 섬돌을 올라와 동헌에

---

1 박내현(朴乃顯): 미상이다. 이야기의 주체도 그가 아니라 평안도 고을의 수령을 지낸그의 형의 경험담이다. 이런 경우가 드문데 왜 그를 내세웠는지도 불분명하다.

2 월사(月沙): 이정귀(李廷龜, 1564~1635). 자는 성징(聖徵), 월사는 그의 호, 본관은 연안이다. 명문가의 출신으로 유년 시절부터 비범한 재주를 보였다. 1590년 과거에합격하여 병조·예조의 판서, 우의정, 좌의정 등을 역임하였다. 병란 시기에 중국과의관계에 있어서 빠진 적이 없을 만큼 대외 외교에 공헌이 컸다. 특히 선조가 의주로몽진할 때 호종한 경험은 조선 후기 이야기 소재로도 상정되곤 한다. 또한 그는 계곡(谿谷) 장유(張維), 택당(澤堂) 이식(李植), 상촌(象村) 신흠(申欽)과 함께 조선 중기한문사대가로 일컬어진다. 저서로『월사집(月沙集)』이 있다.

3 보장(步障): 대나무를 세우고 막을 친 울타리이다. 임시 막사 격으로, 중요한 손님을접대하거나 특별한 의식을 거행할 때 세운다.

앉았다. 수령은 절을 올리고 몸을 굽혀 꿇어앉기는 하였으나 정신이 아찔하여 그 앞에 있는 분이 살았는지 죽었는지 분간치 못하고 여쭈었다.

"아버님께서는 어디서 오시는 길이옵니까?"

"내 공무가 있어서 출타했다가 마침 배가 몹시 고팠던 참이니라. 오늘은 다른 날과 달리 너희들이 필시 나를 위해 찬을 마련했을 터 아쉬운 대로 이곳을 지나다가 들렀느니라."

이 말을 들은 수령은 속히 차와 음식을 차려오라고 명하였다. 이에 성찬을 차려 내왔다. 부친은 평소와 다름없이 식사를 하였다. 수령이 이번엔 술을 내와 올리라고 하였다. 서너 잔을 연이어 올렸는데 이것도 잔을 기울여 다 마셨다. 이런 광경은 오직 수령과 종종걸음으로 들어와 아뢰었던 이방만이 볼 수 있었다. 나머지 호위하는 아랫것들은 아무도 볼 수 없었다. 자리를 펴고 성찬을 올리는 일을 오직 수령의 명령과 이방의 말에 따라 움직였을 뿐, 이들은 하나같이 분주하게 왔다 갔다 하며 두려워하고 삼갈 뿐이었다. 이방은 계단 아래에 엎드린 채 이런저런 일을 지휘하였다. 어린 통인이 술잔을 받들어 상 위에 올려놓고, 수령은 부친이 마시는 걸 지켜보았다. 그런데 통인이 도로 이 술잔을 물리고 보니 술은 줄어들지 않은 상태였다. 한참을 먹고 마신 부친은 아들에게 일렀다.

"내 이미 취하도록 마시고 배불리 먹었으니 상을 물리도록 하여라."

수령은 통인더러 상을 치우라고 하였다. 통인이 찬을 보니 그릇에는 반찬이 가득하여 조금도 줄어든 게 없었다. 이윽고 부친은 작별하고 자리를 떴다. 이방이 다시 앞장서서 종종걸음으로 나가며 외쳤다.

"대감께서 나가신다. 속히 문밖에 말을 대기시키거라!"

수령도 섬돌을 내려와 전송하였다. 관아 문을 나서자마자 부친의 자취는 사라지고 말았다. 관아와 고을 사람들은 너나 할 것 없이 놀라고 의아할 수밖에 없었다. 서로 돌아보며 어찌 된 영문인지 몰라 어리둥절

해할 뿐이었다. 수령은 처음엔 술에 취한 듯 몽롱하였다가 송별하고 나
서야 비로소 정신이 들었다. 그제야 부친은 산 사람이 아니며, 이날이
바로 선친의 생신날이란 사실을 알게 되었다. 그 집에서는 평소 생신
때의 차례(茶禮)는 풍속에 예가 아닌 제사라고 하여 지내본 적이 없었다.
하지만 수령은 이날 어느 때보다 슬픔이 더해져 곧장 제수를 마련하여
차례를 지냈다. 이때부터 이를 규례로 정해 때가 되면 꼭 지냈다고 한다.

제30화

제사에 참석한 친구가 옷이 낡았다고 부끄러워하다

약봉(藥峯) 서 공(徐公)[4]의 기일을 맞아 집안에서는 제수를 성대하게 마
련하여 제사를 지냈다. 그런데 신주를 모신 직후, 약봉이 의관을 정제하
고 나타나 엄숙한 자세로 신주 모신 교의(交椅)에 앉은 것이었다. 이어
맏아들[5]을 불렀다. 맏아들이 종종걸음으로 나가 교의 아래 꿇어앉자, 약
봉이 일렀다.

"아무개 영감(令監)[6]이 밖에 와서 기다리고 있단다. 나가서 내가 그러

---

4   약봉(藥峯) 서 공(徐公): 서성(徐渻, 1558~1631). 자는 현기(玄紀), 약봉은 그의 호,
    본관은 달성이다. 이이(李珥)와 송익필(宋翼弼)의 문인으로, 1586년 과거에 급제하여
    삼남지역의 암행어사와 형조·병조·예조의 판서 등을 역임하였다. 임란 때 종사관으
    로 선조를 호종하다가 적에게 붙잡혀 호송되던 도중 탈출하기도 했으며, 전란 시기에
    각 도의 관찰사로 나가 민심을 수습하고 전수(戰守)의 계책을 세우기도 하였다. 학문
    에 뛰어나 이호민(李好閔, 1553~1634) 등과 함께 '남지기로회(南池耆老會)'를 조직하
    여 역학(易學)을 토론하였으며, 서화에도 명성이 있었다. 저서로 『약봉집(藥峯集)』이
    있다.
5   맏아들: 즉 서경우(徐景雨, 1573~1645)이다. 자는 시백(施伯), 호는 만사(晩沙)이다.
    1603년 과거에 급제하여 대사간, 대사헌, 도승지를 거쳐 형조판서, 우의정을 역임하
    였다. 1613년 부친 서성이 계축옥사에 연루되어 유배를 가게 되자 벼슬을 버리고
    은거하였다. 또 정묘호란 때는 인조를 강화도로 호종하기도 했다.

더라며 모셔 오너라."

만아들은 부친 말씀대로 즉시 밖으로 나가 보았다. 때는 새벽달이 막 뜨려는 참이었다. 과연 아무 영감이 달빛 아래 서 있었다. 아들은 앞으로 다가가 인사를 드리고 아버지의 명을 전하고 집 안으로 인도하였다. 영감은 아들을 따라 들어와 교의 위로 올라가 자리를 함께했다. 처음 달빛 아래 서 있었을 때는 흐릿하고 분명하지 않아 마치 그림자 같더니, 들어와 촛불 아래를 가로질러 갈 때는 거동과 차림새가 퍽 분명하게 드러났다.

약봉이 다시 그의 아들을 불러 일렀다.

"아무개 영감이 또 문밖에 와 있느니라. 너는 내가 그러더라며 모셔 오너라."

아들은 또 나가 인사드리고 아버지 말을 전하고서 모시고 들어와 앞의 분과 똑같이 자리에 오르시게 했다. 약봉은 또다시 아들을 불러 일렀다.

"아무개 영감도 문밖에 와 있단다. 너는 내 말을 전하고 그분도 모시고 오너라."

아들은 다시 나가 뵈었다. 그런데 앞서 두 영감은 오사모(烏紗帽)를 쓰고 비단 도포에 금띠를 둘렀는데, 세 번째 도착한 이 영감만은 찢어진 두건에 다 해진 옷을 입고 있었다. 역시 아들은 부친의 말을 전하면서 모시고 들어가려 하였다. 그런데 이 영감은 머뭇거리며 편치 못한 모습으로 주저하였다.

"기제사는 한 집안의 큰 예인데 내 의관이 해지고 더러워 감히 들어가 참석하기가 좀 그렇네. 내 뜻을 돌아가 알려주었으면 하네."

아들이 이 사실을 아버지에게 고하자 약봉이 말했다.

"나와 그 영감은 정으로 치자면 일가와 같단다. 의관이 새것이냐 헌것

---

6   영감(令監): 원래 정3품과 종2품 관원을 칭하는 용어이다. 한편 정2품 이상의 정승을 존대하여 부르던 칭호는 대감(大監)이다. 지금 '영감'과 '부인'이란 칭호는 상호 높임 말로 여기에서 유래하였다.

이냐를 따질 필요가 무어 있겠느냐? 그런 정 없는 소리 하지 말고 들어 와 참여하면 좋겠다고 전하거라."

아들이 이 말을 다시 전갈하였으나, 영감은 그래도 주저하며 들어오 지 않았다. 아들이 더 간곡히 청한 다음에야 마지못해 들어와 대청마루 로 올라갔다. 집에서는 갑작스레 손님들이 들이닥친 터라 다른 음식은 준비하지 못하고 다만 각각 술 석 잔을 올리는 것으로 대신하였다.

제사가 끝난 후 촛불 그림자 아래로 세 영감이 차례로 나가는데 모두 취한 얼굴이었다. 뒤따라 나가는 약봉도 역시 취해 있었다. 세 영감 모두 정승을 지낸 분들로 약봉의 평생지기들이었다. 이 때문에 약봉의 아들들 이 모두 그들의 얼굴을 익히 알고 있었던 터다. 모였을 때 보니 살아 계실 때와 전혀 다름이 없었다.

한편 약봉의 아들과 세 번째 도착한 영감의 자제와는 같이 과거에 급제하여 조정에 섰으니, 세교(世交)의 친분이라 할 만하였다. 약봉의 아 들이 하루는 그 자제에게 조용히 물었다.

"춘부장을 염할 때 어떤 의관으로 하셨소?"

그의 아들은 슬퍼하며 흐느꼈다.

"선친의 초상 때 일을 어찌 차마 말하겠소? 우리 집이 평소 청빈한데다 그때 마침 선친께서 멀리 북관(北關)[7]으로 귀양을 가 계시다가 임진왜란을 만나셨소. 그 사이에 유명을 달리하셨고. 천릿길로 떨어진 먼 변방이라 벗도 없고 상주를 부를 수도 없었다오. 게다가 창과 방패가 날뛰는 요란 한 때였으니 의관과 염구(斂具)를 준비했다 치더라도 길이 끊긴 상황이었 소. 계시던 집에는 평상시에 입고 다니시던 해진 털모자와 때 낀 도포만

---

7 북관(北關): 함경도 북쪽 지방으로 대개 함경북도 지역을 일컫는다. 구체적으로는 길 주(吉州)로부터 그 이북에 있는 명천(明川)·경성(鏡城)·부령(富寧)·종성(鍾城)·무산 (茂山)·회령(會寧)·온성(穩城)·경원(慶源)·경흥(慶興)에 이르는 10개 고을을 가리킨 다. 이곳이 북쪽의 관문에 해당되기 때문이다.

있었을 뿐이었지 뭐요. 어쩔 수 없이 그것으로 염을 할 수밖에 없었소.”

약봉의 아들이 기제사에 참석한 일을 처음부터 끝까지 자세하게 이야기해 주자, 그의 아들은 듣고 비통해 마지않았다. 마침내 관복을 새로 지어 묘소에서 제를 올리고 태웠다. 다음날 꿈에 그의 부친이 나타나 새 관복을 얻었다며 기쁜 마음을 표했다고 한다.

평한다.

제사의 예의는 지극한 것이다. 성인이 예를 제정할 때 어찌 그냥 만들었겠는가? 누구는 ‘사람이 죽어도 신령은 없기에 제사를 지내도 찾아와서 흠향하는 게 아니다. 다만 차마 그 부모의 뜻을 잊지 않으려는 것일 뿐이다.’고 한다. 신령의 이치에 어두움이 어찌 이런 지경에 이르렀단 말인가? 생일날에 음식을 찾는 것은 당연하지만 대낮에 찾아온 일은 조금 괴이하다. 그리고 기일에 흠향함은 기필코 그래야 하는 일이지만, 벗들이 모두 참석한 일은 별난 경우이다. 해진 의관을 한 것이나 제사에 참석하면서 부끄러워함은 그중 별나고도 별난 일이다. 죽은 이를 영송하는 예에는 산 자에게 서운함이 없고서야 죽은 자도 편안할 수 있는 법이다. 그러니 어찌 신중하지 않을 수 있겠는가? 당연히 삼갈 수밖에!

귀신 달래기

제31화

찬을 내오게 하여 먹고 어린아이를 살리다

도성의 한 선비가 있었다. 일이 생겨 영남에 내려갔다가 돌아오는 길이었다. 날이 저물어 어느 시골집에 투숙하려 하였다. 그런데 그 집 주인은 아이가 마마에 걸려 위독한 상태라며 그를 막고 들이지 않았다. 선비는 어쩔 수 없이 다른 점방(店房)에서 묵게 되었다. 그날 밤 꿈에 반백의 노인이 찾아와서 이러는 것이었다.

"내가 그 집에 손님으로 와 묵은 지 이미 여러 날이 되었네."

선비는 꿈속에서,

"주인이 문에서 막아서며 들여보내 주지 않아 낭패를 보았습니다."

라고 응대하였다. 이에 노인은 다시 말하였다.

"주인이 예의가 없어 나를 대접하는 게 영 성의가 없소. 해서 조만간 그 집 아이를 죽이려 하오."

"주인이 불성실하다고 한 건 어떤 일이십니까?"

"이자의 집엔 산 꿩에다 쇠고기, 건시 따위의 먹을거리가 있는데도 꼭꼭 숨겨놓고 내게 대접한 적이 없네. 그래서 내가 싫어한다네."

그제야 선비는 그가 마마귀신[痘神][1]인 줄 알고 바로 대꾸하였다.

---

1 마마귀신[痘神]: 마마, 즉 천연두(天然痘)를 관장하는 신으로, '두모(痘母)', '두사(痘

"거참 정말 미워할 만도 하군요. 하지만 아이까지 죽이는 건 너무 하잖습니까? 제 생각에는 아마도 우연히 깜박하고 내오지 않은 게 아닐까 싶은데요. 내일 아침에 제가 얘기해서 그 음식들을 내오게 하리다. 그걸 어르신과 함께 먹는다면 이 또한 객로(客路)의 한 가지 호사가 아니겠습니까? 아이는 특별히 용서하여 회복시켜 주는 게 어떻겠습니까?"

"내 뜻은 이미 정해졌으니 자네 말을 따를 수 없네."

선비가 다시 간절히 요청하자 그제야 노인은 알겠다며 가버렸다.

새벽이 되자, 선비는 집주인을 불러 자식의 마마 증상이 어느 정도인지 물었더니,

"지금 목숨이 경각에 달렸습죠!"

라고 하였다.

"내가 당신 아이를 살려낼 테니 내 말을 따르겠는가?"

"오직 선비님 하라시는 대로 합죠."

"자네 집에 산 꿩이 있지?"

"그렇습죠."

다시 묻는다.

"쇠고기도 물론 있고?"

"그렇습죠."

또 묻는다.

"건시도 물론?"

司)'라고도 했다. 천연두는 바이러스에 의한 급성 전염병으로 발진 이후 농포가 생겼다가 흉터 난 자국이 콩처럼 생겼다고 해서 붙여진 이름이다. 과거에는 이 천연두를 앓은 사람을 '곰보'라고도 놀리기도 했다. 제32화 평에서 '주(周)나라 말 진(秦)나라 초에 생겼다.'고 했으나, 기원전 11세기에 중국에서 처음 발생했다는 기록이 있을 만큼 오래된 역병 가운데 하나였다. 인류사에서 전란이나 기근과 함께 3대 집단 재앙으로 받아들여졌다. 그 원인과 치료법을 몰랐던 옛날 사람들은 이를 퍼트리고 관장하는 귀신이 있다고 믿었다. 이 책에도 이런 전염병과 관련 신 이야기가 자주 등장한다.

"당연합죠."

대답하는 주인은 적이 놀랍고 의아한 기색이었다. 하나하나 맞추는 것이 신기했기 때문이다. 이제 선비가 일렀다.

"자네 아이의 병이 위독하게 된 이유가 이 음식들 때문이라네. 즉시 쇠고기를 삶고 꿩을 구어 찬으로 만들고, 건시도 내다가 두 상에다 쫙 벌여놓고 나서 나에게 다시 알리게."

이 말을 들은 주인은 서둘러 이것들을 장만하고 찐 떡까지 보태어 두 상에 정결하게 배분한 다음 선비에게 알렸다. 선비가 들어와 주인에게 상을 대청마루에 배설하되, 한 상은 정면 벽의 빈 위패에 놓고 또 한 상은 자기 앞에 놓으라고 하였다. 그러더니 수저를 들어서 누군가에게 먹으라고 청하고는 자신도 직접 떠먹었다. 얼마 뒤 앓던 아이가 갑자기 말문을 텄다.

"어째서 나한테는 산 꿩과 쇠고기, 건시를 먹으라고 하지 않는 거예요?"

주인이 빈 위패 앞에 두었던 상을 가져다가 주려 했다. 그러나 상이 만 근이나 나가는 것처럼 무거워 조금도 옮길 수가 없었다. 주위 사람들은 두려움에 떨며 당장 남은 찬을 내주자, 아이는 평상시처럼 먹는 것이었다. 한편 선비는 연거푸 십여 잔을 들어 빈 위패에 올리고 평소 수작하듯 마셨다. 한참 뒤 선비는 이미 거나하게 취해서 말했다.

"상을 물리게!"

그와 동시에 빈 위패 앞을 보니 젓가락이 상 아래로 떨어지면서 '쨍그랑' 하는 소리가 났다. 이때부터 아이의 병이 순간 호전되어 안정을 되찾았다. 주인은 놀라는 한편 기뻐 어쩔 줄 몰라 했다. 또한 선비가 신령하다고 하여 주인 부부는 함께 나와 절을 올리며 사례했다. 선비더러 조금 더 머물기를 청하였다. 선비는 하는 수 없이 며칠을 더 유숙하였다. 그러던 한 밤에 꿈을 꾸었다. 노인이 다시 나타나 선비에게 말했다.

"내 앞서 그대의 청을 들어주었으니 그대도 나의 청을 들어주겠는가?"

"말해 보시지요."

그 청은 이러했다.

"나는 본래 영남의 아무 고을 사람이네. 죽어서 마마귀신이 되어 지금 이 지역에 마마를 퍼뜨리는 중이고. 내 죽은 지 두 해가 다 되어 자식들이 대상제(大祥祭)[2]를 거행할 참이네. 그런데 내가 일이 바빠 집에 돌아가기가 어렵네그려. 우리 집이 길가에 있으니, 자네가 가는 길에 우리 집을 지나게 될 걸세. 그러니 우리 집에 한번 들러 이 말을 전해주게. '지금 제사를 지내지 말고 며칠 뒤에 날을 다시 정해 제사를 지내거라. 허면 내 가서 흠향할 것이다.'라고. 내 자식은 모두 셋으로 이름이 아무개 아무개 아무개라오. 이 애들이 제사를 지낸다 해도 내가 참석하지 못한다면 이는 제사를 지내지 않은 것과 진배없지 않겠는가. 자네가 이 뜻을 전해준다면 정말 고맙겠네."

선비가 물었다.

"귀로에 댁에 찾아가서 알려주는 거야 그리 어렵지 않은 일입니다. 다만 자제들이 혹시라도 이 말을 믿지 않는다면 어찌해야 합니까?"

"그렇겠네! 내가 예전에 밭뙈기 하나를 사났었네. 내 평소 앉던 뒤쪽 벽에 기둥이 있고, 그 기둥 뒤편으로 작은 구멍이 있는데 거기다가 이 밭뙈기 문서를 넣어 두었네. 한데 그 뒤 벽을 바를 때 기둥 구멍에 문서를 숨겨둔 걸 깜빡하고 그 위를 종이로 발라버렸지 뭔가. 몇 년 뒤 내가 죽고 나서 자식들이 문서를 찾았지만 찾지 못하게 됐네. 전 주인이 우리 집에서 밭문서를 잃어버렸다는 사실을 눈치채고는 소송을 제기하여 다시 빼앗으려고 획책하고 있다네. 자식들이 이 때문에 지금 골머리를 썩이고 있고. 자네가 가서 이 사실을 전하여 기둥의 구멍에서 밭문서를

---

2 대상제(大祥祭): 사망한 날로부터 만 2년이 되는 두 번째 기일에 지내는 제례이다. 통상 대상을 지내고 나면 상복을 벗으며, 그 이후부터는 기제사(忌祭祀)를 올리게 된다.

찾아서 갖게 되면, 이것으로 절로 증명이 되고 내 말도 믿을 것이네."

이리하여 선비는 그렇게 하겠다고 하였다. 노인은 두세 번 신신당부하고 떠났다.

선비가 그의 집에 들러 물어보니 과연 노인이 말한 것과 같았다. 일단 그의 하인 집에서 묵으며 아들을 만났으면 한다고 하였다. 그랬더니 내일이 대상이라 손님을 뵐 수 없다는 전갈이 왔다. 선비가 다시 전하였다.

"반드시 제사 전에 만나봐야 하오."

그제야 아들이 그를 들어오라고 하여 뭔 일인지 물었다. 선비는 꿈에 뵌 부친의 말을 자세히 얘기해주었다. 자식들은 처음엔 놀라고 이상하다고 하면서 그를 엉뚱한 사람이라고 치부했다. 그래서 선비가 부친의 외모를 말해 주고, 또 세 자제의 이름까지 대자 조금은 믿는 것 같았다. 그럼에도 여전히 의심을 떨쳐 내지는 못했다. 결국 선비가 벽기둥 구멍에 문서를 넣어 둔 사실을 얘기해 주었다. 그들은 당장에 바른 종이를 찢어내고 그곳을 뒤져보니 과연 그 속에 문서가 들어 있었다. 이제 선비의 말이 거짓이 아니라는 걸 알게 된 것이다. 이들은 함께 통곡한 다음 선비를 모셔다가 후하게 대접했다. 그리고 친족 회의를 열었다. '두 번째 기일이 신령이 내려와 흠향하지 않는다는 걸 분명히 알았지만, 그렇다고 제례 상 기일을 폐할 수는 없다.'고 의견이 모였다. 그리하여 일단 그날에 제를 올리고, 다시 며칠 뒤에 날을 택하여 대상제를 올렸다. 선비가 전한대로 따른 것이라고 한다.

제32화

제문을 지어 하늘에 고하여 마을을 구하다

한양의 선비인 김생(金生)은 이름이 아무개이다. 한 절친했던 벗이 죽은 지 벌써 몇 해가 지났다. 한번은 김생이 일이 있어 영남지방으로 내려가게 되었다. 새재[鳥嶺] 길을 넘다가 느닷없이 이 죽은 친구를 만났다. 준마를 타고서 많은 시종을 대동한 채 어린아이 수백 명을 데리고 가는 중이었다. 친구는 김생과 그간의 안부를 묻고 평소처럼 얘기를 건넸다. 김생이 어찌된 영문인지 물었다.

"자네는 이미 죽었지 않았나? 한데 어떻게 다시 인간 세상에서 나다닌단 말인가?"

친구의 대답이 이랬다.

"난 죽은 뒤에 마마귀신이 되어 인간 세상에 마마를 퍼뜨리고 있지. 지금 막 경기지역을 돌고 이제 영남으로 가는 길일세. 그래서 지금 이 새재를 넘는 것이고. 여기 데리고 가는 아이들은 모두 경기 지방의 마마에 걸린 아이들일세."

김생이 맞받았다.

"자네는 평소 마음이 바르고 어진 사람이었거늘 죽은 후엔 심성이 어찌 그리도 달라졌단 말인가? 이미 마마귀신이 되었다손 치더라도 인자한 마음을 베풀어 외려 다 구제해 주어야 하지 않은가. 지금 마마에 죽은 아이들이 뭐 이리도 많단 말인가? 이는 내가 자네에게 기대했던 바가 아닐세."

그러자 친구는 민망한 표정으로 말했다.

"이는 시운에 달린지라 저들 운명을 내가 마음대로 조종할 수 있는 게 아니라네."

"그렇더라도 자네가 혼신으로 사람들을 구제하여 아무나 죽지 않게 한다면 백성들에게 큰 은혜를 베푸는 것일세."

"자네 말이 정녕 이와 같으니 감히 명심하지 않을 수 있겠는가?"

이윽고 서로 작별하고 떠났다. 몇 걸음도 안 가서 그는 순간 시야에서 사라졌다. 김생도 영남으로 내려가 일을 처리하고 귀로 중이었다. 돌아오는 도중 안동 땅에 들러 어느 촌가에 투숙하였다. 이곳은 마마가 한참 극성을 부리고 있던 터라 외부인이 묵어가는 걸 허락지 않았다. 어렵사리 간청한 끝에 겨우 묵게 되었다. 그런데 주인집의 아이도 마마에 걸려 위독한 상태로 사경을 헤매고 있었다. 물어보니 이 마을에서 죽은 아이들이 이미 반이 넘었다고 하였다. 김생은 주인에게 일렀다.

"내가 당신 아이를 살려낼 테니 내 말을 따르겠는가?"

"오직 선비님 명대로 합죠!"

김생은 몇 그릇의 찬과 술 석 잔을 마련하게 하고 그 자리에서 제문을 지었다. 그 대강의 취지는 이러했다.

'그대가 함부로 죽이지 않고 백성들의 목숨을 구제하겠다고 나에게 약조했으면서 지금 어찌하여 식언하듯 이를 저버렸는가? 이 마을의 아이들이 벌써 반 이상이 죽어 나갔으니 어찌 그대에게 어진 마음이 있다고 하겠는가? 바라건대 나를 봐서라도 마음을 돌려 사람의 생명을 살려주어 앞서 했던 약속을 지켜주게.'

이어 술과 찬을 신위 앞에 놓고 제를 올려 제문을 읽고 난 다음 불살랐다. 그런 잠시 뒤 죽어가던 아이가 갑자기 되살아났다. 김생은 제사가 끝나자 잠자리에 들었다. 그리고 꿈에 친구가 나타났다.

"이 마을 사람들이 지은 죄가 많아 용서할 수 없어서 아이들을 모두 죽이려 했었네. 한데 자네가 정성을 다해 살려내려 하더군. 내 이미 자네와 약조했던 터라 이를 저버릴 수가 없어 억지로 이를 따랐을 뿐이네."

김생은 고마운 뜻을 여러 번 하고 나서 꿈에서 깼다. 이 마을에서 죽어가던 아이들도 하룻밤 사이에 모두 회복하여 살아났다. 집주인은 김생이 일으킨 기적을 이웃 마을에 알렸다. 이 소식은 일시에 전하고 전해져 사람들이 앞다퉈 김생을 찾아와 절을 올리며 신령한 사람이라며 떠받들었다. 간곡히 붙잡고 더 머물도록 한 다음 너나 할 것 없이 술과 안주를 올렸다. 김생은 이를 거절할 수 없어 며칠을 더 머물렀다가 겨우 빠져나왔다.

평한다.

마마 역병은 그리 오래된 것이 아니다. 주(周)나라 말기 진(秦)나라 초기[3]에 처음 시작되었다. 살벌한 전쟁터의 사나운 기운이 하늘을 뒤덮어 이 병이 발생한 것이다. 주재하는 귀신이 있다고 하는 말은 여항(閭巷)의 무속에서 나온 이야기로, 마마에 걸린 집에서는 반드시 신위를 마련하여 기도했다. 이것이 정말 있는지 없는지를 판단하지는 못하겠다. 그러나 지금 두 선비가 맞닥뜨린 사례를 보면 마마를 퍼뜨리는 귀신이 있음은 분명하다. 이 두 가지 이야기는 모두 거짓이 아니고 믿을 만하기에 기록해 둔다.

---

3 주(周)나라 말기 진(秦)나라 초기: 이는 전국시대 말기에서 진나라 초기로, 대략 기원전 3, 4세기에 해당한다. 앞의 주석에서도 밝혔듯이 현재는 이 병의 처음 발생을 기원전 11세기까지 소급되고 있어서 차이가 있다. 다만 이 병의 시작을 잦은 전란에서 찾은 것은 흥미롭다.

이인과의 대화

제33화

신 학사의 초청으로 가서 글을 강론하다

【이 이야기는 택당(澤堂)¹이 기록한 것으로, 제목은 '최생우귀록(崔生遇鬼錄)'이다.】

원주(原州) 운곡(耘谷)에 사는 유생 최문발(崔文潑)²은 원래 대대로 나라의 녹을 받는 집안의 자제였다. 형제들이 모두 글을 잘하여 함께 과거 시험을 준비했다. 금년 7월부터는 형제 및 벗 둘과 함께 서원에 들어가

---

1   택당(澤堂): 즉 이식(李植, 1584~1647)이다. 자는 여고(汝固), 택당은 그의 호, 본관은 덕수이다. 1610년 과거에 급제하여 대사성, 형조·이조·예조의 판서를 역임하였다. 1618년 폐모론이 일어나자 은퇴하여 남한강 가에 택풍당(澤風堂)을 짓고 학문에 전념했는가 하면, 1642년 김상헌(金尙憲)과 함께 척화를 주장하다가 심양에 잡혀가기도 하였다. 그는 문장에 특히 뛰어나, 장유(張維) 등과 함께 한문사대가로 일컬어진다. 저서로 『택당집(澤堂集)』과 두보(杜甫)의 시를 풀이한 『두시비해(杜詩批解)』가 있다. 참고로 여기 '최생우귀록(崔生遇鬼錄)'은 『택당집』에 실려 있지 않고 기타 기록물에서도 확인되지 않는다. 비슷한 시기에 유몽인(柳夢寅, 1559~1623)도 자기 집안에서 일어난 귀신 이야기를 「애귀전(愛鬼傳)」이라는 작품으로 남겼던바, 이 시기 새로운 유형의 귀신담 출현의 정황을 이 두 작품을 통해 확인할 수 있다.

2   운곡(耘谷)에 사는 최문발(崔文潑): 운곡은 원주의 동편 치악산 기슭의 골짜기로, 고려 말 절의를 지킨 원천석(元天錫, 1330~?)이 이곳에 은거하며 자신의 호로 삼았다. 지금 그의 묘도 여기에 있다. 최문발은 강릉 최씨로 행적은 미상이다. 다만 아래 부친 최기벽(崔基辟)이 성균관 시절 금고형을 당해 고향 원주로 퇴거한 것으로 보아, 그도 주로 원주에서 생활한 것으로 보인다. 한편 그가 겪은 이 체험담은 널리 알려져 택당의 이 기록 말고도 그 뒤 야담이나 기사류로도 수록되어 있다. 특히 신선담으로 유명하다.

글을 읽었다.

어느 날 새벽, 최생은 오줌을 누러 밖으로 나갔다. 한 친구가 뒤따라 나와 보니 최생이 보이지 않았다. 신발은 지게문 아래 그대로 놓여 있으나 최생의 자취는 온데간데없었다. 문밖으로 나가봤더니 담장 밖에 최생의 겹옷이 벗겨져 있었다. 너무 괴이하다 싶어 형제들을 불러 서원 뒤편 산기슭을 수색하기 시작했다. 대략 한 마장쯤을 찾았을 때 풀잎에 앉은 이슬이 떨어져 있고 칡넝쿨도 끊어져 있었다. 얼마 전에 사람이 지나간 흔적인 듯했다. 계속 뒤를 밟아 또 몇 걸음을 더 갔더니, 소나무 아래에 묶여 있는 최생을 발견할 수 있었다. 가까이 다가가 보니 두 손은 나무 뒤로 돌려 결박당한 채 허리는 나무에 바짝 붙은 채 묶여 있었다. 모두 칡넝쿨을 사용했는데, 방금 끊어진 그 칡넝쿨이었다.

최생은 눈을 말똥말똥 뜬 채로 입을 벌렸으나 말이 나오질 않았다. 그의 형이 민간의 처방으로 오줌을 한 움큼 떠다가 그의 눈을 씻어주었더니 즉시 최생의 입에서 소리가 났다.

"형님이 오셨구려!"

그러고는 더 이상 말을 못 했다. 때는 벌써 해가 떠오른 후였다. 이들은 최생을 둘러메고 집으로 돌아왔으나 여전히 정신이 가물가물 인사불성의 상태였다. 약을 먹이고 나서 한밤중이 되어서야 말을 하기 시작하였다. 다음 날 아침, 술에서 깬 사람처럼 씻은 듯이 멀쩡해졌다. 아버지와 형들이 어떻게 된 일이냐고 캐묻자, 최생은 그 상황을 다음과 같이 얘기해주었다.

최생이 처음 오줌을 누러 문을 나섰을 때 얼굴이 단정하고 고운 한 소년이 다가왔다. 그는 읍을 하고,

"그대와 친분을 맺고 싶소!"

라고 하였다. 누구냐고 물었더니,

"나는 신해익(愼海翊)³이라고 하오"
라고 하는 것이었다. 최생은 그가 장원을 차지했던 신 학사(學士)인 것만
알고, 이미 죽은 사람이라는 사실은 깨닫지 못했다.

"마침 여러 사람과 근처에서 모이기로 했으니 당신도 나와 함께 가서
얘기나 나눕시다."

이렇게 말한 신 학사는 종을 시켜 작은 가마를 대령하라고 하였다.
자신도 이 작은 가마에 올라 최생과 함께 나란히 타고 가는데 짐꾼이며
걸어서 따라오는 사람들이 매우 많았다. 신 학사는 빨리 가자고 재촉하
였다.

"꼭 해가 뜨기 전에 가야 하느니라!"

이 와중에 최생이 갑자기 정신이 들어 신 학사에게 말했다.

"이번 걸음을 부모님께 아뢰지 않을 수 없소."

"갈 길이 바쁘다네. 글로 올리면 되지 않겠나."

"그렇다면 심부름꾼을 구할 수 있소?"

"내게 알아서 할 방도가 있소."

그러더니 붓과 편지 쓸 종이를 건네주었다. 최생이 막상 글을 쓰려니
경황이 없는 중이라 말이 떠오르질 않았다. 어쩔 수 없이 신 학사에게
부탁하였다.

"오늘은 정신이 어둡고 아득하여 글자를 생각해도 떠오르질 않소."

"그러면 내가 입으로 부를 테니 그대가 이를 받아 적으시오."

이윽고 절구(絕句) 한 편을 입으로 불렀고, 최생은 이를 종이에 받아

---

3 신해익(愼海翊): 1592~1616. 자는 중거(仲擧), 호는 병은(病隱), 본관은 거창이다. 우
   의정을 지낸 이행(李荇, 1478~1534)의 외손으로, 1613년 22세의 나이로 문과에 장원
   으로 급제하였다. 한시 창작에 특히 뛰어나, 한번은 임금 앞에서 시를 읊는데 그 단정
   한 풍채와 낭랑한 음성을 보고 들은 사람들이 '비선(飛仙)'이라고 감탄하였다. 성균관
   전적을 지내기도 했으나 25세에 병으로 요절하였다.

적었다. 신 학사가 이 종이를 작은 돌에 묶어 허공을 향해 던지자, 최생이 가리키는 방향의 길로 가는 것 같았다. 신 학사는 다시 길을 재촉했다. 한참 만에 약속한 곳에 도착하였다. 집의 규모가 크고 아름다운 게 꼭 궁궐 같았다. 그곳엔 높은 벼슬아치로 보이는 이가 대청에 앉아 있었다. 황금 관을 쓰고 붉은 도포를 입은 그의 모습은 상당히 거룩해 보였다. 신 학사는 종종걸음으로 그의 앞으로 가서 배알하였다. 최생도 뒤를 따라 함께 절을 올렸다. 관인은 뚫어지게 쳐다보더니 말하였다.

"고강(考講)⁴을 할만하겠군!"

책자 하나를 꺼내어 최생에게 주었다. 이 책을 펼쳐 보니 대문(즉 綱)과 소문(즉 目)에 주석이 달려 있었다. 이제 막 간행한 것 같은 온전한 본의 강목(綱目)⁵이었다. 관인은 직접 강에 해당하는 문장을 가리키며,

"여기를 읽어보게."

최생이 보니 '황아석생(黃芽石生)'⁶이라는 네 글자였다. 최생이 이 네 글자를 읽자, 관인이 말했다.

---

4 고강(考講): 과거 분야인 강경과(講經科)에서 시험관이 지정한 경서를 외워 치르던 시험을 말한다. 여기서는 사서를 가지고 일종의 시험을 보인 것인바, 넓은 의미에서는 과거 시험 전반을 가리키기도 한다.

5 강목(綱目): 일반적으로 역사책을 말하나 여기서는 『자치통감강목(資治通鑑綱目)』을 가리키는 것으로 판단된다. 이 책은 송나라 때 주자가 사마광(司馬光)이 편찬한 『자치통감(資治通鑑)』에 대해 『춘추』의 체재에 따라 강(綱)과 목(目)으로 나누어 재정리한 것이다. 여기서 대문(大文)이라 한 것은 강이며, 소문(小文)이라 한 것은 목에 해당한다. 모두 59권으로 되어 있다. 이 책을 통해 사서가 편년체 일반에서 강목체(綱目體)로 전변하게 되었다. 조선에서는 1422년에 경자자본으로 간행한 것이 최초이며, 이후 지속적으로 재간행되었다. 이 경자자본은 현재 전질이 중국 복단(復旦)대학교에 남아 있다.

6 황아석생(黃芽石生): 현재 이 네 글자가 확인되는 텍스트는 찾아지지 않는다. 다만 '황아'는 도가에서 장생약 중에 최고로 치는 백분(白粉)으로, 재련하는 과정에서 불에 변색되어 누런색을 띠기 때문에 붙여진 이름이다. '석생'은 양기석(陽起石)이라고 하는 일종의 돌가루로, 이것을 술과 함께 달여서 먹으면 장생한다고 알려져 있다. 요컨대 두 용어는 모두 장생술에서 복용하는 단약의 일종이다.

"그 뜻을 풀어보게."

최생이,

"잘 모르겠습니다."

라고 하면서 최생은 뜻을 풀지 못하였다.

"어째서 모른다고 하는가?"

최생은 강문(綱文)과 목문(目文), 그리고 주석까지 세심하게 살폈으나 어디에도 뜻풀이가 없어 끝내 해석하지 못했다. 그러자 관리는 대번 화를 내며 꾸짖더니 나졸을 시켜 끌어내 묶으라고 하였다. 신 학사는 얼굴빛이 굳어지며 감히 그를 구하지 못하고, 다만 중문(中門)까지 따라와 미안하다는 말만 전할 뿐이었다.

"나 때문에 왔다가 이런 곤욕을 치르게 되었으니 몹시 무참하네. 허나 곧 풀려날 것이니 너무 근심하지 말게."

그 후 정신이 흐릿해지며 인사불성이 되었다.

신 학사가 불러주어 종이에 적었다는 절구시가 실제 최생의 옷깃에 쓰여 있었다. 자획은 해서체(楷書體)로 단정하고 먹 흔적이 선명하고 짙은 게 최생의 필체였다.

8월 어느 날, 나(즉 이식)는 관찰사 최현(崔睍)[7]과 함께 최생의 아버지 기벽(基礕)[8]을 울암사(鬱岩寺)[9]에서 만났다. 그때 나에게 위와 같이 자세히

---

7   최현(崔睍): 1563~1640. 자는 계승(季昇), 호는 인재(認齋), 본관은 전주이다. 1606년 과거에 합격하여 정언, 대사간, 강원도관찰사 등을 역임하였다. 여기 관찰사라고 한 것은 그가 강원도관찰사로 있었을 즈음이었기 때문이다. 학봉(鶴峯) 김성일(金誠一)의 문인으로, 경의(經義)에 밝아 영남 학맥에서 한 자리를 차지했다. 저서로 『인재집(認齋集)』이 있다.

8   기벽(基礕): 1573~1645. 자는 자근(子勤), 호는 매곡(梅谷), 본관은 강릉이다. 1612년 사마시에 합격하여 이듬해 성균관 박사로 있을 때 이이첨 일파가 인목대비 폐모론을 일으켰다. 그는 이에 반대하다가 금고형을 받고 성균관에서 쫓겨나 고향 원주로 귀향하였다. 인조반정 뒤 복권되어 이조참판 겸 오위도총부부총관으로 추증되었다.

이야기해 준 것이다. 최기벽은 믿음 있는 선비로 헛된 말을 하는 사람이 아니다. 최생의 두 친구가 전해준 이야기도 역시 마찬가지였다. 최생의 아버지는 나에게 이런 이야기도 덧붙여 주었다.

"이 아이는 타고난 기가 약해 글을 읽다가 꽤 야위게 되었소. 게다가 친구 따라 노는 걸 좋아하는 성격이라 더러는 여기저기 돌아다니다가 집에 돌아오는 걸 잊기도 했소. 아마도 이 때문에 귀신에게 홀렸던 모양이오."

나는 신 학사가 살아있었을 때의 이야기를 듣고 그의 죽음이 더욱 기이하게 느껴졌다. 범속한 지경에 있지 않은 사람일까? 최 공의 아이가 만났던 이는 신선이었던가 귀신이었던가? 알 수 없는 일이다. '평범한 사람들은 기혈이 허하고 성정이 치우치게 되는 경우가 정말 있는데, 더러는 귀신이 쓰여 이렇게 되는 경우가 있다.'고 나는 생각한다. 그러나 이 모두가 사람 몸에 붙어 나타나는 법, 더러는 남의 입을 빌어 말도 드러내고 눈을 어지럽게 하여 헛것으로 보이기도 한다. 이는 간사하고 괴벽한 신물(神物)이 정도(正道)를 얻지 못해서 생기는 일이다. 이 때문에 공자는 '귀신을 이야기하지 않았고',[10] 한유(韓愈)는 '사람에게 다가와도 화복에 영향을 주지 않는다.'[11]고 하였던 것이다. 지금 최생이 당한 경우

---

9 울암사(鬱岩寺): 원주 북쪽의 섬강(蟾江) 물가 암벽에 자리했던 사찰로, 높은 절벽에 나무가 울창하여 붙여진 이름이라고 한다. 원래 오래전 강원도관찰사 아무가 정자로 세운 곳인데, 나중에 용문산(龍門山)의 승려 혜종(惠宗)이 창건했다고 한다. 이런 사실은 택당 이식의 「울암사기(鬱巖寺記)」(『택당집』 권9)에 자세하며, 택당은 따로 이곳의 승경을 읊은 시 「울암사(鬱巖寺)」 12수도 남겼다.

10 귀신을 이야기하지 않았고: 『논어』·「술이(述而)」편에 나오는 "공자는 괴력난신에 대해서는 말하지 않았다[子不語怪力亂神]."는 구절을 지칭한다. 여기서 괴(怪)는 괴이(怪異), 역(力)은 용력, 난(亂)은 반란, 그리고 신(神)은 바로 귀신을 뜻한다.

11 사람에게 다가와도 화복에 영향을 주지 않는다: 한유의 글 「원귀(原鬼)」에 나오는 구절이다. 원문에는 사람[人]이 백성[民]으로 되어 있다. 한유는 이 글에서 귀신론을 개진하면서 귀신에 대한 정의를 내리고 있다. 참고로 해당 부분을 실어 둔다. "成於物與聲者, 土石·風霆·人獸是也; 反乎無聲與形者, 鬼神是也; 不能有形與聲, 不能無形與聲

는 모두 환상의 지경이지만, 칡넝쿨로 몸을 묶고 붓을 주어 시를 쓴 일은 모두 세상의 자취로 증거가 될 만하다. 그렇다면 귀신도 손을 쓴단 말인가? 직접 행한 일인가? 이것이 괴이할 뿐이다.

　신 학사는 마음이 밝고 성실한 군자이다. 불행하게 일찍 죽고 말았으나 운명에 따라 이승을 떠났을 때 혼(魂)을 모시고 백(魄)을 묻어주었는데도 어찌 귀신이 되지 않고 인간으로 나타나 이런 아찔한 변괴를 저질렀단 말인가? 나는 언젠가 약은 귀신이 사람을 자주 속여, 간혹 조상으로 나타나 자손들을 괴롭혀 음식을 요구하는 경우가 종종 있다고 들었다. 신 학사는 이름난 선비였기에 이른바 교활한 어떤 귀신[黠鬼]이 그의 성명을 빌려, 최생이 신 학사를 경애하는 형국에 끼어든 게 아닐까? 우선 이렇게 기록해 두고 널리 고증할 이의 선택을 기다리기로 한다. 신 학사가 읊은 시는 이러하다.

> 신령한 수레 하나 하늘에서 내려오니　　　　颷輪一片自天來
> 노을 비낀 조원각¹²으로 곧 돌아오려나.　　　霞佩朝元幾日回
> 신선 바람 혹여 청란의 날개에 불거든　　　　仙風倘拂靑鸞翼
> 다시 인간 세상으로 그 수레 돌리기를.　　　更向人間沃輿回

　택당이 기록한 것은 여기까지다.

者, 物怪是也. 故其作而接於民也無恒, 故有動於民而爲禍, 亦有動於民而爲福, 亦有動於民而莫之爲禍福."

12 조원각(朝元閣): 중국 섬서성 임동현 여산(驪山)에 있는 누각으로, 언제 지어졌는지는 미상이나 일찍부터 도교의 도관(道觀)이었다고 한다. 당나라 현종(玄宗) 때 이곳에 노자가 나타났다고 하여, 그 후로 신선이 노니는 곳으로 상징화되었다. 소식(蘇軾, 1037~1101)의 「여산(驪山)」 시에 "조원각에 오르니 봄은 반이나 지나, 땅 가득 꽃잎 떨어져 있는데도 쓰는 사람 없네[我上朝元春半老, 滿地落花無人掃]."라는 구절이 유명하다.

사예(司藝) 이극성(李克城)[13]도 원주 사람이다. 내가 평양 감영에서 아버님을 모시고 있을 때였다. 그때 이 군(李君)이 중화현(中和縣)[14]의 현령으로 있었기에 자주 만나 친숙해졌다. 나에게 최문발의 일을 이야기해 주었는데 꽤 자세하였다.

나(즉 이극성)는 최생의 형제, 그리고 친구 두셋과 함께 운곡서원(耘谷書院)[15]에서 책을 읽고 있었다. 어느 날 벽을 보니 시구가 쓰여 있었다.

그윽한 골짜기 은빛 시내는 빗장에 닫혔고
가 없는 이 별천지엔 새만 더디 돌아오네.

珠洞銀溪鎖一關
洞天無際鳥遲還

바로 최생의 필적이었다. 평소 최생은 시를 짓지 못한 줄로 알았는데 갑자기 이런 시를 지은 데다 시어도 일반적이지 않아 퍽 의아했다. 캐물었더니 그는 이렇게 말하였다.

"이 시는 내가 짓기는 했지만 나도 이게 무슨 뜻인지 알지 못하네."

다들 기이한 일이라며 놀랐다. 며칠 뒤, 아침에 일어나 보니 최생이 보이지 않았다. 여럿이 모여 세수할 때야 그가 없는 걸 알고 서원 전체를 뒤졌으나 찾을 수 없었다. 그의 형제와 벗들이 서원의 종들과 함께 사방

---

13 이극성(李克城): '이극성(李克誠)'이 맞다. 원주 출신의 유생으로, 행적이 자세하지 않다. 다만 실록을 참고해 보면, 1617년 진사시에 합격했는데 그해 폐모론이 일자 강원도 유생들이 이에 반대하는 상소를 올릴 때 함께 참여하였다. 이때부터 그는 원주로 낙향해 있었는데, 인조대에 창락찰방(昌樂察訪)을 지낸 경력이 보인다. 여기 사예(정4품직)와 중화현령을 지낸 정보는 따로 확인되지 않는다.

14 중화현(中和縣): 평안도 남부에 위치한 현명으로 뒤에 군으로 승격되었다. 동쪽으로는 황해도 수안군과, 서쪽으로는 용강군 등과 접경이었다. 다만 고려시대에 묘청의 난으로 현으로 격하된 적이 있었다.

15 운곡서원(耘谷書院): 아마도 고려 말의 충신 운곡 원천석을 제향하는 서원으로 짐작되나, 지금은 그 존재를 확인할 수 없다. 앞 주에 언급한 원주의 운곡에 있었을 것으로 짐작된다.

으로 흩어져서 찾다가 서원 뒤편에서 겹옷 하나를 발견했다. 최생이 입던 옷이었다. 옷깃에는 '신령한 수레 하나 하늘에서 내려오니[飆輪一片自天來]'라는 시의 두 구가 적혀 있었고, 쓴 것을 보니 최생의 필적이었다. 먹색이 흑색도 푸른색도 아닌 세상에 볼 수 없는 색이었다. 쓴 자국이 정갈하고 자획도 퍽 선명했다. 겹옷을 들어보니 돌 하나가 뒤폭 안에 들어 있었다. 그런데 그곳을 너무나 잘 꿰매 한 솔기도 터진 데가 없었다. 다시 뒷산 자락을 넘어 산속으로 찾아 들어갔더니, 최생이 소나무 한 그루를 지고 서 있는 게 아닌가. 칡넝쿨로 두 손이 소나무에 묶인 채였다. 몸도 소나무에 딱 붙어 꼼짝 못 하는 상황이었다. 그 옆에는 칡넝쿨 몇 줄기가 이제 막 칼로 잘린 흔적이 선명했다. 최생은 휘둥그레 눈만 뜬 채 말을 하지 못했다. 여럿이서 묶인 칡넝쿨을 끊어 풀고 업고서 서원으로 돌아와 치료했으나 여전히 차도가 없었다. 그래서 그의 집으로 떠메 가 약을 먹여 안정시키자 저녁이 돼서야 깨어났다. 마치 술에서 깬 것 같았다. 그이 말이 이랬다.

내가 그때 오줌을 누려고 밖으로 나갔는데 달빛 아래 한 소년이 서 있었네. 풍채가 씻은 듯 깨끗하여 신선이 된 이처럼 황홀하지 뭔가. 내게 읍을 하고,
"그대와 사귀고 싶소."
라고 하기에 내가 이름을 물었더니,
"신해익(愼海翊)이라 하오."
라고 했네. 나는 진작에 그를 존경하고 있던 터라 이미 죽었다는 사실도 망각한 채 그를 만난 사실만으로 너무 기뻤다네. 그는 몇 마디를 주고받더니 떠나가며 말하더군.
"내 다시 오리다."
이때부터 나는 정신이 맑고 비워져 세상 걱정이 모두 눈 녹듯 없어

져, '그윽한 골짜기[珠洞]'로 시작하는 시 한 수가 생각하지도 않았는데 입에서 저절로 읊어지지 뭔가. 그걸 그대로 벽에다 써 놓은 거고. 며칠 후 밤에 신 학사가 다시 찾아왔네.

"내 그대와 함께 한 곳에 가보고자 하는데 따라오겠소?"

"그곳이 어딥니까?"

이렇게 물었더니, 이러더군.

"나는 사람이 아니고 신선일세. 그곳에 가면 선녀가 있으니 그대에게 그녀를 소개해 줄까 하네. 내 말대로만 하면 장가갈 수 있을 걸세."

그래서 나는,

"그 선녀는 누구입니까?"

하고 물었지.

"그녀는 이기발(李起渤)[16]의 누이로, 이름은 옥영(玉英)이라 한다네. 타고난 자태가 절색이니 이는 선녀 중에서도 드문 경우라네. 이 여자를 맞이하면 곧장 신선이 될 수 있다네. 좋은 일이지 않은가?"

나는 부모님이 계셔서 맘대로 쉽게 허락할 수 없다며 사양했지. 허나 신 학사는 재삼 강권하면서,

"신선이 된 뒤로도 오가며 혼정신성하는 것도 뭐가 안 되겠는가?"

라고까지 하기에 나는 어쩔 수 없이 응낙했지. 이에 신 학사는 따르는 자들에게 작은 가마를 내오라 하더니 나더러 그것을 타라 하더군. 그 자신도 작은 가마를 타고 나란히 함께 가는데 따르는 시종이 퍽 많더군. 얼마 가지 않아서 내가 그랬지.

---

16 이기발(李起渤): '이기발(李起浡)'이 맞을 듯하다. 실록의 기록에는 1633년 정언 벼슬을 시작으로 지평과 북청(北青) 및 황주(黃州)의 판관을 지낸 것으로 나온다. 그런데 1637년 한 기록에는 조정에서 북청판관을 제수했으나 병을 핑계로 부임하지 않았다고 하며, 이후 계속 벼슬이 내려졌으나 고사하고 고향인 전주에서 은거한 것으로 나온다.

"이렇게 마음먹고 가는 길이나 먼저 집에 알리지 못한 게 못내 아쉽습니다."

"그럼 글로 알려드리면 되지 않겠는가."

"어디서 심부름꾼을 구한단 말입니까?"

"글만 짓게나. 내 어떻게든 전달하게 할 테니."

그러면서 그 자리에서 붓과 종이를 건네주더군. 한데 나는 경황이 없어 한마디도 쓸 수 없지 않겠나. 신 학사가 그러더군.

"내 그대를 위해 입으로 불러줄 테니, 그대는 받아만 적게나."

금세 절구 시 한 편을 읊기에 나는 곧장 받아 적었지. 신 학사가 적은 걸 가져다가 바람이 부는 방향으로 던지자 공중으로 날아가더군. 다시 신 학사가 갈 길을 급히 재촉하였네.

"해가 뜨기 전엔 가야 하네!"

이윽고 한 곳에 당도하였네. 집채가 우뚝하니 넓은 게 궁궐에 온 느낌이었네. 어떤 분이 대청마루의 안벽에 앉아 있었고 주위에는 대여섯 사람이 좌우로 나뉘어 앉아 있더군. 저들은 모습이 맑고 거동은 엄숙했으며 의관도 장관이더군. 시위대도 엄청 많았는데 인간 세상에서는 볼 수 없는 그런 광경이었다네. 신 학사는 먼저 종종걸음으로 들어가 배알하고 무언가를 보고하는 것 같았네. 그러더니 금방 다시 나와서 나더러 가까이 가서 뵈라고 하더군. 시킨 대로 그 앞으로 가서 절을 올렸지. 주재하고 앉아 있던 분이 이르더군.

"글을 강론해 봐야겠군!"

좌우에서 모시고 있던 사람들이 책자 하나를 내게 주었네. 나는 펼쳐 읽었지. 그랬더니 그분이,

"뜻을 풀어보아라."

라고 하더군. 나는 멍하니 무슨 뜻인지 몰라 끝내 대답하지 못했다네. 그랬더니 그분은 버럭 화를 내며 꾸짖고 나졸들에게 나를 붙잡아 문밖

으로 끌어내 묶으라고 하더군. 나졸들이 대문 밖으로 끌고 나가더니 소나무에 나를 묶었다네. 신 학사는 두려워하며 감히 풀어달라고 하지는 못하지 뭔가. 나와서는 나에게 미안하다고만 하였네.

"그대가 나 때문에 이런 곤욕을 치르니 내 심히 부끄럽네. 허나 곧 풀려나게 될 테니 염려치 말게."

나는 그 길로 멍해지며 인사불성이 되었다네.

이런 얘기였다. 그 뒤로 최생이 집에 있을 때면 신 학사가 달밤이면 자주 찾아와 기기한 일들이 많이 벌어졌다. 이를 다 기록할 수 없을 정도다. 최생의 집안에서는 요괴에 홀렸다고 하여 온갖 처방을 다 동원해 보았으나 어떤 효험도 보지 못했다. 5, 6년 뒤 그가 찾아오는 일이 점점 뜸해졌고, 마침내 찾아오는 일이 없어졌다.

【여기 이 군(李君)의 말을 기록한 부분은 택당이 기록한 내용과 비슷하기는 하지만 이 군의 이야기가 조금 더 보태진 편이다. 그래서 지금 택당의 기록을 위주로 하되 나의 기록을 함께 실어 참작되기를 기다린다.】

제34화

맹 도인과 함께 유람하며 시를 주고받다

성완(成玩)[17]은 유명한 의원 성후룡(成後龍)[18]의 아들이다. 글을 많이 읽

---

17 성완(成玩): 1639~?. 보통 '성완(成琬)'으로 표기한다. 자가 백옥(伯玉), 호는 취허(翠虛), 본관은 창녕이다. 여기 언급대로 의원이었던 성후룡의 아들이다. 서얼 출신으로 문한이 뛰어나 1682년 제술관으로 통신사행으로 일본에 다녀왔으며, 그곳에서 일화를 남기기도 하였다. 저서로 『취허집(翠虛集)』이 있다. 한편 그의 동생 성경(成璟)의

어 젊어서부터 시를 잘 지었다. 웬만한 시문은 묻는 대로 바로 답하는 식으로, 말에 기대어 서서 기다리는 동안에 다 지었다.[19] 장편 대작도 남에게 붓을 들게 하고 입으로 부르는 게 물 흐르듯 하여 일필휘지로 완성하였다. 그래서 제 딴에는 동파(東坡, 즉 蘇軾)에 견주기까지 하였다. 혹은 시마(詩魔)[20]에 사로잡혀 있어서 그의 시가 용이나 지렁이처럼 서로 얽히고설켜 있어 남들은 귀한 작품임을 알아보지 못한다고 전해지기도 한다. 그런 그가 일찍이 맹도인(孟道人)을 만났던 일은 꽤 이채롭다. 자신이 직접 작성한 것인데 상당히 자세하다. 그 내용은 다음과 같다.

경술년(1670) 3월 7일 저녁, 나는 이웃집에 들렀다가 집주인에게 붙잡혀 과음을 한 바람에 만취하게 되었다. 어둠이 깔리자 아랫마을에 있는 친척 집을 들르려고 사포서(司圃署)[21] 뒤편 빈 마을을 지나게 되었다. 거

증손이 성대중(成大中, 1732~1812)이며, 고손이 성해응(成海應, 1760~1839)이다. 성대중, 성해응 부자는 영정조 시대에 서얼 문인으로서 명성이 대단했던바, 서얼로서 문한적 전통을 보여주는 대표적인 가문이 되었다. 참고로 이 이야기는 안정복(安鼎福, 1712~1791)의 『잡동산이(雜同散異)』에 「흑의인전(黑衣人傳)」으로도 실려 전한다.

18　성후룡(成後龍): 생몰년 미상이다. 부친은 황해도관찰사를 지낸 성준구(成俊耈, 1574~1633)로 광해군 대에 이이첨(李爾瞻)의 모함으로 16년간 남해에서 유배생활을 했는데, 거기서 서족과의 사이에서 성후룡을 낳았다. 한편 그의 부인은 병자호란 때 순절한 김상용(金尚容)의 서녀였다. 따라서 성후룡은 서족으로, 처음에는 의원으로 유명했던 모양이다. 현종이 다리 마비 증세가 있어, 다른 의원들과 함께 들어가 진찰했다는 내용이 실록에 나오는 것으로 보아 이를 짐작할 수 있다. 한편 그는 1669년 군관 자격으로 연행을 다녀와서 『부연일록(赴燕日錄)』 1책을 남기기도 했다.

19　말에 기대어 …… 다 지었다: '의마지재(倚馬之才)'라 한다. 진(晉)나라 때 원호(袁虎)는 말에 기대어 서서 기다리는 잠깐 사이에도 만언(萬言)의 문장을 지었다고 한다. 여기에서 유래하여 탁월한 문재(文才)를 지칭하게 되었다.

20　시마(詩魔): 시를 무척 좋아하여 마치 무엇에 홀린 듯 시심이 발동하는 힘 따위를 말한다. 다만 시흥이 너무 지나침을 경계하는 용어로 많이 쓰였다. 송(宋)나라 엄우(嚴羽)는 시화집의 고전인 『창랑시화(滄浪詩話)』에서 시는 입지(立志)를 위주로 해야 한다는 입지론을 펴면서, 당나라 개원(開元)·천보(天寶) 이후, 즉 만당(晩唐) 시기에는 이른바 시마에 빠졌다고 비판한바 있다.

21　사포서(司圃署): 궁궐에 제공되는 과일이나 채소 따위를 관장하던 부서이다. 조선 초

기서 난데없이 검은 옷을 입은 노인을 만났다. 이 노인은 길의 오른편에서 나와서 반가워하며 내 왼손을 붙잡고 말을 걸었다.

"내 그대와 함께 들러 볼 곳이 있네."

나는 그가 사람이 아니겠다 싶어 머뭇거리며 뒤로 물러섰다. 그러자 노인이 힘으로 잡아끌고 가는 것이었다. 그 힘이 어찌나 세던지 손아귀에서 벗어날 수가 없었다. 노인이 손으로 내 눈을 비비고 다시 세 번 정도 빙빙 돌리자 지척을 분간하기 어려웠다. 순식간에 몸은 이미 서쪽 성 밖 소나무 사이로 빠져나와 있었다. 그는 다시 내 손을 끌고 안현(鞍峴)²² 동편 산기슭으로 넘어갔다. 거기서 노인이 다시 내 눈을 비비자 순간 시야가 밝아졌다. 그를 쳐다보니 이마가 훤히 드러난 백발의 노인으로, 훤칠한 장신에 눈은 매우 섬뜩했다. 무늬가 있는 검은 옷을 입었고 허리엔 혁대를 두르지 않은 채였다. 아래를 살펴보니 누런 신발을 신고 있는데 그 모양이 대자리 같았다. 발의 길이가 몇 자는 되어 보였다. 이윽고 함께 산허리의 솔숲 사이를 줄곧 돌아다녔다. 그 사이 잠깐이라도 쉰 적이 없었다. 이튿날인 8일 새벽녘에 동편의 바위 봉우리로 나를 끌고 올라갔다. 거기서 운(韻)을 불러주면서 시를 지으라고 재촉했다. 나는 그 운자에 맞춰 읊조렸다.

자리 옮겨 서편 봉우리 꼭대기로 올라 보니	徙倚西峰上上頭
높은 하늘과 대지 두 눈동자에 들어오네.	高天大地稟雙眸
발해를 굽어보매 거울 보듯 편편하고	俯臨渤海平看鏡

에 처음 설치되었으며, 제조 1인, 사포(정6품) 1인, 별제(6품), 별검(8품) 등을 두었다. 숙종 때 직장 1인과 봉사 1인을 신설하였다. 지금 서울 종로구 청진동에 자리하고 있었다.

22 안현(鞍峴): 지금의 무악재를 말한다. 서대문구 독립문에서 홍제동으로 넘어가는 고개이다. 일명 '길마재'라고도 한다.

돌아서 큰 거북 가리키매[23] 미꾸라지처럼 작네.	回指穹鼇小似鰍
한 필 깁 속엔 삼시(三市)의 길이 나뉘었고	匹練中分三市路
뜬구름 깔린 아래 오성(五城)[24]의 누각이 솟았네.	浮雲低度五城樓
정 공(鄭公)[25]이 그때 공을 이룬 이곳	鄭公當日成功處
선옹 모시고 유람하니 얼마나 다행인가.	幸陪仙翁辦壯遊

노인은 듣더니 칭찬을 아끼지 않았다.

"단로(丹老)가 이 시를 보았더라도 혼을 다 빼앗기겠는걸."

그러면서 이 운에 화답하여 읊었다.

오고 가며 사람들 찾아 머릿수 따지다가	印來印去檢人頭
그대 깨끗한 운치 보니 두 눈이 휘둥그레지네.	見爾淸標刮兩眸
기상은 푸른 하늘 내닫는 옥마(玉馬)인 것 같고	氣似靑天驅玉馬
문장은 푸른 바다 누비는 금추(金鰍)[26]인 듯하네.	文如蒼海抽金鰍
얽힌 시름 창암댁(蒼巖宅)에 모두 던져두고	牢躓盡置蒼巖宅
한밤 느린 걸음으로 자갈루(紫葛樓)[27]에 오르네.	緩步霄登紫葛樓

---

23 큰 거북 가리키매: 동해의 삼신산을 가리켜 본다는 뜻이다. 바다 밖 선계의 상징인
   삼신산은 큰 바다거북이 등에 봉래, 방장, 영주 세 산을 지고 있다고 알려져 있다.

24 오성(五城): 앞 구절의 삼시(三市)와 함께 신선이 거처한다는 상상의 권역이다. 삼시
   는 삼신산이며, 오성은 '오성십이루(五城十二樓)'라 하여 육지의 선계를 상징한다. 갈
   홍(葛洪, 281~341)의 『포박자(抱朴子)』에 '곤륜산(崑崙山) 위에 오성십이루가 있는데
   신선이 거처하는 곳이다.'고 하였는바, 이곳 선계가 다섯 개의 성과 12개의 누각으로
   구성된 것으로 봤다. 한편, 이백(李白)은 한 시에서 "천상의 백옥경, 십이루 오성이라
   네. 신선은 내 머리 만져, 머리 묶어 장생법 전수해주네[天上白玉京, 十二樓五城. 仙人
   撫我頂, 結髮受長生]."라 하여 이곳이 천상에 있은 것으로 표현하기도 하였다.

25 정 공(鄭公): 미상이다.

26 금추(金鰍): 여기 옥마(玉馬)와 금추는 말과 고래의 미칭이다. '추(鰍)'는 원래 미꾸라
   지를 지칭하는 경우가 대부분이지만 여기서 나오는 '해추(海鰍)'는 바다에 사는 큰
   고래를 의미한다. 그 기상과 문장이 크고 웅혼하다는 말이다.

27 자갈루(紫葛樓): 앞 구의 창암댁과 여기 자갈루는 야인(野人)의 거처를 상징적으로

해도 바람도 없는 때라 하나하나 유람하니　　無日無風將歷覽

정히 오슬(烏瑟)을 만나 청류를 이야기하리.　　定逢烏瑟道淸流

그때 나는 이 시를 두세 번이나 묵송했었다. 다 읊고 난 노인은 곧장
나를 바위 봉우리 아래로 끌고 내려가 바위 속에 집어넣고는 순간 사라져
버렸다. 나는 그가 없는 틈을 타서 빠져나오려고 했다. 하지만 무엇에
꽁꽁 묶여 있는 것처럼 몸을 움직일 수가 없었다. 두 눈은 흐릿해져 앞을
제대로 쳐다볼 수도 없었다. 사람을 부르려 해도 소리가 목구멍에서 맴돌
뿐 멀리 나가질 않았다. 이렇게 온종일 정신이 어지러워 엎어져 있어야
했다. 초저녁이 되자 노인이 다시 와서는 바위 속에서 나를 끌고 나왔다.

"더 가볼 곳이 있네!"

그러더니 안현의 동북편 기슭을 경유하여 정토사(淨土寺)²⁸ 뒤편 백련
산(白蓮山)을 넘었다. 이어 황량한 들판을 지나 나암(羅菴)의 뒤편 언덕을
올랐다가 다시 창경릉(昌敬陵)²⁹ 솔숲에 도착했다. 산등성이로만 다니고
시내 골짜기로는 들어가지 않았기에 닭 울음소리나 개 짖는 소리는 들을
수 없었다. 한밤의 달빛만이 소나무 그림자 사이로 은은하게 비추고 있

표현한 것이다. 창암대은 푸른 암벽의 굴 따위를, 자갈루는 칡이나 칡넝쿨이 뻗쳐
얽힌 형태를 말한다. 실은 야생동물의 은신처를 노인이 자신의 거처로 삼고 있다는
것이다.

28 정토사(淨土寺): 지금의 백련사(白蓮寺)이다. 현재 서울 서대문구 홍은동 백련산 남쪽
기슭에 있는 사찰로, 태고종 계열이다. 747년 신라 경덕왕 때 진표(眞表)가 창건하였다.
사료에 의하면, 조선 세조 때 의숙옹주(懿淑翁主)의 원당(願堂)으로 정하면서 이곳 정
토사를 백련사로 바꾸었다고 하는데, 여기서는 이 절의 본래 명칭을 사용한 것으로
보인다.

29 창경릉(昌敬陵): 서오릉(西五陵)의 창릉과 경릉이다. 창릉은 예종을, 경릉은 성종의
아버지인 덕종(德宗)을 모신 능이다. 서오릉은 경기도 고양시 덕양구에 있으며, 이
경릉 터를 정하면서 서오릉이 조성되기 시작하였다. 참고로 서오릉에는 이외에도
숙종의 비인 인경왕후(仁敬王后)를 모신 익릉(翼陵), 숙종과 인현왕후를 모신 명릉(明
陵), 영조의 비인 정성왕후(貞聖王后)를 모신 홍릉(弘陵) 등이 들어서 있다.

을 뿐이었다.

"이런 경치를 보면 시를 지어야 하겠지?"

노인은 이러면서 '기(奇)' 자를 운으로 불렀다. 나는 이를 받아 시를
지었다.

| 고목엔 흐르는 노을이 젖어들고 | 木老流霞濕 |
| 깊은 산 달빛은 기이하기도 하지. | 山深月色奇 |

노인은 칭찬해 마지않았다.

"뒤구를 잇기가 어렵군!"

9일 새벽, 노인은 또 나를 창경릉의 두 그루 소나무 사이에 두었다.
역시 전과 같이 묶여 있기라도 한 듯 빠져나올 수가 없었다. 초저녁에
다시 돌아와 내 손을 잡고 진관사(津寬寺)[30] 서편 기슭으로 향하였다. 그
곳의 여기저기 흩어져 있는 무덤 사이를 밤새도록 돌아다녔다. 그는 가
끔 먼 곳을 응시하며 멀리 떠나려는 기색을 보이기도 했다.

10일 새벽, 아직 동방이 밝지 않은 때였다. 갑자기 꼴 베는 아이들의
낫질 소리가 멀리서부터 점점 가까이 들려왔다. 노인은 놀라서 벌떡 일
어나 내 손을 놓아주더니 별안간 자취를 감추어 버렸다. 나는 아찔하여
정신을 잃고 쓰러졌다. 다행히 다시 기운을 차려 눈을 떠보니, 해가 이미
떠올라 사시(巳時, 오전 9~11시)가 다 된 즈음이었다. 일어났다가 다시 엎

---

30 진관사(津寬寺): 현재 서울 은평구 진관외동 삼각산 북쪽 기슭에 자리한 사찰이다.
조계사의 말사로, 원래 신라 진덕왕 때 원효대사가 이곳에 사찰을 창건하고 '신혈사
(神穴寺)'라고 하였다. 그러다가 고려 때 뒷날 현종이 되는 대량원군(大良院君)을 이곳
에서 수도하던 진관(津寬)이 생명을 구해 준 일이 있어, 현종이 진관사라고 개칭하였
다. 조선시대에 와서도 나라의 수륙재(水陸齋)가 거행되는 등 왕실과 밀접한 관계를
유지해 왔다. 또한 이 일대에 환관들이 죽으면 묘를 썼기에 이른바 내시묘가 많았다.
여기 흩어져 있는 무덤도 이를 상정한 것으로 보인다.

어지기를 몇 차례 하고 나서야 겨우 산기슭 하나를 넘을 수 있었다. 바로 진관사의 동구였다. 나는 엉금엉금 앞으로 기어가다 보니 멀찍이 중들이 보였다. 급히 소리치며 나를 부축했지만, 극도로 굶주림에 지쳐 있던 나는 소나무 사이에 엎어져 패랭이만을 흔들 뿐이었다. 다행히 산승들이 나를 보고 안쓰러워하며 산방으로 업고 들어갔다. 아직 놀란 마음이 진정되지 않다 보니 눈에는 검은 옷을 입은 사람이 곁에 있는 것처럼 보였다. 나는 그럴 때마다 중을 불러 귀신 쫓기를 두세 번이나 하였다. 처음 나의 상태를 직접 보았던 중들은 손과 발을 주무르며 정성을 다해 간호를 해주었다. 그 덕에 나는 한참 만에야 비로소 사람을 구별할 수 있게 되었다.

"미음을 좀 주게."

라고 중들에게 부탁하자 저들은 당장 미음 두 사발을 차려와 내 입에 떠 넣어 주었다. 이어 흰죽을 쑤어 주었다. 작은 종지 하나를 비우자 이윽고 정신이 조금 들었다. 그때 그들 가운데 공부한 중이 옆에 있었다. 그는 제법 문자를 아는 자였다. 나는 그에게 이런 부탁을 하였다.

"나를 봐서 급히 우리 집에 통지를 해주게. 필시 우리 집에서는 내가 죽은 줄 알 거네."

더하여 낮에는 갇혀 있다가 밤에 돌아다녔던 사정을 이야기해 주었다. 중은 그 자리에서 대략을 써서 동자 한 명을 시켜 편지를 가지고 가서 집에 알리게 하였다. 집에선 이 소식을 듣고 내가 귀신에게 홀려 여기까지 오게 된 사정을 알게 되었다.

그런데 낮이 되자 나는 정신이 다시 혼미해졌다. 집의 하인이 중흥사(重興寺)[31]에서부터 물어물어 찾아왔다. 나를 보고 놀란 얼굴로 몇 번이나

---

31 중흥사(重興寺): 현재 고양시 덕양구 북한산 노적봉(露積峰) 아래에 있었던 사찰이다. 창건 시기는 정확하지 않으나 고려 후기에 보우선사(普愚禪師)가 중수한 것이라고 한다. 1713년 북한산성을 축성하면서 군사적으로 중요한 거점이 되어 증축되었고,

불러대자 한참 뒤에야 그를 알아볼 수 있었다. 가친께서도 소식을 듣고 맨 걸음으로 고개를 넘어오셨다. 가지고 온 청소환(淸蘇丸) 몇 알을 입에 넣어 주셨다. 그것 때문인지 점심때보다 정신이 한층 맑아졌다. 그때 비로소 허리와 다리에서 통증을 느낄 수 있었다.

다음 날 아침, 동생이 동교(東郊)[32]에서부터 뒤를 물어 찾아왔다. 다시 청심환(淸心丸)과 주사(朱砂)[33] 등의 약을 먹고 나니, 사흘 밤 동안 산등성이를 오른 강행군의 여파로 아픈 곳은 계속 아렸으나 마음만은 다행히 맑아져 안정을 찾을 수 있었다. 수창했던 두 율시와 한 연구(聯句)가 모두 기억이 나서 동생에게 이를 베껴두라 하였다.

그 뒤 11일 밤과 13일 밤에 다시 기괴한 환영이 나타났다. 나는 통증을 무릅쓰고 억지로 일어나 칼을 들고 쫓았더니 순간 사라져 자취를 감췄다. 14일에는 몸조리를 위해 병든 몸으로 떠메여 집으로 돌아왔다. 15일에는 별다른 조짐이 나타나지 않더니, 16일 밤에 다시 자주색 옷을 입은 동자가 꿈에 나타났다.

"난 본래 검은 옷을 입고 있던 귀신으로, 지난번엔 늙고 추한 모습으로 그대에게 나타났었네. 그대가 나를 꺼리기에 이번엔 젊었을 때의 모습을 하고 이렇게 찾아왔으니 의아해하지 말게. 나에게 다 풀지 못한 회포가 있으니 그대 한번 들어주겠는가?"

이후 승군(僧軍)이 주둔하게 되었다. 특히 서울 북쪽의 승군 주둔 사찰들을 관장하는 총본부 역할을 하였으며, 승대장(僧大將)과 군기를 보관하는 승창(僧倉)을 두고 있었다. 그런데 1915년 홍수로 무너져 현재는 주춧돌과 축대만 남아 있다. 조선 후기 북한산 유람의 기록에 자주 등장하는데, 대표적으로 이옥(李鈺, 1760~1813)의 「중흥유기(重興遊記)」가 있다.

32 동교(東郊): 지금의 서울 동대문 밖을 지칭한다. 구체적으로는 도성의 동쪽 외곽지역과 양주·포천·가평 등지까지 가리키기도 한다.

33 주사(朱砂): 원래는 수은 등 황화 광물을 가리키나, 경련이나 발작을 진정시키는 약재로 쓰였다. 특히 발열이 심해 경련을 일으키거나 정신이 혼몽한 소아에게 많이 썼다고 한다. 어른에게는 신경쇠약 증세가 있는 경우에 도움이 되었다. 이를 환약으로 만들어 '주사정경환(朱砂定驚丸)'이라 하였다.

순간 나는 소스라치게 놀라 잠에서 깨보니 한바탕 꿈이었다. 천상의 인물이겠거니 여겼다. 잠이 들면 계속 가위에 눌리는 일이 많았으나 그리 심각하게 걱정하지는 않았다. 20일 밤에는 푸른 도포를 입은 잘생긴 장부가 꿈에 다시 나타났다.

"그대가 나를 막는 게 심하지 않은가! 어찌 벽에 가득 부적을 붙이고 악귀를 쫓듯 한단 말인가? 지난밤에 나타났던 검은 옷을 입은 귀신이나 자주색 옷을 입은 동자는 모두 내가 변한 형상이었고 본 모습은 아니었다네. 나는 한 맺힌 혼령이지 사악한 도깨비가 아닐세. 그대의 입을 빌려 내 저간의 사정을 세상에 전하고자 하는 것일 뿐이네. 허니 그대는 이를 저버리지 말게나."

나는 꿈속에서 답했다.

"말하려고 하는 것이 대체 무엇입니까? 제가 어른을 위해서 꼭 세상에 전해줄 테니 일의 자초지종을 들려줘 봐요."

이에 푸른 도포를 입은 그는 눈물을 뚝뚝 떨구며 말을 이었다. 그 내용은 이러했다.

나는 원래 신라 경순왕(敬順王)[34] 때의 학사였다. 집이 금오산(金鰲山)[35] 서편 기슭에 있었다. 평소에 매화와 학을 좋아하여 매화를 심고 학을

---

34 경순왕(敬順王): 신라의 마지막 왕으로, 재위 기간은 927~935년이다. 애초 그는 견훤이 신라를 침공하여 경애왕(景哀王)을 살해하고 옹립한 왕이었다. 이것이 바로 포석정에서의 경애왕 시해 사건이다. 왕에 옹립된 그는 나름대로 신라 재건을 위해 노력했으나 시운이 다한 걸 보고 난폭한 견훤보다는 왕건에게 넘기는 것이 낫다고 판단하여 마침내 고려에 항복하였다. 이로써 신라국은 멸망하였다.

35 금오산(金鰲山): 현재 경주의 남산이다. 잘 알려져 있듯이 신라 시조 박혁거세가 태어난 곳이며, 신라가 불교를 공인한 이래 부처가 상주하는 공간이었다. 지금도 남쪽 자락에는 수많은 석불이 자리하고 있다. 그 서편으로는 박혁거세가 태어난 나정(蘿井)과 경애왕이 목숨을 잃은 포석정 등이 있다. 김시습(金時習)의 『금오신화(金鰲新話)』가 창작된 곳임은 잘 알려져 있다.

길렀다. 조정에서 일과를 마치고 나오면 매화를 두고 읊거나 학이 춤추듯 나는 모습을 즐겨 보았다. 그래서 자호를 '매학도인(梅鶴道人)'[36]이라 하였다. 몸은 비록 조정에 두고 있었지만 마음은 한결같이 구릉과 골짜기에 있었다. 다만 오래도록 헛된 명성에 매여 멀리 떠나가지 못함을 못내 한스러워할 뿐이었다. 그러던 어느 날, 임금께서 후원에서 연회를 베풀고 여러 학사에게 봄에 대한 시를 짓도록 명하였다. 학사들이 다투어 시를 지었고, 임금께선 모두 망작(妄作)이라고 하지 않으셨다. 나는 제일 마지막으로 시구를 지어 올렸다. 그 시는 이렇다.

벽도나무 복사꽃 위엔 비가 부슬부슬	碧桃花上雨霏霏
물 가득한 용지엔 푸른 버들빛 그림자 졌네.	水滿龍池柳浴翠
서원(西園) 길가엔 방초가 파릇파릇하고	萋萋芳草西園路
대지엔 찬 연기 덮였어도 물방울 지지 않는구나.	冪地寒烟濕不起

임금은 한참을 칭탄하였다. 다른 학사들은 서로를 쳐다보며 제 낯빛을 잃고 말았다. 4일 뒤 다시 채운루(彩雲樓)에서 연회가 열렸다. 그때 임금이 총애하는 여인이 있었으니, 이름이 '취비(翠妃)'였다. 그녀는 바로 동해 용왕의 딸로 아리땁기가 나라를 기울게 할 만하여 임금은 그녀를 가장 총애하였다. 이날 취비를 위해 풍악을 크게 울리고 신하들에게 시를 지어 바치게 하였다. 나도 붓을 잡고 곧장 한 수를 지었다. 그 시는 이러하다.

---

36 매학도인(梅鶴道人): 매화와 학을 좋아한 고사로 송나라 초 임포(林逋, 967~1024)가 유명하다. 그는 절강의 항주(杭州) 출신으로, 서호(西湖) 근처의 고산(孤山)에 은거하여 매화를 심고 학을 기르며 유유자적한 삶을 살았다. 사람들은 그를 두고 '매화를 아내로 삼고 학을 자식으로 삼았다.'고 하여 '매처학자(梅妻鶴子)'라고 일컬었다. 지금 이 흑의인도 이를 자처한 셈이다.

구슬은 뼈가 되고 옥은 피부가 되어	瓊瑤爲骨玉爲肌
달 자태에 별 눈동자, 절세의 자태라.	月態星眸絕世姿
농 삼아 앞 섬돌에서 춘색을 잡으려 하니	戲向前階拾春色
시원한 바람 불어 서향 가지 흔든다오.	好風吹動瑞香枝

그 뒤, 일본에서 승려 의능(義能)[37]이 사신으로 우리나라에 왔다. 나는 분황사(芬黃寺)[38]에서 그를 접반(接伴)하게 되었다. 그는 신라 학사들의 시를 얻어다가 본국에 돌아가 자랑하려고 하였다. 이에 임금께선 나에게 시를 짓도록 명하셨다. 그때 지은 시는 또 이러하다.

일역(日域)을 감춘 바다는 끝이 없거늘	中藏日域海無邊
한 성씨 이어져 오보(五寶)를 전하였지.[39]	一姓相承五寶傳
만국의 산천이란 함께 있기 어려운 법	萬國山川難並處
부상의 가지 위엔 파란 하늘이 걸렸구나.	扶桑枝上掛靑天

의능은 감탄을 금치 못하고 검은 비단 네 필을 임금에게 바쳤다. 이것

---

37 의능(義能): 실존 여부는 확인되지 않는다. 가공의 인물로 판단된다.

38 분황사(芬黃寺): 현재 경주시 교황동에 있었던 사찰로, 불국사의 말사이다. 전불시대 (前佛時代)의 가람터라고 하는 칠처가람(七處伽藍) 중의 하나로, 634년에 창건하였다. 원효대사가 이곳에서 『화엄경소(華嚴經疏)』 등의 저술을 남겼으며, 고려시대에 한문 준(韓文俊)이 원효에 대한 화쟁국사비(和諍國師碑)를 건립하였으나 소실되었다. 지금 그 비대(碑臺)에 추사(秋史) 김정희(金正喜)의 '此新羅和諍國師之碑蹟'이라는 친필이 음각되어 있다. 이 절은 몽골 침입과 임진왜란으로 많이 파괴되었는데, 그중 삼층석 탑은 그런 상징으로 알려져 있다.

39 한 성씨 이어져 오보(五寶)를 전하였지: 일본의 역사와 천황체제를 이렇게 읊은 것으로 판단된다. 일본은 야마토(大和) 정권이 들어서면서부터 씨족이 형성되어 나라·헤이안 시대에 미나모토(원), 다이라(평), 후지와라(藤原) 같은 성씨가 신라의 박(朴), 석(昔), 김(金)처럼 정권을 이어왔다. 한편 오보는 임금이 다음 대에 이어주는 귀한 보물로 덕(德)을 상징하는바, 이 전통이 이어져왔다는 취지일 터다.

은 세상에서 보지 못한 비단이었다. 임금께서 묻자 의능은,

"이 비단은 동해의 신산(神山)에서 나오는 것이옵니다. 생사는 부상(扶桑)의 누에고치가 토해낸 것이며, 색깔은 현진(玄眞)의 물[40]로 염색한 것이옵죠."

라고 답하였다. 임금은 그중 두 필을 취비에게 하사하고, 나머지 두 필은 시채(詩債)라며 나에게 내려주었다. 나는 이 비단으로 도복을 만들었다. 항상 이것을 입고서 숲과 골짜기를 소요하면서 그때마다 임금의 성은에 감격해하였다. 그래서 사람들은 나를 '흑의학사(黑衣學士)'라고 부르기도 하였다.

그 뒤 포석정(鮑石亭)에 와서 놀다가 학사들과 다시 시를 짓게 되었다. 그때 임금께서 특별히 옥피리를 내려주며 이 모임을 빛내라고 하였다. 나는 다시 절구 시 한 수를 지었다.

포석정 앞 달빛은 은은하고	鮑石亭前月
맑은 물결엔 일렁이는 선유배	淸波漾彩船
백옥 피리 한 곡조에	一聲白玉簫
듣고 난 묵은 용이 잠드네.	吹罷老龍眠

이리하여 나에 대한 임금의 관심과 대우는 날로 융성해졌다. 그런데 종정경(宗正卿) 김린(金璘)[41]에게 참소를 당해 절영도(絕影島)[42]로 4년 동안

---

40 이 비단은 …… 현진(玄眞)의 물: 모두 신선 세계를 표현하는 말들이다. 신산(神山)은 바닷속 신선이 거처하는 산으로 앞에 나온 '봉래신산(蓬萊神山)'이며, 부상(扶桑)은 해가 떠오르는 동쪽 끝에서 자란다는 신목(神木)이다. 그리고 현진은 신선이 복용한 다는 선약의 하나로, 이것을 먹으면 몸이 가벼워져 하늘을 날 수 있다고 알려져 있다.

41 종정경(宗正卿) 김린(金璘): 실존 여부가 확인되지 않은바, 가상의 인물로 보인다.

42 절영도(絕影島): 부산의 영도(影島)를 말한다. 이곳 정상이 봉래산(蓬萊山)이어서 이 지역 일대를 '동래(東萊)'라 불렀다.

귀양을 가야 했다. 나의 원통함은 초란(椒蘭)에게 참소를 입은 영균(靈均)[43]과 무엇이 다르겠는가? 충성을 다했으나 버림을 받은 몸이라 매번 「회사부(懷沙賦)」를 읊조릴 뿐이었다.

그러다가 태조왕(太祖王, 즉 왕건)이 천명을 받아 곧 삼국을 통합할 분위기가 감돌았다. 임금은 땅을 태조에게 분할해 주면서 군대를 지원받고자 하였다. 이 때문에 나를 사면시켜 사신의 임무를 맡겼다. 그 임무를 완수하고 조정으로 돌아오는 길에 한산(漢山)[44]을 지나다가 그곳에서 객사하고 말았다. 그때는 6월이라 천 리 먼 길을 운구할 수가 없어 수행원들이 우선 인왕산(仁王山) 동편 기슭에 임시로 매장하였다. 그러나 그 뒤로 자손들마저 돌림병으로 모두 죽고 나라도 얼마 안 있어 망하고 말았다. 그 때문에 반장(返葬)을 못하고 끝내 타향에서 돌아가지 못한 원혼이 되고 만 것이다.

그때 북사공(北司公) 여구공(閭丘恭)과 북부공(北副公) 채희(蔡禧)[45]와는 절친한 사이였다. 이들 모두 신인들 가운데 글 잘하는 이들로, 북산(北山, 북한산) 뒤편에 살고 있었다. 저번에 그대와 함께 이 두 사람을 방문하러 가던 길이었는데, 가는 도중에 갑자기 나무하는 아이들의 낫질하는 소리에 놀라 자취를 감추었던 것이다. 애초의 계획을 이루지 못했으니 정말

---

43 초란(椒蘭)에게 참소를 입은 영균(靈均): 영균은 전국시대 때 초나라의 삼려대부(三閭大夫) 굴원(屈原)으로, 영균은 그의 호이다. 그는 중국 남방의 노래인 초사(楚辭)의 대표적인 작가이다. 회왕(懷王)에게 직간하였다가 간신들의 참소를 입고 귀양을 갔다가 자신의 무죄함을 멱라수(汨羅水)에 몸을 던져 항변한 것으로도 유명하다. 여기 초란은 그를 참소했던 회왕의 동생 자란(子蘭)과 대부 자초(子椒)이다. 그리고 굴원이 멱라수에 몸을 던지면서 지은 부가 바로 이 「회사부(懷沙賦)」이다. 사마천은 「회사부」가 굴원이 목숨을 끊으면서 영결할 때의 노래라고 하면서 비감을 감추지 못하였다(『史記』·「屈原傳」). 참고로 「회사부」는 『초사(楚辭)』에 실려 전한다.

44 한산(漢山): 즉 북한산이다. 흑의인이 경주에서 출발하여 왕건의 근거지였던 개성에 왔다가 사신의 임무를 마치고 돌아가는 길이 여기 북한산이었다.

45 북사공(北司公) 여구공(閭丘恭), 북부공(北副公) 채희(蔡禧): 둘 다 미상으로, 아마도 신계(神界) 인물로 따로 설정한 것 같다.

이지 한으로 남을 일이 되고 말았다.

　말을 듣고 나는 물었다.

　"김린(金璘)은 누구입니까?"

　"그는 김유신(金庾信)의 후예라네. 명신의 가문에 이런 소인이 있을 줄 생각이나 했겠는가?"

　다시 물었다.

　"그러면 여구공은 또 어떤 사람입니까?"

　"오슬산인(烏瑟山人)이라네. 채희는 바로 단로(丹老)이고."

　나는 이 말을 듣고서 비로소 전에 말한 오슬(烏瑟)과 단로가 빈말이 아니었음을 깨닫게 되었다. 그래서 또 물었다.

　"학사님의 성과 이름은요?"

　"나의 성은 맹(孟)이고 이름은 시(蓍)이며, 자는 국서(國瑞)라네. 그대는 아직도 기억이 나지 않는가? 나는 바로 병오년 겨울 꿈속에서 경상(庚桑)의 후손이라고 하였던 그 사람이라네. 잘 생각해 보게."

　그러면서 말을 이었다.

　"나의 사적이 사책(史册)에 드러나 있지 않아 지금껏 황천에서 한을 끌어안고 있지. 그대는 잊지 말고 내 일을 세상에 전해주면 정말 고맙겠네. 내 그대를 해치려는 게 아닐세. 지금 다시 찾아온 것은 이 일을 전해주기 위해서일 뿐이네."

　그는 몇 번이나 손을 붙잡고 하염없이 눈물을 흘렸다. 내가 '예예!' 하며 외마디 소리를 질렀다. 그랬더니 곁에 있던 사람이 꿈에 가위에 눌린 것으로 알고 급히 불러 깨우는 바람에 순간 놀라 일어났다. 밤이 얼마나 깊었냐고 물었더니, 그는 동방이 점점 밝아오고 있다고 하였다. 나는 헷갈리고 놀란 심정을 뭐라 표현할 수 없었다. 이 괴상하고 이상한 꿈을 꾸고 나서 당장 동생더러 가져온 상자 안에서 『남화경(南華經)』을 꺼내오라 하여 「경상초」편(庚桑楚篇)⁴⁶을 살펴보니, 과연 책머리에 병오시월기몽(丙午十月記夢)이 들어 있었다. 이 기록은 이렇다.

> 내 진작에 경상초 편을 읽었다. 그런데 노자(老子)의 업적은 알 수 있었으나, 그가 어디서 태어났는지 알 수 없었다. 그러다가 이달 18일에 우뚝 솟아 깎아지른 절벽에서 신선 같은 어떤 이가 꿈에 나타나, '그대는 나를 알지 못하는가? 내 알려주지. 이른바 경상초(庚桑楚)의 후손으로, 부모를 버리고 친척과 떨어져 홀로 외딴 마을에서 거처하고 있지……'라고 하였다. 나는 두 번 절을 올리고 자세히 이야기를 들었으나 그 뜻을 잘 이해할 수 없었다. 그는 자신이 맹 도사(孟道士)라고 하면서 대지팡이로 내 다리를 내리쳤다. 나는 그때 갑자기 놀라 꿈에서 깨어 벌떡 일어났다. 그야말로 한바탕 화서국(華胥國)의 일⁴⁷이었다. 아! 참으로 기이하도다.

책자를 펴자 나도 모르게 머리카락이 쭈뼛쭈뼛해졌다. 이제야 신인이 이 사실을 미리 알려준 것임을 알게 되었다.

아! 세상에서 시간의 거리가 7백여 년이고, 과거의 시인과 묵객이 어디 한량이 있겠는가마는 이렇게 답답하게 쌓인 한스러운 회포가 앞사람에

---

46 「경상초」편(庚桑楚篇): 『남화경』은 '남화진경(南華眞經)'이라고도 하며 『장자』를 말한다. 남화진인 장주(莊周)의 글을 당나라 현종(玄宗)이 이렇게 불렀다. 이 『장자』에 「경상초」편이 들어 있다. 경상은 주(周)나라 때 성으로, 장자는 경상초가 노자의 제자라고 하였다. 여기서 노자를 경상초의 후손이라고 한 것은, 일반적으로 경상(庚桑)이라는 복성을 노자의 성으로 보고 있기 때문에 착오를 일으키지 않았나 싶다. 『사기』·「장자전(莊子傳)」에는 "경상초는 사실무근의 가공의 인물이다."라고 나와 있다.

47 화서국(華胥國)의 일: 화서국은 옛날 황제(黃帝)가 낮잠을 자다가 꿈에서 노닐었다는 나라 이름이다. 이 나라는 워낙 잘 다스려지고 평온하여 황제는 꿈에서 깬 후 치국의 이치를 얻었다 한다. '화서지몽(華胥之夢)'이라 하여 꿈 자체를 의미하기도 한다.

게는 전해지지 않고 유독 뒷사람인 나에게만 전해진 이유는 무엇일까? 유명(幽明)이 서로 감응하는 데는 그럴 법한 이치가 있는 법이다. 혹여 때를 기다려 나에게 말한 것이 아닐까! 지난번엔 3일 밤 동안을 다니면서도 끝내 일언반구도 없이 나를 부리더니, 이번엔 하룻밤 사이에 평소 친하게 지내던 사람 대하듯 속마음을 털어놓는단 말인가? 병오일 밤 맹도사라고 하던 이는 지금 매학도인 맹시(孟蓍)라고 하니, 어찌 이리도 전후가 딱 맞아떨어진단 말인가? 여구공과 채희 두 신인은 어디에서 와서 이 북산에 살고 있는지 모르겠다. 취비의 일은 알정(閼井)의 용녀[48]의 사적과 같다. 그런데 알정의 용녀는 사책에 드러나 있지만 취비 일만은 후세에 전해지지 않은 이유는 뭔가? 또 학사와 종정경이란 칭호는 과연 신라시대에 있었던 관직인가? 김린이란 자는 과연 유신의 몇 대 후손인가? 혹시 이런 일이 있다면, 문정공(文正公)에게 있어서 왕윤(王倫)과 한충헌(韓忠獻)에게 있어서 탁주(侂胄)[49]와 무엇이 다른가? 참으로 애석할 일이다.

경순왕이 즉위한 지 8년 만에 고려에게 항복했다는 사실은 우리 역사에 분명하게 실려 전한다. 그런데 그때 땅을 할애해 주며 원병을 요청하는 일은 나라의 대사였다. 이러한 위급한 상황 앞에서 맹 도사 같은 이는 이를 전담하여 성사시키고 돌아오기 전에 중도에서 운명하였다. 그렇다

---

48 알정(閼井)의 용녀: 용녀는 신라의 시조 박혁거세의 비 알영(閼英)이다. 그녀는 알영정(閼英井)에 나온 계룡(鷄龍)의 왼쪽 옆구리에서 태어났다고 알려져 있다. 이를 닭 토템에 기원하는 것으로 보며, 김씨족 출신으로 보기도 한다. 한편 신라 제2대 왕인 남해차차웅(南解次次雄)의 모후로, 신라 건국 시기에 건국의 여성 신격으로 주목된다.

49 문정공(文正公)에게 있어서 왕윤(王倫)과 한충헌(韓忠獻)에게 있어서 탁주(侂胄): 모두 중국 송나라 때의 인물들로, 문정공은 왕단(王旦)으로, 진종(眞宗) 때 오랫동안 국정을 맡아 훌륭한 치적이 있었다. 왕윤은 그의 족손(族孫)으로, 처음부터 범법을 자행하는 인물이었다. 그러나 본문에서 비교한 바와 다르게 왕윤은 흠종(欽宗)·고종(高宗) 시기 금(金)나라의 침입으로 국가의 존망이 위태로울 때 병부시랑으로서 활약하다가 금나라에 끌려가 죽었다. 한충헌은 한기(韓琦)로, 충헌은 그의 시호이다. 범중엄(范仲淹)과 함께 명망을 얻어 '한범(韓范)'으로 병칭되었다. 한탁주(韓侂胄)는 그의 증손으로, 멋대로 전횡을 자행하고 도학을 배척하여 당시 학문을 피폐하게 하였다.

면 마땅히 역사의 기록에 남아 있어야 하는데도 그에 대한 일은 대강이
라도 남아 있지 않다. 무슨 까닭인가? 이것으로 따져 보면 앞서 말한
역사책은 전혀 증거가 못 되는 게 아닌가?

아! 괴력난신(怪力亂神)은 공자도 경계하였거니와, 원한의 기운이 뭉치
고 쌓인 끝에 꿈을 빌려 이를 전해주는 이상한 일 또한 많이 있는가 보다.
간보(干寶)의 『수신기(搜神記)』[50]와 우승유(牛僧孺)의 『유괴록(幽怪錄)』[51]도
아마 이러한 낱낱의 일에서 만들어진 것이 아니겠는가? 지금 맹 도사의
전언이 이처럼 간곡하니, 아무리 유명의 사이가 다르다고 하지만 그 부탁
을 저버릴 수 없다. 이에 베개에 기댄 채 초하여 사람들에게 전한다. 박학
하고 전아한 군자는 이를 지적질하고 비웃지 말기를 바란다.

평한다.

신 공(愼公)이 과연 신인이고 최생이 과연 신선이 되었다면, 스스로
자신을 끌어 진인의 경지에 올라 목적을 이뤘을 것이다. 그런데 어찌
선녀에게 장가보낸다는 것으로 유혹하여 끝내 허망한 데로 귀결되었던
가? 삿된 귀신이 남의 모습을 빌려 환영을 만들어 사람을 속인다고 한
택당의 견해는 명쾌하다. 맹 노인이 성완을 숲과 골짜기 여기저기를 끌
고 돌아다니며 낮에는 숨고 밤에만 나타났던 일도 그 자취가 분명하지

---

50 간보(干寶)의 『수신기(搜神記)』: 진(晉)나라 때의 인물 간보가 엮은 초기 지괴집으로
모두 20권이다. 요괴와 불교의 인과응보에 관한 이야기가 많이 들어 있다. 신선과
요괴, 귀신 등의 소재가 대부분이어서 초기 동아시아 비현실계 서사의 특징과 당대
사람들의 이에 대한 인식을 엿볼 수 있는 대표적인 자료이기도 하다. 이후 동아시아
초기 서사에 적지 않은 영향을 끼쳤다. 중국에서는 이 자료를 중국소설의 초기적
형태라고 보고 있다.

51 우승유(牛僧孺)의 『유괴록(幽怪錄)』: 보통 '현괴록(玄怪錄)'이라 한다. 모두 40여 편의
신괴담(神怪談)이 실려 있다. 주로 저승이나 환생 등의 소재가 많다. 우승유는 당나라
때 유명한 당쟁이었던 이른바 '우이당쟁(牛李黨爭)'의 우당 수령으로 정치에 깊이 관
여한 인물이다. 그러나 한편으로 소설과 관련된 이야기 창작과 편집을 많이 하여
이 『현괴록』 외에도 「두자춘전(杜子春傳)」 등의 전기소설을 남겼다.

않은가? 그는 귀신이 아니면 여우일 게다. 시에서 '창암댁(蒼巖宅)', '자갈루(紫葛樓)'라고 한 것은 바위굴로 집을 삼고 칡넝쿨로 누대를 삼았다는 말이니, 여우가 아니고서야 어찌 이럴 수 있단 말인가? 오슬(烏瑟)과 단로(丹老) 또한 이와 같은 유이다. 아무래도 이는 천년 묵은 늙은 여우가 변하여 신과 교통한 것이리라. 신라 때의 학사란 사람이 세상에 자신의 사적을 전해달라고 한 이야기는 더더욱 기이하다. 진실로 그런 사람이 있어서 이름을 빌리고 형체를 빌려 현몽한 것이 아니겠는가? 이 모두 요괴 중에서도 대단한, 세상에서 미처 만나 보지 못한 것들이다. 최(崔)와 성(成) 두 사람만이 이것들을 보게 되었으니, 아! 기이한 일이로다!

요괴의 해코지

제35화

선비의 집에서 늙은 할미가 요괴로 변하다

죽전방(竹前坊)[1]에 한 선비의 집이 있었다. 그는 일이 있어 출타하고 아내만이 혼자 있을 때였다. 하루는 어떤 늙은 할미가 문 앞을 지나가다가 들어와 구걸하였다. 차림새로 봐서는 비구니인 것 같았다. 나이는 많아 보였으나 겉모습은 그리 쇠약하진 않았다. 선비의 아내가 불러서 물었다.

"길쌈을 할 줄 아세요?"

"그렇습죠!"

다시 물었다.

"우리 집에 머물면서 길쌈 일을 돕는다면 내 아침저녁으로 먹을 걸 주리다. 돌아다니며 구걸하지 않아도 되게 할 테니 어때요?"

"그럼 얼마나 다행이라고 분부를 따르지 않겠수?"

아내는 기뻐하며 머물게 하였다. 할미는 솜을 틀고 생사를 뽑고 마는 솜씨가 보통 민첩하고 빠른 게 아니었다. 하루 작업량이 예닐곱 사람의 양을 해치우고도 넉넉했다. 아내는 너무 좋아하며 한껏 음식을 차려 대

---

1   죽전방(竹前坊): 현재 서울 을지로 2가 일대로, '죽전방(竹箭坊)'으로 많이 불렸다. 옛날에 이곳에 대그릇 가게가 많이 있어서 붙여진 명칭이다.

접했다. 그런데 6, 7일이 지나가자 살가운 마음이 조금씩 풀어져 점점 애초의 대접 같지 않았다. 이에 할미는 화난 기색이 역력했다. 그러던 어느 날, 마침내 발끈했다.

"나 혼자만 묵을 순 없지. 아무래도 남편을 불러와야겠어!"

당장 일어나 문을 나섰다. 얼마 뒤 어떤 늙은이와 함께 들어섰는데, 늙은이의 거동과 차림새로 보아 세상에서 말하는 거사(居士)라 할 만했다. 문안으로 들어온 할미는 벽 위의 감실(龕室)²을 비우게 하더니 둘은 일순간 그 안으로 들어가 모습을 감춰버렸다. 다만 꾸짖는 소리만이 들렸다. 그러면서 상다리가 부러지도록 먹을 것을 내오라는 것이었다. 만약 조금이라도 이를 어기면 집안의 어린아이들이 그때마다 병으로 죽어나갔다. 아래위 할 것 없이 이 소식을 들은 친척 중에 찾아왔다가 방에 들어간 자는 그 자리에서 병이 나서 죽었다. 이제 누구도 감히 감실을 엿보지 못하게 된 것이다. 불과 열흘도 지나지 않아서 집안의 종들은 모두 죽고 선비의 아내만이 살아남았다. 이웃은 그 집을 멀리서 바라보고 연기가 나면 그녀가 살아 있는 줄 알 뿐이었다. 그 뒤 대엿새가 지나자 연기마저도 끊어졌다. 이제 그녀도 죽었다는 걸 알 수 있었다. 그러나 끝내 아무도 그곳을 들어가 보지 못했다고 한다.

제36화
잔치에서 사나운 아이가 염병을 퍼뜨리다

한 벼슬아치 집안에 경사스러운 일이 생겨 큰 잔치를 열었다. 일문(一

---

2 감실(龕室): 사당 안에 신주를 모셔두는 방이다. 원래 불교에서 법전 안 옥좌(玉座) 위나 법당의 불좌 위에 만든 것으로, '닫집'이라고도 하였다. 이것이 나중에 일반 가정에 전해져 방 안의 한 곳이나 집 안 뒤편에 신주를 모시는 장소로 삼았다.

門)이 모두 모여 내외의 친척이 집 안을 가득 메웠다. 손님들이 모여 있던 안채의 주렴 밖으로 별안간 머리를 흐트러뜨리고, 사납게 생긴 웬 아이가 서 있었다. 생김새가 매우 흉악한 게 나이는 15, 6세 정도 돼 보였다. 주인과 손님들은 서로 이 아이가 누구 집의 하인이겠거니 싶어 누구냐고 묻지도 않았다. 다만 좌중의 한 여자 손님이 그가 내실에 너무 가까이 있다는 이유로 여종을 시켜서 이 아이를 꾸짖어 쫓아내도록 하였다. 그러나 아이는 꿈쩍도 하지 않는 것이었다. 여종이 야단을 쳤다.

"너는 뉘 집 하인이기에 감히 내실 지척에까지 와서 서 있느냐? 내당에서 즉시 밖으로 나가라고 하시는데도 어디서 감히 나가지 않고!"

아이는 묵묵히 한마디도 대꾸하지 않았다. 여러 사람은 괴이하다며 그제야 서로 수군댔다.

"저 아이는 뉘 집 종이야?"

주인과 손님 모두,

"모르겠네!"

라고 하였다. 다시 사람을 시켜 물었으나 아이는 여전히 묵묵부답이었다. 여자 손님들이 다들 화를 내며 붙잡아 끌어내라고 하였다. 처음 몇 사람이 끌어내려 했다. 그러나 마치 하루살이가 바위에 부딪히는 격이었다. 좌중은 화가 치밀어 바깥 대청에 이야기하여 밖으로 끌어내게 했다. 외청에 있던 남자 손님들이 이 소리를 듣고 건장한 하인 두셋을 보내 끌고 나오게 했다. 그러나 역시 털끝 하나 움직일 수가 없었다. 사람들은 너나 할 것 없이,

"도대체 어떻게 생겨 먹은 놈이길래 끝내 한마디 말도 하지 않는단 말이냐?"

라며 서로 묻고는 더 놀랍고 화가 나서 이번에는 장정 수십 명을 동원하여 굵은 밧줄로 빙빙 둘러 묶은 다음 끌어내게 했다. 하지만 역시 태산을 움직이는 것처럼 머리털 하나도 변화가 없었다. 도저히 사람의 힘으로는

끌어낼 수 없는 상황이 된 것이다. 이에 한 손님이 '저놈 역시 사람일 뿐이거늘 어찌 움직이지 않을 리 있겠느냐'며 다시 힘이 장사인 무사 대여섯을 시켜서 큰 몽둥이로 두들겨 패라고 하였다. 이들이 있는 힘껏 내리쳐 형세는 계란을 짓누르는 듯하고 소리는 벼락이 치는 듯하였다. 그래도 여전히 머리털 한 올 움직이거나 눈 한 번 깜박하지 않았다. 사람들은 급기야 너무 놀랍고 두려워졌다. 그가 어쩌면 사람이 아닐지 모른다는 생각에서였다. 이에 다들 뜰로 내려와 그 앞에 무릎을 꿇고 절을 하거나 손을 모아 기도하면서 간절히 애원하였다.

한참 뒤에 아이는 빙그레 웃으며 문을 나갔다. 문을 나서자마자 시야에서 사라졌다. 사람들은 놀란 데다가 두려운 마음이 들어 그 자리에서 잔치를 끝내고 흩어져 집으로 돌아갔다. 다음날부터 주인과 잔치에 참석했던 사람들의 집에서는 염병이 급속하게 돌기 시작했다. 꾸짖고 욕했던 자와 끌어내라고 시킨 자, 때리라고 한 자, 그리고 무사와 하인 등 손을 썼던 자들이 며칠 지나지 않아 먼저 죽어 나갔다. 이들 머리는 모두 찢어진 채였다. 이렇게 잔치에 참석했던 사람들 모두가 죽임을 당하고 살아난 사람은 아무도 없었다.

세상에 전하는 말에 이 아이를 '두억신(頭抑神)'[3]이라 부르는데, 어디에 근거한 것인지는 알 수 없다.

평한다.
이익을 탐하다 화를 입은 일은 당연하다. 선비의 아내가 만약 길쌈 따위의 조그만 이익을 욕심내지 않았더라면 어찌 귀신의 수레에 실려

---

3   두억신(頭抑神): 즉 두억시니로, '두억신(斗億神)', '두옥신(斗玉神)'이라고도 한다. 잡귀신의 한 가지로, 우리의 민간 전설에만 등장한다. 조재삼(趙在三, 1808~1866)의 『송남잡지(松南雜識)』에 의하면, '두억은 원래 안당(安瑭, 1460~1521)의 계집종이었는데 원통하게 죽어 귀신이 되었다.'고 전해진다.

스스로 죽음을 자초하는 데에 이르렀겠는가? 경서에도 이르기를, "스스로 만든 화는 피할 수 없도다[自作孽不可逭]."[4]라고 하였으니, 바로 선비의 아내에게 해당되는 말이다. 한 집안이 망하게 되는 데는 반드시 재앙이 있기 마련이다. 그러므로 일가의 모임에 큰 염병을 퍼뜨리는 아이가 들어왔는데도 이를 알아차려서 공경하며 멀리할 줄 모르고, 도리어 꾸짖어 끌어내고 때리고 하여 그의 노여움을 부채질하였다. 염병을 피하려고 해도 피할 수 있었겠는가? 비록 그렇다고 하더라도 이렇게 사람과 귀신이 어지럽게 뒤섞이는 경우는 태평한 시절의 일은 못 된다. 그렇다고 어찌 남정중(南正重)[5]을 찾아 부탁할 수 있겠는가?

---

4 스스로 만든 화는 피할 수 없도다[自作孽不可逭]: 이는 『서경』·「태갑(太甲)」 편 "天作孽猶可違, 自作孽不可逭."이라는 데서 유래한 이래 이후 속담이나 명언 등으로 여러 텍스트에 인용된 바 있다.

5 남정중(南正重): 남정(南正)은 고대에 하늘을 관장하는 관직이며 중(重)은 이를 맡은 자이다. 중국 삼황오제(三皇五帝) 시대에 전욱(顓頊)이 남정중에겐 하늘을, 화정(火正)인 려(黎)에겐 땅을 관장하도록 한 데서 유래한다. 이들은 각각 하늘의 '신(神)'과 땅의 '백성'을 연결하는 역할도 하였다.

흉가에서의 괴변

제37화

이 수재가 빈집을 빌렸다가 괴변을 당하다

한양에 사는 선비 이창(李廠)이 일찍이 사람들에게 들려준 이야기이다.

그는 가난해서 변변한 집 한 채 없었다. 매번 남의 집을 빌려 얹혀사는 것이 일과처럼 되어 버렸다. 그러다 집을 빌리지 못해 막다른 골목에 몰리게 되면 흉가라고 소문난 집이라도 들어가야 하는 때도 있었다.

그러던 어느 날이었다. 묵을 집을 빌리려 했으나 얻지 못하고 있는데, 남산 아래 묵사동(墨寺洞)[1]의 안쪽 후미진 곳에 집 한 채가 있다는 소식을 접하게 되었다. 그런데 이 집은 흉가라고 알려져 텅 빈 채로 버려진 지 오래였다. 이창의 식구들은 이 집에 들어가 살 요량으로 먼저 정말로 흉가인지 시험해 보고자 하였다. 형 휴(庥)와 하(廈), 그리고 친척 및 친구 대여섯 명과 함께 가서 깨끗이 청소하고 묵었다. 이 집엔 단단히 봉해져 열 수 없는 다락이 한 칸 있었다. 문틈으로 그 안을 들여다보니, 신주를 모시는 교의(交椅)가 있고 그 위에 신주와 빈 궤가 놓여 있었다. 또 오래

---

1 묵사동(墨寺洞): 남산 아래 지금의 묵정동(墨井洞)을 가리킨다. '묵적골'로 불려왔다. 이곳에 묵사(墨寺)라는 절이 있어서 붙여진 이름이다. 특히 이 일대는 가난한 선비가 사는 남촌(南村)의 상징적인 공간으로, '남산 딸깍발이'라는 말이 생겨났다. 대표적으로 효종 때 은사 허생(許生)이 있었는바, 박지원(朴趾源)이 묵적골의 허생을 입전한 작품이 바로 「허생전(許生傳)」이다.

된 무현금(無絃琴)² 하나와 다 해진 신발 한 짝이 보였다. 다른 한쪽에 작고 뾰족하게 깎은 오래된 나무 조각 몇 개가 놓여 있었다. 이 외에 다른 물건은 더 보이지 않았다. 모두 먼지가 잔뜩 쌓인 게 몇 년 동안이나 방치된 것인지 알 수 없었다.

이날 밤 이창 일행은 대강 술과 안주를 마련하고 모여 앉아 종정도(從政圖)³ 놀이를 하며 밤샐 요량이었다. 그런데 밤이 깊었을 즈음 느닷없이 다락에서 거문고 소리가 들리고, 여러 사람이 왁자지껄 떠들며 환호하는 소리까지 들려오는 것이었다. 그 소리가 분명하지 않아 자세히 들어보았으나 분간을 할 수가 없었다. 아무튼 잔치에서 떠드는 소리인 양 시끌벅적 아주 시끄러웠다. 이창 일행은 의논한 끝에 한 사람이 칼을 빼 들고서 다락의 창을 뚫어 휘둘러보았다. 그러자 다락 안에서도 역시 칼로 창을 뚫고 밖으로 칼을 휘둘러댔다. 칼날엔 시퍼런 빛까지 감돌았다. 이들은 무서워 그만두었다. 다락에선 거문고를 퉁기며 즐겁게 노는 소리가 계속되다가 새벽이 되어서야 그쳤다. 일행은 날이 밝자마자 내빼 돌아왔다. 다시는 그 집으로 감히 들어가지 못했다.

남촌 부동(部洞)⁴에 또 다른 흉가 한 채가 있었다. 이창의 가족은 다시 절박한 상황에 몰려 이 집으로 들어가기로 작정하였다. 형제들이 다시

---

2 무현금(無絃琴): 뜻 그대로 줄이 없는 거문고이다. 육조 시대 「귀거래사(歸去來辭)」로 유명한 도잠(陶潛)이 이 무현금 하나를 집 안에 두고 술이 얼근해지면 어루만지며 그 뜻을 의탁하였다. 그러면서 '거문고의 아취만 알면 되지, 꼭 줄을 퉁겨 소리를 내야 하랴.'라고 하였다. 이후 무현금은 선비의 아취를 상징하게 되었다.

3 종정도(從政圖): 지금의 윷놀이에 해당한다. '승경도(陞卿圖)'라고도 하며, 종이에 벼슬과 품계를 적어 놓고 숫자에 따라 등급이 올라가기도 하고 내려가기도 한다. 일반적으로 과거 합격하여 입신출세를 기원하는 의미에서 만들어진 놀이로, 서당의 아이들이 즐겼다고 한다.

4 부동(部洞): 지금의 서울 중구 필동에서 충무로로 걸쳐 있었던 마을로, 앞의 묵사동과 인접해 있었다. 이곳에 오부(五部)의 하나인 남부(南部)의 청사가 있어서 붙여진 동명으로, '남붓골', '붓골'로 불리었다. 이것을 한자로 옮기면서 붓을 취해 지금의 필동(筆洞)이 되었다.

친구들을 불러 모아 먼저 가서 함께 묵기로 하였다. 그 집으로 들어가자 이번에는 적구(赤狗) 흑구(黑狗) 두 마리가 대청마루 양 귀퉁이에 마주한 채 누워 있었다. 눈은 모두 붉고 생긴 것은 그야말로 미친개로, 나무라도 꿈쩍도 하지 않고 내쫓으려 해도 일어날 기색이 없었다. 사람을 보고도 짖거나 물지도 않았다.

밤이 깊어지자 두 마리는 대청마루에서 마당으로 내려와 허공을 향해 짖었다. 그 소리가 너무 흉측했다. 개들이 이리 뛰고 저리 뛰자 갑자기 조복(朝服)에 갓을 쓴 한 장부가 집 뒤편에서 나타났다. 개들이 좋아하며 주인을 맞느라 앞서거니 뒤서거니 하였다. 장부가 대청으로 올라가 한쪽에 걸터앉았다. 그러자 다시 대여섯의 잡귀가 대청마루 나무 바닥 아래에서 나와 그에게 절을 올렸다. 장부는 이들 잡귀와 괴상한 이 개 두 마리를 거느리고 집을 몇 바퀴나 둘러보면서 뭔가를 찾았다. 대청으로 올라와 앉아 있다가 뜰로 내려와 걷기도 하더니 한참 뒤에야 자리를 떴다. 대여섯 잡귀들은 대청의 마루 아래로 돌아갔다. 개들도 대청 위로 올라가 양 모퉁이에서 서로 마주한 채 엎드리는 것이었다. 방 안에서 모여 있던 일행 모두 이 광경을 목도하였다.

다음 날, 이들은 대청으로 올라가 마루 나무 틈으로 그 아래를 엿보았다. 바닥엔 망가진 키와 닳아빠진 빗자루 두세 개만 남아 있었다. 다시 집 뒤편으로 가서 살펴보니, 거기에도 다 닳은 빗자루 하나가 아궁이 안에 있었다. 종을 시켜 이것들을 꺼내 모두 태워버리도록 하였다. 그러나 개들은 종일토록 엎드려 그곳을 떠나지 않고 개밥을 먹는 일도 없었다. 일행이 의논해 죽이려고 했지만 흉악하고 불길한 변을 당할까 봐 강행하지 못했다. 그날 밤 주위가 조용해지자 다시 엿보았다. 깊은 밤 개들은 전날과 다름없이 마당으로 내려와 허공에 대고 짖어댔다. 의관을 차린 자가 다시 뒤편에서 나오고 대여섯의 잡귀들이 영접하여 함께 그 집을 빙 둘러서 살피다가 한참 만에 흩어져 각자 나왔던 곳으로 되돌아갔다. 전날과 조금도 차이가 없었다. 일행은 너무 두렵고 괴이쩍어 다음 날 마침내 이 집을 버리고 달아났다.

이창의 얘기를 들은 어떤 사람이 그의 형 휴와 하에게 이 사실을 다시 확인해 보았더니,
"진짜라니까요!"
라고 하였다.

또 다른 사람이 전해 준 일화가 있다.

어떤 선비가 집이 없어 묵사동 흉가를 빌려 들어갔다. 그는 다락의 물건이 나쁜 빌미가 된다고 하여 닫힌 문을 열고 창을 부숴 신주와 빈 궤, 묵은 무현금, 해진 신과 오래전에 깎은 나무 조각 따위를 가져다가 마당에 놓고 태워버렸다. 불길이 아직 솟기 전인데 계집종 하나가 갑자기 땅바닥에 엎어지더니 구규(九竅)⁵에서 피를 토하며 죽고 말았다. 선비는 소스라치게 놀라 급히 불을 끄고 물건을 다시 다락으로 올려다 놓았다. 결국 그 집을 버리고 떠나야 했다.

그 후에 또 집 없는 어떤 사람이 이 집으로 들어오게 되었다. 그런데 한밤중에 푸른 치마를 입은 여자 귀신이 다락에서 방으로 내려와 해괴한 짓을 벌였다. 그도 살지 못하고 떠났다. 이때부터 다시는 이 집에 들어가는 이가 없었다.

또 다른 전언이 있다. 남소문동(南小門洞)⁶의 땔나무를 하는 종붙이 십

---

5   구규(九竅): 사람의 몸에 있는 아홉 구멍으로 눈·코·귀·입과 오줌길과 항문 따위를 말한다.

6   남소문동(南小門洞): 남소동(南小洞)이라고도 한다. 지금 서울 중구 장충동, 광희동에 걸쳐 있던 마을로, 이 지역 위쪽에 도성의 남동쪽 문인 남소문(南小門)이 있어서 붙여

여 명이 새벽에 떼를 지어 나와 묵사동 그 흉가의 후원을 지나는 길이었다. 한 백발의 할미가 소나무 사이에서 앉아 울고 있는 것이었다. 이들은 그녀가 사악한 귀신이라는 걸 알고 그중 한 명이 낫을 들고 순식간에 앞을 막고 내리쳤다. 그러자 할미는 집 안으로 내달려 들어가 버렸다. 몸길이는 겨우 한 자 정도밖에 안 되었지만 체구는 보통 사람을 넘더라는 것이다.

제38화

최 첨사가 남의 집에 세 들었다가 귀신을 만나다

나는 병신년(1716)에 화를 당해[7] 의금부에서 취조를 받았다. 당시 무사 최원서(崔元緒)[8]도 소강첨사(所江僉使)[9]로서 이 일에 연루되어 취조당했다. 우리는 영어의 몸으로 있던 터라 자주 이야기를 나누며 답답한 시간을

진 명칭이다. 이곳에서 묵사동과는 재를 하나 사이에 두고 있었다.

7 병신년(1716)에 화를 당해: 이때 호조참의였던 임방(任埅)은 사위 이원곤(李元坤)의 옥사에 연루되어 투옥되었다. 원래 이돈(李墪, 1642~1713)이 임금의 부름을 받고도 입시하지 않았다가 그 불가피함을 증명하기 위해 사람들을 찾아다니면서 일종의 입을 맞추려고 하던 중에 길에서 이원곤을 만난 적이 있었다. 이원곤은 이 사실을 장인인 임방에게 전했고, 임방도 이를 다른 사람들에게 전했다고 한다. 이에 사헌부에서 이원곤을 다그치자 임방의 아들인 임건원(任健元)이 지어낸 것이라고 거짓말까지 하여 결국 세 사람 모두 투옥된 사건이다. 그 때가 5월 27일이었다. 임방은 이듬해 파직당하였다.

8 최원서(崔元緒): 미상이다. 실록에는 1613년에 '전 부사(府使)'로 한 번 등장하고 있다. 한편 이 책의 이본 중에는 그가 소강첨사가 아니라 전 첨사(僉使)로 나온 예가 있어서 여기 첨사와 실록의 부사는 같은 벼슬을 다르게 표기한 것이 아닌가 싶다.

9 소강첨사(所江僉使): 소강(所江)은 배천군 옹진현(甕津縣)에 있었던 지역으로, 원래 '소강(蘇江)'이라고 했다고 한다. 이곳에 수군절제사영인 소강진(所江鎭)을 두어 주변 옹진반도의 포구를 관할하였다. 첨사는 첨절제사(僉節制使)의 준말로, 조선시대 각 진영에서 절도사 아래에 있었던 종3품 무관직이었다. 병영에는 병마첨절제사, 수영(水營)에는 수군첨절제사가 각각 있었다.

달랬다. 하루는 이야기를 나누다가 귀신과 도깨비를 거론하게 되었다. 최 첨사는 젊었을 적에 직접 귀신을 만나 거의 죽을 뻔하다가 살아난 적이 있다고 했는데, 정말 기이한 일이었다. 내가 더 들려달라고 재촉하자 그는 다음과 같이 자세하게 들려주었다.

나는 서울에 원래 집이 없었다. 마침 부동(部洞)에 빈집이 하나 있다는 소식을 듣고 빌려 살 참이었다. 아버지께선 식솔을 거느리고 들어가 안채에 거처하시고, 나는 홀로 행랑에 묵었다. 그러던 어느 날이었다. 밤이 깊어 자리에 들었으나 아직 잠이 들지 못하고 있었다. 그때 느닷없이 어떤 여인이 지게문을 열고 들어와 등불 앞에 서는 것이었다. 유심히 살펴보니 양반 집의 여종으로 전에 몇 차례 만나 본 적이 있는 애였다. 어여쁜 얼굴에 반해 한번 안아보려고 했으나 기회를 얻지 못해 매번 마음에 두고 잊지 못하던 중이었다. 그런데 이렇게 밤을 틈타 자기 발로 찾아왔으니 천만뜻밖이라 놀랍고 기쁜 마음을 누를 길이 없었다. 나는 이 애를 불러 앞으로 가까이 오라고 하였으나 묵묵부답이었다. 내가 직접 일어나 손을 뻗어 잡으려 하자, 바로 몸을 빼 뒤로 물러났다. 내 손이 자기 몸에 닿지 못하게 하는 것이었다. 나도 재빠르게 쫓았지만 이 애의 뒷걸음질이 워낙 빨라 끝내 붙잡을 수 없었다. 지게문에 닿자 이 애는 발뒤꿈치로 문을 밀치고 나갔다. 나는 뒤따라 쫓아 나갔으나 어느새 시야에서 사라지고 말았다. 사방으로 찾아보아도 아득할 뿐 간 곳을 알 수 없었다. 그때까지만 해도 나는 '이 여자애가 몸을 피해 잘 숨었겠지.' 하고 이상하다는 생각은 조금도 갖지 않았었다.

그런데 다음 날 밤에 그녀가 다시 찾아와 등불 앞에 섰다. 이전과 변함없이 황홀하였다. 나는 또 일어나 그녀를 끌어안아 보려 했다. 여자는 곧장 뒷걸음치며 물러나더니 문밖으로 나간 다음 보이지 않았다.

아무리 찾아보아도 찾을 수가 없는 게 어제와 똑같았다. 마음이 절실한 데다 놀랍고 의아했으나, 그때까진 이 여자가 귀신이란 사실을 전혀 눈치채지 못했다.

며칠이 지났다. 또 밤이 깊어 혼자 누워 있었는데, 갑자기 방 위 천장 속에서 '벌떡벌떡[伐德伐德]' 하는 소리가 들렸다. 자리를 털거나 종이를 뒤집는 소리 같았다. 점점 시끄러워지더니 이윽고 천장에서 휘장 하나가 내려왔다. 짙은 푸른색을 띤 휘장은 방 한가운데를 가로막았다. 그러더니 어느 순간 방 안 가득 숯불이 깔리고 검붉은 불꽃이 타올라 열기가 금방이라도 방을 태울 태세였다. 내가 누워 있는 자리 말고는 방 전체가 불길에 휩싸여 빠져나갈 구멍이 보이지 않았다. 이러다가 불에 탈까 싶어 급하고 두려움 마음에 거의 죽을 지경이었다. 새벽이 되어 닭이 울자마자 천장에서 '벌떡벌떡' 하는 소리가 비로소 잦아들었다. 드리웠던 푸른 휘장도 걷히고 방 안 가득했던 숯불도 한순간에 저절로 꺼졌다. 막 청소를 한 것처럼 터럭 하나 남은 흔적이 없었다.

다음 날 밤, 나는 또 혼자 방에 누웠다. 미처 옷을 벗고 잠자리에 들기 전에 이번에는 느닷없이 사나운 장사 한 놈이 문을 밀치고 들어왔다. 머리엔 전립(戰笠)[10]을 쓰고 몸엔 청색의 갑옷을 걸친 것이 차림새로 봐선 관아의 죄인을 다루는 군졸 같았다. 막무가내로 다가오더니 나를 잡아끌고 나가려고 하였다. 나는 그때 젊고 씩씩한 데다 담력도 있었기에 끌려 나가지 않으려고 서로 붙잡고 다투며 저항하였다. 그러나 이자

---

10 전립(戰笠): 무관이 쓰던 갓으로, '전립(氈笠)', '모립(毛笠)'이라고도 했다. 붉은 털로 만들어 끈을 꼬아 테두리를 하고 공작의 깃털 등을 달아 장식하였다. 원래는 북방 호족이 쓰던 것으로 우리나라에 전래된 것으로, 이를 벙거지라 했다. 처음에는 군뢰(軍牢)가 군장할 때 쓰던 것이었으나 조선 중엽 이후에는 군사들 간에 널리 사용하였고, 정묘호란 이후에는 무인뿐만 아니라 사대부까지 착용하여 군민통용의 갓이 되었다.

의 힘이 워낙 세 도저히 당해낼 수가 없었다. 별수 없이 금세 마당으로 끌려 내려갔다. 이자는 나를 잡아 높이 들더니 몇 차례 빙빙 돌리다가 마당 앞 섬돌 위로 냅다 내던졌다. 나는 바로 혼절하여 땅에 꼬꾸라졌고 옴짝달싹할 수가 없었다. 놈은 엎어져 기절한 나를 지키고 서 있었다. 이 집은 정원이 하나 있고, 그 정원 주위를 담장이 두르고 있었다. 담장 안 정원 위에는 또 다른 십여 명의 놈들이 한데 모여 있었다. 모두 전립과 갑옷을 입어 죄인을 다루는 군졸과 같은 모습이었다. 저들은 이 광경을 바라보고 있다가 일제히 그만두라고 소리쳤다.

"그만 하게, 그만 해!"

그러나 이자는 대꾸하기를,

"무슨 상관인가, 무슨 상관이야!"

라고 하였다. 그만두고 하지 말라는 소리가 끊이지 않았고, 무슨 상관이냐며 대꾸하는 소리도 마찬가지였다. 다시 무리에서 말했다.

"이 양반은 무관의 고위직에 오를 분이네. 그러지 말게, 하지 말아!"

그래도 이자는 받아쳤다.

"그렇더라도 무슨 상관이야, 무슨 상관이냐고!"

놈은 두 손으로 나를 들어 공중으로 내던졌다. 던져진 내 몸은 하늘로 솟구쳐 나부끼듯 남쪽으로 날아갔다. 경기와 호서를 지나 호남의 한 외진 곳에 떨어졌다. 공중에 떠서 날아갈 때 아래를 내려다보니 지나치는 삼도(三道)의 고을들이 낱낱이 눈에 들어왔다. 놈은 다시 나를 호남에서 공중으로 내던졌다. 나는 또다시 하늘 복판으로 솟구쳐 올라 북쪽으로 하늘하늘 날아 처음 엎어졌던 이 집 섬돌에 떨어졌다. 다시 정원 위에서 십여 명이 만류하였다.

"그러지 말라니까, 그러지 말아!"

"무슨 상관이냐, 무슨 상관이냐고!"

이렇게 처음 했던 말을 되풀이하였다. 놈은 또다시 나를 들어 공중으로 내던졌고, 호남에까지 날아가 떨어진 나를 다시 호남에서 공중으로 내던졌다. 역시 섬돌 위에 떨어졌다. 이렇게 두 차례를 똑같이 하였다. 결국 애초 정원 위에 모여서 지켜보던 자 중에 한 명이 다가와 나를 붙잡고 있던 놈을 끌고 데려갔다. 이들은 정원에 함께 모여 한바탕 웃고 떠들다가 흩어져 더 이상 보이지 않았다. 나는 섬돌 위에 엎어져 정신을 잃은 채 깨어나지 못했다.

다음 날 아침, 아버지께서 밖으로 나왔다가 기절해 있는 나를 보고 깜짝 놀라 부축하여 들어가 치료해 주셨다. 이윽고 숨이 돌아와 깨어날 수 있었다. 나는 결국 이 집을 버리고 다른 동네로 도망치듯 이사했다. 나중에 들으니 그 집은 평소 흉가로 알려져 있었다고 한다.

평한다.

어떤 집이 흉하다고 하면 그런 구체적인 증거들이 많이 나타나는 법이다. 귀신이 나왔다는 이야기도 그중 한 가지이다. 만약 방정한 군자가 들어가 살았다면 귀신은 필시 그를 공경하여 스스로 멀어졌을 것이다. 그러니 어찌 집이 흉하다 흉하지 않다고 하겠는가? 이생(李生)은 다만 괴상한 일을 목격했을 뿐 해를 입지 않았으나, 최 첨사는 처음에 괴상한 징후를 보고 나중에는 자신 실신하는 해까지 입었다. 이생이 잠시 머물렀다면 최 첨사는 오래 머물렀기에 그런 게 아닌가? 내 듣자 하니 사람만이 귀신을 두려워하는 것이 아니라 귀신도 사람을 두려워한다고 한다. 귀신이 두려워하는 사람더러 최 첨사와 이생을 대신하여 귀신을 만나, 그 귀신이 도리어 두려움에 떠는 등 굴복시키게 하지 못한 게 한스럽다. 애석하다!

원한 맺힌 구렁이

제39화

옛 재상의 집에서 뱀의 혼령이 재앙을 일으키다

금천(衿川)¹에 재상 하연(河演)²의 옛 집터가 있다. 하 공은 다름 아닌 국조 태평 시절의 명재상이었다. 별서가 금천에 있어서 하 공은 평소 이곳에 있을 때가 많았다. 이 별장은 규모가 제법 커서 작은 집이 아니었다. 하 공이 죽고 나서는 자손들이 이곳에서 대대로 눌러살았다.

이곳 마을 사람들에게 전해져 오는 이야기가 있는데 하 공의 후손 때 일이다. 집 안 다락 위에 큰 항아리를 두고 거기에 보릿가루를 담아놓았다. 어느 날 집안 여종이 이 보릿가루를 꺼내 쓰려고 항아리 뚜껑을 들춰 안을 보니, 큰 뱀이 항아리 가득 똬리를 틀고 있었다. 보릿가루는 가려서 보이지도 않았다. 여종은 소스라치게 놀라 땅에 나자빠졌다. 헐레벌떡 내달려 와서 주인마님에게 이 사실을 알렸더니 안주인은 사내종

---

1 금천(衿川): 현재 서울시 금천구와 경기도 시흥시에 걸쳐 있었던 현명이다. 고려시대에는 이 일대가 금천으로 독립해 있었다가 조선 초 인근 양천현(陽川縣)과 통합하여 금양현(衿陽縣)으로 되었고, 1년 만에 재분할하여 금천현이 되었다. 이후 1795년 시흥군(始興郡)으로 개칭되었고, 관리는 현령에서 현감으로 승격되었다.

2 하연(河演): 1376~1453. 자는 연량(淵亮), 호는 경재(敬齋), 본관은 진주이다. 정몽주의 문인으로, 1396년 과거에 급제하여 관찰사와 좌우정, 우의정, 영의정 등 삼정승을 모두 역임하였다. 의정부에 들어간 뒤 20년 동안 집안의 대소사에 관여하지 않은 채 국정에 힘써 '승평수문(昇平守文)'의 재상이라 칭송받았다. 『경상도지리지』 등을 편찬하기도 하였다. 한편 시흥시 신천동에 그의 묘소가 있다.

을 시켜 항아리를 들쳐 메고 마당으로 내려가 깨뜨리라고 하였다. 깨진 항아리에서 뱀이 기어 나오는데 크기도 이만저만 큰 게 아니고 생긴 것도 이전에 보지 못한 특별한 놈이었다. 장정 두셋을 시켜 큰 작대기로 마구 때려죽인 다음 섶을 쌓아서 태워버렸다. 그러자 고약한 냄새가 안개처럼 어지럽게 피어오르면서 집 안을 가득 메웠다. 이 악취를 맡은 사람은 누구나 그 자리에서 죽어 나갔다. 온 집안 식구들은 남녀노소를 가리지 않고 이날 모두 죽었고, 이 집을 출입한 다른 사람들도 다 죽고 말았다. 이 때문에 누구도 감히 이 집에 들어오지 못했다. 얼마 지나지 않아 집 안에서 저절로 불이 나더니 하나도 남김없이 다 타버리고 달랑 이 빈터만 남게 된 것이다.

지금도 흉가 터로 전해지고 있으며, 이 집터에는 더 이상 사람이 살지 않는다고 한다.

제40화
무사의 집에서 구렁이가 자식으로 태어나다

예전에 어떤 무사가 한양 동쪽 가 수구문(水口門)³ 안에 살고 있었다. 그는 용맹무쌍한 장사였다. 수구문이란 성의 바닥에 구멍 다섯 개를 내어 성안 광통교(廣通橋)⁴의 큰 냇물을 이 뚫린 구멍을 통해 흐르게 하고,

---

3 수구문(水口門): 정식 명칭은 '광희문(光熙門)'이며, 이곳으로 도성의 시체를 운구하여 성밖에 매장했으므로 시구문(屍口門)이라고도 불리었다. 현재 중구 광희동에 있는 조선시대 사소문(四小門)의 하나로, 동대문과 남대문 사이에 위치한다. 1396년 도성을 쌓을 때 축조되었으며, 1719년에 석축 위에 문루를 짓고 광희문이란 현판을 걸었다.
4 광통교(廣通橋): 즉 광교(廣橋)이다. 서울 종로 네거리에서 남대문으로 가는 큰길을 잇는 청계천 다리로, 이곳이 편제상 광통방(廣通坊)에 있었기에 '대광통교'로 불리었다. 남촌과 북촌을 잇는 다리 중 가장 큰 규모였다. 처음 태조 때는 토교(土橋)였는데, 1410년 다리가 무너지자 태조의 계비 강 씨(姜氏)의 묘인 정릉(貞陵)에 있던 12개의

구멍 가운데에 작은 철 기둥을 나란히 세워 사람이나 짐승의 출입을 막은 곳이다.

하루는 큰 구렁이 한 마리가 성 밖에서 이 수구문을 통해서 들어왔다. 대가리는 철 기둥 사이를 이미 빠져나왔으나, 몸통은 너무 커서 바로 뚫고 들어오지 못해 기둥 사이에 걸려 있는 상태였다. 이를 본 무사가 큰 화살을 겨누어 대가리를 쏘아 맞혔다. 구렁이는 대가리가 터지면서 즉사해 버렸다. 무사는 죽은 구렁이를 끌어내 작대기로 내리쳐 짓이긴 다음 내다 버렸다.

그 뒤 얼마 지나지 않아 무사의 아내는 회임하여 사내아이를 낳았다. 그런데 이 아이는 갓난아기 때부터 자기 아버지를 보면 성난 눈깔로 노려보며 울고 보채는 등 편치 못하였다. 이 아이가 커서 몇 살이 됐을 때 이런 상황은 날로 심해졌다. 무사는 속으로 몹시 괴이쩍어하며 저도 아들을 예뻐하지 않고 미워했다.

그러던 어느 날, 방 안엔 다른 사람은 없고 이 아이 혼자 남아 있었다. 무사는 누워서 낮잠을 자려다가 손으로 얼굴을 가리고 몰래 살폈다. 그랬더니 아이가 눈을 부릅뜨고 쩌려보는데 분한 기운이 활활 타올랐다. 아비가 이미 잠들었다고 판단한 아이는 손에 단도를 들고 점점 가까이 다가오더니 곧장 찌르려 했다. 무사는 순간 벌떡 일어나 칼을 뺏고 큰 막대기로 있는 힘껏 사정없이 두들겨 패 죽이고 말았다. 어떻게 팼던지 살이 찢어지고 뼈가 부러져 거의 뭉개질 판이었다. 무사는 죽은 아이를 밖에 내다 버리고 집을 나갔다.

아이의 엄마는 혼자 남아 슬피 울부짖으며 이불로 시신을 덮고 염을 해줄 참이었다. 그런데 조금 뒤에 보니 이불 속에서 뭔가가 저절로 움직

석각 신장(神將)을 사용하여 석교로 다시 축조하였다. 일설에는 대광통교와 소광통교로 나뉘어 건너는 사람과 물화를 구분했다고 한다. 여기서 광통교 큰 냇물이란 청계천을 말한다.

이고 있었다. 이상해서 이불을 열어 보았더니 시체가 구렁이로 점점 변해가고 있는 것이 아닌가? 반은 이미 구렁이가 된 상태였고 나머지 반은 아직 사람의 몸이었다. 어미는 너무 놀라 뛰쳐나와서는 다시 가까이 갈 엄두를 내지 못하고 있었다.

저녁이 되어 무사가 집으로 돌아왔다. 놀랍고 무서운 얘기를 아내에게서 듣고는 직접 이불을 펼쳐 보니 이미 구렁이로 완전히 변해 있었다. 대가리에는 화살촉이 박혔던 흔적이 또렷했다. 무사는 즉시 덮은 이불을 걷고 고유(告由)[5]하면서 달래주었다.

나와 네가 평소 원수진 일이 없었거늘, 내 우연히 너를 쏘아 죽였구나. 이는 나의 잘못이로다. 그러나 너도 복수하려고 내 자식으로 태어났으니 참으로 이런 큰 변괴는 없는 일이다. 내가 이런 변괴를 만났으니 네가 원수를 갚음은 이미 충분하다 할 것이다. 너 또한 자식으로서 애비를 죽이려 했으니 내 어찌 너를 죽이지 않을 수 있었으랴? 네가 나를 해치려 한다면 나도 다시 너를 죽여야 한다. 네가 만약 이 짓을 멈추지 않는다면 우리의 원한 관계는 끝이 없지 않겠느냐. 너는 이미 원수를 갚았으니 지금 다시 원래의 모습으로 돌아온 것일 테다. 이제부터 전날의 일은 떨쳐버리고 피차 서로 잊는 게 좋지 않겠느냐?

이렇게 곡진하게 고유하고 반복해서 풀어내자, 구렁이도 고개를 숙이고 조용히 엎드린 채 알아들었다는 듯한 시늉을 지었다. 무사는 문을 열어주며 알렸다.

"이제 네 가고 싶은 데로 가거라!"

---

5 고유(告由): 사삿집이나 나라에서 어떤 일이 생겼을 때 가묘나 종묘에 그 사유를 고하는 의식이다. 관혼상제에서 제례의 사당 봉사의식의 하나로 그 내용에 따라 출입고(出入告)와 유사고(有事告)로 나뉜다. 여기서는 유사고에 해당한다.

구렁이는 곧장 문밖으로 나가 마당으로 내려가더니 수구문을 향해서 기어갔다. 철 기둥 사이로 빠져나간 뒤로는 더 이상 간 곳을 알 수 없었다.

평한다.

사람이 천지 사이에서 가장 신령한 동물이다. 뱀이나 구렁이가 비록 독충이기는 하지만 사물의 미미한 것 중에 하나일 뿐이다. 그러나 저들도 죽임을 당해서는 혼령이 되어 변괴를 일으키고 원수를 갚고자 하였다. 그런데 사람으로 원통하게 죽임을 당하여 그 원혼이 복수를 했다는 말은 듣지 못하였다. 가장 신령한 동물이 도리어 이런 미물만 못한 것은 왜인가? 나는 이를 통해서 세상에 죄가 없이도 남에게 죽임을 당하는 자가 많은데도 혼령이 쓸쓸히 아무 응보도 받지 못하는 현실을 보게 된다. 지금 옛 재상의 집과 무사의 집에서 일어난 뱀과 구렁이의 두 가지 일로 적이 느낀 바가 있다. 다만 지식에 통달한 군자와 인물의 유명(幽明)의 이치를 토론해 보지 못하는 것이 한스러울 뿐이다. 아!

하소연의 편지

제41화

정공이 권생에게 편지를 전해주게 하다

정원석 공(鄭元奭公)[1]은 바로 수몽 선생(守夢先生)[2]의 후손이다. 명현의 자제로 젊은 나이에 과거에 급제하였다. 그가 만약 상도를 지켜 몸가짐을 바로 했더라면 전도양양하게 좋은 자리에 오르고 재상의 반열에도 뛰어올랐을 것이다. 불가할 게 무엇이겠는가마는 그는 사람됨이 꼿꼿하고 유별나 일에 얽매이지 않았다. 동료들을 우습게 보아 누구와도 뜻을 합치하는 경우가 없었다. 그러다 결국엔 세상을 조롱하며 탈속의 사람이 되어 수령이나 하다가 말았다. 이에 그는 벼슬을 버리고 양근(楊根) 땅

---

1 정원석공(鄭元奭公): 생력이 알려지지 않았다. 실록의 한 기록에는 1627년 그가 치제관(致祭官)으로 있었다는 정보가 나오기는 하나, 여기 언급처럼 수령을 지낸 관력은 확인되지 않는다. 다만 『현종실록』에 1663년 흥미로운 기사가 보인다. 즉 정엽(鄭曄)의 아들 현석과 손자 원(援)이 연이어 죽고, 원석의 아내인 심 씨(沈氏)가 팔순 노령으로 원의 아들을 돌보고 있다는 정보와 함께, 문숙공(文肅公) 정엽의 후사를 이어줄 것을 청하는 상소이다. 여기에서는 아들 원이 아버지보다 먼저 죽은 것으로 나온다. 아무튼 불우하게 살았던 것만큼은 분명해 보인다. 그런데 이 상소를 올린 사람이 이어지는 글에 생질로 나오는 유방(俞枋)이다.

2 수몽 선생(守夢先生): 즉 정엽(鄭曄, 1563~1625). 자는 시회(時晦), 수몽은 그의 호, 본관은 초계이다. 이이(李珥)의 문인으로, 1583년 과거에 급제하여 충청도관찰사, 도승지, 대사성 등을 역임하였다. 특히 대사성으로 있을 때 여러 번 다른 벼슬을 겸직하였던바, 대사성으로서 겸직하는 선례를 남기기도 하였다. 광해군과 인조 시기 정책에 적극적으로 참여하여 부침을 겪기도 하였다. 저서로 『수몽집(守夢集)』이 있다.

미원(迷源)³에 은거하여 한가롭게 살면서 늙어갔다. 그리고 어느 해 어느 달에 별세하였다.

그는 외아들을 두었으나 먼저 죽었고 오직 어린 손자 하나만 있었다. 가까운 친척도 없고, 그나마 생질인 유방(俞枋)과 이려(李蘆),⁴ 그리고 이(李) 아무개 세 사람만이 서울에 살고 있었다. 이들은 부음을 듣고 즉시 미원으로 달려와서 치상과 납관을 하고 돌아갔다. 염한 관 곁에는 아무도 없고 향족(鄕族)인 권박(權璞)만이 남아서 조석으로 상석을 올리고 있었다. 12월 3일 밤, 권박은 꿈을 꾸었다.

정 공이 난간 위와 뜰 앞을 서성이며 무엇인가 읊조리고 있었다. 그 모습은 평소와 다르지 않았으나 다만 슬퍼하는 기색이 보였다. 그는 권박을 불러 붓을 잡으라고 하더니 입으로 불러 편지 한 통을 쓰게 했다. 권박에게 내용을 몇 번이나 읽게 하여 빠뜨린 말이 없는지 확인까지 했다. 그러더니 이 편지를 생질들에게 전해주라는 것이었다. 편지 내용은 이러했다.

내 나이는 찼어도 기력은 아직도 쇠하지 않아 백수를 누릴 참이어서 속으로도 더 살 줄 알았다. 허나 뜻밖의 흉측한 변고가 생겨 절박한 지경에 처하고 말았구나. 이제야 세상에서 사람 일이란 하나도 믿기

---

3 미원(迷源): 현재 가평군 설악면(雪岳面) 일대이다. 이 지역을 언제 미원이라고 불렸는지 불확실하나, 1661년 이곳 장석 마을에 미원서원(迷源書院)이 창건된 바 있어 이전부터 불리어왔음을 알 수 있다. 또 설악면에서 북한강으로 흘러 들어가는 강을 미원천이라 한다. 조선시대 양근은 지금의 경기도 양평군과 가평군 일대를 아우르는바 해당 권역이었다.

4 유방(俞枋)과 이려(李蘆): 둘 다 정원석의 누이의 아들일 텐데 구체적으로 확인되지 않는다. 다만 앞에서 정엽의 후사를 잇도록 해달라고 상소한 주체인 유방은 상소장에 전 감역(監役)이라고 표기한 만큼 감역을 지냈음을 알 수 있다. 이 상소를 올리기 1년 전인 1662년 실록에는 그가 궐직 사건으로 감역에서 물러난 기사도 보인다. 이려는 아예 기록이 보이지 않는다.

어렵다는 사실을 깨닫게 되는구나. 이제 달밤 뜨락에서 학 울음소리는 누가 들어줄 것이며, 눈 쌓인 고개의 푸른 솔에선 그 누가 소요하랴? 용계(龍溪) 골짜기[5]는 이미 천고에 속한 일이고, 이전의 일은 망극한 지경이 되고 말았다. 어린 손자는 세상 물정 모르는 여리기 짝이 없는 상황이다. 종들 또한 이 사실을 아는 자가 없구나. 산으로 이보다 깊은 곳이 없으나 아직 내 안식처 하나 없고, 무덤구덩으로는 이곳보다 큰 곳이 없을 진데 누구보고 장례 일을 도맡게 하랴? 적막한 산속에서 이 신세 참으로 가련하구나.

그러면서 '바라건대 자네는 이 뜻을 우리 생질들에게 들려주게.'라며 당부까지 하였다.

꿈에서 깬 권박은 너무도 선명하여 당장 이 내용을 편지로 써서 심부름꾼을 시켜 유방과 이려, 이 아무개 세 사람에게 통보하였다. 세 사람은 함께 이 편지를 가지고 와서 우리 선군[6]을 뵙고 보여주었다. 선군께서는, '권박이 겨우 글자는 알지만 한 줄 글도 짓지 못하니, 이 편지는 분명 우리 숙부님의 글이 맞다.'고 하셨다. 다들 많이 놀라며 기이하다고 하였다. 서글픈 마음을 누르지 못해 격한 눈물을 흘리기도 하였다. 정 공은 우리 선군의 내종형으로 선군이 그분을 끔찍이 아끼셨기 때문이다. 생질 세 사람은 모두 미원으로 가서 상을 맡아 묏자리를 정하고 날을 택해

---

5 용계(龍溪) 골짜기: 용계는 지금 미원천 하류에 '용문내'라고 하는 곳으로 지금의 사롱리 지역이다. 미원천이 북한강으로 흘러드는 끝자락이어서 물의 흐름이 용이 휘감은 듯한 형세를 하고 있다.

6 선군: 임방의 부친 임의백(任義伯, 1605~1667)이다. 자는 계방(季方), 호는 금시당(今是堂), 본관은 풍천이다. 김장생(金長生)의 문인으로, 송시열·송준길과 교유하였다. 음보로 관직에 진출했다가 1649년 과거에 급제하여 평안도와 충청도관찰사, 한성부 좌윤, 도승지, 공조참판 등을 역임하였다. 1652년 동래부사로 있을 때 일본의 정치와 해선(海船)의 실태를 파악하여 이에 대한 대비책과 축성의 필요성을 건의하는 등 치적이 있었다.

장례를 치렀다.

제42화

원 참의가 허 상국에게 편지를 요청하다

정승 허적(許積)[7]이 아우인 원주목사 허질(許秩)[8]에게 편지를 부쳤다.
그 내용은 이러하다.

밤새 잠을 이루지 못한 지 이미 오래라네. 한데 오늘 새벽에 난데없
는 꿈을 꾸었는데, 아랫사람이
"원(元) 참의(參議)께서 찾아와 문밖에 계십니다."
라고 하지 뭔가. 내가 뫼셔 오라 하여 인사를 나눈 뒤 찾아온 이유를
물었더니, 그가 이런 말을 하지 않겠나.
"원주(原州)에서 선산으로 와서 상여를 운구하여 다시 원주로 가는
길이 온대 절박하게 아뢸 말씀이 있습니다……."
"하고자 하는 말은 어떤 일이오?"
라고 물었더니,

---

7 허적(許積): 1610~1680. 자는 여차(汝車), 호는 묵재(默齋), 본관은 양천이다. 1637년
   과거에 급제하여 경상도관찰사, 형조판서, 영의정 등을 역임하였다. 숙종 시기 남인
   이 집권했을 때 서인 송시열의 처벌 문제로 남인이 청남(淸南)과 탁남(濁南)으로 분열
   되자, 그는 탁남의 영수가 되어 청남을 밀어내고 당시 정국을 주도하였다. 식견이
   넓고 총명하여 선왕으로부터 탁고(托孤)의 명을 받았으며, 남인으로서 비교적 온건파
   에 속해 송시열과도 가까이 지냈다.
8 허질(許秩): 생몰년 미상으로 임피현령, 마전(麻田)군수, 원주목사, 성천부사 등을 지
   냈다. 실록에는 1668년부터 1671년까지 그가 원주목사로 재직한 사정이 나와 있는
   데, 특히 해당 지역을 잘 다스려 그 치적으로 정2품직에 가자되었다는 내용이 첨부되
   어 있다.

"묘와 여막이 다 준비되지 못한 데다 상여꾼마저 모자라는 형편입니다. 바라건대 원주목사께 편지를 한 통 써주셨으면 합니다."
라고 하더군. 해서 물었지.

"어째서 원주목사에게 직접 말하지 않고 나에게 와서 청하시오?"
그랬더니 사정을 이렇게 얘기하였네.

"저희 집 동생들은 애초 원주목사와 사이가 멀지만, 저는 일찍이 황해도관찰사로 있을 때 원주목사와 교분이 두터웠기에 직접 말하고 싶었습니다. 대감께서 병중이시라 정신이 흐릿하니 이걸 기억하실는지요? 실은 저는 이미 세상 사람이 아닙니다. 이 모습으로 원주목사에게 나타났다간 놀라 혼비백산하지 않을까요? 대감께서 비록 병중에 계셔도 필시 놀라지는 않을 테고, 또 저희 선친과는 일을 함께한 지 오래되셨습니다. 아무래도 마음 써 도와주실 것이라 믿어 이렇게 와서 감히 아뢰옵니다."

그때 비로소 그가 죽은 지 오래되었다는 사실을 깨달은 나는 그의 손을 붙잡고 눈물을 떨구었네. 그가,

"한 번 살고 한 번 죽는 건 엄연한 이치이니 무어 슬퍼할 게 있겠습니까?"
라고 하기에 내가 물어봤네.

"천장(遷葬)은 왜 하려 하는가?"
답이 이랬네.

"저는 뜻밖의 사고로 죽게 되었습니다. 아우들은 제 죽음에 놀랍고 괴상하여 어쩔 줄 모르며 장례를 치렀지요. 한데 진작에 저를 장사 치른 곳은 원래 길하지 않아 윗대 영령들도 편안히 쉬지 못하고 있지요. 지금 장지를 옮긴다면 다행한 일이 아니겠습니까?"

그 뒤 대화는 다음과 같네.

"사람이 죽고 사는 것은 처음 태어날 때 정해지는 법이거늘 어찌

산의 길흉에 달려 있겠는가?"

"대감께서는 본래 풍수 같은 점술의 설을 믿지 않으시기에 그런 말씀을 하는 거지요. 제가 제 명이 아닌데도 이렇게 급작스레 죽게 된 것은 묏자리의 재앙이 분명합니다. 그러니 보통 사람들은 이를 신중히 가리지 않을 수 없지요."

"장례 치를 상여꾼은 넉넉한 줄 아는데 무슨 연유로 부족하다고 걱정하는가?"

"먼 고을의 굶주린 백성이 감역을 견디지 못해 대부분 도착하지 않았기에 부족합니다. 대감께서 일전에 나라의 군역을 감독하실 때 맡은 역사를 다 끝마쳤는데도 다른 쪽 소관에서 마치지 못하자, 낭청(郎廳)의 성공(成公)⁹을 시켜 세 곳에 집을 대신 지어 줬지요. 이렇게 도와서 만든 집이 다섯 채에 달합니다. 원주목사도 이런 마음을 가지고 있다면 다른 고을의 부역도 마땅히 대신 치러주지 않을까 싶은데요."

"편지는 지금 자네 가는 길에 부쳐 주면 좋겠는가, 아니면 내가 직접 통지하면 좋겠는가?"

"제가 편지를 가져가더라도 원주목사를 직접 만날 수는 없습니다. 앞서 말했던 것처럼 어떻게 전달하겠습니까? 그러니 직접 통지해 주시면 고맙겠습니다."

"소복을 왜 입었는가?"

"천장을 할 때 소복을 입는 것은 예입니다."

"아우들이라면 마땅히 상복을 입어야겠지만 자네야 이미 산 사람과 같지 않으니 상복 입는 건 합당치 않을 성싶네."

"저도 그런 예를 모르지 않지만 지금 이미 천장 중에 있는지라 지하에 계신 선령께서 슬퍼하실까 봐 부득이 상도를 벗어나게 되었습니다."

---

9 낭청(郎廳)의 성공(成公): 미상이다.

말을 마치고 머뭇머뭇하더니 일어나 물러가려고 하기에 내가 다시 그의 손을 잡으면서 붙들었네.

"잠시만 더 있게! 담배나 한 대 피우겠는가?"

"저의 힘으로는 곰방대 하나도 들지 못합니다."

내가 장난삼아 그랬지.

"자네는 글 하는 선비이지만 어째서 대나무 곰방대 하나 들지 못한단 말인가? 이거야말로 '깃털 하나 들지 못한다'는 격이군."

이리하여 또 말을 이어갔네.

"사람의 혼백은 숨을 들이마실 뿐이지 일을 할 수는 없습니다. 곰방대를 들고 연기를 빨아들이는 것도 일에 해당하기에 하지 못하는 까닭입니다."

"만약 자네 말과 같다면 사람의 혼백이 남에게 침범하여 변고를 일으키는 일은 왜 일어나는가?"

"그것은 귀신이 하는 짓이지 사람의 신령이 하는 게 아닙니다."

"그러면 지옥은 과연 있는가?"

"인간 세상과 다르지 않지요."

"자네도 그곳에서 벼슬을 하고 있는가?"

"인간 세상에서 벼슬을 못 했어도 그곳에 가서 벼슬을 하는 자도 있고, 세상에 있을 때 낮은 직위에 있었어도 거기에선 높은 자리를 얻기도 한답니다. 세상에 있을 때 벼슬한 자는 거기에서 누구라도 관직을 갖게 되거늘 저라고 유독 그러지 않겠습니까?"

"그렇다면 지체가 높은 대감이란 직위도 이승에 있을 때와 똑같은가?"

"다르지 않습니다."

내가 다시 인간과 귀신의 이치에 대해서 더 자세하게 물어보려 하자, 원 참의는 웃으면서 말을 막았네.

"대감께서 훗날 저절로 알게 될 것인데 물어서 뭐 하시려고요?"

내가 인간 수명의 길고 짧음이라도 물으려 할 즈음 순간 놀라면서 깨어났네. 그는 베옷에 삼베 허리띠와 검은 베갓을 쓰고 있었네. 그의 얼굴과 목소리가 아직도 귀와 눈에 선하네. 내 꿈의 징조가 본래 허황하지 않다네. 이 일이 이렇게 역력하니 혹시 이른바 귀신이니 신령이니 하는 것이 과연 있는 건지 없는 건지? 꿈에서 깨고 나서도 놀랍고 의아한 생각이 지워지지 않아 뒤미처 슬픈 마음을 걷잡지 못했네. 장례의 모든 절차는 필시 미진한 폐단이 없을 것인데도 오히려 이렇다고 하니 왜이겠는가? 이는 그냥 범사로 넘길 꿈이 아닌듯 싶네. 이에 꿈속의 주고받은 이야기를 상세히 통지하니, 동생은 잘 확인하여 미비한 일이 있거든 하나하나 챙겨주어 원 참의가 찾아와서 말한 뜻을 저버리지 않도록 해주는 게 어떻겠는가? 원 참의가 이미 '원주에서 선산으로 와서 상여를 모시고 돌아간다.'고 하였으니, 그가 묻힌 곳이 지금 어디이겠는가? 만약 원주에 묘를 썼다면 더욱 신기한 일이 아닌가. 그를 장사 지낸 산이 확인되면 회신하는 편지에 알려주었으면 하네. 어떤가?

이 편지는 매우 기이하여 베껴 전해주는 사람이 있을 정도였다. 원 참의는 바로 원만석(元萬石)[10]으로, 정승을 지낸 두표(斗杓)[11]의 맏아들이

---

10 원만석(元萬石): 1623~1667. 자는 군옥(君玉), 호는 고산(孤山), 본관은 원주이다. 여기 언급대로 원두표의 맏아들이며, 1649년 과거에 급제하여 동래부사, 황해도관찰사, 병조참지, 우승지 등을 역임하였다. 민정을 잘 살펴 당대의 칭송을 받았다. 여기서 참의를 지냈다고 한 것은 병조참지를 말하며, 그는 1662년에 이 직을 맡은 바 있다. 흥미로운 사실은 한때 허적(許積)이 상소한 내용을 가지고 꼬투리를 삼아 임금에게 상소하여 그를 체직시킨 예가 있고, 또 북인과 남인으로 당색이 달라 서로 불편한 관계였다. 그런데 여기서는 서로 가까운 사이로 설정하였다.

11 두표(斗杓): 1593~1664. 자는 자건(子建), 호는 탄수(灘叟)이다. 1623년 인조반정 때 공을 세워 평원부원군(平原府院君)에 봉해졌다. 이괄(李适)의 난 때(1624) 인조의 남행에 호종했으며, 병자호란 때는 어영부사로서 남한산성을 지키기도 하였다. 이후 서인 정권이 들어서자 그는 공서(功西)로서 청서(淸西)를 탄압하였고, 같은 파인 김자점(金

다. 과거에 급제하고 관직이 참의에 이르렀다. 그 아우들이란 만리(萬里)
와 만춘(萬春)이다. 실제 원두표는 아무 해에 죽어 장사를 지냈다가 원주
로 이장하였다.[12] 이때는 만석이 죽은 지 이미 오랜 뒤였고, 그의 장지는
이미 원주에 있었다고 한다.

평한다.

정 공과 원 참의의 일은 믿을 만하니 거짓으로 만들어낸 이야기가
아니다. 사람이 죽으면 그 혼령은 모두 저승 세계로 돌아가므로 아득하
여 다시 들리거나 보이지 않는 법이다. 이것이 일반적인 이치인데 유독
남의 꿈에 나타나 편지를 쓰거나 서신을 부탁하는 등 인간 세상에서와
똑같은 일은 일반적인 이치가 아니다. 어찌 이리도 기이하단 말인가?
예로써 장례를 치르고 하관하는 일은 중요하므로 살아 있는 사람이 꼭
해줘야 한다. 지금 신도(神道)의 중차대함이 이와 같음을 다시 보게 된다.
아, 어찌 삼갈 일이지 않은가?

自點)과 정권을 다투다가 분당하여 원당(願黨)의 영수가 되었다. 이후 군비 강화를
적극적으로 추진하였으며, 이완(李浣)과 함께 효종대 북벌정책의 핵심 인물이 되었다.
호조·공조·병조의 판서, 우의정, 좌의정 등 요직을 역임하였다.

12 원주로 이장을 하였다: 현재 원두표의 묘는 경기도 여주시 북내면 장암리 원주 원씨
묘역에 있다. 박세채(朴世采, 1631~1695)가 쓴 그의 묘갈명에 의하면, 처음 영평현
(永平縣, 지금의 포천군) 동쪽에 묘를 썼다가 4년 뒤인 1667년 원주 선영에 이장하였
다고 하였다. 다만 현재 원주시와 여주시는 경계이기는 하나 북내면에 있는 이 묘역
은 원주와는 좀 떨어져 있다.

함부로 헐뜯기

제43화

영정을 훼손했다가 결국 업보를 받다

  권석주(權石洲)¹가 아잇적에 한번은 백악산(白岳山, 즉 북악산)으로 놀러
갔다. 산 정상에 신당(神堂)이 하나 있는데, 일반 사람들이 말하는 '정녀
부인(貞女夫人)의 묘(廟)'²라고 하는 것이다. 그 안에 영정이 모셔져 있어
기도를 올리는 자들의 발길이 끊이지 않았다. 석주는 이에 분개하였다.
  "이 여자가 무슨 물건이기에 이처럼 해괴하고 망측하단 말인가? 천지

---

1 권석주(權石洲): 즉 권필(權韠, 1569~1612)이다. 자는 여장(汝章), 석주는 그의 호,
   본관은 안동이다. 송강 정철(鄭澈)의 문인으로, 성격이 자유분방하고 구속받기를 싫
   어하여 벼슬하지 않은 채 야인으로 일생을 마쳤다. 임진왜란 때는 구용(具容)과 함께
   극력 주전론을 폈다. 광해군 시절에 임숙영(任叔英, 1576~1623)이 유희분(柳希奮) 등
   의 권신을 공격하는 글을 썼다가 삭탈관직된 일이 있었다. 이를 전해 듣고 그는 「궁류
   시(宮柳詩)」를 지어 비판하였다. 이에 광해군의 진노를 사 해남으로 귀양 가게 되었
   다. 그는 가기 전날 동대문 밖에서 행인들이 베풀어 준 전별연에서 폭음하고 나서
   죽고 말았다. 여기서 북쪽 변방으로 귀양 가게 되었다는 언급은 사실과 다르다. 그의
   시는 자기 울분과 사회에 대한 신랄한 비판을 담고 있어서 이 시기 문풍의 변모를
   추동하였다. 저서로 『석주집(石洲集)』이 있으며, 전기소설 「주생전(周生傳)」은 소설
   사에서 중요한 위치를 차지한다.
2 정녀부인(貞女夫人)의 묘(廟): 백악신사(白岳神祠)라고 하는 것이다. 한양 도성을 사이
   에 두고 북악산의 백악신사와 남산의 목멱신사(木覓神祠)가 있었다. 북악산은 주산이
   고 남산은 안산(案山)으로, 각각 아버지 산과 어머니 산으로 상정된 것이다. 그러나
   음양의 조화를 위해 백악신사에는 정녀부인을, 목멱신사에는 남성신이자 국사신인
   목멱대왕을 모시게 되었다고 한다. 아래 신녀의 발화에서도 이런 구도를 확인할 수
   있다.

의 귀신이 빼곡히 늘어서서 밝게 비추고 있거늘, 어찌 너 따위 여귀(女鬼)가 남의 마음속을 나다니며 이 청명한 세상에서 상벌권을 휘두르는 걸 용납하랴?"

그러면서 영정을 찢어 부수고 돌아왔다. 그런 그날 밤 석주는 꿈을 꾸었다. 어떤 부인이 흰 저고리에 푸른 치마를 입고 화난 표정으로 그 앞으로 다가와 따졌다.

"첩은 옥황상제의 딸이랍니다. 상제를 모시는 국사(國士)에게 시집을 가서 정부인(貞夫人)이라는 호가 내려졌지요. 고려의 국운이 다하자 상제께서는 이씨(李氏)를 도와 한양(漢陽)으로 정(鼎)을 옮김[3]에 국사를 목멱산(木覓山)[4]으로 내려보내 동토(東土)를 진무하도록 하였지요. 첩은 국사를 생각하는 마음을 한시도 놓은 적이 없기에 상제께서는 그 뜻을 가상히 여겨 백악산으로 내려가 목멱산과 마주 보게 해주었답니다. 그로부터 첩이 이 산으로 내려와 있은 지 3백 년이 되었지요. 그런데 끝내 당신 같은 어린 아이에게 능욕을 당하고 말았네요. 내 이제 상제께 호소하여 수십 년 뒤에 다시 돌아와 당신에게 절체절명의 상황을 돌려주고 말테예요!"

그 후 석주는 결국 시화(詩禍)에 연루되어 붙잡혀 고문당하고 북쪽 변방으로 귀양을 가게 되었다. 그날 밤 성 동쪽 객사에서 묵게 되었는데, 어떤 부인이 머리맡에 서 있었다. 바로 옛날 꿈에서 보았던 부인이었다. 그녀는 석주의 귀에 대고,

---

3   정(鼎)을 옮김: 정은 옛날 우왕(禹王)이 구주(九州)의 금속을 모아서 주조한 아홉 개의 솥으로, 이를 왕의 계승의 보기(寶器)로 삼았다. 곧 왕위를 상징한다. 이를 옮겼다는 것은 왕조의 교체를 의미한다.

4   목멱산(木覓山): 즉 서울 남산이다. 잘 알려져 있듯이 남산은 한양 도성의 안산으로, 북쪽의 북악산, 동쪽의 낙산(駱山), 서쪽의 인왕산과 함께 도성을 에워싸고 있다. 목멱은 '마뫼'의 한자식 표기인데, 마에 대해서는 여러 설이 있어 마파람, 메아리, 멧돼지 등이 거론되고 있다. 국사당인 목멱신사는 현재 정상의 팔각정 자리에 있었다고 한다. 한편 남산은 목멱산 외에도 '종남산(終南山)', '인경산(仁慶山)', '열경산(列慶山)' 등 여러 이칭이 있었다.

"당신은 나를 알아보겠소? 내가 바로 정녀부인이오. 오늘에야 내 앙갚음을 하겠구려."

라고 말하였다. 그날 밤 석주는 과연 죽었다.

이 이야기는 내가 어렸을 때 이웃집 늙은이에게서 들었다. 그는 정녕 헛말 할 사람이 아니다. 아, 기이한 일이 아닌가?

제44화

서원의 제향에서 빼자고 주장했다가 화를 입다

서악서원(西岳書院)[5]은 경주부의 서편 서악(西岳) 아래에 있다. 신라 홍유후(弘儒侯) 설총(薛聰), 개국공 김유신(金庾信), 문창후(文昌侯) 최치원(崔致遠)을 제향하는 곳이다.

천계(天啓) 연간[6]에 경주의 유림회에서 사액을 청하자는 논의가 있었다. 그때 한 이름을 알 수 없는 서생이 서원 안에서 이런 주장을 하였다.

"우리 동국에는 오래도록 경학(經學)이 없었는데, 홍유후께서 방언으로 구경(九經)[7]에 훈을 달아 풀이함으로써 우리나라 사람들이 비로소 성

---

5 서악서원(西岳書院): 여기 언급대로 신라시대 세 사람의 학문과 덕행을 추모하기 위해 창건한 서원이다. 처음에는 서악정사(西岳精舍)라는 이름으로 향사를 지내오다가 1651년 이정(李楨) 등 지방 유림의 공의로 정식 서원이 되었다. '서악(西岳)'이라는 사액을 받은 때는 1623년이므로, 이 이야기는 이 무렵에 해당한다. 대원군의 서원철폐 때도 존속한 47개 서원 중 하나이기도 하다. 참고로 서악 일대는 무열왕릉 등의 고분군이 자리하고 있으며, 그 북쪽에 김유신 묘가 있다.

6 천계(天啓) 연간: 천계는 명나라 희종(熹宗)의 연호로, 해당 기간은 1621~1627년에 해당한다. 구체적으로는 앞의 주석에 밝혔듯이 1623년경이다.

7 구경(九經): 공자가 주창한 천하의 국가를 다스리는 요긴한 아홉 가지를 설명한 문서로, 수신(修身), 존현(尊賢), 친친(親親), 경대신(敬大臣), 체군신(體群臣), 자서민(子庶民), 내백공(來百工), 유원인(柔遠人), 회제후(懷諸侯) 등이다. 공자는 몸을 닦으면 길[道]이 생기고, 어진 이를 존경하면 의혹 되지 않고, 친척을 사랑하면 제부(諸父)와

인의 경전이 있다는 걸 알게 되었소. 홍유후야말로 우리나라 경학의 시조이외다. 문창후께선 중국 땅에서 문장으로 이름을 크게 떨쳤소. 해서 후세에 우리 동국에서 문장을 하는 이들은 너나 할 것 없이 스승으로 삼고 있소. 이는 사문(斯文)[8]에 크나큰 공이 있는 것이지요. 전조(前朝)부터 문묘에 종사하여 은덕을 갚은 전례는 그 유례가 오래되었소. 지금 이 두 현인을 향사(鄕社)에서 제사 지내는 것은 참으로 이론이 없을 줄 아오. 허나 김유신의 경우는 다르오. 그는 신라 때의 무장이었소. 비록 이룬 공적이 볼 만하나 참으로 우리 유자와는 함께할 수는 없소이다. 두 현인과 서원에 합사하는 일은 있을 수 없음이 명백하오. 지금 먼저 김유신의 위패를 뽑아낸 뒤에 상부에 아뢰는 게 좋겠소."

이런 주장이 있고 여러 의견이 분분하여 확정하지는 못했다.

그날 밤, 서생은 재사(齋舍)에서 선잠이 들었다. 갑자기 '물렀거라' 하는 소리가 멀찍이서 들리더니 점점 가까워졌다. 어떤 장군이 갑옷을 입고 칼을 찬 채 서원의 문으로 들어와 대청 위에 걸터앉는 것이었다. 뜰의 좌우에는 창과 깃발들이 하늘을 가린 채 빽빽하게 늘어섰다. 병사들의 의장이 매우 엄숙하였다. 이윽고 대청 위에서 전갈하는 소리가 들리는

형제가 원망하지 않고, 대신을 공경하면 현혹되지 않고, 여러 신하를 자기 몸 같이 보살피면 선비들이 예로써 보답함을 귀중하게 여기고, 백성을 제 자식처럼 사랑하면 백성들이 부지런하게 되고, 여러 기술자를 불러들이면 재용이 풍족하게 되고, 먼 지방 사람을 관대히 대접하면 사방에서 민심을 얻으며, 제후를 위로하면 천하가 두려워하게 된다고 그 효과를 말하기도 하였다. 후대에는 『중용구경연의(中庸九經衍義)』 등이 나왔다.

8 사문(斯文): 유학에서 유교의 도의나 문화를 일컫는 말이다. 또는 유학자 자체를 지칭하기도 한다. 흔히 유교 경전 이외의 괴벽한 논설을 늘어놓거나, 유교 밖의 이단적인 이념을 실천한 경우나 사람을 일컬어 '사문난적(斯文亂賊)'이라 한다. 흥미로운 점은 한국 문학의 비조로 일컬어지는 최치원은 유학뿐만 아니라 불교와 도교 등 이른바 삼교를 섭렵한 인물로 평가받거니와, 고려시대 이규보(李奎報) 등에 의해 추앙받기 시작했으나 조선시대에 들어와 정통 유학에 반한다고 하여 비판의 대상이 되기도 하는 등 양가적으로 받아들여졌다. 따라서 이 서생의 평가가 공의는 아니었다.

것 같더니 그 소리에 근 1만 명이나 되는 예하들이 '예' 하였다. 이어 두 무사가 장(杖)을 들고서 재사로 들이닥쳐 서생의 머리를 잡아채어 뜰 가운데로 끌고 나왔다. 장군은 하나하나 죄를 따지기 시작했다.

"너는 이곳에서 나고 자라 평소 개국공이 어떤 사람인 줄 들었을 터다. 네가 말한 유업(儒業)에서 유자에게 귀중한 것이 충과 효, 이 두 가지가 아니더냐? 나는 머리를 올리면서부터 나라에 몸을 바쳐왔느니라. 적군이 침략하여 우리 신라를 어지럽혀 나라가 존망의 위기에 빠졌을 때 나는 몸소 날아드는 활과 돌멩이를 무릅쓰고 사경에 빠진 지도 여러 번이었느니라. 끝내는 두 적국을 쳐서 평정하였느니라. 약한 나라를 강한 나라로 변모시켜 당(唐)나라 천자의 위엄으로도 감히 우리나라를 병합할 뜻을 두게 하지 못하게 하였단 말이다. 그래도 나는 이것을 공적으로 생각지 않느니라. 충으로 치면 이 정도이니라. 우리 집안은 대대로 신라 조정에 큰 공로가 있기에 나는 그저 선조의 가르침을 받들어 처음과 끝을 변함없이 실천했을 뿐이다. 부모께서 내려준 이름을 온전히 하여 세상에 크게 드날렸지. 효로 쳐도 이와 같으니라. 이러한데도 너는 나를 다만 무장으로만 지목하고 말았느냐 말이다. 병기를 쓰는 일은 공자께서도 어쩔 수 없었느니라.[9] 나라고 어찌 이를 즐겨서 했겠느냐? 이렇게 하지 않았다면 곤경에 처한 임금과 어버이를 구원할 수 없었기 때문이니라. 이는 『주역』의 이른바, '이용침벌(利用侵伐)'[10]이라고 하는 것이니라.

---

9   병기를 쓰는 일은 공자께서도 어쩔 수 없었느니라: 인의와 자비를 국정의 모토로 삼았던 공자도 불가피할 때 병기를 썼다는 것으로, 『공자세가(孔子世家)』에 비읍(費邑)을 공격하여 무너뜨린 일화가 전해진다. 또한 『논어』・「안연(顔淵)」장에는 자공(子貢)이 정사에 대해 묻자, "양식을 풍족하게 하고, 병(군대와 병기)을 풍족하게 하면 백성들이 신의를 지킬 것이다[足食, 足兵, 民信之矣]."고 하여 그 중요성을 언급하기도 하였다.

10 이용침벌(利用侵伐): 『주역』・「겸(謙)」 편에 실려 있는 말로, 평천하(平天下)를 이루는 데 문덕(文德)으로는 복종시킬 수 없을 때 불가피하게 무력으로 정벌을 할 수밖에 없다는 뜻이다.

내가 이룬 업적은 하나하나가 다 충과 효 가운데서 나왔기에 세교에 보탬이 되거늘, 어찌 붓을 잡고 먹을 갈아 진부한 말이나 늘어놓는 자들과 비교할 수 있겠느냐? 한 공(韓公)도 이야기하지 않았더냐? '옛날엔 시골 선생도 향사(鄕社)에서 제를 올린다'¹¹고. 나야말로 참으로 이 향촌의 선생이고, 지금의 서원은 바로 예전의 향사이니라. 나를 서원에 배향하는 것은 실로 한 마을의 공의(公議)이다. 그래서 퇴계(退溪) 같은 큰 선비도 끝내 이의가 없었거늘,¹² 너는 뭐하는 자이기에 감히 이런 망언을 하여 신령을 모욕하면서도 살피고 조심하는 게 그리도 없단 말이냐. 무도함이 이를 데 없구나. 이제 너를 베어 후세의 어리석은 유자들을 징계할 것이니라. 너는 후회하지 말렸다!"

　서생은 두려움에 떨며 감히 한마디도 꺼내지 못하였다. 장군은 좌우를 돌아보며 영을 내렸다.

　"이자는 용서할 수 없는 죄를 지었으니 지금 즉시 도륙할 것이야. 다만 제향이 임박해 있으니 재실에서 형을 집행할 수는 없는 법이니라. 내일 중에 이자의 집에서 집행하도록 하여라."

　이 말이 끝나면서 서생은 꿈에서 깼다. 두려움으로 식은땀이 등에 흥건하였다. 아무것도 할 수 없을 것 같았다. 그날 밤 감기를 앓게 되었고,

---

11　옛날엔 시골 선생도 사당에서 제를 올린다: 한 공은 즉 한유(韓愈)이며, 이 말은 그의 글 「송양소윤서(送楊少尹序)」에 실려 있다. 해당 내용은 "古之所謂鄕先生沒而可祭於社者(…)"로, 한유가 고향으로 돌아가는 양후(楊侯)를 전송하면서, 시골 선생이 죽으면 그 마을 사람들이 사당에서 제사를 올린다고 하니 양후야말로 그런 대상이라는 점을 언급한 부분이다.

12　퇴계(退溪) 같은 큰 선비도 끝내 이의가 없었거늘: 퇴계 이황(李滉, 1501~1570)이 「서원십영(書院十詠)」에서 여덟 번째 수 〈서악정사(西岳精舍)〉(『퇴계집』 권4)를 읊은 것을 두고 말한 것이다. 시 내용은, 이전에도 현인에 대한 향사를 비방한 일이 많았으나 이제 새로 개창하였으니, 사대부는 여기서 현성(賢聖)의 은택을 받으라는 취지이다. 퇴계도 이 서원에서 세 사람이 제향되는 걸 전혀 문제 삼지 않았다는 것이다. 참고로 시 전문을 소개하면 다음과 같다. "東都賢祀謗何頻, 變置眞成學舍新. 但使菁莪能長育, 涵濡聖澤屬儒紳."

한밤중 그의 집으로 들쳐 업혀 왔다. 과연 다음 날 정오에 피를 몇 되나 쏟아내더니 죽고 말았다.

나는 전에 경주를 다니러 간 적이 있다. 서악서원 아래를 지나가다가 서원 문밖에서 말을 세우고 꼴을 먹였다. 그때 서원의 종이 이 고사를 위와 같이 이야기해 준 것이다. 나는 참으로 기이한 일이라고 간주했었다. 하루는 신라의 역사서를 열람했는데, 이런 내용이 들어 있었다.

'혜공왕(惠恭王) 15년에 홀연 돌개바람이 김유신의 묘에서 일어 신라의 시조 미추왕(味鄒王)의 능으로 불어왔다. 티끌과 안개로 사방이 어두워져 사물을 분간할 수 없었다. 능 안에서는 곡하며 슬프게 탄식하는 듯한 소리가 들려왔다. 혜공왕이 이 사실을 듣고 두려운 나머지 대신을 파견하여 능으로 가서 제를 올리고 잘못을 빌었다.'[13]

김 공의 신령함은 이렇게 역사책에도 들어 있어, 비로소 앞의 이야기를 이해할 수 있었다. 이 이야기는 여기에 근간을 두고 있는가 보다.

평한다.

위 백악(白岳)과 서악(西岳)의 두 가지 일화는 바로 내 동갑내기 벗인 김문백(金文伯)[14]이 전해준 것이다. 문백은 내가 기이한 사적을 적은 기록

---

13 혜공왕(惠恭王) 15년에 …… 잘못을 빌었다: 즉 779년이다. 혜공왕은 신라 제36대 왕으로, 재위 기간은 765~780년이다. 경덕왕의 큰아들로 재위 동안 천재지변과 흉년이 겹쳐 민심이 흉흉하였으며, 780년에 김지정(金志貞)의 반란이 일어났다. 이때 경덕왕은 살해당하고 말았다. 한편 이 내용은 『삼국유사(三國遺事)』 권1의 「미추왕(味鄒王)」조에 실려 전한다. 참고로 이때 김유신의 혼령이 탄식하면서, '나는 평생 나라를 위해 공을 세웠고 죽어서도 혼령이 되어 나라를 지키는데, 내 자손들이 죄 없이 죽어나가니 이제 다른 곳으로 옮겨 다시는 나라를 위해 힘을 쏟지 않겠다.'고 하였다. 임금은 두려워 중신을 보내 사죄하고, 그를 위해 명복을 빌어주었다고 한다.

14 김문백(金文伯): 즉 김진규(金震奎, 1640~1696)로, 문백은 그의 자이다. 당대 서인 가문의 후예로 1682년 과거에 합격하였다. 임방과 그는 어린 시절 절친했던 동무였다. 임방의 문집에 어린 시절의 그를 추억하는 시가 남아 있기도 하다(『水村集』 권1,

물을 보고, 자신이 직접 이 두 가지 이야기를 정리하여 내 기록에 넣으라고 하였다. 그래서 나는 한 글자 한 단어도 모두 이 정리한 것에 따르고 더하거나 덜어낸 것은 하나도 없다. 문백은 또 이런 말을 덧붙였다. '옛날 적공(狄公)[15]이 임금에게 아뢰어 오초(吳楚) 지역의 음사(淫祠) 1천 7백여 곳을 모두 철폐하고 남겨 둔 것은 태백(泰伯)과 오자서묘(伍子胥廟)[16]뿐이었지. 만약 귀신이 신령하여 화복을 마음대로 부리는 게 이웃 늙은이가 하는 말과 같다면, 백악산 정녀(貞女)의 신령이 어찌 유독 권석주에게만 신령할 것이며, 1천 7백여 뭇 신은 모두 적공에게 신령함을 드러내지 못했단 말인가? 이를 이해할 수 없네. 또 유주(柳州)의 나지묘(羅池廟)를 이의(李儀)가 함부로 모욕했다가 즉사한 일[17]이 있지. 그랬으니 서악 묘당

「寄金文伯震奎」).

15 적공(狄公): 중국 송(宋)나라 때의 명장 적청(狄青)이다. 그는 전장에 나갈 때면 머리를 풀어 헤친 채 구리로 만든 투구를 쓰고 출전하였다. 그를 본 적들은 모두 '천신(天神)'이라고 하며 두려워했다고 한다.

16 태백(泰伯)과 오자서묘(伍子胥廟): 태백은 주(周)나라 때 태왕(太王)의 장자로, 원래 천자의 자리에 올라야 할 몸이었으나 천자가 동생에게 마음을 두고 있다는 사실을 알게 되자 머리를 깎고서 이곳 오초 지역으로 달아났다. 그는 뒤에 오나라의 시조가 되었다. '태백'은 『논어(論語)』의 편명이기도 한데, 공자는 그가 양위한 높은 덕을 기렸다. 오자서(伍子胥)는 이른바 와신상담(臥薪嘗膽)의 고사로 알려진 춘추시대 초(楚)나라 인물이다. 당시 초나라와 오나라는 남방 지역의 패권을 다투고 있었는데, 아버지와 형이 평왕(平王)에게 부당하게 죽임을 당하자 오나라로 망명하여 초나라를 무너뜨리는 데 선봉이 되었다. 그러나 뒤에 초나라 간신들의 무고로 죽게 되자, '내 머리를 동문 밖에 걸어두거라. 오나라가 이 초나라를 쳐서 입성하는 광경을 내 눈으로 볼 것이다.'라는 말을 남기고 참형을 당했다. 아마도 송나라 때 이들을 모신 사당이 이 지역에 있었던 모양이다. 한편 적청의 오초 지역 음사 철폐에 대한 기록은 『송사』·「적청전(狄青傳)」(권290)에는 보이지 않는다.

17 유주(柳州)의 나지묘(羅池廟)를 이의(李儀)가 함부로 모욕했다가 즉사한 일: 유주는 지금 광서성 마평현(馬平縣)에 해당하는 지역이며, 당나라 때 유명한 문인 유종원(柳宗元)이 이곳으로 유배를 와서 죽었다. 이 때문에 뒷사람들이 그를 지칭하는 말로 썼으며, '유유주(柳柳州)'라 하기도 하였다. 나지묘는 바로 이 유종원을 모신 사당이다. 그리고 이의는 명(明)나라 때 인물로, 순무어사로서 변방의 수비 문제를 지적했다가 참소를 입었으나 끝까지 자기 뜻을 굽히지 않다가 결국 사사되는 비운을 맞았다. 이와 관련하여 청초본(淸鈔本) 『경사피명회고(經史避名匯考)』란 책에 "과객 이의가

의 배향에서 제외시키자는 망언을 했던 자도 어찌 신령의 벌을 면할 수 있었겠는가? 이의의 일이야 허탄하다며 비난할 수 있겠지만, 지금 서악 서원의 서생의 일로 본다면 또한 죄다 허황된 것으로만 몰아붙일 수도 없지. 신도(神道)의 영이함이 많으니 참으로 두려운 일일세.' 우리는 서로 한번 웃으며 자리를 파했다. 이에 다시 문백의 해학적인 이 언급을 실어 나의 평어로 대신한다.

죽은 어른과의 만남

제45화

선비가 호남으로 가는 길에 죽은 스승을 뵙다

한양의 한 선비가 호남의 어떤 분에게 글을 배우느라 오갔다. 스승과 헤어진 지 채 두세 달도 안 되어 그는 다시 책 상자를 지고 호남으로 향했다. 가는 도중에 어느 여관에 이르러 묵으려는 참인데, 느닷없이 스승이 그가 묵고 있는 곳으로 찾아왔다. 선비는 맞이하여 절을 올리고 스승을 윗자리에 모셨다. 평소처럼 환담을 나누다가 시 한 편을 써서 주는 것이었다.

사람 없는 골짝엔 사람 자취 끊겼고	無人洞裡無人跡
굳게 잠긴 판잣집은 두꺼운 이불로 둘렀네.[1]	板屋堅封擁厚衾
지척의 고향 집은 먼 천릿길	咫尺家鄉千里遠
만산의 밝은 달은 서늘한 그늘[2]을 전송하네.	滿山明月送淸陰

그러고는 훌쩍 떠나갔다. 그때는 훤한 대낮이었다. 선비는 이 시어가

---

1 이불로 둘렀네: 여기 이불은 시신을 싸서 염할 때 쓰는 홑이불을 말한다. 따라서 죽음을 상징한다.
2 서늘한 그늘: 원문은 '청음(淸陰)'으로, 스승의 은덕을 상징한다. 더 이상 스승의 은덕을 받을 수 없다는 의미이다.

퍽 이상하다 싶어 말을 재촉하여 스승의 집에 도착해보니, 스승은 이미 죽어 하관한 뒤였다.

제46화

수령이 안씨 집에서 죽은 아버지를 뵙다

황간(黃澗)의 선비 박회장(朴晦章)[3]은 우암(尤庵)[4]의 문인이다. 그는 스승의 원통함을 상소했다가 벽동군(碧潼郡)[5]으로 귀양을 가게 되었고, 경신대출척(庚申大黜陟)[6] 이후에야 사면받아 돌아왔다. 나와 친한 사이로 한번은 벽동군에 귀양 가 있을 때의 일을 들려주었다.

---

3 박회장(朴晦章): 여기 전제처럼 송시열의 문인으로, 그의 생력은 잘 드러나 있지 않다. 다만 '그가 스승의 원통함을 상소했다가 귀양을 갔다'는 것은 사실로, 『숙종실록』 1677년 11월 25일조에 '충청도 유학(幼學) 박회장 등이 상소하여 송시열의 해배를 청했다'는 기록이 보인다. 당시 송시열은 예송 문제로 덕원(德源) 등으로 유배 간 지 3년째였다. 그러나 조정에서는 불경하다고 하여 같은 해 12월 3일 그를 벽동군에 유배 보냈다.

4 우암(尤庵): 즉 송시열(宋時烈, 1607~1689)이다. 자는 영보(英甫), 우암은 그의 호, 본관은 은진이다. 17세기 후반 정치적, 학술사적으로 가장 중요한 인물 중 한 사람이다. 숙종 시기 서인의 영수였으며, 정통 성리학의 이념을 공고히 하여 조선 후기 학통의 중요한 위치를 차지하고 있다. 저서로 『송자대전(宋子大全)』 215권이 있다. 이 책의 저자 임방도 우암의 문인이어서 박회장과는 일찍부터 친분이 있었던 모양이다.

5 벽동군(碧潼郡): 평안북도 중북부 압록강 강변에 위치한 고을로, 건너편으로 중국 안동성(安東省, 즉 요동성) 관전현(寬甸縣)과 접해 있었던 이른바 북관(北關) 지역에 해당한다.

6 경신대출척(庚申大黜陟): 1680년 남인이 실각한 사건이다. 1674년 이후 예론에서 이긴 남인이 정국을 주도하고 있었으나, 이때 와서 남인의 영수였던 영의정 허적(許積)이 왕의 허락 없이 유악(帷幄, 궁중의 휘장)을 가져다 쓴 일이 기화가 되어 숙종이 진노하였다. 이에 서인 측에서 남인이 인평대군의 아들 복선군(福善君)을 사주하여 역모를 꾀한다고 고발하여 대대적인 옥사를 일으켰다. 이 옥사로 허적과 윤휴(尹鑴) 등 남인계의 핵심 인물들이 사사되었고, 정국은 다시 서인 쪽으로 넘어가게 되었다.

박생은 그곳의 수령과 친했는데, 수령은 무인으로 지금 그의 이름은 잊었다. 하루는 그와 마주 앉아 한가롭게 대화를 나누고 있었다. 한 이방이 들어와 보고하기를, 유배인 안명로(安命老)[7]가 곧 이곳 배소로 도착할 것이라고 하였다. 수령의 말이,

"이 사람의 집안에서 대단히 괴상한 일이 일어났답니다. 인간 세상에서는 있을 수 없는 일이지요."

라고 하기에 박생이 물었다.

"도대체 무슨 일이 있었던 거요?"

수령의 말은 이러했다.

"우리 집과 안 씨 집은 이웃하여 같이 살고 있었지요. 해서 나는 명로하고만 친한 게 아니라 그의 부친도 잘 알고 있지요. 그 어른이 세상을 떠난 지 이미 오래된 때였어요. 명로와는 항상 왕래하던 사이였기에 그날도 명로를 만나 얘기를 나누고 있었지요. 마침 명로가 집안일로 안으로 들어갔고, 나만 바깥채에 앉아 있었답니다. 갑자기 큰 발막[8]을 끌며 오는 소리가 밖에서 들려오는게 아니오. 방 앞에 이르더니 손으로 창문을 밀치고 얼굴을 들이밀면서,

'내 아이가 여기에 있는가?'

라고 합디다. 방 안을 여기저기 살피더니 명로가 없자, 바로 문을 닫고 발막을 끌며 안채로 들어가더군요. 얼굴을 보아하니 틀림없는 명로의

---

7 안명로(安命老): 1620~?. 자는 덕수(德叟), 본관은 순흥이다. 1650년 과거에 급제하여 양산·서천군수, 장연·인동부사 등을 역임하였다. 그는 평소 병법에 관심이 지대하여 1664년 양산군수로 있을 때 병서 『연기신편(演奇新編)』 3책을 저술하였다. 이후 병법에 관한 상소를 올려 군제개혁의 필요성을 역설하기도 하였다. 1672년 인동부사로 있을 때 법을 어겼다는 명목으로 탄핵당해 유배를 갔던바, 여기 언급은 이를 상정한 것으로 보인다.

8 발막: '분토(分土)', 또는 '분투(分套)'라 하는 것으로, 예전에 주로 상류계층 노인들이 신던 마른 신의 한가지이다. 뒤축과 코에 꿰맨 솔기가 없으며, 코끝이 넓적하고 흰 분을 칠한 것이 특징이다.

부친이었지요. 그때 나는 순간 모골이 송연해지더군요. 혼자 생각했지요. '심신이 피곤해서 환영이 보이는 걸까? 어찌 백주 대낮에 이런 귀신이 보인단 말인가?' 거의 마음을 진정할 수가 없었지요. 조금 뒤에 명로가 나와서는 새파랗게 질려있는 내 모습을 보더니 웃더군요.

'자네 우리 아버님을 뵈었는가?'

'그렇네. 도대체 어찌된 일인가?'

그랬더니 그가 말하더군요.

'놀라지 말게나. 이건 우리 집에서 늘 있는 일이네. 아버님이 돌아가시고 나서도 이처럼 자주 왕림하신다네. 어떤 땐 매일 오시기도 하고 어떤 땐 달마다 나타나시기도 하지. 찾아오시는 횟수가 일정치는 않으나 밤에는 오지 않으시고 낮에만 나타나시지. 말씀과 행동은 평소 때와 똑같아 집안에선 위아래 할 것 없이 이상해하지 않는다네. 허나 남들이 졸지에 보게 되면 자네처럼 황당해하는 건 당연하겠지.'……."

박생은 이 얘기를 듣고 물었다.

"이 얘기가 어찌 그리도 허황하단 말인가?"

그러자 수령은 정색하였다.

"내가 무슨 이유로 안 씨 집의 일을 가지고 남에게 공연히 허튼 말을 지어내겠소? 내 거짓말을 만들어 내는 자가 아니거늘 당신은 어째서 의심하는 거요?"

박생은 수령이 아주 정직하고 믿음이 있는 사람임을 알기에, 전해 준 말이 망령된 게 아니고 정말이라며 믿게 되었다고 한다.

평한다.

사람이 죽어 귀신이 되어 밤에 나타난다는 것도 있을 수 없는 일인데, 하물며 대낮에 나타난단 말인가? 호남의 죽은 스승이 여관으로 찾아온 것도 괴상한데 더구나 안 씨 집의 죽은 부친이 매일 집으로 찾아왔다니!

아! 세상이 후대로 내려올수록 풍속이 말단으로 흘러 인도(人道)가 혼란에 빠지고 신도(神道)도 같이 어지러워진 게 아니겠는가? 이는 일상적인 이치가 아니다. 예로부터 들은 바가 없는 일인 만큼, 이 일은 변괴로 돌릴 수밖에!

아깝게 놓친 요물

제47화

등에 붙들었던 요망한 여우를 놓치고 아쉬워하다

이회(李禬)[1]는 정승의 자제였다. 과거에 급제하여 벼슬길도 탄탄대로였다. 아버지[2]가 평안감사가 되었을 때 그는 아직 어린 나이로 감영에서 부친을 모셨다. 감사에게는 정실이 없고 첩 하나만이 내실에 살았다. 마침 지방 순시를 나가게 되어 감영 안은 텅 빈 상태였다. 감영 관아의 후원 담장 밖에 정자 하나가 있는데, 산정(山亭)이라고 불렀다. 이 산정에 작은 문 하나를 만들어 관아 내부와 통하도록 해 놓았다. 이회는 어린 통인 하나를 데리고서 혼자 산정에 머물며 독서를 일과로 삼았다.

그러던 어느 날 책을 읽다가 밤이 깊었다. 마침 어린 통인은 밖에 나갔다가 아직 돌아오지 않고 있었다. 갑자기 문을 열고 들어오는 자가 있어 쳐다보니 한 어린 여자아이였다. 입은 옷은 곱고 깔끔했으며 자태와 맵

---

1 이회(李禬): 1607~1666. 자는 자방(子方), 본관은 연안이다. 1631년 과거에 합격하여 강릉부사, 광주부윤(廣州府尹) 등을 역임하였다. 병자호란 때 소현세자가 심양으로 끌려갈 때 수행하였는데, 이때 함께 간 채유후(蔡裕後, 1599~1660)와 술을 마시며 김유신(金庾信)을 그리워하는 시를 짓고 통곡했다가 이 때문에 파직당하기도 하였다.

2 아버지: 즉 이창정(李昌庭, 1573~1625)이다. 자는 중번(仲蕃), 호는 화음(華陰)이다. 1608년에 과거에 급제하여 순천·동래부사와 양주목사 등을 지냈다. 여기 언급처럼 평안감사를 지낸 관력은 확인되지 않는다. 1624년 이괄의 난 때 인조를 호종했으며, 함경도 일대에서 명나라 군대가 노략질하자 이를 금지하는 데 공을 세우기도 하였다. 저서로 『화음집(華陰集)』이 있다.

시가 퍽 아름다웠다. 이목구비를 꼼꼼히 살펴보았으나 여태껏 본 적도 없었고, 기생 중에도 이런 아이는 없었다. 불현듯 의구심이 일어 말없이 아이가 하는 짓을 살폈다. 그런데 이 아이는 방으로 들어와 한쪽 모퉁이에 앉더니 아무 말도 하지 않았다. 누구냐고 물어도 미소만 지을 뿐 역시 대답이 없었다. 이회가 그녀를 불러 가까이 오라고 했더니 대뜸 일어나 다가와서 무릎 앞에 앉는 것이었다. 이에 그녀의 손을 잡고 등을 어루만지며 좋아한다는 시늉을 하자, 그녀도 좋아하며 웃었다. 이회는 속으로 분명 이것은 요물로 마귀가 아니면 여우라는 걸 알았다. 그러나 어떻게 제압해야 할지 방법이 떠오르지 않았다.

한참 뒤 무작정 그녀의 몸을 잡아채 등에 업은 채 단단히 붙들고서 밖으로 뛰쳐나왔다. 후원 문을 통해 관아의 대청으로 들어가 화급히 서모(庶母)와 여종의 이름을 불렀다. 때는 이미 밤이 깊어 사람들은 모두 곯아떨어졌기에 부르는 소리에 응답하고 나온 이가 아무도 없었다. 등에 붙잡혀있던 아이는 입으로 이회의 목덜미를 사정없이 깨물었다. 그제야 이것이 여우라는 걸 알게 되었다. 그러나 물린 목덜미의 통증을 참을 수 없어 어쩔 수 없이 잡고 있던 손이 조금 느슨해졌다. 순간 여우는 등에서 땅으로 뛰어내려 그대로 순식간에 사라져 보이지 않았다.

이회는 매번 그때 누군가 나와서 도와주지 않아 손에서 놓치는 바람에 그 여우를 잡지 못한 것을 아쉬워하였다.

제48화

손에 잡혔던 괴상한 이리를 놓치고 안타까워하다

제주(濟州) 김수익(金壽翼)[3]은 집이 창동(倉洞)[4]에 있었다. 그가 젊은 시절 때의 일이다. 어느 겨울밤, 책을 읽다가 배가 고파 아내에게 밥을 달라고 했더니 아내가 말했다.

"집에 먹을 만한 찬거리는 없고 밤알 일고여덟 개밖에 없어요. 이거라
도 곧 구워서 드리면 요기가 좀 될는지요?"

"그거라도 좋소!"

이때 종들은 모두 밖에서 묵었기에 시킬 만한 자가 없었다. 하는 수
없이 아내가 직접 부엌으로 가서 불을 지펴 밤을 구웠다. 그동안 김 공은
배고픔을 참아가며 책을 읽으면서 가져오기를 기다렸다. 이윽고 아내는
버드나무 그릇에 구운 밤을 담아 문을 열고 들어왔다. 김 공이 밤을 받아
까서 먹고, 아내는 책상머리에 앉아 있었다. 막 다 먹어갈 즈음, 문을
열고 들어오는 사람이 또 있었다. 김 공이 고개를 들어보니 또 다른 아내
가 같은 버드나무 그릇에 구운 밤을 담아서 들어오는 것이 아닌가. 등불
아래에서 살펴보니 두 아내가 너무 흡사하여 조금의 차이도 없었다. 두
아내도 서로에게 놀라워하며,

"변고가 생겼네, 변고가! 이런 요망한 일이 있다니, 요망한 일이야!"
라고 하였다. 김 공은 또 구운 밤을 받아 들고는 한편으론 밤을 먹고
한편으로는 두 아내의 손을 붙잡았다. 오른손으로는 처음 들어온 아내의
손을 잡고, 왼손으로는 나중에 들어온 아내의 손을 잡고서 뿌리쳐 빼지
못하게 한 채 아침이 오기를 기다렸다.

---

3   김수익(金壽翼): 1600~1673. 자는 성로(星老), 호는 청악(靑岳), 본관은 안동이다.
    1630년 과거에 급제하여 괴산군수, 제주목사, 여주목사 등을 지냈다. 여기서 '제주(濟
    州)'라 한 것은 제주목사를 역임했기 때문이다. 이 제주목사로 있을 때 정의현감 안집
    (安緝)의 모함으로 파면되었는데, 이때 도민들이 매우 애석해했다고 한다. 병자호란
    때 선조를 남한산성으로 호종하였다가 화의가 성립되자 척화를 주장하며 낙향해 버
    렸다. 저서로 『청악집(靑岳集)』이 있다.
4   창동(倉洞): 지금 서울 중구 회현동 일대로 숭례문 안쪽에 있던 동명이다. 과거 이곳에
    선혜청(宣惠廳)의 창고가 있었던 데서 붙여진 이름이다. 물론 조선시대 한양 일대
    창동이란 동명은 이곳만 있었던 것은 아니다. 지금 도봉구 창동은 양주(楊州) 권역으
    로, 경기 동북부의 물류집산지였다. 이처럼 도성 주변에 창고가 있던 지역은 창동으
    로 불린 경우가 적지 않다.

새벽닭 소리가 새벽을 재촉하자 동방이 점점 밝아왔다. 그러자 오른손에 잡힌 아내가 갑자기 소리를 질렀다.

"어째서 이렇게 아프게 붙잡고 계세요? 빨리 내 손 놔줘요!"

손을 빼려 계속 흔들었지만 김 공은 더욱 꽉 붙잡고 놓아주질 않았다. 얼마 지나지 않아 그녀는 순간 혼절하며 바닥에 엎어지더니 본 모습으로 변했다. 다름 아닌 한 마리 큼직한 이리였다. 김 공은 너무 놀라 자기도 모르게 잡고 있던 손을 놓고 말았다. 그 순간 그것은 온데간데없었다. 김 공은 묶어서 잡아두지 못한 걸 두고두고 아쉬워했으나 후회막급이었다.

평한다.

여우가 환술을 부려 여자로 둔갑하여 사람을 현혹하여 미궁에 빠뜨린 사례는 『태평광기(太平廣記)』[5]나 소설류에 많이 실려 있다. 이 군(李君)이 만난 것은 그렇게 크게 괴상한 일은 아니겠으나, 이리가 변한 일은 앞의 여우의 경우보다 더 괴상한 예로 일찍이 들어 보지 못한 것이다. 그러니 김 공이 이리를 만난 일은 큰 변괴가 아니겠는가? 여우나 이리가 이렇게 변할 수 있는 데는 어떤 술수가 있어서일까? 그 이치를 궁구해 보아도 알 길이 없다. 전하는 바로는 여우에게는 부적이 있어서 이것을 가지고 요상한 짓거리를 일으킨다고 하는데 정말 그런가? 설마 그럴 리가 있을까!

---

5 『태평광기(太平廣記)』: 송나라 때 이방(李昉)이 중심이 되어 편찬한 책으로, 모두 500권의 거질이다. 한대(漢代)에서 오대(五代)까지의 각종 서사류가 집대성된 결과물로, 시문(詩文)을 집대성한 『문원영화(文苑英華)』와 함께 송나라 때 대표적인 문학 전집이다. 당대의 전기소설도 대부분 이 책에 수록되어 있으며, 여인으로 변한 여우 이야기로는 전기소설 「임씨전(任氏傳)」이 있다. 한편 이 책은 고려시대에 우리나라에 전래되었고, 조선 초에 『태평통재(太平通載)』와 『태평광기상절(太平廣記詳節)』 같은 관련 저작이 나왔다. 조선 중기에는 『태평광기언해』 등도 나오는 등 그 영향이 적지 않았다.

무당과 굿

제49화

광한루에서 영험한 무당이 고을 원님을 홀리다

송상인 공(宋象仁公)[1]은 성품이 매우 강직하고 정대하였다. 공은 평소에 무당을 질시하며 죄악시하였다. 저들이 귀신을 빌려 백성들을 속이고 현혹하며, 기도를 드린답시고 언제나 음사(淫祀)를 벌이고 남의 재물을 수도 없이 끌어다 쓰고 있지만 사실은 모두 허망한 짓거리라고 생각했다. 그래서 매번,

"어찌하면 저것들을 죄다 쓸어버려 더는 세상에 무당이 없게 할 수 있을까?"

라고 말하곤 하였다.

그런 공이 남원부사가 되어 부임하자마자 이런 영을 내렸다.

---

[1] 송상인 공(宋象仁公): 1569~1631. 자는 성구(聖求), 호는 서곽(西郭), 본관은 여산이다. 1605년 과거에 급제하여 형조좌랑, 남원부사, 전라도관찰사 등을 역임하였다. 1612년에는 김직재(金直哉)의 무옥(誣獄)에 연루되어 10년 동안 제주도에 위리안치되었다가 인조반정으로 풀려났다. 이듬해 이괄의 난 때는 관서지방에 어사로 나가 그곳 백성들을 선유(宣諭)하였다. 그리고 정묘호란 때는 역시 어사로서 충청도에서 조운을 감독, 세공 조달에 진력하기도 하였다. 그가 남원부사가 된 시점은 1629년 여름으로, 실록에는 이 시기 흥미로운 기사가 이어진다. 즉 남원부사였던 송상인은 당시 이 지역에서 살인계(殺人契)가 조직되자 이를 소탕하려 했다. 그런데 오히려 자기 선조의 봉분이 훼손되는 변고를 당하고 관직을 그만두어야 했다. 조정에서는 다시 그를 전라도관찰사로 임명하자, 이듬해인 1630년 남원의 살인계 조직을 소탕하였다. 이 사례는 여기 이야기의 원천으로 볼만하다.

"내 고을 안에서 무당으로 이름을 걸고 있는 자들이 발각되면 당장 장살(杖殺)하여 한 놈도 남겨 두지 않을 것이다."

이 일을 경내에 전부 알려 모두 숙지토록 했다. 무당이나 박수무당들은 이 영을 듣고 두려움에 떨며 일시에 달아나 이웃 고을로 모두 거처를 옮겼다. 송공은 이제, '내 고을에는 무당이라곤 더 이상 하나도 남아 있지 않다.'고 단정하였다.

그러던 어느 날, 송공이 광한루(廣寒樓)²에 올라 주변을 관망하고 있었다. 저 멀리 아리따운 한 여인이 말을 타고 질장구를 이고 지나가고 있었다. 분명 무녀의 행색이었다. 송공은 즉시 사령을 내어 그녀를 붙잡아 관아 뜰로 끌고 오라 했다.

"너는 무당이렷다?"

"그러하옵니다."

송공이 다시 물었다.

"너는 관가에서 영을 내린 사실을 못 들었더냐?"

"이미 들었사옵니다."

또 캐물었다.

"너는 죽음이 두렵지 않으냐? 어째서 내 경내에 남아 있단 말이냐?"

그러자 무당은 절을 올리고 아뢰었다.

"소첩이 따져서 분명히 할 말이 있사오니 바라옵건대 살펴주옵소서. 무당에도 가짜와 진짜의 구별이 있사옵니다. 첩이 가짜 무당이라면 죽이더라도 상관이 없겠으나, 진짜 무당이라면 죽여서야 하겠사옵니까? 관

---

2 광한루(廣寒樓): 조선시대 대표적인 누각으로, 남원부의 관영 건물이었다. 조선 초에 황희(黃喜) 정승이 남원에 유배되었을 때 이곳에 광통루(廣通樓)라는 누각을 지은 것이 그 시초인데, 1434년 중건되면서 정인지(鄭麟趾)가 '광한청허부(廣寒淸虛府)'라 칭하면서 이때부터 광한루라 불렀다. 정유재란 때 소실되어 1638년에 재건하였다. 「춘향전」의 배경이 된 점은 주지하는 바인데, 건물의 구도와 주변 경관이 천상의 광한전을 표방하고 있다.

에서 영을 내려 엄금한 대상은 모두 가짜 무당이지 진짜 무당이 아니옵니다. 소첩은 진짜 무당이기에 관아에서 죽이지 않을 줄로 알고 이곳에 편히 있으면서 거처를 옮기지 않았사옵니다."

"네가 과연 진짜 무당인 줄 어떻게 알 수 있느냐?"

"한번 시험해 보소서! 만일 확인되지 않으면 죽여주옵고요."

이에 송공이 물었다.

"너는 귀신을 부를 수 있느냐?"

"있사옵니다."

마침 송공에게는 평생의 친구였다가 죽은 지 얼마 되지 않은 이가 있었다.

"내겐 죽은 벗이 있느니라. 바로 한양에서 아무 관직을 지낸 아무개이다. 네가 그의 혼령을 불러올 수 있겠느냐?"

"그야 어렵지 않사옵니다. 나리를 위해 불러 드리이다. 허나 필시 찬 몇 그릇과 술 한 잔이 있어야 불러올 수 있사옵니다."

송공은 사람을 죽이는 일은 중대한 사안이므로 우선 그녀의 말을 따라 그 진위 여부를 시험해 본 뒤에 처리하기로 하였다. 당장 요구한 찬과 술을 준비하게 하였다. 무녀는 다시 한 가지를 더 부탁하였다.

"나리의 옷 한 벌을 얻어 신령을 청할까 합니다. 이것이 없으면 신령이 강림하지 않아서요."

이에 송공은 예전에 입었던 옷 한 벌을 내려주라고 하였다. 무녀는 뜰 가운데에 자리를 하나 편 뒤 쟁반에 술과 안주 등을 담아 놓았다. 그리고 송공이 준 옷을 자기 몸에 두르고 공중을 향해 방울을 흔들고 기괴한 소리를 지껄이며 신이 강림하기를 빌었다.

한참이 지나 무당은,

"내가 왔네, 내가 왔어!"

라고 하는 것이었다. 공중을 향해선 유명을 달리하여 영별한 슬픔을 애기하더니, 이윽고 일생 교분을 나눈 정과 죽마고우 때 친구들과 뛰어놀던 일, 그리고 의자를 나란히 하여 과업을 함께 한 공부에서부터 과장(科場)에 가서 과거시험을 치렀던 일, 거기에 벼슬길에 나아가 조정에 올랐던 일까지 풀어냈다. 행동거지를 함께하고 출처를 같이하며 간담을 비추며 아교나 옻칠처럼 서로 떨어지지 않았던 우정의 진상들을 낱낱이 늘어놓았다. 이 모두가 실재했던 일들로 조금도 틀림이 없었다. 그중에는 다시 송공과 이 친구만이 알고 남들은 알지 못하는 일까지도 거침없이 설파하였다. 송공은 듣고 있다가 자신도 모르게 눈물을 줄줄 흘리며 슬픔을 가누지 못했다.

"내 친구의 혼령이 과연 왔구나! 더 이상 의심할 것이 없도다."

라고 말하며 다시 좋은 안주와 향기로운 술을 내오라 하더니 들도록 했다. 한참 뒤 혼령은 작별의 말을 남기고 떠나갔다. 송공은 감탄하였다.

"내 언제나 무당들을 간사하고 사특한 대상으로만 봤는데, 이제야 무당도 진짜가 있음을 알겠노라."

그리고 이 무녀에게 상을 두둑이 내려주었고, 무당을 쫓아내라는 영도 철회하였다. 이때부터 다시는 무당을 엄히 배척하자는 논의를 내지 않았다.

제50화

용산강의 사당에서 아들이 감격하다

예전에 한 이름난 재상이 승지(承旨)[3]로 있을 때의 일이다. 그는 새벽에

---

3   승지(承旨): 왕명의 출납을 관장하던 승정원의 정3품 당상관으로, 도승지·좌승지·우승지·좌부승지(左副承旨)·우부승지(右副承旨)·동부승지(同副承旨) 등 여섯 승지를 말한다. 이 여섯 승지는 각각 차례로 이조·호조·예조·병조·형조·공조의 업무를

입궐하기 위해 의관을 차려입고 나가려는데 시간이 너무 일렀다. 다시 돌아와 베개에 기대었다가 선잠이 들었고 꿈도 꾸었다. 그 꿈이 이랬다.

자신은 말을 타고 앞을 인도하는 종을 대동한 채 대궐로 향하고 있었다. 파자전교(笆子前橋)[4]에 이르렀을 때 모친을 뵈었는데 걸어서 혼자 오고 계셨다. 승지는 놀란 마음에 당장 말에서 내려 절을 올리며 맞이하였다.

"어머님! 왜 가마를 타지 않으시고 홀로 걸어서 오시옵니까?"

"나야 이미 죽은 사람이니 세상에 있을 때와 같지 않구나. 그래서 이렇게 걸어서 오는 것이란다."

"지금 어디로 가시기에 이곳을 지나는 것이온지요?"

"용산강(龍山江)[5] 가에 사는 우리 집 종 아무개가 자기 집 사당에서 제를 진설한다고 하기에 내 거기에 흠향하러 가는 길이란다."

"저희 집에도 기신제(忌辰祭)와 사계절 시제가 있사옵고, 또 삭망절(朔望節) 등의 차례도 있사온데 어머님께서는 뭣 하러 종의 집 사당에 가서 흠향하신단 말씀이세요?"

"우리 집에 제사가 있긴 해도 신령이야 제사는 중하지 않단다. 오직

분장하였다. 그러나 사례로 보면 다른 육조의 업무를 병행하기도 하였다. 아무튼 왕을 근시하며 왕명의 출납을 관장한 데다 다른 직임도 겸하는 경우가 많아 중요한 자리였다.

4　파자전교(笆子前橋): 현재의 종로 3가 지역에 있던 다리로, 조선 초기에 여기에 대나무를 얽어서 다리를 놓고 그 위에 흙을 덮어서 지었기에 파자다리라고 불렸다. '파자전교(把子前橋)', 또는 '파자전교(杷子前橋)'로도 쓴다. 조선 후기에는 '파자석교(把子石橋)'라고 기록된 사례로 보아 언제부턴가 돌다리로 바뀐 것으로 보인다. 한편 조정 관리들이 창덕궁에서 조회를 파하고 정문인 돈화문(敦化門)을 나와 이 다리를 지나갔기에 '파조교(罷朝橋)'라고도 불렸다. 지금 승지가 입궐하고 있었으므로 이 다리를 건너 창덕궁으로 향하던 참이다.

5　용산강(龍山江): 지금 용산구 원효로 지역의 한강 일대를 말한다. 이 일대는 북한산 쪽에서 내려오는 만초천과 한강이 만나는 지점으로, 넓고 잔잔한 확과 같다고 하여 '용호(龍湖)'라고 불렸다. 또한 조선 초기 한강 조운의 중심지여서 '용산진(龍山津)'으로도 불렸다.

무당이 하는 굿이 중요하지. 굿이 아니면 혼령이 어찌 한 번이라도 배불리 흠향을 할 수 있겠느냐?"

모친은 다시,

"내 갈 길이 바빠 오래 지체할 수 없구나."

라고 하며 작별하고 나부끼듯 떠나가더니 눈 깜짝할 사이에 사라졌다.

동시에 승지도 꿈에서 깨어났다. 너무나 분명한 모친의 모습이었다. 그는 당장 종을 불러 지시를 내렸다.

"너는 용산강에 있는 종 아무개의 집으로 가서 오늘 밤 안으로 나를 찾아뵈란다고 하거라. 너는 속히 갔다가 바로 돌아와야 하느니라. 내가 대궐에 입궐하기 전까지 꼭 다녀와야 하니라."

그리고 그대로 자리에 앉아 기다렸다. 정말 얼마 지나지 않아 심부름 갔던 종이 급히 돌아왔다. 동방이 아직 밝지 않은데다 몹시 추운 때이다 보니, 종은 우선 부엌으로 들어가 손을 '호호' 불며 불을 쬐었다. 한 동료 종이 부엌 안에 있다가 물었다.

"그래 너는 어디서 술을 얻어 마셨냐?"

"그 집에선 한참 굿판을 크게 벌이고 있었거든. 무당의 말로는 '우리 집 대부인 마님의 신령이 자기 몸에 내려왔다.'고 하지 뭔가? 내가 왔다는 말을 들으시더니, '너는 우리 집에서 심부름하는 아이로구나!'고 하시면서 아랫것을 시켜 큰 잔에다 술을 부어 마시라고 하고, 또 한 대접의 찬을 내려주시면서, '내가 오는 길에 내 자식을 파자전교 길에서 만났지.'라고 하시지 뭔가?"

승지는 방 안에서 저들끼리 나누는 이야기를 듣고 있다가 자신도 모르게 소리를 놓아 통곡하였다. 종을 불러 자세히 묻고는 자친이 그곳 사당에 가서 흠향한 일이 의심의 여지없이 진짜였음을 알게 되었다. 이에 그 무당을 불러 성대한 굿판을 열고 제수를 한껏 차려 모친을 흠향하게 하였으며, 이후 사시사철마다 사당에서 제를 올렸다.

이 일이 최유원(崔有源)[6]의 일이라고 전해지기도 한다. 최 공은 효자로 세상에 알려져, 이영(李泳)[7]은 그의 만시(輓詩)에서 이렇게 읊었다.

굴원은 돌을 품고[8] 충을 이루었으나　　　屈原懷石過於忠

효는 종신토록 얻지 못했지.　　　　　　以孝終身亦不中

효를 얻지 못했어도 남이 미칠 바 아니거늘　雖曰不中人莫及

그대 그리며 나를 보니 얼굴이 달아오르네.　思君顧我我顔紅

이야말로 최 공도 효에 죽은 이가 아니겠는가!

평한다.

상고시대의 무당이 모두 경적(經籍)에 실려 전하니, 무당의 유래는 오래된 것이다. 그러나 말세가 되면서 가짜가 많아져 거짓된 이름으로 세상을 속이게 되었다. 세상의 온갖 기예가 모두 그러한데 무당의 짓이 특히

6　최유원(崔有源): 1561~1614. 자는 백진(伯進), 호는 추봉(秋峰), 본관은 해주이다. 율곡 이이의 문인으로, 음보로 관직에 올라 형조좌랑, 아산현감을 거쳐 1602년 과거에 급제하였다. 이후 형조와 이조의 참의, 대사성, 대사헌 등을 역임하였다. 임란 이후 퇴폐해진 학문을 진작시키고자 노력하였으며, 1613년 폐모론이 비등하자 이를 극력 반대하다가 벼슬에서 물러났다. 특별히 효행으로 이름이 높아 고향에 정문이 세워지기도 하였다.

7　이영(李泳): 1650~1692. 자는 여함(汝涵), 본관은 연안이다. 1674년 음서로 후릉참봉(厚陵參奉)이 되고, 창평현령 등을 역임하였다. 증조모가 배천(白川)으로 가서 살게 되자, 배천과 가까운 신계(新溪)의 현령으로 자원하여 증조모를 모시는 등 효성이 지극하기로 유명하였다.

8　굴원은 돌을 품고: 굴원이 멱라수(汨羅水)에 빠져 죽은 일화를 말한다. 전국시대 초(楚)나라 대부였던 굴원은 당시 쇠락의 길로 가고 있었던 나라를 위해 폐단을 개혁하고자 임금에게 직언을 서슴지 않았다. 그러나 모함과 배척으로 유배와 복권을 반복하게 되자, 「이소(離騷)」를 짓고 나서 자신의 결백을 밝히기 위해 "돌을 품고 멱라수에 투신하여 죽었다[懷石遂自投汨羅而死]."(『사기・굴원전(屈原傳)』)

더 심하다. 그중에 진짜 무당은 백이나 천 중에 하나뿐이다. 송공이 불현듯 진짜 무당을 만났으니 어찌 기이한 일이 아닌가? 굿을 하는 법은 술과 찬을 늘어놓고 강신하기를 청하면 신이 내려와 흠향한다는 것인데, 이치상 마땅히 그러하다. 다만 최 공이 꿈에서 모친을 만나고, 그 모친이 강신하여 사당에서 이야기한 경우는 세상에 드문 일이니 이 역시 기이하다 하겠다. 아! 효자의 마음이었기에 이런 일을 경험했고 그로 인해 굿을 하긴 했으나 아마도 어쩔 수 없어서 그런 모양이다. 그러니 최 공의 일을 가지고 남이 잘못됐다고 비난할 수 있겠는가?

무명 무사의 힘

제51화

태인 길에서 흉악한 중을 활로 쏘아 잡다

충청 감영에서 심약(審藥) 김진경(金震慶)[1]이 내게 말해 준 이야기이다.

숭정(崇禎) 경진년(1640)에 태인현(泰仁縣)[2]에 들러 대각교(大角橋) 냇가에 도착했을 때 어떤 선비 일행을 만났다. 그런데 선비는 거느리던 종 네댓과 함께 두들겨 맞아 중상을 입은 채 냇가 여기저기에 널브러져 있었다. 이 상황이 괴상하기 짝이 없어 물어보았더니, 선비의 말이 이랬다.

"우리가 길가에서 불을 피우던 중에 어떤 중놈이 지나가더이다. 교만하게 굴며 예의를 차리지 않기에 우리 종 하나가 화를 내며 뭐라고 꾸짖었지요. 그랬더니 놈이 지팡이로 종을 사정없이 두들겨 패지 뭡니까. 여기 네다섯이 놈 하나를 감당하지 못하고 죄다 얻어맞아 저렇게 일어나

---

1 심약(審藥) 김진경(金震慶): 미상이다. 심약은 궁중에 납품하는 약재를 심사, 감독하기 위해 각 도에 파견한 관원으로, 종9품직이었다. 전의감(典醫監)·혜민서(惠民署)의 의원 중에서 선임하여 파견하였던바, 김진경도 중앙 의료부서에서 충청 감영에 파견된 관원이었던 것으로 추정된다.

2 태인현(泰仁縣): 전라북도 정읍과 현재의 태인면 일대에 있었던 현으로, 조선 초 태산현과 인의현을 합병하여 태인현이라 하였다. 19세기 말 지방제도 개편으로 태인군이 되었다가 지금은 정읍시 소속이다. 대각교(大角橋)는 현재 정읍시 태인면 태창리 동진강 상의 다리로, 태인에서 정읍으로 넘어가는 정읍대로 상에 있다. 지금은 '대각교(大脚橋)'로 불린다.

지도 못하는 지경이 됐네요. 놈은 한술 더 떠, '당신 종놈들이 공연히 나를 욕하는데도 말리지도 않다니. 당신도 몽둥이찜질을 당해야 해.'라고 하면서 여러 차례 두들겨 패기에 이렇게 꼬꾸라져 일어나질 못하고 있소이다."

앞을 바라보니 그 중이 막 몇 리쯤 되는 거리에서 걸어가고 있었다. 얼마 뒤 마흔 살쯤 되어 보이는 한 무사가 나타났다. 얼굴과 체구는 마르고 연약해 보여 전혀 힘쓸 것 같지 않았다. 거기다가 비쩍 마른 말 한 필에 아이종 하나만 대동한 채였다. 등 뒤로 갈모³를 걸쳤고, 허리춤엔 활과 화살 네댓 개를 꽂고 있었다. 이곳 냇가로 다가오더니 선비와 종들이 부상을 입고 쓰러져 있는 까닭을 물었다. 내가 앞서 들은 대로 대답해 주자, 무사는 당장 분기가 탱천하였다.

"저 중놈이 자신의 힘만 믿고 이렇게 여러 사람을 다치게 하다니. 내 매번 놈을 제거하려 했지만 아직 만나질 못했지. 지금 다행히 제대로 만났으니 분을 씻고 말리라."

그는 그 자리에서 말에서 내리더니 다시 말띠를 조이고 활을 허리에 찼다. 화살 하나를 뽑아 드는데, 나무 화살촉 크기가 주먹만 했다. 바로 말을 달려 뒤쫓았다. 등 뒤까지 다다라 중이 뒤를 돌아보려는 찰나에 시위를 당겨 화살을 쏘았다. 화살은 중의 가슴에 적중하여 화살촉이 박혔다. 말에서 내린 무사는 칼을 뽑아 놈의 두 손바닥을 뚫어 끈으로 꿰더니 말 뒤에다 묶었다. 선비가 누워 있는 곳으로 돌아와서는 이자를 넘겨주면서 일렀다.

"이만하면 당신 마음이 흡족할 테니 나는 그만 가리다."

선비는 고맙다며 절을 하고 그의 성명과 사는 곳을 물었다. 하지만

---

3 갈모: 원문은 '입모(笠帽)'로, 우모(雨帽)라고도 하며 비가 올 때 갓 위에 덮어쓰는 가리개의 한가지이다. 위쪽이 뾰족하고 아래쪽은 둥그스름하게 퍼져 있어서 펼치면 고깔 모양이 된다. 주로 대나무 살에 기름종이를 붙여서 만들었다.

그는,

"집은 고창(高敞)이지요."

라고만 하고 이름은 말하지 않고 가버렸다. 이 중은 기골이 장대하기 이를 데 없었다. 그러나 가슴엔 화살이 박히고 손바닥엔 구멍이 뚫려 말을 할 수 없는 상태였다. 선비와 종들은 다친 몸을 부축해 일어나서는 낫으로 중을 난도질하여 팔다리를 잘라버렸다.

제52화

노량진에서 세 부리던 궁노를 등자로 때려눕히다

원백(遠伯) 황소(黃釖)[4]가 경험한 이야기이다.

약관일 때 한강 아래에서 서울로 돌아오는 길이었다. 노량진 강가에 도착했을 때 어떤 선비가 말에서 내려서더니 손을 흔들어 불렀다.

"와서 이것 좀 보지 않겠소?"

원백은 말을 재촉하여 그가 있는 곳으로 가 보았다. 그곳엔 말이 끄는 가마 하나가 땅에 내팽개쳐서 있는데 반쯤은 이미 부서진 상태였다. 가마 안에서 한 부인의 슬피 우는 소리가 들렸다. 또 열서너 살쯤 되어 보이는 어린아이가 가마 뒤에 서서 울고 있었다. 종이나 말은 보이지 않았다. 선비가 들려준 얘기다.

"저 부인 일행이 이곳에 도착했을 때 복창군(福昌君)[5]의 궁노(宮奴) 십여

---

4 원백(遠伯) 황소(黃釖): 1647~?. 원백은 그의 자, 본관은 창원이다. 자세한 행적은 미
   상이다. 다만 『숙종실록』 1694년 3월조에 이진명(李震明)이란 이에게 은을 거래한
   사유로 고발당해 옥에 갇혔다가 며칠 뒤에 풀려나는 기록이 보인다. 여기서 '전 군수'
   라고 표기한바, 군수를 지낸 경력은 확인이 된다. 이 전후 행적은 알 수 없다.

명이 말을 타고 오면서 가마를 치고 지나가더이다. 가맛대를 잡은 하인들이 소리치며 뭐라고 하자, 저들이 화를 버럭 내며 십여 명이 동시에 말에서 내려서는 가마부터 끌어 내리고 욕을 하더군요. '우리가 이 여자를 욕보이고 말겠어.'라고 말이오. 이어 가마를 때려 부수고 가마꾼과 말도 두들겨 패자 바람이 늦듯 달아나 어디로 갔는지 알 수 없었소. 저들 십여 명은 곧장 말을 타고 가더이다."

그러면서 이 선비는 손가락으로 한 곳을 가리켜 보였다.

"저기 앞에 가고 있는 자들이 그들이오."

원백은 이 사실을 듣고도 놀랍고 두려울 뿐 그도 어찌할 줄 몰랐다. 얼마 뒤 한 무사가 뒤쫓아왔다. 그는 서른 남짓 돼 보였으며, 건장한 체구는 전혀 아니었다. 부서진 가마와 울고 있는 모자를 보면서 전후 사정을 듣던 그는 분을 이기지 못하고,

"내 꼭 분통함을 갚아주리다!"

라고 하더니 곧장 말에서 내려서는 말의 복대를 고쳐 묶고 한쪽 등자(鐙子)를 풀어내려서는 등피(鐙皮)를 팔뚝에 감았다. 등자는 소매 속에 감추고서 혁대로 대신 묶어 등자를 삼았다. 그리고 가마 뒤에서 울고 있던 아이를 돌아보고 말하였다.

"넌 지금 더는 갈 수 없을 테니 종과 말을 불러서 도성으로 되돌아가는 것이 좋겠구나."

---

5 복창군(福昌君): 1642~1680. 인조의 손자이며 인평대군의 아들로, 이름은 정(楨)이다. 사은사로 청나라에 다녀온 일이 있으며, 1680년 경신대출척 때 사사되었다. 인평대군의 아들로는 복창군 외에 두 동생 복선군(福善君)과 복평군(福平君)이 있었다. 경신대출척이 일어나자 남인 허견(許堅) 등에 의해 추대되었으나, 동생 복선군이 역모를 꾀하였다는 무고(이른바 삼복의 변)를 받아 세 형제가 유배되었다가 곧바로 사사되었다. 그와 관련해서는 내수사에 바치는 공물을 빼앗았다거나 형제들이 사냥을 나갔다가 백성들에게 피해를 줬으며, 심지어 궁녀들과 간통했다는 등의 혐의가 따라다녀 부정적인 이미지가 덧씌워졌다. 여기 궁노들의 행패도 이런 맥락에서 소재화된 것으로 보인다.

이 말이 끝나기가 무섭게 말에 올라 재빨리 뒤를 밟았다. 궁노들을 다 따라붙더니 무사는 뒤에서 들고 있던 등자로 한 놈의 어깨를 내리쳤다. 이 놈은 벌러덩 몸이 뒤집히며 땅에 떨어졌다. 이렇게 차례로 열두 놈의 어깨를 내리치니 치는 족족 마치 추풍낙엽처럼 나가떨어졌다. 한번 꼬꾸라지고 나서는 다시 움직이지 못하는 모습이 꼭 시체같았다. 무사는 이윽고 말에서 내려 저들을 꾸짖었다.

"네놈들은 아랫것들인 주제에 감히 힘만 믿고 호세를 부려 사대부 집 부인을 능욕하고 종과 말까지 마구 때려 가는 길을 막다니. 네놈들 죄가 막중하도다! 열두 놈이 다 궁노이겠느냐? 궁노는 몇 놈에 불과하고 나머지는 다른 집 종놈들로 궁노를 따라 악행을 저지른 것일 테지. 너희 궁노 중에 이 짓을 하자고 나선 놈을 자수시켜 이실직고한다면 내 마땅히 살려주겠노라. 그렇지 않으면 모두 죽일 테다."

그러자 이자들은 일제히 소리 내어 빌었다.

"궁노는 이 네 명이옵고 이 짓을 앞장서 처지른 것도 모두 이자들입죠."

"그래, 저놈들의 죄는 크다만 죽이기까지 하는 건 너무 지나친 일이지. 내 죽이지는 않겠노라."

대번 등자로 궁노 네 명의 허리와 볼기 사이를 두 차례씩 내리쳤다.

"너희들은 비록 죽지는 않겠지만 결국엔 병신의 신세가 될 것이니라. 이것으로 그 죄를 징치하노라."

그러더니 조용히 등자를 매달고 말에 올라 유유히 떠나갔다. 궁노 넷은 죽은 거나 진배없이 되었고 나머지 놈들도 끝내 일어나지 못하였다. 부인 일행은 종과 말을 불러 모아 다시 도성으로 향하였다.

이 무사의 성명을 알지 못한 게 안타깝다고 했다.

평한다.

아! 세상에서 포악무도한 자들에게 화를 당하는 경우가 어디 한정이 있으랴마는 약하고 고단하여 의지할 데 없이 다만 분을 삭이며 울기만 할 뿐, 이를 보복할 수 없다면 이 얼마나 원통한 일인가? 지금 여기 두 무사는 그냥 길을 가던 사람으로 흉악한 중을 때려눕히고 부인에게 욕을 보인 난폭한 궁노를 사정없이 꺾어 놨다. 참으로 길에서 불손한 자들이 저지르는 광경을 보고서 자기 몸을 잊고 원수를 갚아준 자들이다. 전국시대(戰國時代) 의협의 기풍[6]이 지금 세상에도 있으니, 사람들이 귀를 쫑긋하며 감탄하게 하는구나.

6　전국시대(戰國時代) 의협의 기풍: 주지하듯이 전국시대는 중국 전역이 전란으로 점철된 시기이자 한편으로 협객들이 많이 출현했던 것으로 유명하다. 사마천은 『사기』 「자객열전(刺客列傳)」과 「유협열전(游俠列傳)」에서 조말(曹沫), 형가(荊軻) 등의 협객, 또는 자객을 내세워 이런 의협의 기풍을 정립하였다. 한편 사마천은 다음과 같은 분위기와 평가로 이 시기 유협을 갈음하였다. "今游俠其行, 雖不軌於正義, 然其言必信, 其行必果, 已諾必誠, 不愛其軀, 赴士之阨困, 旣已存亡死生矣."(『사기』 권64, 「유협열전」)

뜻밖의 횡재

제53화

빗물로 만들어진 못에서 만금의 보배를 얻다

일전에 한 역관(譯官)이 조천(朝天)하는 사신을 수행하여 연경(燕京, 북경)에 가게 되었다. 때는 찌는 듯한 여름으로 쏟아지던 큰비가 막 그친 즈음이었다. 사신단은 주변이 산으로 둘러싸인 높다란 평야 지대를 지나고 있었다. 지나는 곳마다 빗물이 고여 물웅덩이가 만들어져 있었다. 한 웅덩이를 지나가는데 맑고 얕아 그림 같았다.

이 역관은 여기서 더위를 씻어 내고픈 생각이 들어 옷을 벗고 멱을 감으려고 물에 들어갔다. 그때 수면에 크게 뚫려 구멍이 만들어진 데가 보였다. 그 안을 들여다보니 뼛조각 하나가 웅덩이 바닥에 있었다. 역관이 이 뼛조각을 집어 물 밖으로 꺼내자, 수면엔 구멍이 없어져 버렸다. 뼛조각을 도로 웅덩이 바닥에 내려놓자 구멍 굴은 이전처럼 다시 생겨났다. 급기야 뼛조각을 다시 꺼내고서 자세히 살펴보니, 뼈 안에 구슬이 하나 있었다. 모양은 둥글며 푸른색을 띠어 아주 기이한 게 퍽 애착이 갔다. 그는 구슬만 빼내고 뼛조각은 물속에 가라앉히니 구멍은 사라졌다. 반대로 뼛조각은 놔두고 구슬만 가라앉혔더니 구멍은 다시 생겨났다. 역관은 당장 이 구슬을 차고 있던 주머니에 집어넣고 일행을 뒤따랐다.

역관은 연경에 도착하자마자 보석 가게를 찾아 이 구슬을 팔아볼 참이었다. 마침 그때 보석을 팔려는 외국 상인들이 와 있어 산호(珊瑚)와 마노(瑪瑙),[1] 유리와 구슬 등 진기한 보석과 보물들이 일시에 구름처럼 산처럼 쌓여 그 수를 헤아릴 수 없었다. 보석 가게에서는 가진 돈과 보물이 많은 순으로 자리를 차지하는 것이 통례였다. 역관은 이를 묻거나 의논도 하지 않고 곧장 제일 첫 번째 의자에 가서 앉았다. 다른 상인들이 다음 차례대로 다 앉으니 역관더러 가지고 온 보물을 꺼내 보라고 하였다. 그는 주저 없이 주머니 속에 넣어둔 구슬을 꺼내 앞에 내려놓았다. 그중에 남만국(南蠻國)[2]에서 온 어떤 상인이 이 구슬을 보더니 깜짝 놀라 외쳤다.

"이런 보물을 가지고 있으니 상좌에 앉는 게 참으로 당연하오. 이런 기이한 보물이 있다니 신기하군!"

이리되자 다른 상인들이 다투어 구슬을 만져보며 감정하더니 이윽고 물었다.

"이 구슬 가격이 얼마요?"

역관은,

"이것은 가격을 매길 수 없는 보물이오. 내 말하고 싶지 않으니 당신들이 한번 책정하여 불러보구려."

라고 하였다. 남만 상인과 동료 상인들이 밖으로 나가 상의하고는 돌아와 말하였다.

---

1 산호(珊瑚)와 마노(瑪瑙): 산호는 아래 원문에 '산호수(珊瑚樹)'로도 표기되어 있는바, 바닷속에서 자연적으로 자라는 산호초를 말한다. 과거에는 귀한 보물 중에 하나였다. 마노는 용암이 식으며 결정화되는 과정에서 생성되는 광물로, 성분이 석영이어서 흐릿한 회색빛을 띤 보석이다. 이 두 가지 보석은 주로 화산과 해양지대의 산물이라, 남방지역에서 많이 난 것으로 상정된 것이다.

2 남만국(南蠻國): 중국 서남쪽의 접경인 베트남, 라오스, 캄보디아 등의 인도차이나 일대와 해외(海外)의 동남아시아 지역을 통칭한다. 실제 이쪽 상인들은 중국으로 들어와 장사하였다. 요컨대 서역 상인과 남만 상인은 외국 무역의 중요한 부분을 차지하였다. 이들이 직접 조선으로 들어오지는 않았으나, 이른바 중간 상인을 통해 이 지역의 물품이 들어왔다. 대표적으로 단목(丹木)이나 침향목, 그리고 여타 향신료 등이었다.

"백금 2천 냥이면 되겠소?"

역관은 쓴웃음을 지었다.

"어찌 그리도 적단 말이요? 절대 불가하오!"

이들은 다시 나가 의논하더니 돌아왔다.

"그러면 3천 냥이면 되겠소?"

다시 '안 된다'고 대답하자, 점점 액수가 늘어나 4천, 5천, 6천 냥까지 오르게 되었다. 이에 남만 상인이 마지막 흥정을 하였다.

"이 구슬을 살 수 있는 이는 나 한 사람뿐이오. 허나 값을 치를 돈을 혼자 마련하기는 실로 어려운 일이라 다른 상인들의 돈을 빌려야 할 판이요. 백금 4천 냥은 바로 준비될 수 있을 것 같고, 나머지 2천 냥은 가지고 온 보석의 가격으로 충당하면 액수는 겨우 채울 것 같소. 이는 내 모든 물력을 다 동원하는 셈이오. 그런데도 당신이 팔지 않겠다면 매매는 더 이상 이루어지지 않을 거요. 어떻게 하겠소?"

역관은 한참 심사숙고하더니 마침내 뜻을 굽히고 마지못해 받아들이겠다는 의향을 내보였다. 남만 상인은 몹시 기뻐하며 그 자리에서 백금 4천 냥을 내놓고 온갖 보물로 2천 냥의 값을 치렀다. 매매 문서를 작성하고 각자 한 장씩을 가진 다음, 술과 안주를 내와 함께 모여 마시고 놀았다. 그제야 역관은 입을 열었다.

"내 이 구슬이 보배라는 것은 알았지만 사실은 이것 이름도 모르오. 게다가 어디에 사용하는지도 모르는데 이것 한 개 가격이 이렇게 된단 말이오?"

그러자 남만 상인이 얘기해 주었다.

"이 구슬의 이름은 정통주(定痛珠)라 하오. 병이 난 사람이 있으면 아픈 부위에 이 구슬을 비추면서 눌러주면 통증이 바로 멈추고 다시는 발병하지 않게 되지요. 그러니 어찌 천하의 지극한 보배가 아니겠소? 이것은 천년 묵은 용의 뼈 가운데서 얻을 수 있으니 정말 얻기 어려운 거요.

남만국의 임금께서 지금 이 구슬을 애타게 구하고 있소. 구슬을 바치는
자가 있다면 만금을 내리고 벼슬도 제일 높은 자리를 내려준다는 영이
내린 참이오. 내 지금 이것을 사서 돌아가면 만금을 하사받고 일품의
직위까지 얻어 두말 필요 없는 부귀를 누리게 될 것이오. 이 얼마나 행운
이고 기쁜 일이 아니겠소?"

앉아 있던 사람들 모두 우레와 같은 축하의 환성을 질렀다. 역관은
백금과 2천 냥 값으로 준 보물들을 가지고 귀국하였다. 이 보물들은 다
시 동래(東萊)의 왜관(倭館)³에 팔았다. 산호와 마노, 유리 등은 빼어난 등
급의 최상품이었다. 세상의 드문 것들이라 남만의 상인이 정해 준 값보
다 두 배, 네 배를 훨씬 뛰어넘었다. 역관이 마지막에 결산했을 때 구슬
의 가격은 만 냥이나 되었다.

제54화

표류한 섬에서 두 섬의 구슬을 줍다

예전에 바닷길로 조천(朝天)하는 일이 있었다.⁴ 사신 일행을 실은 배가

---

3 동래(東萊)의 왜관(倭館): 왜관은 왜인들의 숙박, 접대, 무역을 위해 설치한 객관으로,
   1407년 부산포, 즉 동래와 내이포(乃而浦, 지금의 웅천) 두 곳에 설치하였다. 이후
   염포(鹽浦, 울산)와 가배량(加背梁, 고성) 등에 추가로 설치했으나, 임진왜란 전후 폐
   쇄와 재설치를 반복하였다. 특히 이곳에서 교역이 성행하여 후추·약재와 금은 등을
   수입하였고, 쌀과 면포·서적 등은 수출하였다. 그리고 동래부사의 허가를 받아 조선
   상인이 출입하며 일종의 개인 상거래가 이루어지기도 했다.
4 바닷길로 조천(朝天)하는 일이 있었다: 중국에 조천, 즉 천자를 알현하는 행사는 삼국
   시대부터 있었으며, 교통편은 대개 바닷길을 이용하였다. 이후 명청 교체기로 접어들
   면서 수로 사행은 육로 사행으로 바뀌었다. 이 앞의 이야기는 바로 육로 사행에서의
   횡재를 다룬 사례이다. 한편 청나라가 들어서면서는 그 형식도 '조천'에서 '연행(燕
   行)', 즉 북경을 다니러 간다는 취지로 바뀌었다. 이 바닷길 사행의 거의 마지막 사례
   가 1624년 사은사 이덕형(李德泂, 1566~1645) 일행의 사행이었다. 『항해조천도(航海

바다 한가운데 이르러 한 섬을 만났다. 그런데 바람이 섬에서부터 불어오더니 배 주위를 빙빙 돌며 파도를 일으켜 집어삼킬 듯하였다. 배는 앞으로 나아가기는커녕 금방이라도 뒤집힐 판이었다. 이에 사공이 외쳤다.

"배 안에 필시 수신(水神)이 가지려는 것이 있어서 이러합죠. 그 물건을 바다로 던지면 무사하겠지만 그렇지 않으면 분명 위태로운 일이 벌어지고 말거요."[5]

사신 일행이 가지고 온 물건들을 바다로 던져 시험해 봤으나 바람은 여전하였다. 사공이 다시 말하였다.

"그렇다면 필시 잡으려는 사람이 있어서 이러한가 봅니다!"

이에 사신은 대동하던 역관과 부관들을 한 사람씩 섬 안에 내려놓고 살펴보기로 하였다. 수십 명이 차례로 내려가 보았으나 효과가 없어 다시 배로 올라왔다. 마지막으로 한 역관이 섬에 내리자마자 바람의 세기가 갑자기 잦아들며 물결도 잠잠해졌다. 사신과 그 일행은 이구동성으로,

"이 사람이 불쌍하고 안 됐으나 어쩔 수 없지 않은가?"

라고 하였다. 이내 쌀과 나머지 식량을 충분히 내려주고, 죽 그릇과 칼 도끼 등의 물품은 물론 그가 소지했던 의복과 행장도 모두 꺼내 주었다. 서로 이별하면서 눈물 흘리는 사람이 많았다. 사신 일행은 마침내 배를 띄워 떠나갔다.

이 섬은 본래 무인도로 사람이 살지 않았다. 짐승들도 없어 수목과 대나무만 울창하였다. 역관은 도끼로 나뭇가지를 잘라 해안에다 나무집 한 채를 얽고, 대나무를 베어다가 지붕을 이어 처소로 삼았다. 밤이 되어

朝天圖)』(현재 국립중앙박물관 소장)는 바로 이 마지막 해로 사행의 결과물이다.
5 배 안에 …… 벌어지고 말거요: 전통시대 뱃사람들의 습속은 육지와는 상당히 달랐는데, 이 경우도 이들 습속의 한 가지를 원용한 사례이다. 즉 비교적 먼 항해를 하는 사람들은 각자의 이름자를 종이에 써서 바다에 던졌다(서긍(徐兢)의 『고려도경(高麗圖經)』에 이 의식이 나옴). 이는 수신에게 자신이 배에 탔음을 알리고 무사 항해를 비는 행위였다. 일종의 신고식이었다.

누워 있는데 바다에서 '쉬익 쉬익' 하는 소리가 섬으로 들려왔다. 그가 몸을 숨기고서 밖을 엿보니 한 거대한 이무기가 나타났다. 어찌나 큰지 몸뚱이는 집채만 하고 길이는 수십 길이나 되었다. 섬의 제일 높은 곳으로 올라가더니 한참 뒤에 다시 섬에서 내려와 바닷속으로 들어갔다. '쉬익 쉬익' 하는 소리가 귀청을 울릴 정도로 컸다. 매일 밤 이렇게 나타나기를 반복하며 하루도 거르지 않았다. 게다가 오고 간 길이 정확히 일치하여 조금도 벗어난 흔적이 없었다.

역관은 대밭에서 대나무를 잘라 끝을 뾰족하고 예리하게 깎아 날카로운 큰 모양으로 수백 개를 만들었다. 이걸 이무기가 오가던 길 위아래로 촘촘하게 꽂아 놓고 그것이 오기를 기다렸다. 그날 밤, '쉬익 쉬익' 하는 소리가 다시 들려왔다. 큰 이무기가 바다에서 나와서 오가던 길로 오고 있었다. 이미 섬 위로 올라와서는 수십 길 정도에서 멈추더니 더 이상 가지 못하고 그대로 엎어져 움직이지 못했다. 다음날 가서 보니 이무기는 사력을 다해 대나무로 만든 못 위를 지나가다가 가슴과 배가 모두 찢겨 속이 터진 채 죽어 있었다.

며칠이 지나자 뜨거운 태양이 내리쬐어 이무기의 몸뚱이는 다 썩어 문드러져 악취가 온 섬을 덮었다. 역관은 나무 조각으로 그릇을 만들어 그 썩은 고기를 담아 모두 바닷속으로 던져 버렸다. 그런데 주검이 있던 그 밑을 보니 크고 작은 명주(明珠)가 수를 헤아릴 수 없을 정도였고 모두 두 섬 남짓 되었다. 그는 갈대와 대나무를 베어 두 개의 가마니를 만들어 거기에 다 담았다. 또 해변의 둥글고 희어 두고 보기에 좋은 조약돌로 구슬 위를 덮어 안 보이게 해 놓았다.

몇 달이 지나 사신의 선단이 돌아와 이 섬에 이르렀다. 역관이 아무 탈 없이 살아있는 걸 보고 그들은 너나 할 것 없이 놀라고 반가워 환호성을 지르며 바다 위의 배로 맞아들였다. 역관은 가마니 두 섬을 배로 옮겨 실었다.

"이게 무슨 물건인가?"

라고 사람들이 묻자,

"내가 몹시 아끼는 해변의 조약돌로 직접 주워 모은 것이오. 행랑은 이것뿐이니 버리지 말고 실어주었으면 하오."

라고 하였다. 사람들이야 그가 죽지 않고 살아 있는 것만도 기뻤던 터라 누군들 흔쾌히 실어주려 하지 않았으랴. 하지만 아무도 이것이 명주라는 건 알지 못했다.

역관은 마침내 이것을 싣고 집으로 돌아왔다. 구슬을 꺼내 일부는 나라 안에 팔기도 하고, 또 일부는 왜관에 팔았다. 대부분 대단한 가치가 있는 보석이라 셀 수 없을 정도의 돈을 벌었다. 마침내 그는 나라 안의 거부가 되었다.

평한다.

아무개는 구슬 하나로 부자가 되고, 또 아무개는 두 섬의 구슬을 얻어 부자가 되었다. 두 섬의 구슬로 부자가 된 일은 당연히 그럴 법하지만, 구슬 하나로 부자가 된 일은 너무 이상하지 않은가? 바다 한 가운데 섬에서 살아남았으니 이는 정말 신의 가호가 있었을 테고, 빗물 웅덩이에서 멱을 감은 일도 필시 신의 계시가 있어서일 게다. 부(富)는 오복(五福)[6] 중 둘째로, 이 복을 얻으려면 착한 일을 하고 어진 행동을 하면서 거기에 신의 계시가 있어야 가능한 일이다. 백방으로 부자 되기를 찾아다닌다면 이는 부질없는 일일 뿐이다. 우리 같은 평범한 이들은 마땅히 이를 거울 삼아야 할 것이다.

---

6 오복(五福): 유가에서 말하는 다섯 가지 복으로, 곧 수(壽), 부(富), 강녕(康寧), 유호덕(攸好德), 고종명(考終命)을 말한다. 유호덕, 즉 덕을 쌓는 것 대신에 귀(貴)를, 또 고종명, 즉 편히 죽은 것 대신에 자손중다(子孫衆多)를 꼽기도 한다.

괴물의 정체

제55화

함경도의 수령이 악취 풍기는 괴물을 칼로 베다

오래전 함경도 북방 변경의 한 고을에서 악취를 풍기는 괴물의 소동이 있었다. 이 고을 수령이 부임한 지 십여 일 만에 갑자기 죽었고, 이후 연이어 5, 6명의 수령이 죽어 나갔다. 이 때문에 이곳 수령 자리를 기피하여 발령의 명이 떨어져도 온갖 핑계로 모면하며 부임하려는 이가 없었다.

한편 어떤 무인이 벼슬길에 올랐으나 형세가 고단하던 중에 겨우 이 고을 수령이 되었다. 그는 평소 담력과 힘이 출중한 터라, '귀신이나 마귀를 만났다고 해서 어찌 사람마다 죄다 죽을 리가 있겠는가. 내 한번 가 보리라.'고 생각하고, 바로 조정에 하직 인사를 하고 고을에 부임하였다. 관아에 도착해서는 혼자 동헌에 거처했다. 줄곧 장검 하나만은 자기 몸에서 떼어놓지 않았다.

그런데 부임한 첫날부터 고기 썩은 냄새가 바람을 따라 조금씩 나기 시작하더니 날이 지날수록 점점 심해졌다. 대엿새가 지난 뒤에는 안개 기운 같은 게 둥둥 떠서 밀려오는데 악취도 따라 실려 왔다. 안개 기운은 날이 갈수록 짙어졌고 악취는 더 이상 견딜 수 없는 지경이었다.

이렇게 열흘이 지났다. 이제 수령이 으레 죽어야 하는 때였다. 통인과 급창(及唱)[1] 등 관속들은 하나같이 달아나 버려 주위에 모시는 자는 한 명도 없었다. 수령은 부임한 첫날부터 자리 옆에 술동이를 두고서 매일 술에 취해 지금까지 버텨왔다. 이날은 어느 때보다 술에 잔뜩 취해 곤죽이 된 채 앉아 있었다. 밤이 되자 무언가가 다가와 동헌의 대문 안으로 들어왔다. 안개 기운이 엉기고 뭉쳐서 형체를 이루고 있었다. 크기는 네댓 아름쯤 되고 길이는 거의 두세 길쯤 되었다. 그 몸체와 얼굴과 머리, 손발의 형체는 보이지 않았다. 다만 위를 보니 양쪽에 두 개의 눈이 아주 밝게 빛나고 있을 뿐이었다. 수령은 자리를 털고 일어나 뜰로 내려와선 고함을 지르면서 돌진했다. 힘껏 칼로 내리치자 소리가 우레가 치듯 울려 퍼졌다. 그러자 안개 기운은 순식간에 흩어져 한 점도 남지 않고 사라졌다. 냄새도 따라서 싹 가셨다. 수령은 칼을 땅에 내던지고 술기운에 엎어져 다시 일어나지 못했다.

다음 날 아침, 관속들은 원님이 이미 죽었을 것으로 짐작하고 시신을 거두려고 왔다가 문안에 엎드려 누워 있는 원님을 보고서 모두 입이 벌어졌다.

"이전 원님들의 시신은 모두 동헌 위에 있었는데, 지금 원님은 어째서 뜰아래 있을까? 이 또한 괴이한 일일세."

몇 명이 그 앞으로 다가가 붙들어서 거두려고 하였다. 그런데 수령이 바로 일어나 앉아서 눈을 부릅뜨고 소리를 지르는 것이 아닌가. 이들은 너무 놀라 뒤로 물러서 엎드리고는 벌벌 떨었다. 이 악취 나는 괴물의 재앙은 이때부터 영원히 사라졌다.

---

1 급창(及唱): 관아에 딸린 사령의 하나로, 섬돌 위에 서서 수령의 명령을 간접으로 받아 큰 소리로 아래에 전달하는 일을 맡아 보았다. 여기 통인과 급창 등을 사령(使令)이라고도 하는데, 각각의 역할은 조금씩 달랐다.

제56화

별해진에서 주먹으로 세 귀신을 쫓아내다

무사 이만지(李萬枝)²는 영남 사람이다. 그는 성격이 날카로우면서 굳 센데다 강하고 용맹하였으며, 담력은 따라올 자가 없었다. 눈동자도 푸 른빛이 돌았다. 항상 자신하기를, '평소 두려워하거나 위축된 적이 없었 다.'고 하였다.

어느 날, 집에 있는데 물을 퍼붓듯 폭우가 쏟아지고 천둥과 번개가 대거 내리쳤다. 그러다 항아리만 한 큰 흙덩이가 집 안으로 밀려들어 오더니 방 안과 대청, 그리고 부엌과 행랑채를 가리지 않고 여기저기 둥둥 떠다녔다. 그러기를 두세 차례, 이번엔 번쩍번쩍 섬광과 우르르 쾅 쾅하는 소리가 천지를 뒤흔들었다. 그 와중에도 만지는 마루에 꼿꼿하게 앉아 조금도 두려워하는 기색이 없었다. '내 죽을죄도 안 지었는데 무슨 벼락을 맞겠는가?'라는 생각에서였다.

조금 뒤 마당 앞에 서 있던 큰 홰나무가 벼락을 맞고 부러져 산산조각 이 났다. 이에 비가 그치고 우레도 멈췄다. 만지가 일어나 집 안을 살펴 보니, 아내와 자녀들은 모두 숨이 막혀 기절한 상태였다. 겨우 구하여 살려냈으나 그해에 아내와 자식들은 다 병을 얻어 죽고 말았다. 그는 마침내 서울로 올라와 벼슬길에 올라 오위장(五衛將)³이 되었다가 북도(北 道)의 별해첨사(別害僉使)⁴에 제수되었다. 그는 첩을 데리고 별해진(別害鎭)

---

2 이만지(李萬枝): 생몰년과 행적은 미상으로, 그에 관한 기록으로는 실록에 운봉현감 (雲峯縣監)을 지냈다는 정보가 유일하다. 따라서 그가 실제로 오위장과 별해첨사를 지냈는지의 여부는 확인되지 않는다.

3 오위장(五衛將): '위장(衛將)'이라고 하며, 오위 즉 중앙의 친위부대인 의흥위(義興衛)·용 양위(龍驤衛)·호분위(虎賁衛)·충좌위(忠佐衛)·충무위(忠武衛)의 조직을 지휘하는 관 장이다. 오위는 1457년 고려 때의 8위(衛) 체계를 바탕으로 조직하였는데, 실제로는 왕의 직속 기관으로 궁궐의 행사나 임금의 출입시에 호위하는 역할을 하였다.

4 별해첨사(別害僉使): 별해(別害)란 군사적으로나 지역적으로 특별한 요충지를 뜻한 다. 주로 함경도와 평안도의 북쪽 변방 지역에 별해진을 설치하였다. 지금의 자강도

으로 부임하였다. 그런데 그곳에선 전 첨사들이 몇 번에 걸쳐 죽임을 당했는데, 이는 귀물(鬼物)의 출현에 의한 것이었다. 이 때문에 관사를 버려두고 일반 여염집으로 집무실을 옮긴 지 이미 서너 차례였다.

그러나 만지는 자신의 정신과 기백을 믿고 아랫것들을 시켜 닫힌 관사를 깨끗이 정리하게 하고 들어갔다. 부임하던 날 첩더러 안에 거처하게 하고 자신은 홀로 동헌 마루에서 등불을 밝히고 앉았다. 이경이 되었을 즈음, 어떤 이상한 물체가 방에서 나왔다. 꼭 나무 덩이가 검은 보자기에 덮여 있는 것 같았다. 얼굴과 눈은 보이지는 않았다. 이것이 만지 앞으로 다가와 마주 앉는 것이었다. 또 다른 두 물체가 뒤따라 나왔다. 모양은 모두 똑같았다. 나란히 앉은 세 귀물은 만지를 앞에 두고 점점 자리를 옮겨 바짝 다가왔다. 만지는 조금씩 뒤로 물러나 앉다가 뒷벽까지 닿아 더 이상 물러설 곳이 없게 되었다.

"너희들은 어떤 귀물이기에 감히 부절을 찬 관리가 부임하는 날에 이처럼 나타났단 말이냐? 너희들의 마음에 바람이 있다면 내 마땅히 들어줄 테니 모름지기 있는 대로 말하거라."

라고 만지가 말하자, 가운데 앉아 있던 귀물이 소리를 내었다.

"배가 고파요."

"그래 내 이미 너희들의 소원을 들었으니 먹을 걸 한껏 차려 주겠노라. 허니 속히 물러가거라!"

그러면서 주문을 외며 손가락을 튕겨 소리를 내자, 세 귀물은 두려워하는 기색인 듯했다. 내친김에 만지는 주먹을 쥐고 제일 앞에 앉은 놈을 내리쳤다. 놈이 몸을 갸우뚱하며 피하는 바람에 맞히지를 못하고 마룻바닥만 치고 말았다. 만지의 주먹은 부러져 큰 상처를 입었다. 이에 세 귀

지역이 이에 해당한다. 여기에 첨절제사, 즉 종3품 무관직인 첨사를 파견하여 관리하도록 했다.

물이 일제히 소리를 쳤다.

"손님을 쫓다니요, 당장 가겠소!"

마침내 일어나 마루를 내려갔다. 그리곤 순식간에 사라져 버렸다. 다음날 무당을 불러다 소를 잡고 큰 굿을 열어 사흘 밤낮을 하고서야 마쳤다. 이때부터 다시는 귀물들이 동티를 내는 우환은 없게 되었다.

평한다.

보통 사람이 귀신을 만나 죽게 되는 것은 귀신이 흉악한 짓을 해서만이 아니라 사람이 귀신을 너무 두려워하여 그렇게 되는 경우도 많다. 함경도 고을과 별해진에서 관리가 이미 많이 죽었으니, 이는 귀신이 정말 흉괴를 저지른 것이다. 그런데 누구는 칼을 휘둘러 사라지게 하고, 누구는 주먹을 휘둘러 쫓아냈다. 두려운 마음이 있었다면 어찌 이처럼 할 수 있었으랴! 이러한 절등한 담력과 기력은 모두 쉽게 얻을 수 없는 일이다. 함경도 고을의 원님은 더욱 장하도다.

관운장의 신통력

제57화

정승에게 사자를 보내 사당 자리를 정하게 하다

선조(宣祖) 연간에 임진왜란이 일어나자 중국 조정에서 대군을 우리나라로 보내 왜군을 쳐서 평정하였다. 명나라 장수가 선조에게 말하기를,

"왜적을 토벌하여 승리한 데는 관왕(關王)의 음우신조를 많이 입었기 때문이오. 이런 큰 공적을 이뤘으니 동국(東國)에서 추숭하여 보답하는 전례가 없어서는 안 될 것이오. 청컨대 관왕의 사당을 세워 제사를 올리시오."

라고 하였다. 선조는 이 요청에 따라 한양성 밖에 동관왕묘(東關王廟)와 남관왕묘(南關王廟)¹ 두 묘당을 건립하고 제향하였다. 처음 묘당을 건립할 때이다. 남묘의 터가 아직 정해지지 않자 누구는 멀리에 또 누구는 가까

---

1   동관왕묘(東關王廟)와 남관왕묘(南關王廟): 관왕묘는 '관성묘(關聖廟)'라고도 하며, 관우를 제향하기 위하여 건립한 묘당이다. 현재는 동관왕묘만이 남아 있는데, 흔히 '동묘(東廟)'라 부르며 동대문 밖인 종로구 숭인동에 있다. 남관왕묘가 1598년에 남대문 밖(지금의 서울역 부근)에 먼저 건립되었고, 1602년에 동관왕묘가 세워졌다. 사료에 의하면 남관왕묘는 명군의 사기 진작을 위해 명장 진유격(陳遊擊)의 주도 아래 건립되었고, 동관왕묘는 여기 언급처럼 명군의 요구에 의해 지어졌다고 한다. 그러니 여기 이야기와는 차이가 있다. 임진왜란과 정유재란 때 명군이 치른 전투에서 관왕의 혼령이 신병(神兵)으로 나타나 명군을 도왔다는 일화는 꽤 많이 전해진다. 이런 계기로 『임진록』은 관왕의 현시가 주요 모티프가 되었고, 이후 관왕을 섬기는 신앙은 전국적으로 확대되었다. 이 유풍은 지금까지도 이어지고 있다.

이에 터를 잡자며 의견들이 분분하다 보니 좀처럼 정할 수 없었다. 그때 당시 백사(白沙) 이 상공(李相公)[2]이 묘당 건립의 의견을 주관하고 있었다.

어느 날, 이 공이 집에 있는데 어떤 무사가 대문에 이르러 찾아뵙기를 청한다고 하였다. 맞아들여 만나 보니 자세가 씩씩하고 생김새도 훤칠해 보통 사람과는 달라 보였다. 주위 사람들을 물리쳐 달라고 하더니 상공과 마주 앉아 조용히 무언가를 얘기하고 나서 인사하고 떠났다. 상공의 가까운 손님이 마침 자리에 있다가 물리치는 바람에 밖으로 나갔다가 무사가 떠난 뒤에 다시 들어왔다. 상공이 적이 감탄하며 이상해하는 기색을 보고, 의아하여 무슨 일이냐고 여쭈었다. 상공은 처음엔 말을 하지 않다가 한참 뒤에야 입을 열었다.

"참으로 기이한 일일세! 방금 찾아왔던 무사는 관왕이 보낸 사자였네. 도성 남쪽에 묘터가 아직 정해지지 않은 이유로 친히 수하의 장수 하나를 내게 보냈다지 뭔가. 그러면서 터 한 곳을 점지해 주면서 그곳으로 확실히 정하고 조금이라도 옮기거나 바꾸지 말라는 것이야. 해서 나는 '삼가 성교(盛敎)를 받들겠다.' '황송하고 감격함을 누를 길 없다.' '근실히 봉행하겠다.' '어찌 감히 바꾸겠는가'라는 등의 대답을 했네. 그랬더니 사자는, '그곳은 한시적으로 잠시 제사를 받드는 곳이 되어서는 안 되고 대대로 제사를 올리는 묘가 되어야 한다. 만약 영령이 편안한 곳을 잃게 되면 신령의 뜻이 편치 못하게 된다. 그래서 이같이 친히 가르침을 내린다.'고 하면서 두세 번이나 신신당부하고 떠났네. 이 어찌 기이하지 않은가?"

---

2 백사(白沙) 이 상공(李相公): 즉 이항복(李恒福, 1556~1618). 자는 자상(子常), 백사는 그의 호, 본관은 경주이다. 1580년 과거에 합격하여 왜란 시기에 병조판서, 좌의정, 우의정을 역임하며 국정을 회복하는데 전력하였다. 1602년 오성부원군(鰲城府院君)에 봉해져, 한음 이덕형(李德馨, 1561~1613)과 한 시대를 풍미했다. 1617년 인목대비에 대한 폐모의 논의가 일어나자, 이를 극력 반대하다가 관작이 삭탈되고 이듬해 북청(北靑)으로 유배되었다가 그곳에서 죽었다. 그는 당쟁 속에서도 붕당에 가담하지 않고 조정과 합의에 힘써 청백리에 뽑혔다. 저서로 『백사집(白沙集)』이 있다.

손님도 상공의 말을 듣고 몹시 놀랍고 두려운 마음이 들었다. 상공은 다시 손님에게 일절 세상에 이 일을 퍼뜨리지 말라고 입막음을 해두었다. 상공은 마침내 무사를 통해 관왕이 점지해 준 곳을 극력 주장하여 묘당을 건립하였다. 지금의 남관왕묘가 바로 그곳이다.

제58화
선비가 꿈의 계시로 요괴를 물리치다

어떤 선비가 한강을 건너가다가 배 위에서 홀연 선잠이 들었다. 꿈속에서 한 사람을 만났다. 그는 누에 눈썹에 봉황의 눈을 가졌으며 얼굴은 짙은 대춧빛에[3] 신장은 8척이나 되었다. 푸른 도포에 긴 수염을 한 위풍은 그야말로 늠름하였다. 큰 칼을 비껴 차고 적토마를 타고 다가와 선비에게 말을 걸었다.

"나는 한수정후(漢壽亭侯) 관운장(關雲長)[4]이니라. 긴한 일이 있어서 너를 찾아왔느니라."

그러고는 선비보고 손바닥을 편편하게 펴라 하더니 거기에 먹을 묻힌 붓으로 화압(花押)[5]을 하고서 이렇게 말하였다.

---

3 누에 눈썹에 봉황의 눈을 가졌으며 얼굴은 짙은 대춧빛에: 모두 기상이 탁월한 인물이나 장수를 묘사할 때 쓰는 일종의 레토릭이다. 누에 눈썹은 원문이 잠미(蠶眉)로 누에처럼 희고 두툼한 눈썹을 말하며, 봉황의 눈은 원문이 봉안(鳳眼)으로, 눈꼬리가 위로 째져 날카롭게 생긴 눈을 말한다. 그리고 얼굴이 대춧빛이라 함은 원문이 중조(重棗)로, 얼굴빛이 홍갈색의 대춧빛이 나는 걸 말한다. 실제 『삼국지연의』에서 유비가 '수염은 한 자 여덟 치에 얼굴은 무르익은 대추 같고, 봉황의 눈 위에 누운 누에 같은 눈썹을 한' 관우를 소개하는 내용이 나온다.
4 한수정후(漢壽亭侯) 관운장(關雲長): 한수정은 '한수정(漢水亭)'으로 표기하기도 한다. 한수는 중국 호남성 형주(荊州) 무릉군(武陵郡)에 있는 현명으로, 관우가 이곳의 정후(亭侯)로 봉작되었기에 이렇게 불린다. 참고로 정후는 한대(漢代)에 역점[亭]에 봉해진 열후를 말한다.

"너는 강을 건너거든 도성으로 들어가지 말고 나루터에서 잠시 머물러 대기하거라. 그러면 가는 노끈으로 엮은 삼정(三丁)[6]에 싸인 궤짝 일곱 바리를 배에 가득 싣고 강을 건너 도성으로 들어오는 자들이 있을 게다. 네가 그자들을 불러 모이게 한 다음 손바닥의 화압을 보여주면 저들은 알아서 움직일 거야. 그런 뒤 너는 그 궤짝을 쌓아두되 절대 열어보지 말고 즉시 조정에 보고하여 속히 태워 없애버리게 하거라. 이는 나라의 대사이므로 행여 잘못 처리하게 해서는 안 되느니라."

순간 선비는 화들짝 꿈에서 깼다. 전율이 온몸을 엄습해 왔고 식은땀이 등에 흥건하였다. 혹시나 하여 손을 펴보니 화압이 선명하게 남아 있었다. 먹 자국이 흥건하니 채 마르지 않은 상태였다. 몹시 괴이하고 의아한 마음이 들었다. 마침내 꿈속에서 교시한 대로 나루터에 내려서는 멈춰서서 기다렸다. 잠시 뒤 과연 삼정으로 싼 궤짝 일곱 바리를 싣고 남쪽에서 북쪽으로 건너오는 일행이 있었다. 의관을 차린 한 사람이 뒤를 따랐다. 다 건너오자 선비는 궤짝을 실은 사람을 불러 세웠다.

"한 가지 전해 줄 말이 있으니 잠시 한 곳으로 모여주시오."

그 사람과 저들은 서로 쳐다보며 놀라는 눈치였으나 금세 선비한테 모여들었다. 선비는 가리고 있던 손을 내어 보여주며 말했다.

"이것들은 어떤 물건이오? 한번 보십시다!"

그들 눈에 화압이 들어오는 순간 의관을 차린 자가 먼저 왼손으로 갓을 벗어들고 정신없이 내달려 강으로 뛰어들었다. 따르던 8, 9명도 뒤따라 허둥지둥 강으로 내달려 몸을 던졌다. 한순간에 모두 죽고 만

---

5 화압(花押): 수결(手決)로, 지금의 자필 서명에 해당한다. 문서의 교환이나 권리 관계의 증명으로 본인임을 확인하는 절차이다. 당(唐)나라에서 전래되었고, 처음에는 자신의 성명을 흘려 쓰다가 점차 변체를 써서 남들이 잘 알아보지 못하게 하였다. 그 모양이 꽃 모양 같다고 해서 이렇게 부른다.
6 삼정(三丁): '농삼장'이라 하며 상자 따위를 넣거나 싸려고 삼노(삼 껍질로 꼰 노끈)로 엮어 만든 망태나 보자기를 말한다. 지금 궤짝을 이 삼정으로 덮어씌웠다는 것이다.

것이다. 선비는 나루터를 지키는 일꾼들을 불러 일렀다.

"이 궤짝 안의 물건은 재앙을 일으키는 것이니라. 내 장차 조정에 들어가 이를 처리하고자 하니, 너희들은 이것을 단단히 지키면서 대기하고 있거라."

그러면서 절대 열어보지 말라고 경계하고 곧장 말을 달려 성안으로 들어갔다. 병조(兵曹)에 고하여 이 변괴의 사정을 자세히 진술하였다. 병조에서는 바로 낭감(郎監)[7] 한 명을 파견하여 이 물건을 싣고 오게 하여 선비의 말에 따라 섶을 쌓아 태워버렸다. 불길이 솟자 궤짝이 쪼개졌는데, 그 속엔 목우병마(木偶兵馬)가 가득 들어 있었다. 길이가 한 마디쯤 되었고, 14개의 궤짝에 꽉 채워져 있었다. 선비와 병조의 관리들은 이것을 보고 놀란 마음에 혀를 내두르지 않은 이가 없었다. 한참이 지나서야 모두 타서 잿더미가 되었다. 이제야 요사한 술수를 부리는 자들이 환술을 부려 도성을 어지럽게 하려고 목우병마를 실어 오고 있었다는 사실이 드러났다. 그런데 이때 마침 조정에서 막 동관왕묘와 남관왕묘를 건립하고 제례를 시행하였던 까닭에 관왕의 신이 나라를 위해서 이 같은 음우를 내렸던 것이다.

평한다.

관왕의 충의는 무장 중에 천고의 으뜸이다. 그 혼백은 지금도 남아 있어 멀리 중국의 군대를 따라와서 우리나라의 난리를 쓸어 없앴다. 순명(順命)을 돕고 역적을 토벌함이 다 충과 의에서 나온 것이다. 그리고 다시 사당 자리를 정하도록 사자를 보내고, 꿈에 나타나 요사한 무리들을 제거하였으니 신이함이 어찌 이와 같단 말인가? 일찍이 송(宋)나라

---

7 낭감(郎監): 정확하게 어느 관직을 지칭하는지 미상이나, 관련 관직으로 비랑(備郎)과 감찰(監察)이 있다. 비랑은 비변사(備邊司)의 종6품 낭관직이고, 감찰은 사헌부의 정6품직으로 감찰 실무를 담당하였다. 아마도 이 두 직책을 합쳐 부른 것이 아닌가 싶다.

때 궁궐 안 귀신의 저주를 물리쳤다는 이야기[8]를 듣고 근거가 없는 일이라고 의심했었는데, 지금 이 두 가지 일로 보면 그것이 거짓이 아니라 믿을 만한 이야기임을 알겠다. 명나라 장수의 음우신조 언급은 참으로 근거가 있으니, 우리 조정에서 묘당을 세우고 제사를 지내며 헐지 않은 것은 마땅한 일이다.

---

8   송(宋)나라 때 궁궐 안 귀신의 저주를 물리쳤다는 이야기: 관왕이 나타나 이 저주를 물리쳤다는 것인데 미상이다. 다만 송나라 조정에서 관우는 군왕(君王)으로 추봉되기에 이르는데, 휘종(徽宗) 때 '숭녕진군(崇寧眞君)'·'무안왕(武安王)'으로, 고종(高宗) 때는 '장무의용무안왕(壯繆義勇武安王)' 등으로 추봉되었다. 공교롭게도 휘종·고종 연간은 금나라에 치욕을 당했던 '정강(靖康)의 변'이 있던 시기다. 아마도 이 화란 속에서 관우 신격화가 본격화된 모양이다. 이후 명말청초 역사적 전환기로 접어들면서 관우는 다시 소환되어 왕에서 성제(聖帝)로 승격하기에 이른다.

절개 지킨 꾀

제59화

칼을 부채 대신 써서 정실부인이 되다

한명회(韓明澮)[1]는 바로 세조(世祖) 때의 일등 공신이다. 세조의 총애가 대단하다 못해 압도적이어서 조정의 신하 중엔 그를 따라올 자가 없었다. 한편 그는 공적과 위세만 믿고 멋대로 남의 화복을 좌지우지했다. 그야말로 온 세상을 휩쓸었다. 의정부와 사헌부(司憲府)·사간원(司諫院)[2]이라도 그에 대해서 감히 한마디도 임금에게 진언할 수 없었다.

그런 그가 평안도관찰사로 있을 때의 일이다. 그는 불법을 자행하며 조금이라도 자기 뜻을 거스르는 자가 있으면, 그때마다 잔혹한 형벌을

---

1 한명회(韓明澮): 1415~1487. 자는 자준(子濬), 호는 압구정(狎鷗亭), 본관은 청주이다. 조실부모하고 과거에 여러 번 낙방했으나, 1453년 계유정난 때 수양대군의 심복 참모로서 큰 공을 세워 일약 요직에 발탁되었다. 세조가 등극한 이후에도 남이(南怡)의 옥사를 처결하는 등 정권의 유지에 큰 역할을 하여 세조는 '나의 장량(張良)'이라고까지 추켜세웠다. 더구나 두 딸을 각각 예종과 성종의 비(妃)로 입궐시켜 그의 권세는 성종 때까지 이어졌다. 당시 그는 권세를 농간하여 후대 권신(權臣)의 아이콘이 되기도 했다. 지금 한강변의 압구정은 그가 조성한 정자로 빼어난 경관을 자랑, 후대에도 시문학에 자주 등장하는 배경 중에 하나이다. 참고로 1459년 황해도, 평안도, 함길도, 강원도 등 4도의 체찰사가 되었는데, 여기 강원도관찰사 때라고 한 것은 이 즈음을 상정한 것이다.

2 사헌부(司憲府)·사간원(司諫院): 원문은 '대각(臺閣)'이다. 이는 조선시대 사헌부와 사간원 총칭으로 이곳에 근무하는 관원을 각신(閣臣)이라고 했다. 주지하듯이 사헌부는 관리들의 비리를 감찰하는 기관이며, 간쟁(諫諍), 즉 왕에게 시정을 요구하거나 일반 언론을 논박하는 막강한 권력 기관이었다.

집행하여 사람 죽이기를 삼실 짜듯 하였다. 평안도 일대의 사람들은 마치 시랑이나 범이라도 만난 것처럼 두려움에 벌벌 떨었다.

그러던 어느 날, 선천(宣川)[3]의 좌수(座首)에게 자태가 빼어난 딸이 있다는 소식을 접한 한명회는 감영으로 이 좌수를 불러들여 면전에 대고 분부하였다.

"듣자 하니 너의 딸이 그렇게도 이쁘다고 하더구나. 내가 맞아들여 첩으로 삼으련다. 선천에 순시하는 날에 너희 집으로 직접 가서 데려갈 테니, 너는 미리 그렇게 알고 대기하도록 하라."

좌수는 황송해하며 대답하였다.

"소인의 딸은 천하고 볼품없사옵니다. 곱다고 한 소문은 전하는 이들이 잘못 퍼뜨린 것이옵니다. 하오나 나리께서 이미 영을 내리셨으니 어찌 감히 이를 받들어 모시지 않겠나이까?"

그러고서 물러났다. 집으로 돌아온 좌수는 걱정하는 빛이 얼굴에 가득하고 마음도 퍽 유쾌하지 않았다. 딸이 그를 보고 여쭈었다.

"감사 나리께서 무슨 일로 부르셨기에 아버님의 안색에 걱정이 많아 보입니다. 무슨 일이 있는지요? 알려주세요."

좌수는 딸아이에게 걱정거리를 만들어주는가 싶어 처음에는 말을 하려 하지 않았다. 하지만 딸이 고집스럽게 물어대자 비로소 입을 열었다.

"내가 너 때문에 이런 고역을 치르는구나."

그러면서 감사가 딸을 첩으로 맞아들이겠다는 사정을 전하였다.

"내가 이 영을 따르지 않으면 필시 죽임을 당할 터라 따르지 않을 수

---

3 선천(宣川): 평안북도 서남해안의 있던 군명이다. 동쪽은 정주군, 서쪽은 철산군, 남쪽은 황해, 북쪽으론 의주군과 접경이었으며, 한양과 의주를 오가는 노정에 있었다. 1811년 홍경래란 때 이곳 선천부사였던 김익순(金益淳)이 적도에게 항복했다고 하여 현으로 강등되었다. 김익순은 바로 삿갓시인 김병연(金炳淵)의 조부이다. 김병연이 과거 시험에서 김익순의 처사를 비판하는 글을 지었다가 그가 자신의 조부인 걸 알고는 평생 삿갓을 쓰고 방랑 생활을 했다는 일화는 유명하다.

없게 되었단다. 사대부 집 여자인 너를 남의 첩으로 들이게 되었으니 어찌 원통하지 않겠느냐?"

그런데 이 말을 들은 딸은 웃는 것이었다.

"아버님께서는 어찌 그리 생각이 짧으세요? 대장부께서 딸아이 하나 때문에 목숨을 바꿔서야 되겠어요? 이는 딸아이 하나 버리는 데 지나지 않은 일이에요. 딸을 버리면 그만이지 무얼 굳이 저를 보호한답시고 죽을 지경에 처하시려고요? 사태의 경중이 불을 보듯 명백하니 아버님께서는 이 딸은 생각 밖에 두시고 더는 조금도 개의치 마세요. 근심과 원망은 다 버리시고 마음을 편히 가지세요. 어쩌겠어요? 어찌할 수 없지요. 여자가 이런 일에 맞닥뜨림은 다 운명이겠지요. 그저 순순히 받아들여 마음 편히 따를 뿐 조금도 원통한 마음은 없어요. 소녀의 생각이 이러하니 아버님께서도 제 뜻에 따라주세요. 제발 그렇게 해주세요."

좌수는 긴 한숨을 쉬며 탄식하더니 말을 이었다.

"네 말을 들으니 내 마음도 조금은 풀리는구나."

이때부터 온 집안은 모두 걱정하며 탄식하였으나, 딸만은 아무 일 없다는 듯 흔들리는 기색도 보이지 않았다. 태연히 웃고 말하며 평소와 다름없이 처신하였다.

그로부터 얼마 지나지 않아 감사가 순시차 선천으로 왔다. 좌수를 불러 놓고 내일 딸아이를 곱게 꾸며 대기시키라고 분부하였다. 좌수는 집으로 돌아와 혼례용품을 꾸리려 하였다. 그러자 딸은 아버지에게 여쭈었다.

"이번 일이 비록 첩의 혼사이기는 하나 교배(交拜)하는 자리와 동뇌(同牢)하는 상을 하나같이 정실 혼인의 예법대로 준비해 주세요."

아버지는 딸아이의 요청에 따라 준비하였다. 다음날 감사는 좌수 집을 찾았다. 평상복 차림에 총립(驄笠)⁴을 쓰고 내청으로 들어왔다. 여자가

---

4 총립(驄笠): 말총으로 엮어서 만든 갓으로, 고급품에 해당하였다. 말총을 주로 제주에

방 안에서 나와 맞이하여 그 앞에 서는데, 양손으로 진주부채 대용으로 서슬이 퍼런 칼을 들어 얼굴을 가리고 있었다. 그녀를 보니 과연 절세의 미인이었다. 감사가 깜짝 놀라 칼을 쥐고 있는 이유를 물었더니, 여자는 수모(首母)를 통해서 전언하였다.

"소녀는 비록 시골구석의 빈천한 처지이오나 아직 양반의 체모를 잃지 않았사옵니다. 사또께서는 재상의 귀한 자리에 계시면서 지금 저를 첩으로 맞아들인다고 하니 원통하지 않을 수 있겠사옵니까? 사또께서 만약 저를 예에 따라 정실로 맞아들이신다면 마땅히 종신토록 섬기겠나이다. 허나 첩으로 들이려 한다면 지금 이 자리에서 당장 목숨을 끊을 밖에요. 칼을 들고 있는 것은 이 때문이옵니다. 소녀가 죽고 사는 것은 모두 사또의 말씀 한마디에 달려 있사오니, 바라옵건대 하교를 내리셔서 결정해 주옵소서."

감사는 평소 예의를 준수하지 않을뿐더러 불법을 예사로 자행하던 이였다. 더욱이 여자의 자색을 보고는 마음이 너무 들뜨고 푹 빠진 터라 급기야 그러자고 하였다.

"너의 뜻이 그러하다면 내 마땅히 너를 정실로 맞이하마."

이에 여자는 더 요구하였다.

"그러시다면 뜻밖이라 정말 다행이옵니다. 혼서(婚書)와 납채(納采), 전안(奠鴈) 등의 예를 갖추고 사모관대를 차려입고 들어오셔서 교배와 동뇌를 거행함이 어떠하올는지요?"

감사는 이마저도 당장 따라 하나같이 그녀의 말대로 혼인의 예절을 갖춰 맞아들였다. 이처럼 그녀는 얼굴색만 아름다운 게 아니라 자품의 현숙함 또한 세상에 드문 여자였다.

서 상납받거나 구입하여 제작해야 했기에 그렇다. 참고로 조선시대 양반의 갓으로 실처럼 가늘게 쪼갠 대오리로 엮고 검은 칠을 한 죽사립(竹絲笠)과 돼지털을 다져서 만든 저모립(猪毛笠) 등이 고급품으로, 주로 당상관 단원이 썼다.

감사는 그녀를 데리고 자기 집으로 돌아와 각별히 아끼고 사랑하였다. 이에 처음에 둔 아내와 첩실들은 모두 소박을 당할 판이었다. 감사는 밤낮을 이 여자하고만 함께 지냈다. 남편의 소행이 예의에 바르지 않은 경우가 있으면 그녀는 반드시 완곡하게 이야기해 남편이 이를 다 따르게 하였다. 주위에선 현부라고 칭송이 자자하였다. 이리하여 여자는 감사의 정실부인으로 자처하면서 원래의 아내는 첩으로 내려 앉혔다. 그러나 일가에서는 모두 그녀를 정실로 인정하지 않고 있었다.

세조가 미행할 적엔 자주 한명회의 집을 들르곤 했다. 그때마다 한명회는 술상을 그의 아내더러 내오게 하고 술을 따라 바치게 하였는데, 그 아내가 바로 이 여자였다. 세조는 매번 그녀를 '형수'라고 불렀다. 하루는 또 세조가 한명회의 집으로 왕림하여 술을 올리고 한창 즐거워하고 있었다. 그런데 이 여자가 난데없이 마당으로 내려와 엎드리는 것이었다. 임금이 의아하여 하문하였다.

"형수! 어째서 이러시오?"

여자는 곧장 남편이 자신을 강압으로 취한 실상을 자세하게 아뢰고, 이어 눈물로 하소연하였다.

"첩신이 비록 저 후미진 고을의 한미한 족속이오나 그래도 양반으로 이름이 올라와 있는 몸이옵니다. 남편은 이미 혼례를 치러 소첩을 정실로 맞아들였으니 소첩이 첩의 신세는 면하였사옵니다. 하오나 나라에선 이미 정실이 있는 경우 다시 정실을 맞는 법이 없사옵니다. 그러니 사람들은 모두 소첩을 첩으로 부르고 있으니 이 어찌 원통하지 않겠사옵니까? 엎드려 비옵건대 성상께서는 이를 굽어살펴 처결해 주시기를 바라옵니다."

그녀는 몇 번이나 절을 올리며 간청하였다. 임금은 이를 듣고 웃음을 지었다.

"그거야 당연한 일이 아니오? 형수께서는 왜 땅에 엎드려 눈물로 청원을 한단 말이오? 내 당장 결단하여 허락하겠소. 속히 위로 다시 올라오시오!"

그 자리에서 정실로 삼는다는 영과 함께 그 자손에게 모두 청환(淸宦)의 중한 벼슬을 내려주고 구애받지 않도록 한다는 글을 지어 어압(御押)을 찍고 어보(御寶)를 눌러 하사하였다. 이때부터 그녀는 마침내 정실이 되어 애초의 정실과 함께 부인(夫人)⁵으로 봉해졌다. 사람들은 감히 이에 대해 왈가왈부하지 못하였다. 그의 자식들은 과거에 급제하여 곧바로 청현직에 발탁되었다. 거기에 아무런 구애를 받지 않았던 것이다.

제60화

겨드랑이에 썩은 고기를 끼고 절개를 지키다

연산군(燕山君)은 말년에 접어들면서 문란함이 더욱 심해져, 이전에 볼 수 없었던 괴벽하고 패륜적인 일들을 벌였다. 환관이나 궁노를 시켜서 신하들의 아내를 찾아가 용모가 아름다운 여인이 있으면 정승이나 유망한 벼슬아치의 집을 막론하고 죄다 불러들여 궁으로 끌어들였다. 그중에 자기 눈에 드는 이가 있으면 바로 관계를 가졌다. 거절하며 항변해도 힘으로 위협하고 강제로 겁탈하여 기필코 더럽히고야 말았다. 그러니 여기서 벗어난 여자는 없었다. 심지어 이런 하교까지 하였다.

"허리를 안고 달콤하게 노래하면서 궁궐에 잡아두고 싶은 여자가 있노라. 그는 바로 노재상 박순의(朴純義)⁶의 아내니라."

---

5 부인(夫人): 조선시대 정3품 이상의 관작을 지낸 인물의 부인 중 봉작을 받은 여자를 일컫는다. 원래 삼국시대에는 왕의 배우자에 한정해서 고려시대에는 내명부(內命婦), 즉 왕실이나 척실 부인까지를 지칭했으나, 조선시대에 들어와 외명부(外命婦), 즉 정3품 문무관의 아내를 주로 지칭하게 되었다. 물론 왕실에서도 사용하였다. 이것이 지금 아내의 경칭인 부인이다.

6 박순의(朴純義): 미상이다. 인조 때 천안군수를 지낸 동명의 인물이 있기는 하나 시기

승정원(承政院)[7]에서는 이런 사실을 다 알게 되었고, 들리는 이야기 족족 해괴한 일들뿐이었다. 이때부터 민심은 더욱 등을 돌려 급기야 중종반정(中宗反正)[8]의 거사가 일어났던 것이다. 이즈음 한 젊고 명망 있는 선비의 아내가 있었다. 그녀는 당대에 빼어난 미모를 자랑했다. 어느 날, 그녀도 왕의 부름을 받게 되었다. 다른 여느 집의 부녀자 같으면 이런 부름을 받았을 땐 놀라고 경황이 없어 꼭 죽을 곳에 가는 것처럼 울부짖었을 터다. 그러나 그녀만은 이 부름을 받고도 태연자약하며 조금도 놀라는 기색이 없었다. 그녀는 여느 때처럼 단장하고 대궐로 가서 왕을 배알하였다. 연산군이 그녀를 불러 가까이 오게 하였다. 그런데 가까이 온 그녀에게서 더러운 냄새가 진동하여 코를 움켜잡고 차마 맡을 수 없을 지경이었다. 연산군은 부채로 코를 막고 바닥에 침을 뱉으며,

"더럽구나! 이 여자는 아무래도 가까이할 수 없겠다."

라며 당장 내보내 잠시도 궁궐에 머물러 있지 말라고 명하였다. 그리하여 마침내 그녀는 온전히 절개를 지켜 귀가할 수 있었다. 이 부인이 이미 자기를 부를 것이라 짐작하고 미리 변고에 대응할 계책을 생각한 끝에, 쇠고기 두 조각을 완전히 썩어 문드러지게 해서 보관하고 있다가 대궐로 들어갈 때 이것을 양 겨드랑이에 각각 한 조각씩 끼워 악취가 진동하도록 했다. 이 때문에 누구도 차마 가까이 접근하지 못하게 했던 것이다. 친족은 물론 당시 사람들까지도 그녀의 절묘한 계책에 탄복하지 않은

상 맞지 않는다.

7 승정원(承政院): 주지하듯이 조선시대 왕명의 출납을 관장하던 관청으로, 연산군의 비위 사실이 이곳 승정원에서 관리하였던바 『승정원일기』에 그 일부가 남아있다.

8 중종반정(中宗反正): 1506년 연산군을 폐하고 진성대군(晉城大君, 즉 중종)을 왕으로 추대한 사건이다. 연산군이 지속해서 국정을 문란케 하자, 전 이조참판 성희안(成希顔)이 박원종(朴元宗)과 밀약하여 그해 9월 훈련원의 장사를 모아 광화문 밖에 있던 왕비 신씨(愼氏)의 측근들을 살해한 다음, 백관을 거느리고 궁중으로 들어가 연산군을 축출하였다. 연산군은 강화도 교동(喬桐)에 안치되었다가 같은 해 11월에 죽었다.

이가 없었다.

평한다.

어질도다! 이 두 부인의 상황에 대처함이. 비록 옛날 열녀나 정렬부인들이 이런 일에 맞닥뜨렸다 하더라도 한번 죽는 것밖에는 다른 방도가 없었으리라. 그러나 이들은 임기응변으로 이와 같은 기묘한 계책을 냈다. 칼을 부채 대용으로 하여 이름과 지위를 보전하였고, 겨드랑이에 썩은 고기를 끼고서 절개를 온전히 지켰다. 장량(張良)과 진평(陳平)의 계략[9]이라도 이보다 낫지는 못했으리라. 유향(劉向)이 다시 태어나 이 소식을 듣고 『열녀전(烈女傳)』[10]에 집어넣게 하지 못함이 안타까울 뿐이다.

---

9 장량(張良)과 진평(陳平)의 계략: 장량은 한나라 고조 유방(劉邦)의 충신으로, 한나라 건국의 일등 공신이다. 소하(蕭何)·한신(韓信)과 함께 '삼걸'로 꼽힌다. 그는 한나라가 중국을 통일하자 모든 것을 버리고 은거하여 한신처럼 비운을 맞이하지 않았다. 그래서 후세에 처세의 방도로서 한 귀감이 되었다. 진평 역시 한나라 건국 초기에 뛰어난 지모로 주위의 불만 세력을 잠재우고 한실(漢室)을 편안케 했다. 그는 특히 미남자로 후세에 알려져 있다.

10 『열녀전(烈女傳)』: 한나라 때 유향(劉向, BC.77~AD.6)이 지은 요순(堯舜) 때부터 당대까지의 열녀를 입전한 책으로, 모두 7권이다. 이 책은 한대 이후 여자의 행적에 관한 기록물로는 하나의 고전이 되었으며, 우리나라에도 소개되어 소설류나 여성규범류 작품에서 많이 원용하였다. 참고로 유향은 경학가로도 유명한데, 『열녀전』 외에도 『설원(說苑)』·『신서(新序)』 등의 기록류를 남겼다.

뜻밖에 얻은 관직

제61화

혼자 빈 숙소를 지키다가 발탁되어 급제하다

세종(世宗) 때의 일이다. 반궁(泮宮)¹에서는 생원 진사 할 것 없이 모든 유생이 양재(兩齋)²에서 생활하였다. 어느 날 꽃과 버들이 만개한 청명절을 맞이하여 유생들은 성균관의 북편 밖 먼 냇가로 소풍을 나갔다. 술과 안주를 마련하여 판을 벌인지라 즐거운 모임이 밤새도록 이어지면서 양재는 텅 빈 상태가 되었다.

그런데 시골 출신의 한 유생은 사람이 꽉 막히고 못나 여러 유생에게 따돌림을 받고 있었다. 그는 '이 성스러운 묘당을 지키는 사람이 하나도 없어서는 안 된다.'고 생각하여 혼자 양재에 남았고 냇가 소풍 모임에는 참석하지 않았다. 마침 세종은 이날 궁궐 관속에게 명하여 잠시 성균관

---

1 반궁(泮宮): 성균관의 다른 이름이다. 주(周)나라 때 태학을 '벽옹(辟雍)'이라 하고 그 주변을 해자로 둘렀는데, 이를 반수(泮水)라 하였다. 조선시대 성균관도 주변에 반수가 흐르게 하였던바 이 때문에 반궁이라 불렸다. 다만 중국의 벽옹은 해자를 사면으로 다 두른 데 비해 조선시대 성균관은 좌우로만 둘렀다. 이 성균관 주변의 동네를 '반촌(泮村)'이라 하고, 이곳에 살면서 성균관에 부역하는 이들을 '반인(泮人)'이라 불렀다. 참고로 성균관은 이외에도 '현관(賢關)', '근궁(芹宮)', '수선지지(首善之地)' 등으로도 불렸다.

2 양재(兩齋): 동재(東齋)와 서재(西齋)로 유생들의 숙소였다. 성균관의 명륜당 앞 좌우로 위치하기에 이렇게 불렸다. 이때의 유생은 생원 진사인 상재생(上齋生)과 사학생도(四學生徒) 등 유학(幼學)으로서 성균관에 들어와 있는 하재생(下齋生)을 말하며, 이들이 함께 생활하였다.

에 가서 유생 중에 몇 명이 양재를 지키고 있는지 살피고 오라 하였다. 관속이 즉시 돌아와 보고하기를, '유생들이 다 성균관 밖 냇가로 나가 놀고 있고, 시골 출신의 유생 한 명만이 양재를 지키고 있다.'고 아뢰었다. 임금은 즉시 명을 내려 이자에게 복건과 도복 차림 그대로 입대(入對)하라고 하였다. 그가 입대하자 임금이 하문하였다.

"꽃피고 버들개지 날리는 이때 다른 유생들은 냇가에 모여 함께 즐기고 있거늘, 어찌하여 너는 홀로 참석하지 않았느냐?"

그가 대답하였다.

"소신 또한 흥겨운 일인 줄 모르는 바 아니오나 성묘(聖廟)를 비워두어서는 안 되겠기에 부득이 이렇게 홀로 지키고 있었을 뿐이옵니다."

임금은 이를 '가상하고 장한 일'이라고 하고 다시 하문하였다.

"너는 시를 지을 줄 아느냐?"

"겨우 구를 맺을 정도이옵니다."

"과인이 지은 한 구절이 있느니라. '비 온 후 산은 우는 듯하도다[雨後山如泣]'라는 시구인데, 네가 대구를 지을 수 있겠느냐?"

이에 그는 즉시 응하였다.

"예, '바람 앞에 풀은 잔뜩 취한 듯[風前草似酣]'이라 하면 어떠하올는지요?"

임금은 크게 칭찬하였다. 이어 특별히 급제의 명을 내리고, 홍패(紅牌)와 어사화(御賜花)를 알성과의 의례에 따라 하사하였다. 두건에 푸른 도포, 안장한 말과 동자를 내어주고 창부(唱夫)와 악공(樂工)까지 하사하여 조속히 유가(遊街)를 준비시켰다. 그래서 제일 먼저 성균관 유생들이 모여서 놀고 있는 냇가로 가서 과시하게 했다. 놀고 있던 유생들은 멀리서 소리패들이 부르는 소리와 말 앞에서 울리는 음악 소리를 듣고 서로 바라보며 의아해했다. 그런 중에 갑자기 신래(新來)의 행렬이 나타났다. 머리엔 어사화를 쓰고 앞에 한 쌍의 동자를 대동하고 다가오는 이가 있었

다. 바로 양재에 홀로 남아 있던 시골 출신 유생이었다. 하루 만에 임금
이 불러 입시했다가 특전을 입어 급제하게 된 사정을 들은 유생들은 놀
라 나자빠지며 혼비백산하여 달아나 양재로 돌아갔다.

대개 성균관 소속 수복(守僕)[3]이나 하인, 재지기[齋直]들도 남김없이 냇
가 모임에 가버리고 재지기 중에 나이 어린 두세 명만이 남아 있었다.
이들은 시골 유생이 불리어 간 걸 보고도 서둘러 유생들에게 알릴 줄
몰랐던 것이다. 그래서 그가 어사화를 쓰고 냇가로 온 걸 보고서야 이
사실을 알게 되었다.

시골 유생은 이렇게 발탁이 되었고 성은을 듬뿍 입어 마침내 현달하
게 되었다.

제62화
무람없이 궁궐 정원에 들어갔다가 고관에 오르다

세종 때 영남 사람 우(禹) 아무개[4]가 있었는데 지금 그의 이름은 잊었
다. 그는 명경(明經)[5]으로 과거에 급제하여 분관(分館)[6]했다가 겨우 성균학

---

3 수복(守僕): 조선시대 묘단(廟壇)이나 능원, 능침(陵寢), 전각 등에서 청소하는 일을
   맡은 하류를 말한다. 고려시대에 이런 부류를 '상소(上所)'라 불렀는데, 세종 때 이
   용어가 별다른 의미가 없다고 하여 『주례(周禮)』의 예에 따라 수복으로 개칭하였다고
   한다.

4 우(禹) 아무개: 이 이야기가 차천로(車天輅)의 『오산설림초고(五山說林草藁)』에도 나
   와 있는데, 거기엔 실제 인물이 구종직(丘從直, 1424~1477)으로 밝혀져 있다. 여기서
   우 아무개라고 한 것은 채록 시점에 와전된 것으로 보인다. 천리대 『어우야담』 소재
   '천예록초(天倪錄抄)'에는 제목 아래 "此乃丘學士洪直之事, 而以禹氏爲錄, 必傳者之誤
   也."라 하여 잘못된 사실을 부기하였으나, 여기서도 실제 인물을 구홍직(丘洪直)이라
   하여 잘못 밝히고 있다. '종(從)' 자와 '홍(洪)' 자가 자형이 비슷한 관계로 착오가
   발생한 것으로 판단된다.

5 명경(明經): 조선시대 과거의 초시 과목의 하나이다. 주지하듯이 과거 분야는 이 명경

유(成均學諭)로 벼슬에 들게 되었다. 의례대로라면 전적(典籍)이 되어 출륙(出六)[7]을 해야 했다. 그러나 시골 출신의 한미한 처지라 세상에서 그를 알아주는 이가 없다 보니 몇 년을 서울에 머물러 있으면서도 끝내 높은 자리에 서용되는 기회는 얻지 못했다. 여관살이의 서러움을 면치 못한 그는 이제는 세상과 결별하고 영원히 귀향하리라 마음먹었다. 유독 승지(承旨) 한 사람과는 평소 친분이 있었기에 그를 찾아가 뵙고 인사를 올렸다. 더불어 이런 부탁을 했다.

"제가 벼슬에 든 지 여러 해가 되었으나 여태껏 승정원을 구경해 보지 못하였습니다. 영감께서 숙직하는 날에 한 번 구경이나 할 수 있을까요?"

그러자 승지가 일러주었다.

"낮엔 동료들이 한데 모여 있고 여러 관원이 여기저기 흩어져 있어서 이유 없이 들어가는 것은 불가하네. 내가 마침 내일 숙직이니 내일 밤에 그대가 들어오면 내 조용히 여기저기 구경시켜 줌세. 성기(省記)[8]에 이름 없이 궐 안에서 유숙하는 건 범법이라고 하지만 하룻밤 묵는 거야 무어

과와 제술과(製述科)가 있었다. 명경과는 유교 경전을 시험하여 이에 합격하면 생원(生員)이라 하였고, 제술과는 시부(詩賦)와 명(銘)·잠(箴) 등의 시문을 시험하여 이에 합격하면 진사(進士)라고 하였다. 뒤에 '아무개 생원' '아무개 진사'라는 말은 초시에만 합격하고 대과에 합격하지 못한 양반붙이에게 붙여주던 관례상의 용어였다. 흥미로운 점은 서사류에서 남녀애정담의 남주인공은 대개 '아무 진사'로 설정되는 반면, 고지식하거나 변통 없는 인물의 이야기에는 '아무 생원'이 등장한다.

6 분관(分館): 문과에 급제한 사람을 승문원(承文院)·성균관·교서관(校書館) 등 세 관서에 배치하여 권지(權知)라는 이름으로 실무를 익히게 하던 일이다. 아직 정식 관원의 신분은 아니었다.

7 출륙(出六): 앞의 주석 참조. 참고로 여기 성균학유는 종9품직으로, 과거 응시에 대한 예비심사 등을 관리하였다. 물론 문행이 뛰어난 이를 임명하였으므로 의미가 없지는 않았으나 품계는 최하였다. 전적은 성균관의 정6품직으로, 도서의 수장과 출납 등을 맡은 지금의 사서직이었다. 참고로 아래 승지(承旨)는 승정원의 정3품 당상관이다.

8 성기(省記): 궁궐이나 주요 관청에서 숙직하거나 순찰하는 사람의 이름을 적어두는 장부이다. 이를 병조의 성기색(省記色)이라는 부서에서 담당하였는데, 매일 당직자 명단을 신시, 즉 오후 3~5시까지 작성하여 낭관이 직접 왕에게 보고하여 재가받도록 했다.

해가 되겠는가?"

이렇게 하여 승지는 자기 사령에게 일러 내일 밤 우 아무개를 승정원으로 데리고 들어오라고 하였다. 아무개는 이 말대로 사령을 뒤따라 승정원으로 들어갔다. 그런데 공교롭게도 승지가 일이 생겨 숙직하러 들어오지 않았고, 대궐 문은 이미 닫혀 버려 다시 나갈 수도 없었다. 아무개는 주변을 서성이며 어찌해야 할지 막막하였다. 승지가 소속된 방의 서리(書吏)가 그를 보고 딱하게 여겨 승정원 안 한쪽 모퉁이에 있는 빈방에서 하룻밤을 묵을 수 있게 해주었다.

밤이 되고 달은 밝았다. 관리들은 모두 곯아떨어졌으나 우 아무개는 눈을 붙일 수가 없었다. 일어나 밖을 서성이며 뜰을 쭉 둘러보았다. 때는 소나기가 지나간 뒤라서 담장 한 곳이 무너져 내렸는데 아직 다시 쌓지 않은 상태였다. 무너진 담장과 마주한 곳이 바로 경복궁(景福宮)이었다. 아무개는 이곳이 궁궐 안쪽 궁중이라는 사실을 모르고 무너진 담장을 넘어 안으로 들어갔다. 점점 깊숙한 곳으로 들어가자 정원의 숲이 무성하고 경치가 더없이 아름다웠다. 그는 속으로 중얼거렸다.

"이곳은 누구 집 후원이기에 이처럼 넓고 한없이 아름답단 말인가?"

조금 뒤 어떤 사람이 사모(紗帽)를 쓰고 청려장을 짚고서 느린 걸음으로 다가왔다. 한 젊은이가 뒤에서 배행하고 있었다. 사실은 임금이 우연히 달빛을 따라 홀로 내시를 데리고 후원을 거닐던 참에 우 아무개와 마주쳤던 것이다. 아무개는 임금이 왕림한 것을 전혀 알아차리지 못했다. 임금이 그를 보고 물었다.

"그대는 누구이기에 이곳에 들어왔는가?"

"저는 아무 직에 있는 아무개입니다."

아울러 승지 아무와 서로 약속하고 들어왔으나 승지가 마침 숙직하러 들어오지 못하게 되었고, 거기다가 궐문까지 닫혀서 오도가도 못 하는 지경이 되었으며, 청사 모퉁이에 기숙하다가 달이 밝고 잠은 오지 않아 승정원 밖을 거닐다가 무너진 담장을 보고 우연찮게 이곳으로 넘어 들어오게 되었다는 사정을 얘기해주었다. 그러면서 이곳은 도대체 누구의 집이냐고 되물었다.

"내가 바로 이 집의 주인이네."

하면서 임금은 그를 맞아 편편한 바위 위에서 마주 앉았다. 조용히 담소를 나누던 중 임금은 그가 명경과에 급제한 사실을 듣고 물었다.

"관의 지위가 어찌 그리 낮은가?"

우 아무개는 이렇게 대답하였다.

"먼 시골 출신의 궁한 유생으로 집안도 쇠락하여 말이 아닙니다. 한양에 올라와 벼슬살이하고 있으나 일찍이 권문세가에 빌붙어 본 적 없어요. 당연히 재상이나 명사라고는 하나도 아는 분이 없고요. 허니 누가 추천을 해주겠습니까? 불우한 사정은 이 때문이지요. 해서 이제 사직하고 고향으로 돌아가 여생을 보낼 심산입니다."

임금이 다시 물었다.

"진작에 명경(明經)으로 업을 삼았으니 『주역』을 잘 아시겠군?"

"그 깊고 오묘한 뜻은 잘 알지 못하나 대의는 대충 꿰고 있지요."

이 말을 들은 임금은 내시를 시켜서 『주역』 책을 가져오라고 하였다. 이때 임금은 막 『주역』을 읽던 중이었기 때문이다. 이에 달빛 아래에서 책을 펴고 의심이 갔던 부분을 뽑아 물어보았다. 그랬더니 단락마다 변증하고 해석하는 게 환하여 명쾌하였기 짝이 없었다. 임금은 몹시 기뻐하면서 여간 기특하게 여긴 것이 아니었다. 이렇게 주거니 받거니 강론하다가 밤이 깊어서야 자리를 마쳤다. 임금은,

"그대가 이런 재주와 학식을 갖추고도 내쳐져 제대로 쓰이지 못했으니 애석한 일이 아닌가?"

라고 말하며 안타까워 마지않았다. 그래도 우 아무개는,

"지금으로선 이 집에서 나가 거처로 돌아가는 것만으로도 다행이겠

어요."

라고 하자,

"이미 한밤중이 지났으니 궁궐을 순찰하는 초병에게 들킬까 염려가 되네. 우선 승정원으로 돌아가 날이 새기를 기다렸다가 나가는 게 좋겠네."

우 아무개는 임금의 말에 따라 인사를 나누고 다시 무너진 담장을 통해서 승정원으로 돌아왔다. 궐문이 열리자마자 나와서 집으로 돌아갔다. 그런데 다음날 특지(特旨)가 내려 우 아무개를 홍문관수찬(弘文館修撰)으로 임명하였다. 그러자 대계(臺啓)[9]가 올라왔다. 이는 함부로 관직을 지나치게 높여주었으므로 청현의 자리에 부합되지 않은바, 체직시켜 보직을 바꾸어 줄 것을 청한 내용이었다. 임금은 바로 이를 윤허하였다. 그다음 날 다시 그를 교리(校理)로 임명하였다. 대계가 다시 올라와 이를 반박하자, 이번에도 임금은 윤허하더니 그다음 날 다시 응교(應敎)로 특별히 제수하였다. 그러자 또 대계가 올라왔고 임금은 그전처럼 이를 받아들였다. 그리고 다음 날 이번에는 부제학(副提學)으로 특별 서용해 버렸다. 이렇게 되자 대간들은 서로 의논하기에 바빴다.

"상감마마의 뜻이 어디에 있는지 알 수가 없군. 이렇게 하다간 장차 태학사(太學士)·이조판서 자리도 부족하겠군.[10] 우선 더 이상 논란하지 말고 기다려 보기로 합시다."

결국 계문을 더 이상 올리지 않았다. 뒷날 경연의 석상에 대신들과

---

9 대계(臺啓): 사헌부와 사간원에서 왕에게 올리는 계본(啓本)이나 계문(啓文)이다. 내용은 주로 정책의 비판이나 관리들의 탄핵에 관련된 것들이었다. 왕은 이 대계가 올라오면 조회나 경연에서 논의를 거쳤는데 이를 '대론(臺論)'이라 한다. 조선왕조실록의 내용 가운데 가장 많은 부분을 차지하는 내용이 바로 이 대론이었다.

10 이조판서 자리도 부족하겠군: 여기 거명된 수찬·교리·응교·부제학·이조판서로 제수한다는 것은 관직을 점점 높여준다는 말이다. 홍문관 수찬은 정6품직이며, 교리는 홍문관의 경우 정5품직이며, 응교는 정4품직이고, 부제학은 홍문관 정3품직으로 당상관이다. 그리고 태학사는 바로 홍문관 대제학이고, 이조판서는 육조의 장관으로 정2품직에 해당한다.

옥당(玉堂), 그리고 양사(兩司)¹¹가 모두 함께 입시하였다. 대신이 임금께 아뢰었다.

"우 아무개라는 자는 인품과 문벌이 모두 청현에 부합되지 않는데도 옥당에 특별 서용하시고, 또 여러 번에 걸쳐 지위를 뛰어넘는 발탁을 하시는 바람에 여론이 놀라워하옵니다. 장계를 연이어 올리면 그때마다 바로 윤허하시고는 매번 더 품계를 올려 제수하셨사옵니다. 곰곰이 생각해보아도 성상 폐하께 오셔 이 사람의 어떤 부분을 취하셔서 이렇게까지 하옵는지 도무지 알지 못하겠나이다."

임금은 이에 대한 답은 하지 않고 내시에게 명하여 『주역』을 가져오라고 하였다. 임금은 손수 『주역』을 펴더니 의심나고 이해하기 어려운 부분을 뽑아 신하들에게 이를 풀이하여 고하라고 하였다. 그러나 대신들과 대각의 신료 중에 이를 제대로 해석한 자가 한 사람도 없었다. 다시 단락을 따라가며 네다섯 부분을 하문하였으나 역시 마찬가지였다.

"짐이 근래 『주역』을 즐겨 읽고 있느니라. 『주역』은 성인의 경전 중에 제일로, 그 의미를 제대로 풀이하는 자는 보통의 재주와 학식이 아니니라. 경 등은 모두 이 『주역』을 제대로 모르는데 우 아무개만은 환하게 뚫고 있지 않겠는가. 이 어찌 가상한 일이 아닌가? 이 사람의 경(經)과 술(術)은 옥당에 확실히 부합되는 인물이니 무엇이 불가하단 말인가? 내 장차 더욱더 발탁하여 쓸 참이니 다시는 거부하는 의논일랑 하지 말아야 하느니라."

여러 신하는 모두 황송해하며 듣기만 할 뿐 더 이상 항의하는 말을 하지 못하고 물러났다. 이리하여 우 아무개는 오랫동안 옥당에 재직하면

---

11 옥당(玉堂) 그리고 양사(兩司): 옥당은 궁중의 문서를 관리하고 왕을 자문하는 기관인 홍문관의 별칭이다. 그리고 양사(兩司)는 간언을 맡았던 사간원과 관리의 비행과 풍속을 관장하던 사헌부를 지칭한다. 조선시대에 이 세 기구가 언론을 담당하였기에 '언론삼사(言論三司)', 또는 '삼사'라고 불렸다.

서 경연에 입시하여 항상 『주역』을 강론하였다. 그 뒤 여러 번 임금의 은택을 입어 승정원 도승지, 성균관 대제학과 양사의 장관 및 이조와 병조의 참판 등 청현직을 두루 역임하여 마침내 팔좌(八座)[12]의 반열에 오르게 되었다.

평한다.

사람이 재주를 지니고도 현달하지 못한 경우가 어찌 한정이 있겠는가? 재상의 지우를 입기도 어렵거늘 하물며 임금의 은총을 입는 경우야 오죽하랴! 성균관 유생과 분관(分館)하던 관리가 세종을 만난 것은 하늘이 시킨 일이지 사람이 할 수 있는 일이 아니다. 홀로 양재를 지킨 일은 으레 실천해야 할 법도였기에 임금의 부름에 칭찬까지 받았으며, 함부로 내원으로 들어간 일은 원래 무람없는 일인데도 임금이 굽어 맞이하였고 은근한 접대까지 받았으니 남다른 은총을 입은 것이다. 시 한 구절을 대답한 것으로 곧장 그 재주를 알아보고 급제의 명을 내렸고, 『주역』의 오묘한 뜻을 풀이하는 것으로도 대번 경학에 조예가 깊음을 알고 여러 번 발탁 끝에 높은 자리에 올랐다. 세종의 밝은 지혜가 아니었다면 어찌 이렇게 될 수 있었겠는가? 이는 진실로 천고에 듣기 어려운 경우이리라. 세상에서 이 두 사람이 경험한 예는 매우 기이한 일이라고 하지만, 나는 성조(聖朝)께서 감식안이 남달라 인덕으로 세상을 다스린 결과라고 생각한다. 세종이 지금까지 동방의 요순(堯舜)으로 칭송됨은 정말이다. 아, 거룩하도다!

---

12 팔좌(八座): 원래 중국 한나라 때 육조(六曹)의 상서(尙書) 및 일령(一令)·이복야(二僕射)의 총칭인데, 조선시대로 보면 육조의 판서와 좌·우의정, 그리고 영의정을 총칭하는 말이다.

찾아보기

임방(任埅, 1640~1724)

자는 대중(大仲), 호는 수촌(水村)이며 시호는 문희(文僖)이다. 송시열(宋時烈)의 문인으로, 단양군수·공조판서 등을 역임하였다. 기사환국과 신임사화 등 17세기 후반 첨예한 당쟁의 소용돌이 속에서 해직과 유배를 거듭하다가 유배지에서 생을 마쳤다. 저서로 『수촌집(水村集)』이 있으며, 유독 당시(唐詩)를 좋아하여 『당절회최(唐絶薈蕞)』, 『가행육선(歌行六選)』, 『당아(唐雅)』 등의 시가집을 엮었다. 만년에는 『주역』과 『논어』를 깊이 연구하여 『논어취분(論語聚分)』 등을 남겼다.

정환국

성균관대학교에서 한문학으로 박사학위를 받았으며, 현재 동국대학교 국어국문문예창작학부 교수로 있다. 한국 고전서사가 전공이며, 동아시아적 시각과 하위주체의 관점으로 고전문학의 새로운 정체성 정립을 위한 연구를 병행하고 있다. 지금까지 저서로 『초기 소설사의 형성과정과 그 저변』, 『제주 고전문학의 지평과 해양문화』(공저) 등이 있고, 교감서 및 역서로 『정본 한국 야담전집』, 『원문 교감표점 흠영』, 『역주 유양잡조』, 『역주 신단공안』 등이 있다.

한국야담번역총서 03

천예록

2023년 6월 15일 초판 1쇄 펴냄

지은이 임방
옮긴이 정환국
펴낸이 김흥국
펴낸곳 보고사

책임편집 이경민
표지디자인 김규범

등록 1990년 12월 13일 제6-0429호
주소 경기도 파주시 회동길 337-15 보고사
전화 031-955-9797(대표)
팩스 02-922-6990
메일 bogosabooks@naver.com
http://www.bogosabooks.co.kr

ISBN 979-11-6587-512-1 94810
     979-11-6587-496-4 (set)
ⓒ 정환국, 2023

정가 18,000원